SAMANTHA JOYCE

Over the Moon

Liebe wie im Film

GOLDMANN
Lesen erleben

SAMANTHA JOYCE

Over the MOON

Liebe wie im Film

ROMAN

ÜBERSETZT
VON NICOLE HÖLSKEN

GOLDMANN

Die amerikanische Originalausgabe erschien 2016 unter dem Titel
»Dealing in Deception«
bei Pocket Star, a division of Simon & Schuster, New York.

1. Auflage
Deutsche Erstveröffentlichung August 2018

Umschlaggestaltung: UNO Werbeagentur, München
Umschlagmotiv: Arcangel / Vanessa Skotnitsky
Redaktion: Cathrin Wirtz
MR · Herstellung: kw
Satz: Buch-Werkstatt GmbH, Bad Aibling
Druck und Bindung: CPI books GmbH, Leck
Printed in the Czech Republic
ISBN: 978-3-442-48672-4
www.goldmann-verlag.de

Für meine Mutter,
die immer an mich glaubte –
auch als ich den Glauben an mich selbst
schon verloren hatte.
Ich kann dir niemals genug danken.

Kapitel 1

Veronica

Die Frau am anderen Ende des Raumes tötete mich mit Blicken, das spürte ich trotz der spärlichen Barbeleuchtung, und auch, wie sie ihr Gift in meine Richtung verspritzte. Wie eisblaue Glassplitter fuhren ihre blauen Augen über mein falsches blondes Haar, mein zu enges, zu kurzes rotes Kleid, meine ebenso purpurfarbenen High Heels. Ich hielt ihrem Blick stand, ohne zu blinzeln. Zu ihrer Ehrenrettung sei gesagt, dass sie nicht wegsah.

»Okay«, flüsterte ich dem Mann neben mir ins Ohr. Ich fuhr mit einem Finger seinen Unterarm entlang und beugte mich näher zu ihm heran. »Wir haben ihre ganze Aufmerksamkeit. Jetzt leg mir beiläufig die Hand an den Rücken.« Ich schnaufte gereizt, als er mich berührte. *»Zurück«*, zischte ich. »Nicht so tief!«

»Sorry.« Sein ohnehin blasses Gesicht erbleichte nun vollends, und auf seiner Stirn bildeten sich Schweißperlen, in denen sich das Neon-Bier-Schild über der Bar spiegelte. »Ich bin nur etwas nervös. Was, wenn sie dahinterkommt?«

Ich nippte an meinem Whiskey und vergewisserte mich, dass die kleine Miss Mordlustig gegenüber uns nicht aus den Augen ließ.

Tat sie nicht.

»Keine Sorge. Ich hab das schon hundert Mal gemacht.« Ich reichte ihm mein leeres Glas. »Sie wird es nicht durchschauen. Und jetzt sei ein guter Junge, und hol mir noch einen Drink.«

Er stolperte davon und versuchte erfolglos, die Aufmerksamkeit des Barkeepers auf sich zu ziehen. Ich selbst begann im Geiste mit dem Countdown.

Fünf ... vier ...

Ich wippte mit dem Fuß zum Takt des abgeschmackten Top 40 Hits, der aus den Lautsprechern plärrte.

Drei ... zwei ...

Ich musterte meine manikürten Nägel, die ich in der gleichen Farbe lackiert hatte wie mein Kleid.

Eins ...

»Was machen Sie hier mit Scott?«

Ich blickte von meinen Nägeln auf und sah, dass die kleine Miss Mordlustig direkt vor mir stand, die Arme vor der Brust verschränkt und die Lippen geschürzt. Der Geruch eines blumigen Parfüms, das allzu reichlich aufgetragen war – wahrscheinlich nach einem langen Tag im Büro – drang mir in die Nase, und ich blinzelte, weil meine Augen zu tränen anfingen.

Die Frau hätte sogar einigermaßen hübsch aussehen können, wenn sie sich nur etwas mehr Mühe gegeben hätte. Sie hatte ihr glanzloses braunes Haar zu einem nachlässigen Knoten auf ihrem Kopf zusammengefasst und erinnerte so etwas an eine gescheiterte Ballerina. Dazu trug sie eine helle Bluse, die bis oben zugeknöpft war, und eine dunkelgraue Hose. Auf ihrer makellosen Haut war keine Spur von Make-up zu entdecken.

Ernsthaft jetzt? Wir waren hier auf einer After-Work-

Party, und die Frau konnte noch nicht mal Lippenstift benutzen?

Ich biss mir auf die Innenseite meiner Wange, um nicht weiter über die Vorzüge von Mascara nachzudenken – immerhin war ich heute Abend nicht hier, um einer Fremden Schminktipps zu geben.

»Entschuldigung«, antwortete ich. »Aber was geht Sie es an, dass ich mit Scottie hier bin?«

»Ich bin seine Freundin.« Sie ließ meine Finger nicht aus den Augen, während ich mir damit über das Schlüsselbein strich – wodurch ich ihre Aufmerksamkeit auf meine Brust lenkte, die mein Kleid in einer Weise ausfüllte wie ihre das nie schaffen würde. »Na ja, okay, seine Exfreundin. Aber wir sind erst seit einem Monat getrennt. Ich hätte einfach nicht gedacht, dass er heute Abend ein Date mitbringt.«

»Um ganz ehrlich zu sein, ich hätte auch nicht gedacht, dass wir heute Abend hier sein würden. Wir sind nämlich seit zwei Tagen nicht mehr aus dem Bett gekommen.«

Beinahe hätte sie ihren Weißwein fallen lassen. Das Glas löste sich bereits aus ihren Händen, aber sie fing es im letzten Augenblick auf und blinzelte. Sie wischte sich ihre Hand an der wirklich nicht besonders modischen Hose ab.

»Scottie ist ein wahrer Tiger im Bett«, fuhr ich fort. Ich schluckte, um bei der Vorstellung nicht zu würgen, auch nur den Zipfel eines Kissens mit dem moppeligen, viel zu behaarten Mann an der Bar zu teilen. Ich versetzte der Frau einen Knuff gegen die Schulter. »Aber als seine Exfreundin wissen Sie das natürlich.« Ich zwinkerte ihr zu.

Sie öffnete den Mund, aber heraus kam nur ein erbärmliches Quieken. Arme Kleine. Scottie war bei ihr im Bett wahrscheinlich eher ein sabbernder Welpe als ein geschmeidiges Raubtier gewesen. Dennoch musterte sie ihn jetzt mit verengten Augen. Sie glaubte mir.

Die ganze Sache war wirklich viel zu leicht.

Scott kehrte mit meinem Drink von der Bar zurück, und dabei wäre er vorher mehr als einmal beinahe über die eigenen Füße gestolpert, und stieß auf dem Weg mindestens drei Leute an, denen er allen Entschuldigungen zumurmelte. Ich verkniff mir ein Augenrollen, nahm ihm den Drink aus der Hand und kippte ihn in einem Zug hinunter. Der Whiskey brannte in meiner Kehle, wärmte meine Brust und surrte dann durch meinen Kopf. Ich reichte Scott das leere Glas, und er gab mir das, was er eigentlich für sich selbst geholt hatte.

»Danke, Scottie«, flötete ich. »Du bist so süß. Es ist so lieb, wie du dich um mich kümmerst. Und ich verspreche, dass ich mich später auch um *dich* kümmern werde.« Ich ließ meine Fingernägel über seine Brust fahren, und er sog scharf den Atem ein.

»Scott, wer ist diese Frau?« Die Exfreundin war mir nicht von der Seite gewichen. »Und warum lässt du zu, dass sie dich ›Scottie‹ nennt? Das hast du doch immer gehasst.«

»Er hat sich nie beklagt, wenn ich seinen Namen geschrien habe, nicht wahr, Scottie?« Ich streckte ihr die Hand entgegen. »Ich bin Rachel Newton.«

Das war nicht mein richtiger Name, aber er ging mir dennoch mühelos über die Lippen. Sie ergriff meine Hand nicht und sah mir auch nicht ins Gesicht. Stattdessen legte sie den Kopf schief und betrachtete Scott mit zusammengekniffenen Augen.

»Allison«, sagte er nun. »Das ist Rachel. Wir, äh, wir treffen uns seit ein paar Wochen.«

»Wir haben uns vor nicht ganz einem Monat getrennt, und du hast schon eine Neue?!«, quiekte sie und umklammerte ihr Weinglas noch fester.

»Na ja, äh …« Scott räusperte sich. »Ich meine, du hast doch gesagt, dass es vorbei ist. Und da ist eines Tages Rachel aufgetaucht, und es hat irgendwie klick gemacht, und …«

»Du hättest nicht mit einer anderen Frau zu einer After-Work-Party kommen dürfen.« Allisons Stimme brach. »Weißt du eigentlich, wie ich mich jetzt fühle?«

Das war mein Stichwort.

Ich tippte Scott von hinten auf die Schulter, und er zuckte zusammen, als hätte er meine Anwesenheit vollkommen vergessen. »Na ja, ich merke schon, dass ihr beiden etwas zu bereden habt. Ich gehe mir dann mal die Nase pudern.«

Ich kippte den Rest von Scotts Whiskey hinunter und stellte das leere Glas dann auf das Tablett einer Kellnerin, die gerade frische Drinks und Häppchen servierte. Ich ignorierte ihr Meckern – aufzuräumen sei *ihr* Job, nicht meiner.

Erdnussschalen knirschten unter meinen Schuhen, während ich Richtung Toilettenbereich ging, und ich zog die Nase kraus. Ein Lokal, in dem man Essen auf den Boden warf, gehörte normalerweise nicht zu meinen bevorzugten Etablissements. Aber Scott hatte darauf beharrt, dass wir hier am ehesten auf Allison treffen würden, also hatte ich mich damit abgefunden. Rachel Newton war glücklich, solange sie an Scotties Seite war. Sie würde lächeln, flirten und sich um den Dreck auf dem Boden nicht kümmern. Also würde ich das ebenfalls tun. Zumindest, bis ich mein Ziel erreicht hatte.

An den Waschbecken standen nur zwei Frauen – Kolleginnen von Scott, die er mir bei unserer Ankunft vorgestellt hatte, an deren Namen ich mich allerdings nicht erinnern konnte. Sie schwatzten über die Arbeit, während ich mir die Lippen nachzog.

Soweit ich mitbekommen hatte, arbeiteten Scott und Allison beide für eine Steuerberaterkanzlei. Sie hatten gerade einen dicken Fisch an Land gezogen, und mit der Party wollte das Unternehmen sich bei den Angestellten bedanken. Stirnrunzelnd betrachtete ich mein Spiegelbild. Ein schöner Dank. Eine schmutzige, überfüllte Bar in einem miesen Stadtteil. Zumindest waren die Drinks umsonst.

Ich schüttelte das leichte Schwindelgefühl ab – das dem Whiskey zu schulden war – und kehrte an die Bar zurück.

Jemand hatte vor der Toilettentür einen Drink verschüttet, und ich wich einem Kellner aus, der Küchentücher auf dem See verteilte. Der beißende Alkoholgeruch und die Drinks, die ich bereits intus hatte, ließen den Rückweg zu Scottie länger wirken als vorher. Ich bahnte mir den Weg durch die Menge, schlängelte und drängte mich an den breiten Schultern irgendeines Blödmanns im Anzug vorbei, bis ich sie endlich entdeckte.

Scott und Allison standen mitten auf der Tanzfläche, die Arme umeinandergeschlungen, die Lippen miteinander verschmolzen.

Igitt.

Wahrscheinlich schmeckte er nach den Knofi-Chicken-Wings, die er seit unserer Ankunft unaufhörlich in sich hineingestopft hatte. Die orangefarbene Barbecue-Sauce hatte Flecken an seinen Fingern hinterlassen, mit denen er ihr jetzt über die Wange strich. Der Traum einer jeden Frau: der Duft frittierten Geflügels auf der Haut.

Ich holte tief Luft und nahm mir einen Drink vom Tablett der Kellnerin von vorhin. Dann stapfte ich zu den beiden hinüber und stieß Scott an. »Was machst du denn da bitte, Scottie?«

Das Paar fuhr auseinander, als hätte ich eine Bombe zwischen ihnen platzen lassen. Scotts Gesicht nahm die Farbe meines Kleides an, und Allison grinste.

»Ich … äh …«

»Ich dachte, sie hätte sich von dir getrennt?!«

»Hat sie ja auch. Aber, weißt du, ich liebe sie immer noch.« Er rieb sich den Nacken. »Und sie sagt, sie liebt mich auch noch, und, na ja. Tut mir so leid, Rachel. Ich glaube, wir wollen es noch einmal miteinander versuchen.«

»Wie bitte?« Mein schriller Schrei zog die Aufmerksamkeit der meisten von Scotts Kollegen auf sich. »Du hast mir das Herz gebrochen, und alles was du sagen kannst, ist, dass es dir *leid*tut? Ich hatte Gefühle für dich, Scottie. Echte Gefühle. Aber du entscheidest dich für *sie*. Du … du … *Arschloch!*«

Ich schleuderte ihm meinen Drink ins Gesicht, und dabei achtete ich natürlich darauf, dass auch ein paar Spritzer auf Allisons weißer Bluse landeten. Das würde ihr schon dieses selbstgefällige Grinsen austreiben.

»Rachel …«

»Nein. Ich will nichts mehr hören. Ich gehe.« Ich sah Allison an. »Achte mal schön darauf, dass du ihn in deinen Klauen behältst, Ashley …«

»Allison.«

»Wie auch immer. Aber eins sag ich dir, sobald du ihn aus den Augen lässt, bin ich wieder da.«

Sie hakte ihn unter. »Das wird nicht passieren. Wir sind

jetzt ein für alle Mal zusammen. Du kannst gehen, *Rebecca.*«

»Rachel. Na gut.« Ich atmete ihr Parfüm ein und ließ diesmal zu, dass mir bei dem starken Blumenduft die Tränen in die Augen traten. »Auf Wiedersehen, Scottie. Genieße dein Leben, auch wenn du bedauern wirst, dass du das Beste, was du je hattest, einfach so weggeworfen hast.«

Ich wirbelte auf dem Absatz herum und drängte mich an den gaffenden Buchhaltern vorbei. Ein stämmiger Mann, dessen Hemd sich so sehr über dem Bauch spannte, dass die Knöpfe aussahen, als würden sie jeden Augenblick abspringen, wenn er auch nur einen einzigen der Zwiebelringe auf seinem Teller in sich hineinstopfte, grinste mich an, als ich an der Tür angekommen war. Ich zwinkerte ihm zu, was ihm wahrscheinlich die größte Aufregung des Jahres bescherte.

Der Oktoberhimmel spuckte eiskaltes Wasser auf mich herab, sobald ich aus der Bar trat, und ich sprang mit einem genervten Zischen zurück.

Machten die da oben Witze?

»Verdammt.«

Ich holte die Schlüssel aus meiner Tasche und sah mich auf dem Parkplatz um.

Ach ja richtig. Der grundanständige Scottie hatte darauf beharrt, dass wir ein Taxi nahmen, weil wir ja heute Abend etwas trinken wollten. Also stand mein Auto immer noch auf seinem üblichen Platz vor meinem Haus.

Fan-fucking-tastisch.

Ich kauerte mich also unter ein winziges Vordach, zog mein Handy aus der Tasche und rief ein Taxi. Eine allzu freundliche Stimme am anderen Ende der Leitung verkündete, dass der Wagen in zehn Minuten da wäre. Ich sagte ihr, sie möge dem Fahrer mitteilen, dass ich ihm den doppelten Fahrpreis zahlen würde, wenn er es in fünf Minuten schaffte, und dann legte ich auf.

»Rachel?«

Als ich mich umdrehte, entdeckte ich Scott am Bareingang.

»Sag jetzt nicht, du willst dein Geld zurück«, sagte ich. »Das war doch genau das, was du wolltest. Sie ist zurückgekrochen gekommen, genau wie ich vorausgesagt habe.«

»Nein. Ich will definitiv nicht mein Geld zurück. Ich wollte … ich wollte mich einfach nur bei dir bedanken.«

Und bevor ich wusste, wie mir geschah, schlang Scott die Arme um mich und drückte mich an sich. Sein Bart kratzte an meinem Hals, und ich versteifte mich. Noch nie hatte ich zugelassen, dass ein Kunde mich in den Arm nahm. Er war wärmer als die feuchte Nacht, und durch sein üppiges Bäuchlein fühlte er sich an wie ein weicher, flauschiger Teddy. Ich entspannte mich in seinen Armen etwas, dann löste ich mich wieder von ihm.

»Nein, Scott.« Ich stieß ihn weg. »Ich umarme niemanden. Das hab ich dir doch gesagt. Kein Körperkontakt, es sei denn, ich fordere mein Gegenüber im Rahmen des Auftrags dazu auf. Und auf keinen Fall *Umarmungen.*«

»Sorry. Ich dachte, jetzt, wo wir das Geschäftliche hinter uns haben, wäre es okay.« Er ließ die Hände in die Taschen gleiten, und die Scheinwerfer des Autos, das gerade auf den Parkplatz fuhr, beleuchteten seine geröteten Wangen.

»Das ist mein Taxi«, sagte ich, als ich den leuchtend gelben Wagen entdeckte. »Hey, immerhin hast du mich ohne mein Auto hierhergeschleift. Also wie wär's?«

Ich hielt die Hand auf. Er starrte einen Augenblick

darauf, bevor ihm klar wurde, was ich wollte. »Oh, klar. Reichen zwanzig?«

Er zog sein Portemonnaie heraus, und ich beäugte diskret die zahlreichen Banknoten darin. Zwanzig waren mehr als genug, aber er hatte mit der Umarmung nun mal eine Grenze überschritten. »Meine Wohnung ist ziemlich weit weg, und bei dem Wetter fahren wir sowieso langsam. Fünfzig wären besser.«

»Fünfzig. Klar, hier, bitte.« Er gab mir das Geld. »Danke noch mal. Ich mein's ernst. Nachdem Allison mich verlassen hatte, war ich ein Wrack, aber durch dich habe ich sie jetzt zurück.«

»Wie auch immer«, antwortete ich. »Ich bin nur gut in meinem Job. Mehr steckt nicht dahinter. Empfehle mich deinen Freunden weiter. Na ja, nur Allison nicht. An deiner Stelle würde ich ihr nichts davon erzählen.«

»Stimmt. Natürlich nicht. Auf Wiedersehen, Rachel.«

»Bis dann, Scottie. Viel Glück.«

Ich ließ ihn stehen und sprintete zum Taxi, so gut es in High Heels und mit ein paar Drinks zu viel im Magen eben ging. Ich nannte dem Fahrer meine Adresse und lehnte mich im Sitz zurück. Dann zog ich die blonde Perücke vom Kopf und löste die Haarklemmen aus meinem schwarzen Haar, sodass es mir auf die Schultern fiel. Der Taxifahrer atmete scharf ein, aber nach dem Blick, den ich ihm im Rückspiegel zuwarf, beschloss er offenbar, kein Wort darüber zu verlieren, Gott sei Dank.

Als Auftragsschauspielerin war es nicht einfach, anderen Leuten meinen Job zu erklären. Die meisten hielten mich lediglich für eine teure Escort-Lady, aber das wurde der Sache nicht annähernd gerecht. Natürlich spielte ich jede Rolle, die ein Kunde von mir verlangte, aber ich schlief nie mit ihnen und ließ auch nie mehr als eine gelegentliche Berührung am Arm oder an der Schulter zu. Keine Umarmung, keine Küsse und definitiv kein Sex. Und wenn ein Kunde auch nur andeutungsweise versuchte, etwas in diese Richtung zu initiieren, gab ich ihm nicht nur sein gesamtes Geld zurück, sondern versetzte ihm auch einen gezielten Tritt in seine Genitalien. Männern wie Frauen. Bei dieser Regel unterschied ich nicht zwischen den Geschlechtern.

Mein Job erforderte, dass ich verschiedene Persönlichkeiten spielte. Heute Abend hatte ich die neueste Affäre eines Mannes gegeben, der immer noch an seiner Exfreundin hing. Demnächst würde ich eine Frau in einen Club begleiten, zu dem ihr ohne mich kein Zutritt gewährt würde. Und dann würde ich ihr dabei helfen, die Aufmerksamkeit eines süßen Typen auf der gegenüberliegenden Seite des Raumes auf sich zu ziehen. Ich konnte alles mimen: von der Angebeteten über die Freundin bis hin zur Geschäftspartnerin. Und ich konnte im Bruchteil eines Augenblicks zwischen meinen Rollen hin und her wechseln.

Ich fuhr mir mit den Händen durchs Haar und beobachtete, wie die Lichter D. C.s im Fensterglas blinkten und mein Spiegelbild darin auftauchte und verschwand wie ein Geist. Mascara rann in dunklen Rinnsalen über meine Wangen, und ich wischte mir übers Gesicht. Dieser blöde Regen. Ruinierte mein perfektes Make-up.

Aber es war gar nicht der Regen.

Es war die Tatsache, dass ich miterlebt hatte, wie Scott wieder mit der Liebe seines Lebens zusammenkam. Die Wärme seiner Umarmung, als er mir gedankt hatte. Die Kälte seiner Abwesenheit, nachdem ich ins Taxi gestiegen war.

Nicht dass mich hier jemand falsch versteht. Ich hatte keinerlei Gefühle für Scott. Er war ein Kunde, weiter nichts. Aber er würde heute Abend mit Allison nach Hause gehen. Ich hingegen würde mich wieder einmal allein unter meiner Decke verkriechen.

Klar, ich hätte mit Leichtigkeit ein Date finden können, das mir das Bett wärmte. An Gesellschaft hat es mir noch nie gefehlt. Männer hatten überhaupt kein Problem damit, mit mir ins Bett zu hüpfen. Für sie war ich eine Eroberung – die heiße Braut, mit der sie es getrieben hatten und mit der sie bei ihren Freunden angeben konnten.

Doch irgendwann tauchte unweigerlich eine Frau in ihrem Leben auf, die warmherziger war, als ich es je gekonnt hätte. Und dann erzählten sie irgendwann eine andere Geschichte – eine, die sie Jahre später sicher auch insgeheim ihren Söhnen erzählen würden, wenn sie mit ihnen über Mädels sprachen. Dann war ich ein gutes Beispiel dafür, dass es auf der Welt zwei Arten von Frauen gab: die einen fickte man, die anderen heiratete man.

Zum Heiraten war ich nie gut genug gewesen.

Nicht dass ich mir das gewünscht hätte.

Ich ballte die Hand so heftig zur Faust, dass mir die Fingernägel ins Fleisch schnitten.

Ein Piepen aus meinem Dekolleté ließ mich zusammenfahren. Ich zog mein Handy aus dem BH und warf dem Fahrer einen wütenden Blick zu, weil er hingeschaut hatte.

Ein bekannter, berühmter Name leuchtete auf dem Display auf.

Hey, sexy Lady. Ich bin morgen in der Stadt. Nur eine Nacht. Was muss ich tun, damit du deinen Knackarsch in mein Hotel schaffst?

Ich schrieb ihm zurück, fragte, um welches Hotel es sich handelte, und bestätigte, dass ich kommen würde. Dann lehnte ich mich wieder in meinem Sitz zurück.

Ich war auf jeden Fall erfolgreicher als jede Hausfrau mit Hängebusen, und die Worte auf meinem Handy waren der Beweis. Ich feierte mit Rockstars. Mit Oscar-Gewinnern. Mit Männern, die so reich und erfolgreich waren, dass sie mich mit Geldscheinen und glitzernden Juwelen überhäuften, wann immer ich sie darum bat. Ich war die Frau, für die sich Männer von ihren mit Babybrei bekleckerten Frauen wegschlichen. Nichts fehlte mir im Leben.

Und ganz sicher wünschte ich mir keinen Partner wie Scottie-Scott. Einen Mann, dessen Vorstellung von Ausgehen aus Knofi-Chicken-Wings und einer Bar bestand, die Whiskey in fleckigen Gläsern servierte. Einen Mann, der ständig über die eigenen Füße stolperte und einen wie ein Bär umarmte.

Ich holte tief Luft und schloss die Augen, versuchte, meine Gefühle wieder in den Griff zu bekommen. Nein, es war der Regen, der meine Wimperntusche auflöste und durch den mein Gesicht ganz feucht war. Es war der Regen, der mich erschauern ließ, und zwar so heftig, dass ich die Arme um meinen Körper schlang, um mich zu wärmen.

Es war immer der Regen.

Denn Veronica Wilde *weinte* nun mal nicht.

Kapitel 2

Bax

Rums.

Die Worte, die der Mann mir entgegenschleuderte, trafen mich wie ein Baseballschläger in die Weichteile.

»Ich sehe nicht ein, warum ich investieren sollte«, fuhr er fort. Das Sonnenlicht im Sitzungssaal zauberte silberne Streifen in sein Haar. Mein Gott. Selbst der Haarschopf dieses Kerls wirkte wie aus teurem Material gemacht.

»Obdachlosigkeit ist ein weltweites Problem.« Ich verlagerte mein Gewicht und wandte mich dem Bildschirm neben mir zu, auf dem meine PowerPoint-Präsentation zu sehen war, um dem Mann mehr Informationen geben zu können. Ich musste meine Weichteile schützen, damit er sie nicht vollends zu Brei schlug. »Ihre Investition würde Tausenden von Menschen helfen. Das Ansehen Ihres Unternehmens würde sich zusätzlich erhöhen, weil Sie für einen wohltätigen Zweck spenden, und wenn Sie die Publicity in die richtigen Bahnen lenken …«

»Sie wollen, dass ich Decken für die Leute kaufe, die auf der Straße leben.« Seine Stimme war tief und harsch, und die Falten um seine Augen zeugten davon, dass er mindestens dreißig Jahre älter war als ich mit meinen fünfundzwanzig Jahren.

Wir waren allein im Konferenzsaal, und er saß am Ende eines riesigen Walnussholztisches, der nach Zitronenpolitur roch. Er führte die Fingerspitzen zusammen und spähte mit seinen dunklen Augen auf den Bildschirm.

Überhaupt nicht einschüchternd, ganz und gar nicht.

»Na ja, doch, das stimmt.« Ich drückte einen Knopf auf meinem Laptop, um die nächste Seite aufzurufen. »Aber es sind mehr als nur Decken. Sie bestehen aus recyceltem Material und können einen Menschen auch bei Temperaturen unter null Grad vor dem Erfrierungstod schützen. Sie könnten also buchstäblich Leben retten.« Ich klickte auf die nächste Seite. »Über siebenhundert Obdachlose starben im vergangenen Jahr an Unterkühlung. Und die Zahl steigt ständig. Immer mehr Menschen verlieren ihre Jobs, und die überfüllten Heime zwingen Familien oft, auf der Straße zu leben. Die Kälte macht keinen Unterschied – ob Kind, ob Frau, ob Mann. Sie sterben alle.«

Ich klickte erneut, und der Mann atmete scharf ein. Erst hatte ich darüber nachgedacht, diese Seite nicht zu zeigen – selbst mich erschütterte der Anblick jedes Mal aufs Neue. Für ein Business Meeting war er eigentlich zu grausam, aber das Bild eines Kindes mit blau angelaufener Haut, das sich auf einem U-Bahn-Gitter in New York zusammenrollte, war anscheinend notwendig, um meinen Standpunkt deutlich zu machen.

»Stellen Sie das ab«, sagte der Mann. »Wir sind hier fertig.«

»Ich habe noch weitere Seiten.« Ich griff nach meinem Laptop.

»Ich will keine mehr sehen.«

Ich schloss den Computer und versuchte zu lächeln, war aber ziemlich sicher, dass ich nur ein merkwürdiges

Zucken meiner Lippen zustande brachte. Sein Blick landete auf meinem Ärmel.

Verdammt. Konnte er von dort aus das Loch an meinem Ellbogen sehen? Ich hätte versuchen sollen, es zu flicken, bevor ich das Haus verließ – aber ich war ohnehin schon spät dran gewesen, und außerdem wäre es sicherlich noch auffälliger gewesen, wenn ich es mit dicker Klebefolie repariert hätte.

Er hustete. »Mr Linton …«

»Baxter, Sir. Sie können mich Baxter nennen.«

»Mr Linton«, wiederholte er. »Diese Präsentation können Sie doch nicht wirklich ernst meinen. Zum einen: Wie viele Angestellte hat denn Ihre … Ihre sogenannte Organisation?«

»Äh …« Ich trat unruhig von einem Fuß auf den anderen. »Na ja, im Augenblick ist es ein Einmannunternehmen. Aber durch Ihre Investition könnte ich Leute einstellen, ein Produktionsteam und …«

»Und wie viele von diesen Decken haben Sie bislang hergestellt?«

Ich schaute hinüber zu dem Prototyp, der am Ende des Tisches lag. »Bislang nur diese eine, aber mehr brauche ich ja auch nicht, um Ihnen zu demonstrieren, dass sie funktioniert. Wenn ich sie Ihnen nur mal eben umlegen könnte, dann könnten Sie sich davon überzeugen, wie warm ihnen innerhalb weniger Sekunden wird.«

»Nichts dergleichen werden Sie tun. Ich will meinen Anzug nicht schmutzig machen. Ich versichere Ihnen, dass mein Jackett zwanzig Mal mehr wert ist als dieser *Lumpen.*«

Sprachlos starrte ich ihn an.

»Mr Linton.« Er breitete die Handflächen auf dem Tisch

aus. »Lassen Sie es mich Ihnen erklären. Sie kommen hierher mit einer zerknitterten grünen Decke, einem Loch im Ärmel, brutalen Bildern von toten Kindern, keinem einzigen Angestellten und keinem anderen interessierten Investor. Habe ich das so weit richtig verstanden?«

»Ich ... na ja ...«

Ich blickte aus dem deckenhohen Fenster. Wir waren ziemlich weit oben. Wenn ich jetzt Anlauf nahm und weit genug sprang, würde mich das Washington Monument dann aufspießen? Das wäre auf jeden Fall der Situation vorzuziehen, hier zu stehen und mir die Predigt dieses Mannes anhören zu müssen.

»Zum zweiten«, fuhr er fort, ohne etwas von meinem Tod-durch-Monument-Plan zu ahnen, »bitten Sie mich, das Obdachlosenproblem in den Griff zu bekommen, indem ich dazu beitrage, sie warm zu halten. Mein Sohn, wir brauchen *weniger* Obdachlose, nicht *mehr.*«

Das Blut stieg mir in den Kopf. Plötzlich wollte ich lieber *ihn* aus dem Fenster bugsieren als mich selbst.

»Sir, bei allem gebotenen Respekt: den Obdachlosen Decken zu geben wird ihre Anzahl nicht steigern. Und sosehr Sie das Problem auch ignorieren wollen – Obdachlosigkeit ist kein Problem, das sich von selbst löst. Das Mindeste, was wir tun können, ist, sie nicht wie Tiere auf der Straße verenden zu lassen. Sie sind immerhin Menschen wie wir alle.«

Der Mann schnaufte abfällig. »Die Mehrzahl dieser sogenannten Menschen sind Drogenabhängige und Alkoholiker, die mich anschreien, wenn ich mich weigere, ihnen mein sauer verdientes Geld in den Rachen zu werfen. Sollen sich doch einen Job suchen, sage ich da. Ihren gesellschaftlichen Beitrag leisten.«

»So leicht ist das nicht«, murmelte ich. Ich faltete die Decke zusammen und stopfte sie in die Sporttasche, in der ich sie auch hineingetragen hatte. Dann stöpselte ich meinen Laptop aus und legte ihn oben auf. »Ich verschwende unsere Zeit. Ich finde allein hinaus.«

Er nickte nur, während ich mich aus dem stickigen Raum drückte. Ich sah die rothaarige Empfangsdame im Vorbeigehen an und schüttelte nur den Kopf. Mein Meeting war nach hinten verschoben worden, deshalb hatten wir vorher jede Menge Zeit gehabt, um uns zu unterhalten. Meine Pläne hatten sie fasziniert, und sie hatte mir die Daumen gedrückt. Außerdem hatte sie ihre Telefonnummer auf einem Post-it notiert und mir mit einem Augenzwinkern zugesteckt.

Die Empfangsdame – oder Brittani mit einem *i*, wie der gelbe Zettel in meiner Brusttasche vermerkte – telefonierte gerade, als ich das Büro verließ. Sie runzelte bei meinem Kopfschütteln die Stirn, dann warf sie mir einen Blick zu, der mir deutlich signalisierte, dass ich nach dieser Niederlage ihre Nummer wohl lieber verbrennen sollte.

Unglücklicherweise war das nichts Ungewöhnliches. Mit meinem »Frauenversteher-Gesicht« und einer gehörigen Prise Humor hatte ich anfangs meist gute Chancen. Doch sobald sie herausfanden, dass ich mit der Arbeitslosigkeit kämpfte, waren sie auf und davon. Aus irgendeinem Grund gab es nicht allzu viele Frauen, die Armut attraktiv fanden.

Ich straffte die Schultern – schließlich hatte ich zwei Absagen innerhalb von dreißig Sekunden einstecken müssen – und ging zu den Aufzügen. Als ich auf den Pfeil nach unten drückte, piepte mein Handy. Scotts Name und Nummer leuchteten auf dem Display auf.

HEY MANN. BIER. HEUTE ABEND. ICH ZAHLE.

Ich quetschte mich in den rammelvollen Aufzug und ließ den Kopf kreisen. Einen Drink konnte ich jetzt durchaus brauchen, aber wenn mein Freund heute Abend wieder einmal seiner Ex hinterherheulen würde, musste ich echt nochmal über den Monument-Selbstmord nachdenken.

Aber Scott wollte zahlen, und das kam selten genug vor. Kostenloses Bier konnte ich nun wirklich nicht ausschlagen, oder? Ich antwortete mit JA und hoffte, dass er mir erzählen würde, dass er sein Leben endlich wieder auf der Reihe und er sich jemand anders gesucht hatte. Falls nicht konnte ich ihm ja den Zettel mit der Telefonnummer geben. Im Gegensatz zu mir hatte er zumindest einen Job. Brittani mit einem *i* würde mir vielleicht dankbar sein.

* * *

»Bax! Mann! Da bist du ja!«

Scotts Stimme drang über den Lärm in der überfüllten Bar hinweg, als ich mein Stammlokal betrat. Das *Flying Pig* befand sich nur wenige Straßen von meiner Wohnung entfernt, also hatte ich meine Klamotten dort kurz abgeliefert und war herübergelaufen – und die kühle Herbstluft hatte mir den Kopf etwas frei gepustet, bevor ich die stickige Hitze der Bar betrat. Ich wich den Gästen aus, die sich nach der Arbeit noch einen Drink genehmigten und in Gruppen um die Tische herumstanden oder sich an ihren Stammtisch gesetzt hatten.

Mein Freund hatte offensichtlich schon ohne mich mit dem Trinken angefangen. Er schwankte leicht auf seinem Stuhl, als er mich den anderen am Tisch Sitzenden vorstellte. Viele von ihnen kannte ich bereits, denn bevor ich beschlossen hatte, meine Träume zu verfolgen, hatte ich in der Steuerberatungskanzlei Rafferty and Sons gearbeitet. Dort hatte ich auch Scott kennengelernt, seine damalige Freundin Allison, und ich war auch oft mit Clare hier gewesen.

Clare.

Mein ganzer Körper erstarrte, während ich im Geiste ihren Namen flüsterte.

Ich hatte mich bemüht, nicht mehr an sie zu denken, nachdem sie mir den Ring an den Kopf geworfen und mir die Tür ein für alle Mal vor der Nase zugeschlagen hatte. Das war jetzt fast ein Jahr her. Kaum zu glauben, dass ihr Name trotzdem immer noch irgendwelche Reaktionen in mir hervorrufen konnte. Wir hätten jetzt längst auf Hochzeitsreise sein sollen. Hätten Margaritas trinken und so lange am hawaiianischen Strand vögeln sollen, bis wir uns nicht mehr bewegen konnten. Die Tatsache, dass sie die Flugtickets und die Hotelreservierung behalten und einen anderen Typen mitgenommen hatte, war nur noch ein weiterer Tritt in meine Weichteile gewesen.

Verdammt.

Ich fuhr mir mit den Händen durchs Haar. Wenn ich mich weiter im Selbstmitleid suhlte, würde ich heute Abend auf dem Zahnfleisch nach Hause robben. Ich signalisierte Danielle, unserer Stammkellnerin, mir ein Bier zu bringen. Als sie damit an den Tisch kam, dankte ich ihr und bat sie, regelmäßig für Nachschub zu sorgen.

»Also, Kumpel.« Ich trank einen kräftigen Schluck aus der Flasche. Der Gerstensaft floss mir die Kehle hinunter und vertrieb die Gedanken an Clare und den Diamantring, der immer noch in meiner Unterhosenschublade lag.

»Was gibt es zu feiern? Du bist sonst nun wirklich nicht der spendable Typ, noch nicht mal, wenn es gut läuft bei dir.«

Die Worte waren mir kaum über die Lippen gekommen, als der Geruch eines vertrauten Parfüms über den Tisch zu uns hinüberwehte. Ich atmete scharf ein und wappnete mich für die unweigerliche, unangenehme Szene, die sich zwischen den frisch Getrennten jetzt mutmaßlich abspielen würde.

»Allison«, sagte ich. »Was machst du denn hier?«

»Baxter.« Sie nickte mir zu, dann beugte sie sich vor und gab Scott einen Kuss auf die Wange. »Tut mir leid, dass ich so spät dran bin, Darling. Ich bin um fünf noch zu einem Meeting gerufen worden. Arthur ist ein echter Tyrann, das kannst du mir glauben. Sein Lebenszweck besteht darin, mich zu quälen. Ich mach mich nur eben frisch. Bestell mir doch schon mal einen Weißwein. Nach diesem Tag kann ich einen brauchen.«

Sie schwebte gehüllt in eine blumig riechende Wolke davon, und dabei schwenkte sie die Hüften hin und her. Okay, das war eindeutig neu. Sowohl der Kuss als auch das Gewackel mit den Hüften.

Nachdem Scott den Wein bestellt hatte, warf ich ihm einen fragenden Blick zu. »Ääh … was dagegen, mir zu erzählen, wann das passiert ist?«

»Gestern Abend.« Scott neigte sich zu mir und achtete nicht mehr auf die Unterhaltung der anderen am Tisch. »Ich bin gestern Abend bei einer After-Work-Party mit einem anderen Mädchen aufgetaucht, und Alli ist ausgeflippt. Ihr ist klar geworden, wie sehr sie mich vermisst hat.« Er beugte sich so weit vor, dass sein Hintern wahrscheinlich nicht mehr den Stuhl berührte. »Und nicht nur das. Wir sind nach Hause gegangen und hatten den atemberaubendsten Sex unseres Lebens. Wirklich, Mann, sie konnte einfach nicht genug bekommen. Ist ein Wunder, dass wir heute überhaupt irgendetwas auf die Reihe gekriegt haben.«

Ich trank von meinem Bier und schluckte. »Das ist toll, Mann. Ich freu mich für dich. Ich weiß ja, wie sehr du sie vermisst hast.« Die Wahrheit war: Mein Handy war seit ihrer Trennung vor nächtlichen Textnachrichten von ihm fast übergelaufen. »Aber wer war die Kleine, die du mit auf die Party genommen hast? Du kommst doch kaum je mal aus dem Büro. Wann hattest du denn Zeit, eine andere Frau kennenzulernen?«

Er lehnte sich zurück und holte sein Portemonnaie heraus. Nach einem Blick in Richtung Toiletten zog er eine Visitenkarte hinter seinen Kreditkarten hervor und warf sie auf den Tisch.

»Was ist das?«

»Das ist die Frau, die ich engagiert habe.«

»Engagiert. Also …« Jetzt war ich es, der sich vorbeugte. »Erzähl mir jetzt nicht, dass du dir eine Nutte für die Party aufgerissen hast.«

»Nein! Na ja, nicht so richtig. Sie ist eine Auftragsschauspielerin. Sieh dir das an.«

Ich sah mir die Karte genauer an: lediglich die schlichte Zeichnung einer schwarzen Maske in glitzernder Tinte war darauf zu sehen, und in der unteren Ecke eine Adresse. »Ist das Zorros Visitenkarte oder so was? Steht ja noch nicht mal ein Name drauf.«

»Sie heißt Rachel, aber sie macht ein tierisches Geheimnis draus. Und mit ihren Kunden trifft sie sich vorher immer nur persönlich. Deswegen gibt sie auch keine

Handynummer an. Du musst schon bei ihr im Büro auftauchen.« Scott senkte die Stimme. »Schnell, steck sie ein. Allison kommt zurück. Ich habe ihr erzählt, dass ich Rachel im Park kennengelernt habe.«

Ich ließ die Karte in meine Jackentasche gleiten, wo sie dann Brittanis Nummer Gesellschaft leistete. Fantastisch. Jetzt hatte ich zwei nutzlose Papierfetzen dabei.

Allison schlüpfte neben Scott auf den Stuhl und nippte an ihrem Wein, der in der Zwischenzeit gebracht worden war. Zugegebenermaßen war Scott in der Nähe dieser Frau viel glücklicher – unter seinem Bart hatte seine Haut vor lauter Alkohol und Verliebtheit eine rosige Färbung angenommen. Ich hasste ihn beinahe.

»Also Baxter«, sagte jetzt Allison. »Wie laufen die Geschäfte? Du stellst doch jetzt Klamotten für Obdachlose her oder so was, oder? Hast du schon Investoren gefunden?«

»Decken.« Ich trank mein Bier aus, hielt die leere Flasche in die Höhe und nahm Blickkontakt mit Danielle auf, damit sie mir die nächste brachte. »Ich vertreibe Decken. Sie sind groß genug, dass ein Mensch sich ganz darin einwickeln kann, und sie bestehen aus windabweisendem Material, das die Körpertemperatur aufrechterhält.«

»Mein Freund, das Genie«, meinte Scott. Er legte den Arm um Allison. »Ich wusste immer schon, dass du für einen Schreibtischtäter viel zu viel Köpfchen hast.«

»Das würde ich so nicht sagen«, wiegelte ich ab.

Danielle stellte das zweite Bier vor mir ab und schenkte mir ein halbes Lächeln. Sie war echt süß. Schwarzes Haar mit roten Strähnen umrahmte ihr Gesicht in Wellen, was mich an eine Kabarettsängerin von früher erinnerte. Ihre Haut war makellos. Dunkelbraune Augen und volle Lippen, auf die sie lediglich Gloss auftrug. Alles an ihr war keck, von ihrem Verhalten, über ihren Hintern bis hin zu ihren Brüsten.

Einmal hatte ich in sturzbetrunkenem Zustand in der Gasse hinter der Bar mit ihr herumgeknutscht. Aber dann hatte ich in eine Mülltonne gekotzt, und aus war es mit der Romantik. Nichts lässt eine Frau schneller den Rückzug antreten als ein Typ, der einen Tag alte Pizza auf uralte Nachos von sich gibt.

»Ich bin im Grunde darüber gestolpert«, fuhr ich fort, nachdem Danielle den Tisch verlassen hatte. »Es waren nur fünf Grad draußen. Der Obdachlose, der normalerweise vor meinem Gebäude schläft, sah aus, als würde er gleich erfrieren, aber er wollte partout nicht bei mir in der Wohnung übernachten. Also fabrizierte ich eine Decke aus den Sachen, die Clare in meiner Wohnung gelassen hatte und gab sie ihm. Am nächsten Tag meinte er, so warm wäre ihm noch nie gewesen. Er sagte, er hätte sogar irgendwann angefangen zu schwitzen.«

Allison legte den Kopf auf Scotts Schulter. »Und was genau willst du mit den Decken jetzt anfangen?«, fragte sie.

»Na ja, ich habe einen weiteren Prototyp hergestellt, und jetzt versuche ich, einen Investor zu finden, um in die Massenproduktion einzusteigen und sie anschließend hoffentlich dort verteilen zu können, wo man sie braucht. Bislang habe ich aber nur Absagen bekommen – diese ganzen alten Männer sehen mich immer an, als wollte ich ihnen den Schwanz abschneiden.«

Allison hätte sich beinahe an ihrem Wein verschluckt. Sie hasste das *S*-Wort. Scott rieb ihr sanft über den Rücken und meinte: »Wie gehst du es denn an? Tauchst du nur mit der Decke und einer PowerPoint-Präsentation auf, oder so?«

»Ja, genau.« Ich nahm mir eine Handvoll Erdnüsse aus der Schüssel in der Mitte des Tisches, knackte sie und warf mir einige davon in den Mund, wonach ich die Schalen auf den Boden warf. »Viel mehr habe ich nun mal nicht vorzuweisen.«

»Klingt nicht allzu beeindruckend«, meinte Allison. »Ich meine, wenn du mich um Geld bitten würdest, würde ich wissen wollen, ob es die Investition wert ist. Du bräuchtest zumindest einen Angestellten, und vielleicht noch einen weiteren interessierten Käufer. Oder die Zusage eines Bürgermeisters, dir welche abzukaufen, sobald sie auf dem Markt sind. Und bist du in diesen Klamotten bei deinen Präsentationen aufgetaucht?«

»Ja. Was ist damit nicht in Ordnung?«

»Zunächst mal ist dein Jackett völlig zerknittert. Das müsste mal aufgebügelt werden. Außerdem hat es, glaube ich, ein oder zwei Löcher. Du siehst aus, als kämst du gerade aus dem Bett und hättest dir das Erstbeste übergeworfen, was gerade so auf dem Boden herumlag.«

»Na herzlichen Dank. Macht sicher Spaß, noch nachzutreten, wenn ein Typ schon am Boden liegt.«

»Sorry«, antwortete sie. »Ich will dir nur deutlich machen, worauf es ankommt. Wenn du ein Produkt verkaufen willst, verkaufst du zunächst einmal dich selbst. Investoren nehmen am Anfang nur dich wahr, und dann erst das Produkt. Sie haben ihre Entscheidung oft schon getroffen, noch bevor du den Mund aufgemacht hast. Und warum sollten sie Geld lockermachen, wenn du wirkst, als sei dir alles egal?«

»Stimmt.« Scott gab ihr einen Kuss auf die Wange. »Meine kleine Vertriebsexpertin.«

»Und was schlagt ihr vor?«, fragte ich. »Glaubt ihr

wirklich, dass ein paar neue Klamotten bewirken, dass Millionäre mich plötzlich ernst nehmen? Ich bin dann immer noch der Typ ohne Geld, ohne Angestellte, dafür aber mit einer Decke aus Recycling-Materialien.«

»Genau, auch das ist Teil des Problems«, erwiderte Allison. »Du bist allein. Ich finde, du brauchst einen Partner, Baxter. Wirklich.« In Allisons Tasche piepste es, und sie zog ihr Handy heraus und stöhnte genervt. »Das ist Arthur. Wahrscheinlich ist er noch immer im Büro und weiß nicht, wie er den Computer auskriegt oder so was. Bin gleich zurück. Die Verbindung hier drin ist grauenhaft.«

Sie schlenderte zum Ausgang hinüber, und ihre Stimme wurde immer leiser. Dann verließ sie die Bar.

»Toll.« Ich lehnte mich zurück. »Ganz genau. Ich gehe jetzt raus und suche mir mal eben einen Assistenten und bitte ihn, für lau zu arbeiten. Und wobei sollte er mich überhaupt unterstützen? Ich habe ja noch nicht mal Arbeit für ihn.«

Scott strich sich über den Bart. »Du brauchst mehr als nur einen Assistenten, Bax. Ich finde, Alli hat recht. Du brauchst jemanden, der dich gut dastehen lässt. Jemanden, der deinem Gegenüber das Gefühl gibt, dass du ein funktionierendes Unternehmen leitest, oder vielleicht auch jemanden, der sich als interessierter Geschäftspartner ausgibt.«

»Perfekt. Dann schauen wir uns doch gleich mal nach jemandem um.« Ich schaute mich mit übertriebenen Kopfbewegungen in der Bar um. »Vielleicht Dean mit dem Bierbauch und den ewigen Senfflecken auf der Krawatte? Oder Beth mit ihrer sechzigjährigen Erfahrung und dem grellblauen Lidschatten?«

»An so was habe ich natürlich nicht gedacht. Nein – die Karte, die ich dir gegeben habe. Rachel, die Auftragsschauspielerin. Sie spielt alles und jedes – solange du keine intime Beziehung mit ihr willst. Kein Sex also, kein Anfassen. Aber sie wäre vielleicht die Richtige, um deine reiche Geschäftspartnerin zu mimen. Oder vielleicht reicht es ja verdammt noch mal auch, sie zu den Meetings mitzunehmen. Sie könnte selbst Supermann sein Kryptonit verkaufen. Sie ist wirklich fantastisch, Mann.«

Ich kippte das zweite Bier hinunter, ließ mir vom Alkohol und von dem kitschigen Countrysong, der aus dem Lautsprecher neben uns plärrte, das Gehirn vernebeln. »Ach ja? Arbeitet sie denn umsonst?«

»Na ja, das nicht. Eigentlich ist sie sogar ziemlich teuer …«

»Dann bin ich raus.«

»Warte. Sie ist teuer, ja, aber sie hat da so eine Rückgabeklausel. Wenn sie keinen Erfolg hat, bekommst du den vollen Betrag zurück. *So* selbstbewusst ist sie. Sie bekommt ihre Aufträge ausschließlich durch Mundpropaganda, und der Kerl, der sie mir empfohlen hat, meinte, dass sie das Geld noch nie zurückgeben musste.«

»Trotzdem.« Ich blickte zur Tür, um mich davon zu überzeugen, dass Allison noch nicht wieder auf dem Rückweg zu unserem Tisch war. »Wo bekomme ich das Geld her, um im Voraus zu bezahlen?«

»Du hast doch noch das, was du für die Hochzeit gespart hattest, oder?«

»Einen Teil davon. Einen Großteil habe ich schon ausgegeben für Dinge wie Miete und Essen, aber ja, den Rest habe ich gespart für den Fall, dass das ganze Projekt scheitert. Dann könnte ich immer noch auf eigene Rechnung so viele Decken wie möglich herstellen, bevor ich ganz aufgebe.«

»Dann ist das doch die perfekte Lösung. Du hast nichts zu verlieren. Entweder verhilft sie dir zu einem größeren Investor und nationaler Aufmerksamkeit, oder du bekommst dein Geld zurück.«

Ich griff in meine Tasche und kramte die Karte mit ihrer Adresse hervor.

»Meinst du wirklich, die Kleine lässt sich darauf ein?«

Seine Augen folgten Allison, die ihr Handy wieder in ihrer Tasche verstaute und in unsere Richtung marschierte.

»Es gibt nur einen Weg, um das herauszufinden, stimmt's?«

Ich musterte die Karte noch einmal und ließ die Finger über die seltsame Maske gleiten. Scott hatte recht. Ich hatte nichts zu verlieren.

Kapitel 3

Veronica

Ich wusste nicht, was schlimmer war: mein Brummschädel oder der Alptraum, der mich aus dem Schlaf gerissen hatte. Ich zerrte an der schweißfeuchten Decke, die sich um meinen Hals gewickelt hatte, und holte tief Luft. Mit jedem Atemzug schlug mein Herz zwar wieder langsamer, das Pulsieren in meinem Kopf jedoch nahm zu. Ich stöhnte und legte die Hand über die Augen.

Das Schnarchen des Rockstars neben mir sagte mir, dass ich ihn nicht aufgeweckt hatte. Gott sei Dank. Die Alpträume kamen jetzt nicht mehr so oft wie früher, dennoch konnte ich sie wohl kaum einem Mann erklären, der mehr Muskeln als Grips im Kopf hatte.

Als mein Herz wieder normal schlug, drehte ich mich auf die Seite und sah dem begehrtesten Sänger der Welt beim Schlafen zu. Die Decke war bis zu seiner Taille heruntergerutscht, und dieser Anblick erinnerte mich dann auch wieder daran, warum ich seine Einladung angenommen hatte. Tribal Tattoos bedeckten seine muskulösen Schultern und seinen ganzen Rücken hinunter bis zu seinen Hüften und hörten genau vor dem Delta unter seinem Bauch auf, dessen weiterer Verlauf unter den Decken verborgen lag.

Langes, dunkles Haar und der gepflegte Dreitagebart an seinem Kinn vervollständigten den Bad-Boy-Look. Er hatte das perfekte Image für den Lead-Sänger der Screeching Monkeys, einer Alternative Rockband, die anfänglich nur an den Unis gespielt hatte, mittlerweile aber – quasi über Nacht – für weltweit ausverkaufte Stadien sorgte.

Mit seiner tiefen, rauen Stimme und den dunklen Augen war er der Traum einer jeden Frau – weshalb sie alle mich im Moment wahrscheinlich gehasst hätten. Aber niemand wusste von unserem Arrangement, schließlich waren wir uns beide darüber im Klaren, dass uns außer Sex nichts weiter verband. Zu Hause hatte er zudem eine Freundin – eine Schauspielerin oder ein Model oder so etwas in der Richtung. Er rief mich immer an, wenn er in der Stadt war, und wenn ich nicht gerade etwas Besseres vorhatte, stimmte ich einem Treffen immer zu. Ich kannte nicht mal seinen richtigen Namen, denn »Panick Slade« war ja ganz offensichtlich ein Künstlername.

Ich fand das vollkommen in Ordnung – immerhin glaubte er, ich hieße Silvia.

Der Rockmusikgott rührte sich und öffnete die Augen. Er lächelte trotz der Tatsache, dass sein Schädel wahrscheinlich genauso brummte wie meiner. Die leere Flasche Jack Daniel's auf dem Nachttisch hatten wir immerhin gemeinsam geleert.

»'morgen Sexgöttin.« Er rückte näher und ließ die Hand an meinem Körper hinuntergleiten. Seine Finger kreisten erst auf meiner Hüfte und dann auf meinem Bauch, um dann meine Brust zu umfangen. »Die letzte Nacht war einfach unglaublich.«

»Natürlich.« Ich fing seine Hand ab und wich vor dem Gestank nach Whiskey gemischt mit irgendetwas

Säuerlichem in seinem Atem zurück. »Schließlich hast du es mit mir zu tun!«

Er ignorierte meine Körpersprache, streckte erneut die Hand aus und packte meinen Hintern, zog mich so dicht zu sich heran, damit ich spürte, dass er in bester Stimmung aufgewacht war. »Wir haben es letzte Nacht viermal getrieben. Willst du kein fünftes Mal?«

Trotz der edlen Hotelbettwäsche und der Tatsache, dass er mich offensichtlich begehrte, konnte ich den Alptraum einfach nicht abschütteln. Ich musste mich erst einmal waschen, bevor ich in Erwägung ziehen konnte, wieder schmutzig zu werden.

Also griff ich unter die Bettdecke und drückte ihn sanft. Er stöhnte und schloss die Augen. »Ich mache dir einen Vorschlag«, antwortete ich und streichelte ihn. »Ich gehe jetzt erst mal unter die Dusche. Du putzt dir die Zähne, damit du deine Fahne loswirst. Und dann kommst du zu mir.«

Zu seiner großen Enttäuschung ließ ich ihn wieder los und stand auf, und dabei versuchte ich, das starke Pochen in meinem Kopf und das Schwanken des Raumes zu ignorieren. Ich ließ die Decke fallen, sodass er jeden Zentimeter meines Körpers sehen konnte. Er summte beifällig.

Der Teppich gab unter meinen Zehen nach, während ich vorsichtig hinüber ins Bad ging. Ich hielt mich so gerade wie möglich, um meinen Kopf nicht noch mehr zu verärgern.

Panick – oder wie immer er hieß – wohnte stets in der Royal Suite im *Four Seasons*. Es gehörte zu meinen Lieblingshotels in der Stadt – nicht nur waren die Zimmer groß und in jenem klassischen Grau und Beige gehalten, das nach Geld roch. Dazu waren die Badezimmer sogar noch geräumiger als in den meisten Wohnungen und von der Decke bis zum Boden mit weißem Marmor ausgekleidet.

Ich schlüpfte durch die durchsichtige Tür in die Duschkabine und drehte das Wasser auf. Die heißen Tropfen trafen wie Lava auf meine Haut, und sie spülten sowohl den Kater als auch den Alptraum davon. Ich benutzte das teure Hotelshampoo und das Duschgel, und bald war ich über und über mit nach Erdbeeren duftendem Schaum bedeckt.

Vor der Dusche ertönte das Quietschen des Wasserhahns über dem Waschbecken. Man hörte Wasser rauschen und Panicks tiefes Gurgeln.

Dann wurde die Glastür geöffnet, und der Rockstar gesellte sich zu mir, um die nächste Runde zu eröffnen. Ohne die Decke war er ein absolut köstlicher Anblick – die Tattoos waren wie die Karte eines Vergnügungsparks, die mich zu den aufregendsten Fahrgeschäften auf seinem Körper führte. Ich fuhr mit meinem seifigen Finger die Muster nach, und Panick stöhnte. Er küsste mich mit einem nun nach Pfefferminz duftenden Mund und presste mich gegen die kalte Marmorwand.

Zum Teufel mit fünf.

Wir schafften es sechs Mal.

* * *

Ich hatte mir für mein Unternehmen ein kleines Büro in der Stadt gemietet. Obwohl ich meine Kunden nur durch Mundpropaganda bekam und keinerlei Anzeigen schaltete, hatte ich dadurch die Möglichkeit, potenzielle Kunden kennenzulernen, ohne dass sie mich in meiner Wohnung aufsuchten oder ich zu ihnen fahren musste.

Ich hatte nicht zu den üblichen Bürostunden geöffnet und gab auch meine Telefonnummer nicht preis. Kunden erhielten meine Karte, um sie dann an jemand anders weiterzugeben, der meine Dienste vielleicht benötigen konnte, und der Interessent musste auftauchen, wenn ich zufällig im Büro war, wenn er meine Hilfe brauchte.

Sicherlich war das nicht die effizienteste Art der Unternehmensführung, aber ich verdiente trotzdem mehr als genug. Normalerweise hatte ich immer nur einen einzigen Kunden, wodurch es mir umso leichter fiel, meine Anonymität zu wahren. Außerdem würde ich sicher niemals irgendeinem armen Tropf von potenziellem Kunden hinterherlaufen, der seine Freundin eifersüchtig machen oder seinem Boss imponieren wollte. Wenn jemand etwas von mir wollte, musste die Initiative von ihm ausgehen, und er musste zu mir kommen. Einige dieser Aufträge erforderten Planung, viel Zeit und Engagement. Mich zu finden war der erste Schritt, um mir zu zeigen, dass sie es ernst meinten.

Ich schlenderte ins Büro und betätigte einen Schalter, sodass das Zimmer in gelbes Licht getaucht wurde. Es war klein mit nackten weißen Wänden und einem Eichenschreibtisch. Ein viereckiges Fenster mit einem beeindruckenden Ausblick über die Stadt nahm die eine Seite des Zimmers ein, und der Schreibtisch stand an der anderen. Repräsentativere Räumlichkeiten wären mir lieber gewesen, aber es war schwierig, Büroräume in der Innenstadt von D.C. aufzutreiben, und die Lage war wichtiger als die Größe.

Ich setzte mich auf den quietschenden Schreibtischstuhl, öffnete meinen Laptop und verschaffte mir wie jeden Tag einen Überblick über den neuesten Hollywoodklatsch. Der Schwarm aller Frauen, Gavin Hartley, und seine Serie *Wikingermond* hatten grünes Licht für die dritte Staffel erhalten. Die Serie bekam jede Woche beste Bewertungen und hatte auf der ganzen Welt jede Menge Superfans. Ein Bild von Gavin und seiner Freundin Elise flackerte über meinen Bildschirm, und mir drehte sich etwas der Magen um. Sie standen auf einem roten Teppich, hielten sich an den Händen und hatten nur Augen füreinander. An ihrer linken Hand prangte einer der größten Klunker, die ich je gesehen hatte. Na toll. Da war jemand von der Freundin zur Verlobten befördert worden.

»Verdammt.«

Ich wandte meine Aufmerksamkeit von der Filmbranche ab und konzentrierte mich stattdessen auf Nachrichten aus der Musikwelt, vergnügte mich mit Bildern von Panick Slade, der halb nackt auf der Titelseite des *Gentlemen's Quaterly* prangte. Seine Bauchmuskeln glänzten darauf noch stärker als heute Morgen unter der Dusche. Hmm … Ich stieß einen Seufzer aus und lehnte mich zurück, während ich mir ins Gedächtnis rief, wie das Wasser an unseren Körpern heruntergeströmt war und er den Spuren der Tropfen auf meiner Haut nachgespürt hatte. Dieser Mann hatte wirklich magische Hände.

Ein Krächzen vom Fenster aus riss mich aus meinen süßen Träumen. Das Geräusch war durchdringend und fuhr wie ein Bohrhammer in mein Hirn. Verdammt. Die blöde Krähe war wieder da. Sie saß gern vor meinem Bürofenster und kreischte dort stundenlang herum. Mir dröhnte von den sechs Jack Daniel's mit Diätcola am Abend zuvor immer noch der Kopf, und heute würde ich mir das auf keinen Fall den ganzen Tag anhören.

Ich sprang vom Stuhl auf und riss das Fenster auf. Kühle

Luft, die noch nach dem morgendlichen Regen roch, flutete herein, als ich mich über das Fenstersims beugte. Der Vogel saß auf der Kante, etwas weiter weg, zu meiner Rechten, und zehn Stockwerke unter uns rauschte hupend der Verkehr durch die Straßen. Niemandem war klar, dass sich hier oben ein Dämon vor meinem Bürofenster niedergelassen hatte.

»Weg da, du blödes Vieh.«

Der Vogel krächzte wieder und blinzelte mich an.

»Ksch.« Ich scheuchte ihn mit der Hand fort. »Mach dich verdammt noch mal vom Acker. Ich meine es ernst. Ich bin *echt* nicht in Stimmung für so was.«

Der Vogel hüpfte näher. Ich wedelte wieder mit der Hand, und der Vogel hackte zu – und verursachte prompt eine blutende Wunde.

»Au! Verdammt! Oh, das war's, du Mistvieh. Dich krieg ich.« Ich lehnte mich noch weiter aus dem Fenster und griff nach dem verdammten Vieh, um ihm den Hals umzudrehen.

Plötzlich verlor ich das Gleichgewicht, mir rutschten die Füße aus den Manolos und das Herz in den Hals – ich drohte hinabzustürzen. Ich schrie, und der Vogel ergriff mit höhnischem Schreien die Flucht.

Ein Paar Hände packten nach meinen bloßen Füßen und zogen daran, und dann schlang sich ein Arm um meine Taille und zerrte mich ins Büro zurück. Meine Füße landeten auf dem Boden, und ich wurde gegen einen fremden Mann gepresst.

»Was zum Teufel?« Ich stieß ihn weg und wich zum Schreibtisch zurück. »Wer sind Sie?«

»Wow«, sagte der Mann. »Ich habe gerade Ihr Leben gerettet. Wir wär's mal mit: ›Danke, freundlicher Fremder‹?«

Ich umklammerte die Kante des Schreibtisches und versuchte, mein Zittern unter Kontrolle zu bekommen. Meine Beine waren so unsicher, dass ich fast zu Boden gesunken wäre, und der Mann war sofort wieder an meiner Seite. Er schlang erneut den Arm um mich und bugsierte mich auf den Stuhl. »Alles in Ordnung mit Ihnen? Brauchen Sie ein Glas Wasser oder so was?«

»Mir geht's gut«, antwortete ich. »Mir ist nur gerade die Luft weggeblieben. Und ich hab auch einen leichten Kater.«

»Sie bluten.«

Er griff nach meiner Hand, aber ich zog sie zurück und deutete mit einem Kopfnicken Richtung Fenster. »Dieser bescheuerte Vogel hat zugehackt.«

»Wahrscheinlich weil Sie versucht haben, ihn umzubringen.«

»*Er* hat doch angefangen. Ich wollte nur meine Ruhe haben.« Ich griff in die Schublade meines Schreibtisches und holte eine Schachtel Aspirin und eine Flasche Whiskey heraus. Ich warf mir die Pille in den Mund und spülte sie mit dem Schnaps direkt aus der Flasche hinunter.

»Ist das eine gute Idee? Ich dachte, es sei gefährlich, Tabletten und Alkohol zu kombinieren.«

»Sind Sie mein Betreuer? Was kümmert Sie das?« Ich lehnte mich zurück und musterte ihn.

Der Typ war eine Mischung aus Nerd und süßem Jungen, in seinem weißen T-Shirt und seiner billig aussehenden braunen Anzugjacke (mit einem verdammten Loch im Ärmel). Dazu blaue Jeans und Converse-Imitationen. Braunes, welliges Haar, das er mit Gel gebändigt hatte, wahrscheinlich aber immer ein wenig zerzaust wirkte. Graue Augen, die ich auf den ersten Blick für blau gehalten hatte. Er hatte ein schmales Gesicht und ein kantiges Kinn und gehörte zu den Männern, deren Mund immer aussieht, als wollten sie gleich lächeln – sogar jetzt, als er mich aus verengten Augen musterte, schienen sich seine Mundwinkeln zu einem kleinen Grinsen zu verziehen.

Ich hasste ihn sofort und funkelte ihn so wütend an, dass er hoffentlich gleich verstand, wie ich zu ihm stand.

Aber weit gefehlt. Seine Augen ruhten immer noch auf meiner Hand. »Das Blut tropft auf ihren Schreibtisch.«

Ich folgte seinem Blick. Er hatte recht. Das Blut hatte bereits eine kleine rote Pfütze auf der Eichenplatte gebildet. Dieser dämliche Vogel musste tatsächlich eine Ader getroffen haben.

Ich legte die andere Hand auf die Wunde. »Mir geht es gut.«

»Ihnen geht es alles andere als gut.« Er kam näher und versuchte, unter die Hand zu schauen. »Sie sind von einem frei lebenden Tier verletzt worden. Wahrscheinlich brauchen Sie ein Antibiotikum und müssen vielleicht sogar genäht werden. Sie sollten ins Krankenhaus fahren.«

»Ich habe für Krankenhäuser nichts übrig. Ein Druckverband wird reichen, und schon bin ich so gut wie neu.«

»Und was ist mit einer möglichen Infektion? Wer weiß, welche Krankheiten dieser Vogel übertragen kann.«

Ich packte die geöffnete Flasche Whiskey mit der unverletzten Hand. Und bevor ich es mir anders überlegen konnte, goss ich etwas davon auf die Wunde. Das Brennen setzte langsam ein, eine unterschwellige Hitze um die Wunde, die sich schnell zu einem erbarmungslosen Feuer auswuchs, das meinen ganzen Arm erfasste.

»Verdammtes Biest!«

Ich knallte die Flasche auf den Schreibtisch und

verschüttete dabei noch mehr Alkohol, aber das war mir egal. Tränen traten mir in die Augen. Ich biss die Zähne zusammen und verkniff mir nur mit Mühe ein Stöhnen. Auf keinen Fall würde ich hier schon wieder vor einem Fremden herumwimmern.

Er kniete sich neben mich und zog ein Taschentuch aus der Brusttasche. Ohne zu fragen packte er meine Hand und presste den Stoff auf die Wunde.

»Heiliger Strohsack«, sagte er. »Das war eine ziemlich bescheuerte Aktion. Was ist los mit Ihnen? Alles klar?«

Ich nickte und stieß den Atem aus, als der sengende Schmerz endlich etwas nachließ. »Alles in Ordnung.« Ich entzog ihm die Hand wieder und ignorierte die Tatsache, dass der unverletzte Teil meiner Hand unter seiner Berührung ein ganz anderes Feuer gefangen hatte. Oder dass das Grau seiner Augen, mit denen er mich so besorgt musterte, Gewitterwolken ähnelte.

Vorsichtig nahm ich das Taschentuch von der Wunde. Die Blutung hatte bereits nachgelassen, und die Wunde wirkte nun klein und sauber. »Sehen Sie? Ein Krankenhaus ist nicht nötig. Sie können gehen. Ich werd's überleben.« Ich streckte ihm das blutige Taschentuch entgegen. »Hier. Das ist Ihres.«

»Behalten Sie's.« Er stand auf und schüttelte den Kopf. »Sie sind eine ganz schön harte Nuss, wissen Sie das? Mein Freund Scott hat mir schon gesagt, dass Sie ein bisschen unterkühlt sind, aber ich rette Sie vor dem Sturz aus dem Fenster, bin ein bisschen besorgt, und Sie motzen mich an. Eigentlich wollte ich Sie um Hilfe bitten, aber das war offensichtlich ein Fehler.« Er ging zum Fenster und hob meine Schuhe auf, um sie auf den Schreibtisch zu stellen. »Hier sind Ihre Manolo Blahniks. Ich hoffe, Sie haben noch ein schönes Leben mit ihnen. Was Sie übrigens mir zu verdanken haben.«

Er schritt zur Tür, und ich befühlte meine moosgrünen Samtschuhe. »Warten Sie.«

Er drehte sich um und warf mir einen erstaunten Blick zu.

»Woher um alles in der Welt kennen Sie Manolos? Ihren Klamotten nach zu schließen könnten Sie sich nicht mal den Absatz dieser Schuhe leisten.«

»Spielt zwar keine Rolle, aber meine Verlobte – Exverlobte – war Modedesignerin. Ich habe von ihr viel über die Modebranche gelernt. Ich weiß zum Beispiel, dass Ihr Kleid von Donna Karan ist. Außerdem ist es aus der Vorjahreskollektion. Seltsam eigentlich, denn Sie kommen mir eigentlich nicht vor wie eine Frau, die sich mit Klamotten aus dem letzten Jahr abgibt.«

Ich zuckte zusammen. Panick hatte mir das pastellgrüne, eng anliegende Kleid heute Morgen geschenkt. Er hatte behauptet, dass das Grün ihn an den St. Patrick's Day erinnerte, und das sei ja fast sein Namenstag (seine Worte). Außerdem liebte er diesen Tag, weil der Alkohol dann in Strömen floss. Trotz der schwachsinnigen Begründung hatte ich mich über das teure Geschenk gefreut – und ich kannte seinen genauen Wert, denn Panick hatte das Preisschild drangelassen. Aber jetzt kapierte ich: Das Kleid war nie ein Geschenk für mich gewesen. Er hatte es letztes Jahr für seine Freundin gekauft, und wahrscheinlich hatte sie beschlossen, es zu spenden oder so etwas, weil sie es sowieso nie getragen hatte.

Zum Teufel, ich war also die Almosenempfängerin eines Rockstars. Und dieser Fremde hier war schuld, dass ich mich jetzt auch so fühlte.

Der Typ machte einen weiteren Schritt auf den Ausgang zu. »Also, wenn Sie jetzt fertig damit sind, mich zu meinen Kenntnissen im Bereich Mode zu verhören, bin ich dann mal weg. Herzukommen war ein Fehler.«

Ich stand auf. »Bevor Sie gehen, Mr …«

»Linton. Baxter Linton.«

»Baxter?« Ich biss mir auf die Zunge, um nicht loszukichern. »Heißen Sie wirklich so? In meiner Jugend hießen die Hunde meiner Freunde so. Ich wusste nicht, dass es auch Menschen mit diesem Namen gibt.«

Er blinzelte. »Wow. Na ja, in diesem Sinne wünsche ich auch Ihnen noch einen angenehmen Tag, Rachel. Passen Sie auf sich auf.«

»Warten Sie. Bevor Sie gehen, können Sie mir wenigstens noch sagen, warum Sie hier sind. Sie erwähnten, dass Scott mich Ihnen empfohlen hat. Geht es um einen Auftrag?«

Er stemmte beide Arme gegen den Türrahmen. Seine Silhouette war schlank unter dem Jackett, und das weiße T-Shirt spannte sich über seinen definierten Bauchmuskeln.

Nicht schlecht für einen Good Boy.

Baxter betrachtete mich einen Augenblick lang eindringlich, dann zuckte er mit den Schultern. »Wissen Sie was? Vergessen Sie's. Es würde nie funktionieren. Und Sie sind eindeutig nicht die Richtige, um mir dabei zu helfen. Da bin ich mir sicher.« Er warf ein zerknülltes Stück Papier, in dem ich meine Visitenkarte wiedererkannte, auf den Schreibtisch. »Die brauche ich nicht mehr. Geben Sie sie jemandem, der Zeit hat, sich mit diesem Unsinn abzugeben. Alles Gute, Rachel. Und fallen Sie nicht noch mal aus dem Fenster.« Er zwinkerte.

Ich öffnete den Mund für eine passende Erwiderung, aber meine Zunge klebte an meinem Gaumen, und er war verschwunden, bevor ich meine Sprache wiedergefunden hatte.

Ich warf mich wieder auf den Stuhl, spielte mit dem Taschentuch um meine Hand. Wahrscheinlich war es so das Beste. Offensichtlich konnte er sich meine Dienste sowieso nicht leisten – das Loch in seinem Ärmel sprach Bände.

Mein Handy piepte, während ich einen weiteren Schluck aus der Whiskeyflasche nahm, und ich lächelte über die Textnachricht. Einer meiner Lieblingskunden brauchte mich mal wieder. Na bitte! Ich brauchte die Baxter Lintons dieser Welt nicht. Ich bestritt meinen Lebensunterhalt auch ohne Typen, die vollkommen Fremde aus Fensteröffnungen zogen und ihnen ihr einziges sauberes Taschentuch gaben, um deren blutende Wunde zu versorgen.

Ich fummelte mit dem Stück Stoff herum und fuhr leicht zusammen, als mir eine blaue Stickerei in der Ecke ins Auge fiel. Hmm … Interessant. Mein Handy plärrte erneut, während ich das Monogramm näher begutachtete.

»Ja, ja, ich kann dich hören«, sagte ich zu dem Handy. Ich tippte eine schnelle Antwort und gab den Versuch auf herauszufinden, was es mit dem Taschentuch auf sich hatte. Es spielte sowieso keine Rolle. Ich war ziemlich sicher, dass Baxter niemals wieder in meinem Büro auftauchen würde, um es sich zurückzuholen. Was immer es zu bedeuten hatte – die Antwort war mit ihm verschwunden.

Ich biss die Zähne zusammen, als mir der Schmerz

durch die Hand fuhr, während ich meine Sachen zusammenräumte und das Büro wieder abschloss. Ich wollte schnell noch in meiner Lieblingsboutique vorbeischauen, und dann wurde es Zeit, in mein Loft zurückzukehren, um mich fertigzumachen. Mein Kunde brauchte mich.

Kapitel 4

Bax

Der Bass aus den Lautsprechern in der Ecke füllte den Club mit einem Pulsieren, das wie der Herzschlag eines Elefanten in meinen Ohren dröhnte. Nachdem ich Rachels Büro verlassen hatte, hatte mich zu Hause ein Dutzend E-Mails mit Absagen oder Terminverschiebungen begrüßt, also rief ich Brittani mit einem *i* an und fragte sie, ob sie nicht vielleicht doch mit mir ausgehen wolle. Eine weitere – wenn auch zu erwartende – Zurückweisung spielte jetzt auch keine Rolle mehr.

Umso schockierter war ich, als sie meine Einladung annahm – zumindest solange wir in diesen neuen Club namens Iyce gehen würden. Brittani hatte ihr flammend rotes Haar zu einem hohen Pferdeschwanz zusammengefasst und trug genau die richtige Menge an Kleidung (will sagen, sehr wenig), um den Türsteher zu überreden, uns tatsächlich hineinzulassen. Er musterte meine Jeans und mein weißes Button-down-Hemd, aber mein Date zog mich hinein, bevor dieser Bär von einem Mann mich daran hindern konnte, die gediegene Atmosphäre des populären Nachtclubs zu stören.

Wir waren noch nicht lange dort, da traf Brittani zufällig ein paar Freundinnen, und schließlich blieb mir nichts anderes mehr übrig, als ihnen Drinks zu holen und auf ihre Taschen aufzupassen, während sie tanzten. Ich seufzte und lehnte mich an die Bar und beobachtete sie, dachte dabei aber an Rachel. Aus irgendeinem Grund bekam ich sie einfach nicht aus dem Kopf. Nachdem ich die mysteriöse Adresse, die auf ihrer noch mysteriöseren Karte angegeben war, erreicht hatte, war das Erste, was ich gesehen hatte, ein unglaublich toller Hintern gewesen, dessen Besitzerin aus dem Fenster hing und etwas beschimpfte, das ich nicht sehen konnte. Nicht nur dass ihr Hintern die perfekte Kombination aus wohlgerundet und fest war, ihr Kleid war nach oben gerutscht und enthüllte ihr Unterhöschen. Ich war ziemlich sicher, dass dieser Ausblick besser als alles war, das D.C. sonst noch so zu bieten hatte.

Bei der Erinnerung daran schluckte ich schwer, und dann trank ich einen Schluck des fruchtigen Cocktails, den ich für Brittani festhielt. Kokos und Ananas vermischten sich auf meiner Zunge und linderten ein wenig die Hitze, die in meiner Hose loderte.

Nach diesem ersten, ausgiebigen Blick auf Rachel hatte ich mich anständigerweise in den Flur zurückgezogen, um sie nicht bloßzustellen. Wenn sie den Kampf mit dem beendet hatte, was wie ein Vogel klang, würde ich hereinkommen und so tun, als hätte ich nichts mitbekommen. Zumindest würde ich das arme Mädchen dann nicht blamieren.

Ihr ängstlicher Schrei hatte die Situation jedoch verändert.

Nachdem ich ins Zimmer gehetzt war, hatte ich sie wieder ins Büro zurückgezogen und dabei versucht, mich von ihren schlanken Kurven und der Art, wie sie sich unter meinen Händen anfühlten, nicht ablenken zu lassen. Oder von der Tatsache, dass sie wie ein ganzes Erdbeerfeld duftete. Und als sie mich endlich ansah, wäre ich beinahe selbst aus dem Fenster gefallen.

Ihr Gesicht schien geradewegs aus Clares Modemagazinen zu stammen: umrahmt von kohlrabenschwarzem schimmerndem Haar, das ihr bis auf die Schultern herabfiel, war es symmetrisch und fein gezeichnet. Eine vorwitzige Nase ruhte zwischen hohen Wangenknochen und glänzte von dem feinen Schweißfilm, der wohl von der Anstrengung herrührte, sich zusammenzureißen. In den Tiefen der smaragdgrünen Augen spiegelte sich das Bewusstsein von Todesnähe, während sie hektisch von mir, zum Schreibtisch und wieder zum Fenster zuckten.

Sie hatte wie ein verängstigtes Häschen in meinen Armen gezittert, sodass ich sie am liebsten an mich gezogen und ihr über das erdbeerduftende Haar gestrichen hätte, um ihr zu versichern, dass alles wieder gut war.

Dann hätte ich sie am liebsten hintenüber gebeugt und sie gleich hier auf diesem Schreibtisch genommen.

Ich hatte beiden Versuchungen widerstanden, denn immerhin war sie eben beinahe gestorben, und wir kannten uns nicht einmal. Außerdem kam sie mir eher wie ein Mädchen vor, dem man lieber erst einmal den Hof machte, statt sie sofort zu bespringen. Und als ich ihr wieder in die jadegrünen Augen sah, ertappte ich mich bei dem Wunsch, das auch ausgiebig zu tun. Blumen, Schokolade und geschmacklose Mariachi-Bands, mitten auf der Straße stehen mit einem verdammten Ghettoblaster in Händen – was auch immer nötig war.

Aber dann hatte sie den Mund aufgemacht und alles vermasselt.

Meine Finger umklammerten den Drink fester. Das eisgekühlte Glas kühlte die Wut ab, die in mir hochkochte. Sie hatte mich doch tatsächlich angeschrien, weil ich ihr das Leben gerettet hatte. Wenn ihre Worte mich nicht aus ihrem Büro vertrieben hätten, dann hätten es ihre wütenden Blicke getan, die mir eindeutig vermittelten, dass sie sich in jeder Hinsicht für überlegen hielt. Scheiß auf den Ghettoblaster und die Mariachi-Band. Diese Tussi brauchte erst mal einen Exorzisten.

»Kann ich einen Jack Daniel's mit Coke bekommen?«

Ruckartig drehte ich den Kopf, als ich die vertraute Stimme neben mir hörte.

Das. War. Verdammt. Noch mal. Unmöglich.

Rachel lehnte an der Bar, die Ellbogen auf das Glas gestützt, den Po leicht erhoben, während sie ihre Bestellung aufgab. Als ob sie meine Anwesenheit spürte, drehte sie sich um und ertappte mich dabei, wie ich sie anstarrte. Ihre Augen weiteten sich vor Überraschung. Dann sah sie tatsächlich amüsiert aus, als sie meine Sammlung an Handtaschen und das mit einer Ananas verzierte Cocktailglas entdeckte. »Baxter Linton? Was machen Sie denn hier? Jetzt sagen Sie mir nicht, dass Sie mich stalken.«

»Bilden Sie sich mal nichts ein.« Ich legte die Taschen auf die Bar und stellte den Drink daneben. »Ich bin mit einem Date hier.«

Sie deutete auf die Taschen. »Mit einem ganzen Harem?«

»Nett, dass Sie mir einen Harem zutrauen, aber nein.« Ich deutete mit einem Kopfnicken auf die Tanzfläche. »Der Rotschopf dahinten in dem roten Kleid.«

»Die gerade auf Tuchfühlung mit dem Möchtegern-Quaterback tanzt?«

Ich folgte ihrem Blick. Brittani war eindeutig mit einem sehr großen blonden Kerl zum »Wir« avanciert. Der Typ war ein solcher Schrank von einem Mann, dass womöglich sogar die Wände eifersüchtig geworden wären. »Ja. Das ist sie. Wie Ihnen sicher auffällt, haben wir gerade die beste Zeit unseres Lebens.« Ich griff nach dem süßen Cocktail, kippte ihn in einem Zug hinunter und zuckte bei dem darauffolgenden Kältekopfschmerz zusammen. Ich deutete auf mein leeres Glas, als der Barkeeper Rachels Drink servierte. »Noch einen davon, was immer das ist. So schlimm ist er gar nicht.«

»Mensch, das ist aber echt ätzend«, meinte Rachel. »Sogar ich habe Klasse genug, um bei dem Typen zu bleiben, mit dem ich gekommen bin. Ich sage es ihm erst hinterher, wenn er richtig furchtbar war, und dann verliere ich seine Nummer, aber immerhin. Eine Frau sollte zumindest taktvoll sein. Wenn Sie wollen, können wir tanzen gehen, um sie eifersüchtig zu machen.«

Ich betrachtete Rachels Outfit – ein enger schwarzer Rock, der ihre gebräunten Beine zur Geltung brachte und dazu ein tief ausgeschnittenes rotes Top, das ihre anderen Vorzüge zur Schau stellte – und mein Mund wurde ganz trocken bei der Vorstellung, dicht an sie geschmiegt mit ihr zu tanzen. Ihr Angebot war verführerisch, aber ich bekam die Erinnerung daran, wie sie mich vorhin in ihrem Büro behandelt hatte, einfach nicht los. So heiß sie auch sein mochte, es gab keine Entschuldigung für die Art, wie sie mit mir umgesprungen war.

Der Barkeeper stellte meinen Drink vor mich hin, und ich nahm einen weiteren Schluck, damit das Eis mein immer noch flackerndes inneres Feuer kühlte. Währenddessen dachte ich noch mal über ihren Vorschlag nach. »Nein, ist schon gut. War ein langer Tag. Ich werde jetzt diese lächerlichen Drinks bezahlen und nach Hause gehen.« Ich warf meine Kreditkarte auf die Bar, und der Barkeeper schlenderte damit davon. »Wie steht's mit Ihnen? Sagten Sie nicht, Sie würden nie ein Date stehen lassen? Jetzt aber hängen Sie hier mit mir herum statt mit dem Typen, mit dem Sie gekommen sind. Jemand wie Sie ist doch unmöglich allein hier.«

»Jemand wie ich?«

»Sie wissen, was ich meine. Sie sind offensichtlich die Art von Frau, die sich mit jedem verabreden kann, den sie haben will. Ich bezweifle schwer, dass Sie ohne Begleitung im beliebtesten Club der Stadt auftauchen.«

Sie nippte an ihrem Glas. »Ich bin aus geschäftlichen Gründen hier. Eine meiner Kundinnen versucht schon seit der Eröffnung des Clubs, hier hereinzukommen, aber der Türsteher verweigert ihr stets den Zutritt. Ich habe sie outfittechnisch ein bisschen beraten, mit dem Typen an der Tür geflirtet, und jetzt knutscht sie mit ihrem Traumtypen dahinten in der Ecke herum. Auf einen weiteren zufriedenen Kunden.« Rachel prostete sich selbst zu und kippte die restliche Whiskey-Cola-Mischung hinunter.

»Äh, Sir?« Jemand tippte mir auf die Schulter. Ich wandte mich um. Der Barkeeper hielt meine Visakarte in die Höhe, und schaute mich mit einer Mischung aus mitleidig und vorwurfsvoll an. »Ihre Karte wurde abgelehnt. Können Sie vielleicht bar zahlen?«

»Wie bitte?« Ich kramte in meiner Tasche nach meiner Brieftasche. »Tatsächlich? Aber ich war sicher, dass sie noch gedeckt war. Wie viel macht das? Ich habe etwa zehn Dollar dabei.«

»Insgesamt für Sie und Ihre Begleitung« – er deutete auf Brittani und ihre Freundinnen – »achtzig Dollar.«

»Achtzig …? Wollen Sie mich verdammt noch mal veräppeln? Was haben Sie in die Drinks reingetan? Flüssiges Gold? Ich könnte schnell zum Bankautomaten laufen …«

»Ach, du lieber Gott, hören Sie auf«, stöhnte Rachel. »Ich zahle.« Sie streckte ihm eine Silberkarte entgegen.

»Das müssen Sie nicht machen«, sagte ich, nachdem der Barkeeper wieder davonmarschiert war, um die Zahlung vorzunehmen.

»Weiß ich. Aber ich habe ein schlechtes Gewissen, weil ich Sie heute so schlecht behandelt habe. Ich glaube, ich habe noch nicht mal Danke gesagt, dass Sie mich aus dem Fenster gezogen haben.«

»Stimmt auffallend.«

»Ja, sorry. Ich bin es nicht gewohnt, gerettet zu werden. Aber Sie haben's getan.« Sie legte ihre Hand neben meine, wobei sie mich beinahe, aber nicht ganz berührte. »Also Danke schön.«

Ein schmaler Verband bedeckte die Wunde auf ihrem Handrücken, und ich strich sanft darüber, und auch ein wenig über die Haut neben dem Verband. Ihre Haut fühlte sich so weich wie teure Seide an. »Gern geschehen. Was macht Ihre Wunde?«

Sie zog die Hand weg, griff nach dem Stift und der Rechnung, die der Barkeeper ihr hinschob und unterzeichnete schwungvoll. »Alles gut. Keine Infektion oder so was. Ich werd's überleben.«

Während sie unterschrieb, warf ich einen Blick auf die Kreditkarte, die neben ihr lag, und mir fielen die erhabenen Buchstaben unter der Kreditkartennummer ins Auge.

Ich nahm die Karte an mich. »Veronica Wilde? Warten Sie, Sie heißen gar nicht Rachel?«

»Ich wechsle für jeden Auftrag den Namen.« Sie schnappte mir die Plastikkarte aus der Hand und warf sie in ihre Tasche. »Wechselnde Namen tragen dazu bei, dass ich meine Rolle gut spiele, und helfen mir, anonym zu bleiben. Meine heutige Kundin hält mich für Charlene.«

»Aber laut Kreditkarte ist Ihr richtiger Name Veronica, es sei denn, Sie verdienen sich Ihren Lebensunterhalt auch mit dem Stehlen anderer Identitäten.«

Sie stöhnte genervt. »Ja, aber ich würde es begrüßen, wenn Sie das für sich behielten. Ich nenne Kunden niemals meinen richtigen Namen. Dass Sie meine Kreditkarte gesehen haben, war ein Versehen.«

»Spielt ja auch gar keine Rolle. Schließlich bin ich kein Kunde.«

»Stimmt. Was das angeht …«

Mein Handy vibrierte an meiner Hüfte, und ich griff in die Hosentasche. »Was was angeht?«

»Ich habe Ihnen gar keine Gelegenheit gegeben, mir zu erklären, was Sie von mir wollten. Und als Sie meinten, ich sei für den Job sowieso nicht geeignet, da …« Sie straffte die Schultern. »Ich habe bislang jede Aufgabe bewältigt, mit der Kunden mich konfrontierten. Sie irren sich also. Und es hat mich wahnsinnig gemacht, dass Sie das gesagt haben. Ich will Ihnen das Gegenteil beweisen. Aber eins müssen Sie wissen: Sie müssen es sich leisten können. Ich bin nicht billig.«

Wir blickten beide auf meine abgelehnte Kreditkarte hinunter, die noch immer auf der Bar lag, genauso nutzlos wie die zerknüllte Serviette daneben.

»Darauf hat Scott mich schon vorbereitet. Ich hätte Sie bar bezahlt«, erwiderte ich. »Ich habe etwas gespart für – für ein Ereignis, das nicht stattgefunden hat. Ich komme morgen sowieso in Ihrem Büro vorbei und bringe Ihnen das Geld für die Rechnung hier in der Bar vorbei. Ich finde es nicht okay, dass Sie die bezahlt haben.«

»Ehrlich, alles gut. Immerhin haben Sie dafür gesorgt, dass ich nicht das Opfer eines Vogelmordes werde.«

Meine Lippen zuckten. »Trotzdem würde ich Ihnen das Geld gern zurückzahlen.«

Und Sie wiedersehen.

Mein Handy vibrierte schon wieder. Ich holte es aus meiner Tasche und sah stirnrunzelnd auf den dort blinkenden Text. »Verdammter Mist. Ich muss los. Meine Nachbarin hat auf meinen Hund aufgepasst, und der ist ihr abgehauen. Ich muss schnell nach ihm suchen.«

»Klar«, meinte Veronica. »Ich mache jetzt auch einen Abflug. Mein Job hier ist beendet. Was machen Sie jetzt mit den ganzen Handtaschen?«

Ich nahm die Taschen von der Bar und zuckte mit den Schultern. »Darum darf sich mein ›Date‹ jetzt kümmern. Bis bald, *Veronica Wilde.*«

Sie zuckte zusammen, als sie ihren richtigen Namen hörte, dann schüttelte sie den Kopf. »Ciao, Baxter.«

Ich flitzte über die Tanzfläche, fand Brittani – die mittlerweile mit dem Footballspieler-Typen herumknutschte – und ließ die Taschen in einem Haufen vor ihr zu Boden fallen. Das Paar trennte sich nicht mal voneinander.

»Na ja, ich geh jetzt«, schrie ich zwischen sie, woraufhin sie noch dichter zusammenrückten. »Na großartig. War ein toller Abend, Brit. Ruf mich nicht an, überlass das mir.«

Als Antwort rammte sie dem Kerl weiter die Zunge in den Hals.

Nach dem Lärm und der stickigen Luft im Club war die Herbstluft wieder äußerst erfrischend, und ich war dankbar, etwas anderes einzuatmen als Parfüm und Schweiß – aber vor lauter Sorge um meinen Hund konnte ich es nicht wirklich genießen. Rasch ging ich zur Bushaltestelle, und während ich auf den Bus wartete, klopfte ich ungeduldig mit den Fingern auf meinen Oberschenkel. Ich wollte so schnell wie möglich nach Hause, um nach Ari zu suchen. Er war schon häufiger weggelaufen, war aber immer wieder kurz darauf zurückgekommen. Er war die einzige Konstante in meinem Leben, auf die ich zählen konnte.

Ein silbernes Auto kam mit quietschenden Reifen vor mir zum Stehen, und das Fenster wurde heruntergelassen. Veronica steckte den Kopf heraus. »Ihr Hund ist entlaufen, und Sie warten auf den *Bus?*«

»Ich habe kein Auto«, antwortete ich. »Und der Bus fährt eigentlich sonst ziemlich regelmäßig. Er wird jede Minute hier sein.«

»Oh mein Gott.« Es ertönte ein Klicken, als sie die Tür entriegelte. »Steigen Sie ein. Ich fahre Sie. Ist ziemlich kalt da draußen.«

»Sind Sie sicher?«

»Ja. Beeilen Sie sich, bevor ich es mir anders überlege.«

»Danke.« Ich sprang ins Auto und lotste sie in meine Gegend. Sie verzog das Gesicht, als sie merkte, dass ich in einem eher preiswerteren Viertel der Stadt wohnte, hielt aber Gott sei Dank den Mund.

Als wir uns meiner Wohnung näherten, fuhr sie langsamer und sah sich um. »Was für eine Hunderasse ist es denn?«

»Ein Golden Retriever. Er heißt Armani, aber ich nenne ihn Ari.«

»Sie haben Ihren Hund nach Giorgio Armani benannt?«, fragte sie lachend.

»Das war meine Ex.«

Armani war Clares Idee gewesen. Wir hatten ihn als Welpen bekommen, so klein, dass ich ihn in einer Hand halten konnte. Clare entdeckte ihn im Fenster eines Tierheims und verliebte sich auf der Stelle in ihn – woraufhin sie ihn nach einem ihrer Lieblingsmodeschöpfer benannt und mit Leckerbissen und Spielzeug überschüttet hatte. Junge, was war sie enttäuscht, als ich fast auf der Stelle sein Leitwolf wurde. Ich war derjenige, mit dem er im Bett kuschelte. Derjenige, mit dem er Gassi gehen und von dem er sich den Bauch kraulen lassen wollte. Und irgendwann war ich auch der Einzige, der ihn fütterte oder das Wasser in seinem Napf wechselte.

Als Clare mich verließ, verabschiedete sie sich noch nicht einmal von Ari. Er für seinen Teil bemerkte kaum, dass sie fort war. Vielleicht war ihm ja viel früher klar gewesen als mir, dass sie böse war. Hunde spürten so etwas ja.

»Oh, stimmt ja«, meinte Veronica. »Die Modedesignerin.« Sie fischte irgendetwas aus ihrer Tasche, behielt dabei aber die Straße im Auge. »Ich vermute, dieses Taschentuch gehörte ihr.«

Ich nahm ihr das Stück Seide aus der Hand – es war bereits frisch gewaschen – und ließ es zwischen den Fingern hindurchgleiten. »Wie haben Sie das erraten?«

»Die Initialen, die aufgestickt sind. C. L. Sind nicht Ihre.«

»Das sollte ein Geschenk zu unserem Hochzeitstag werden. Ich ließ ihre Initialen aufsticken – na ja, ihre zukünftigen Initialen nach der Hochzeit. Immerhin brauchte sie etwas Blaues und etwas Neues, und das Taschentuch sollte beides sein.«

Sie bog um die Ecke und fuhr an den Straßenrand, wo ein paar Bäume standen. Dann sah sie sich um. »Warum haben Sie nicht geheiratet?«

»Sie beschloss, lieber mit jemand anders den Rest ihres Lebens zu verbringen.«

»Oh. Verdammt.« Veronica hielt an. »Hey, ist das Ihr Hund dahinten?«

Ein Blitz aus strohfarbenem Fell bestätigte ihre Vermutung, und ich sprang aus dem Auto. Ari bellte und rannte sofort zu mir hin, als ich ihn rief. Ich packte ihn am Halsband.

Veronica schaltete den Motor aus und ging ums Auto herum in unsere Richtung. Sie beugte sich hinunter und tätschelte Ari den Kopf. »Hallo Armani. Was machst du denn hier draußen?«

Ich stutzte. »Ich hätte Sie nicht für eine Hundeliebhaberin gehalten. Oder überhaupt für tierlieb.«

»Und warum nicht?«

»Na ja, als ich Sie zum ersten Mal traf, versuchten Sie gerade, einen Vogel zu ermorden.«

Sie richtete sich auf und stemmte eine Hand in die Hüfte. »Hey, das Mistvieh hat angefangen.«

»Wie Sie meinen.« Ich kraulte Ari hinter dem Ohr. »Ich sollte diesen Kerl hier mal nach Hause bringen. Danke fürs Fahren.«

»Ja.«

Sie kehrte zu ihrem Auto zurück, während Ari und ich uns auf den Weg zu meiner Wohnung drei Häuser weiter machten.

»Hey, Baxter?« Beim Klang ihrer Stimme blieben wir vor der Tür stehen. »Sie haben mir nie gesagt, was für ein Auftrag das war. Ich muss zugeben, ich bin neugierig auf das, was ich unmöglich schaffen kann.«

Ich fuhr mir durchs Haar und musterte sie. Sie schien es tatsächlich ehrlich zu meinen. »Gut«, sagte ich seufzend. »Kommen Sie rein, dann zeige ich es Ihnen, aber ich glaube immer noch, dass Sie schreiend weglaufen werden.«

»Wieso?« Sie holte mich ein, kam so nah, dass ihre Brust beinahe meine berührte, als sie Luft holte. »Wollen Sie mich umbringen oder so was?«

»Natürlich nicht. Aber ... na ja, Sie werden sehen.«

Ich schloss die Tür auf und ließ Ari in meine Mietwohnung im ersten Stock. Er bellte und rannte gleich in die Küche zu seinem Futternapf. Veronica stand im Eingang und sah sich in der winzigen Wohnung um.

»Ist nicht groß«, sagte ich. »Aber es ist mein Zuhause. Mein Büro ist am Ende des Flurs. Ich hole mir auf jeden Fall ein Bier. Möchten Sie auch etwas?«

»Haben Sie Whiskey da?«

»Nein.«

»Dann danke nein.«

Nachdem ich Aris Futternapf gefüllt und mir ein Bier aus dem Kühlschrank geholt hatte, fand ich sie wie paralysiert inmitten meines Büros stehend vor. Sie starrte den Stuhl in der Ecke an, auf dem ein Stapel T-Shirts lagen. Die Situation auf der Couch war auch nicht besser – die war übersät mit Hosen und Socken, die über der Lehne hingen.

»Sorry.« Ich nahm die Shirts und warf sie in eine Ecke. »Ich habe keinen Besuch erwartet.«

Sie schnaubte. »Ja, das ist offensichtlich.« Ich setzte

mich auf ein freies Eckchen auf der Couch und sie sich auf den Stuhl, während sie ihren Blick weiter durch das unordentliche Zimmer schweifen ließ. »Deshalb lasse ich die Leute immer in mein Büro kommen.«

»Hey, ich hab's ja auf Ihre Art versucht. Aber Sie haben mir die ganze Zeit gesagt, ich solle mich verkrümeln. Ist nicht meine Schuld, dass Sie jetzt hier sind.«

»Na gut.« Sie richtete sich gerade auf und überkreuzte die Beine – die lässige Frau aus dem Club verschwand hinter der Fassade der Geschäftsfrau. »Also, welche Aufgabe haben Sie für mich? Alles nur nicht ›Zimmermädchen‹, denn putzen tue ich nicht.«

»Gott behüte, dass Sie Ihr Chanel-Outfit beschmutzen.«

Sie sah mir in die Augen. »Ich bin durchaus bereit, mich schmutzig zu machen.«

Ich verschluckte mich an meinem Bier und spuckte einen Teil der Flüssigkeit auf mein weißes Hemd. Ich hob eine Socke vom Boden auf, wischte an dem Fleck herum und ergriff damit gleichzeitig die Gelegenheit, unseren Blickkontakt zu unterbrechen.

»Also«, sagte Veronica. »Können Sie mir jetzt mal erklären, worum es geht, bevor ich mich mit sämtlichen Keimen infiziere, mit denen dieser Stuhl hier wahrscheinlich kontaminiert ist?«

Ich warf die feuchte Socke in eine andere Ecke und holte tief Luft.

»Okay, na gut. Also, ich habe etwas erfunden, und ich versuche, Investoren zu finden, die es kaufen, aber niemand nimmt mich ernst, weil ich ein Ein-Mann-Unternehmen bin und ich offenbar keinerlei Überzeugungskraft besitze. Scott hat mir erzählt, dass man Sie als Schauspielerin engagieren kann. Entsprechend hoffte ich, Sie könnten so tun, als seien Sie meine finanzstarke, geschäftstüchtige Partnerin.«

Ari trottete zu ihr herüber, drehte sich zu ihr um und legte ihr den Kopf zu Füßen. Sie streckte die Hand aus und streichelte sein Fell. »Und was ist das für eine Erfindung?«

»Es ist einfacher, wenn ich es Ihnen zeige. Einen Moment.« Ich griff nach der Sporttasche neben meinem Schreibtisch und zog die Decke heraus.

»Was zum Teufel ist denn das?«

»Eine Decke. Für die Obdachlosen.«

Sie zog die Augenbrauen so weit nach oben, dass sie fast in ihrem Haaransatz verschwanden. »Hmm … haben die nicht schon jede Menge Decken?«

»Ja, aber diese hier ist anders.« Ich hielt sie ihr hin, aber sie wich gegen die Stuhllehne zurück, als hätte ich ihr eine Tüte mit lebendigen Spinnen angeboten. »Hier, sie besteht aus mehreren Schichten, sehen Sie? Sie ist so verarbeitet, dass sie Menschen sogar bei beträchtlichen Minusgraden noch warm halten kann.«

Sie krauste die Nase. »Wonach riecht sie?«

»Kaffeesatz. Ich habe ihn bei den Nähten verarbeitet. Ob sie es glauben oder nicht, er verschließt das Gewebe, sodass es windabweisend ist. Die gesamte Decke besteht aus Materialien, die ich in meiner Wohnung gefunden habe, und aus Schnipseln der Dinge, die Clare zurückgelassen hat, und aus Watteresten aus dem Müll.«

»Also … im Grunde wollen Sie, dass die Obdachlosen sich in Müll einhüllen? Tun sie das nicht sowieso schon?«

Ich ließ mich aufs Sofa sinken und legte mir die Decke

auf den Schoß. »Sie klingen genau wie jeder Einzelne der potenziellen Investoren, mit denen ich gesprochen habe. Aber darauf lässt sich diese Decke nun wirklich nicht reduzieren. Würden Sie sie umlegen, würden Sie innerhalb weniger Sekunden anfangen zu schwitzen.«

»Ja, weil ich mir dann wahrscheinlich gerade Malaria oder so etwas eingefangen habe.«

»Nein. Weil sie etwas Besonderes ist. Die erste Schicht entzieht Ihrem Körper die Hitze, die Watte saugt den Schweiß auf, und der Kaffeesatz versiegelt das Ganze. Die zweite Schicht – bestehend aus geschredderten Wasserflaschen – ist wasser- und schneeabweisend. Und die dritte Schicht aus Plastiktüten unter diesem grünen recycelten Tuch schützt vor Wind. Die Decke besteht nicht aus Müll – sie ist ein Recycling-Produkt. In sämtlichen Haushalten findet man Abfälle, die sich nicht zerlegen lassen, und wir müssen all die Obdachlosen schließlich vor der Witterung schützen. Die Decke löst also gleich zwei Probleme auf einmal.«

»Sie besteht aus Wasserflaschen? Das klingt nicht besonders gemütlich.«

»Die Wasserflaschen sind doch zermahlen worden, deshalb ist es nicht so schlimm, wie Sie es sich vorstellen. Außerdem ist das Ziel nicht Bequemlichkeit, sondern Wärme.«

Sie fuhr mit ihrem Fingernagel an ihrem gebräunten Bein entlang. »Und warum sollte mich das alles interessieren? Obdachlosigkeit ist nicht mein Problem. Warum sollte ich also etwas dafür tun, um es zu lösen?«

»Na ja, Sie können natürlich die ganzen Obdachlosen tausendmal zum Teufel wünschen, aber Wünsche allein lösen noch kein Problem. Außerdem sind die meisten von ihnen Leute wie Sie und ich, haben aber allerdings eine ausgewachsene Pechsträhne hinter sich. Obdachlosigkeit kann jeden treffen. Morgen könnten Sie Ihr Unternehmen verlieren. Was würden Sie dann tun, um Geld zu verdienen?«

»Einen Millionär vögeln und ihn dazu bringen, mir ein Haus zu kaufen?«

Ich fuhr mir mit der Zunge über die Lippen. »Hm, na gut. Vielleicht würden Sie das tun. Aber die meisten Menschen haben nicht das Glück, ihre, äh, Talente zu besitzen. Und so viele Millionäre gibt es auf der Welt nun auch wieder nicht. Denken Sie doch nur – wenn die Obdachlosen eine Möglichkeit hätten, sich im Winter warm zu halten, wären sie auch gesünder. Sie wären in besserer Verfassung, um sich auf Jobs zu bewerben oder ihre Lage zu verbessern. Sie brauchen lediglich ein bisschen Wärme und ein bisschen Hoffnung.«

Sie überkreuzte die Beine nun in die andere Richtung, und ich entdeckte etwas Pinkfarbenes zwischen ihren Beinen. Rosa Unterwäsche.

Ich schluckte schwer. *Bleib bei der Sache, Linton.*

»Na gut«, antwortete sie, nachdem sie einen Moment nachgedacht hatte. »Sie vertreten ihre Sache durchaus mit einer gewissen Leidenschaft. Das muss ich zugeben. Aber es tut mir leid. Ich glaube, ihr erster Eindruck war schon ganz richtig – ich glaube wirklich nicht, dass diese Bestrebungen zu irgendetwas führen können, egal ob mit meiner Hilfe oder ohne.«

Sie sprang von ihrem Stuhl auf und machte sich auf den Weg Richtung Tür. Ich stürzte vom Sofa aus hinter ihr her und an ihr vorbei, und stellte mich ihr dann in den Weg, bevor es ihr gelang, aus dem Zimmer zu schlüpfen. Sie stand nur wenige Zentimeter von mir entfernt, sodass wir einander fast berührten. Ein leises Keuchen entfuhr ihren Lippen. Es war ungemein sexy, und mir wurden sofort die Knie weich – aber dennoch blieb ich unerschütterlich an der Tür stehen.

»Hatten Sie nicht behauptet, jeder Herausforderung gewachsen zu sein«, hakte ich nach. »Ist das nicht der Grund, warum Sie ursprünglich mitgekommen sind?«

Sie legte mir die flache Hand auf die Brust, beinahe als wolle sie mich von sich stoßen, aber dann ließ sie sie einfach dort liegen. Ich fragte mich, ob sie fühlen konnte, wie schnell mein Herz pochte.

Wir standen eine geschlagene Minute da, forderten einander mit Augen und Körpern heraus. Mein Atem ging stoßweise, und ich fragte mich, was sie wohl täte, wenn ich sie küssen würde.

Irgendetwas leckte meine Hand und schlängelte sich zwischen uns. Ari bellte. Ich tätschelte ihm den Kopf, um ihm zu zeigen, dass alles in Ordnung war und dass die seltsame Frau vor mir keine Bedrohung darstellte.

Oder allerdings auch die größte Bedrohung, mit der ich es jemals zu tun hatte.

Veronica zog die Hand von meiner Brust, kehrte zum Stuhl zurück und setzte sich wieder. »Sie haben recht. Ich kann das durchziehen. Aber wir müssen uns über den Preis unterhalten. Sie sagten, Sie hätten etwas Geld gespart, aber eine Angelegenheit wie diese kommt Sie nicht billig.«

»Scott meinte, Sie hätten dreitausend von ihm verlangt?«

Ich setzte mich auf die Couch, während sie ihre Fingernägel musterte. »Scotties Fall war einfach. Dieser Job ist deutlich umfangreicher und erfordert eine erheblich intensivere schauspielerische Leistung. Außerdem muss ich meine Kontakte spielen lassen, um Meetings mit potenziellen Investoren zu arrangieren. Fünfmal so viel Arbeit mindestens. Also fünfzehn Riesen.«

»Wow.« Ich atmete hörbar aus und lehnte mich zurück. Das war fast alles, was ich noch hatte. Ich würde noch ein paar Beraterjobs annehmen müssen, um über die Runden zu kommen, und letztlich auch Clares Verlobungsring verkaufen müssen – aber es war machbar. Meine Kreditkarte würde allerdings noch eine Weile unbenutzbar bleiben.

»Schon als Sie gestern in mein Büro kamen, wusste ich, dass Sie sich das nicht würden leisten können«, sagte sie. »Das Loch in ihrem Ärmel sprach Bände.«

»Ich habe doch noch gar nicht Nein gesagt. Ich musste nur einfach mal eben darüber nachdenken. Ich habe das Geld. Aber wenn Sie keinen Erfolg haben, bekomme ich den vollen Betrag zurück, oder?«

Ari verlagerte sich neben ihr und legte ihr jetzt den Kopf in den Schoß. Sie schob ihn nicht weg. Plötzlich ertappte ich mich dabei, dass ich eifersüchtig auf meinen Hund war.

»Und was genau sind die Rahmenbedingungen?«, fragte sie. »Was wollen Sie erreichen?«

»Massenproduktion und Finanzierung der Decken, damit wir damit den Bedürftigen helfen können.«

»Das ist unmöglich.«

»Dann können Sie gehen. Es bleibt dann auch unser kleines Geheimnis, dass Sie gescheitert sind, bevor Sie es auch nur versucht haben.«

An ihrer Wange zuckte etwas. Da wusste ich – ich hatte gesiegt. »Na gut. Dann haben wir einen Deal, Baxter.«

»Bax«, korrigierte ich sie. »Wenn man mich Baxter nennt, fühle ich mich wie ein Hund.« Ihre Mundwinkel verzogen sich zu einem winzigen Lächeln, und befriedigt stellte ich fest, dass ich sie beinahe zum Lachen gebracht hätte.

»Dann sind wir jetzt hier fertig.« Sie stand auf und zog das Handy aus der Tasche. »Ich nehme nur Bargeld. Wir treffen uns morgen in der Stadt. Hier, tippen Sie Ihre Nummer ein, und ich schreibe Ihnen dann, wann und wo. Bringen Sie das Geld mit, und danach können wir sofort anfangen.«

Nachdem ich meine Kontaktdaten eingegeben hatte, gab ich ihr das Handy zurück und begleitete sie zur Tür. Ari folgte uns. »Es wäre ein Wunder, wenn Sie Erfolg hätten.«

»Ohne Witz: Das ist das Dümmste, auf das ich mich je eingelassen habe.«

Ich streckte ihr die Hand entgegen. »Na ja, trotzdem danke. Wir sehen uns morgen, Ronnie.«

Sie wirbelte auf dem Absatz herum, und ihre von langen Wimpern umrahmten Augen verdunkelten sich. Ihr Zorn traf mich wie ein Schlag ins Gesicht – ich taumelte und wäre fast rücklings über den Hund gestolpert. »Nennen Sie mich nicht Ronnie. *Niemals.* Oder der Deal ist geplatzt, kapiert?«

»Kapiert.« Ich hielt ihr die Tür auf. »Einen schönen Abend noch, *Veronica.*«

Ohne ein weiteres Wort marschierte sie die Straße hinunter und stieg in ihr Auto. Mir lief es kalt über den Rücken, als ich ihrem silbernen Wagen hinterhersah. Ihr Gesichtsausdruck, als ich sie Ronnie genannt hatte, verursachte mir auch jetzt noch eine Gänsehaut. Sie war zwar schon bei unserem ersten Zusammentreffen nicht gerade ein anschmiegsamer Hundewelpe gewesen, aber mit meinem Versuch, nett zu sein und ihr einen Spitznamen zu geben, hatte ich offensichtlich einen Nerv getroffen.

Ari winselte, als ihr Auto außer Sichtweite war, und ich kraulte ihm die Ohren. »Finde ich auch, Buddy. Ich habe gerade den furchteinflößendsten Deal meines Lebens abgeschlossen, und zwar mit der beängstigendsten Frau, die ich je getroffen habe. Dieses Buch hatte unrecht. Der Teufel trägt nicht Prada. Ich bin ziemlich sicher, er trägt Chanel.«

Kapitel 5

Veronica

Ich tippte ungeduldig mit dem Fuß auf den Boden und zog mein Handy zum bestimmt zwanzigsten Mal aus der Tasche. Bax war spät dran. Ätzend.

Wieder etwas an ihm, das mich in den Wahnsinn trieb. Ich hätte gestern nicht mit zu ihm nach Hause gehen sollen. Ich hätte mich nicht auf diesen unmöglichen Deal mit ihm einlassen sollen. Und ich hätte definitiv nicht meinen richtigen Namen enthüllen dürfen. Das hatte ich schließlich noch bei keinem Kunden getan.

Ich schlang die Arme um meinen Körper und erschauerte in der frostigen Luft – für Oktober war es viel zu kalt. Vor allem konnte ich mir einfach nicht erklären, warum Bax mir so unter die Haut ging, und wie es ihm immer wieder gelang, meine schwachen und wunden Punkte zu finden. Er entsprach doch so gar nicht meinen Standards. Er brauchte eine größere Wohnung, eine dickere Brieftasche und eine Persönlichkeit, die mich nicht ständig auf die Palme brachte. Doch hier stand ich nun und versuchte, die Schmetterlinge zu ignorieren, die allein bei dem Gedanken, ihn wiederzusehen, in meinem Bauch herumflatterten.

»Bei diesem Wetter sollten Sie lieber eine Jacke anziehen.«

Beim Klang von Baxters Stimme wirbelte ich herum und schnaubte wütend. »Sie sind zu spät.«

»Sorry. Die Metro hatte Verspätung. Kann ich nichts gegen tun.«

»Sie sind mit der Metro hergekommen?«

»Ja. Die nehme ich immer. Wer braucht in dieser Stadt schon ein Auto? Parkgebühren und Versicherung sind teuer. Außerdem ist es besser für die Umwelt.«

»Hm«, machte ich. »Werden Sie es nicht irgendwann mal leid, die Welt retten zu wollen?«

»Nein. Werden Sie es denn irgendwann leid, auf den Zauberer von Oz zu warten, damit er Ihnen ein Herz bringt?«

»Na ja, zumindest fehlt mir mein Gehirn nicht.« Seine Augen weiteten sich zu so etwas wie Anerkennung, und ich grinste. »Ja, ich kenne den *Zauberer von Oz*. Ist immerhin ein Film über kostbare Schuhe, also habe ich ihn natürlich gesehen. Und jetzt sagen Sie mir bitte, dass Sie das Geld doch nicht zusammenbekommen haben, dann können wir so tun, als hätten wir uns nie kennengelernt.«

Er griff in die altmodische Kuriertasche an seiner Seite – dabei hätte ich gedacht, dass solche Dinger nur früher von Zeitungsjungen benutzt wurden – und entnahm ihr einen Umschlag. »Tut mir leid, Sie enttäuschen zu müssen, aber ich habe alles dabei. Und Sie haben mir Ihr Wort gegeben. Machen Sie also jetzt keinen Rückzieher, Veronica.«

Ich spähte in den Umschlag und blätterte kurz die Banknoten durch. Verdammt. Woher hatte ein Typ, der sozusagen in einem Schrank lebte, so viel Bargeld? Ich stopfte mir das Geld in die Tasche und deutete mit einem Kopfnicken auf den Laden hinter uns.

»Okay, machen wir uns also an die Arbeit. Zunächst einmal brauchen Sie neue Garderobe.« Ich warf einen Blick auf seine Jeans mit Löchern an den Knien, und auf sein zerknittertes braunes Jackett. »Der erste Eindruck ist beim Zusammentreffen mit Investoren immer besonders wichtig. Schließlich sollen die Leute Sie nicht für einen der Obdachlosen halten, die Sie zu retten versuchen.«

Stirnrunzelnd musterte er den Herrenausstatter. »Sieht ziemlich teuer aus. Dafür habe ich kein Geld mehr. Vielleicht sollten wir eher in einem dieser Secondhandläden anfangen? Ich hab da ein paar nette Klamotten gesehen.«

»Bestimmt. Als ob ausgerechnet *ich* auch nur einen Fuß in einen solchen Laden setzen würde.« Ich hielt meine Tasche in die Höhe. »Machen Sie sich wegen der Kosten keine Sorgen – die habe ich beim Honorar einberechnet.«

Bei unserem Eintreten in das hell erleuchtete Geschäft klingelte die Glocke über dem Eingang. Hunderte von Anzügen säumten die Wände, nach Farben geordnet, angefangen bei den hellen, bis hin zu den dunklen. Ich schloss die Augen und atmete den Duft teurer Stoffe ein. Klassische Musik – Vivaldis *Vier Jahreszeiten* – erklang über unseren Köpfen und vertrieb sofort meine gereizte Stimmung.

Ein kleiner Mann italienischer Abstammung eilte herbei. »Ah, Miss Cassandra! Willkommen zurück! Wie schön, Sie mal wiederzusehen.«

Ich ergriff die Hand des Mannes. Im Gegensatz zu seiner tief gebräunten Haut wirkte meine, als hätte ich auf der Sonnenbank das Schneewittchenprogramm bestellt.

»Rocco! Wunderbar, mal wieder hier zu sein. Ich brauche ein paar Anzüge für meinen Freund hier und vielleicht auch einen Smoking. Wir haben ein paar wichtige Meetings und Events vor uns. Ich möchte, dass er aussieht, als gehörte er zu mir, und nicht wie jemand, der in einem Zelt im Wald wohnt.«

»Wundervoll! Wie immer haben wir genau das, was Sie brauchen.« Roccos deutlicher Akzent hallte im gesamten Laden wider. Er ging voran und führte uns in den hinteren Bereich, und wir folgten seinem schlohweißen Schopf.

Bax warf mir einen Blick zu. »Cassandra? Nennen Sie eigentlich nie Ihren richtigen Namen?«

»Nicht an Orten, die ich mit Kunden besuche. Ob Sie es glauben oder nicht, Sie sind nicht der Erste, der eine Grunderneuerung braucht.«

»Oh, das ist es also? Und danach essen wir zusammen Eiscreme in unseren Pyjamas und machen eine Kissenschlacht?«

»Sorry, ich gehe nur mit Leuten ins Bett, die ich wirklich mag.«

»Warten Sie. Es gibt tatsächlich Leute, die Sie mögen?« Seine Mundwinkel zuckten, und seine Augen blitzten belustigt. »Wer sind diese magischen Kreaturen, und leben sie tatsächlich hier auf diesem Planeten?«

Eine Hitzewelle durchflutete meinen ganzen Körper, und plötzlich hatte ich einen Kloß im Hals, der jegliche Beleidigungen abwürgte, die ich ihm an den Kopf hätte schleudern können.

Während Rocco Bax auf ein Podest zog, um seine Maße zu nehmen, ließ ich mich in einen weichen Sessel in der Nähe plumpsen und überlegte, warum ich Bax nicht längst einen Tritt in den Hintern gegeben hatte. Vielleicht war das der Tatsache geschuldet, dass kein einziger Kunde es bislang gewagt hatte, so mit mir zu reden. Noch nie. Die meisten reagierten entweder verklemmt oder flirteten mit mir. Manche hatten mit mir ausgehen wollen, aber das verstieß gegen meine Regeln.

Bax fiel es nicht nur gar nicht erst ein zu flirten, er schien noch nicht einmal annähernd an mir interessiert zu sein. Und es gab ihm eindeutig einen Kick, mich zur Weißglut zu treiben.

Rocco wies Bax an, sein Jackett auszuziehen und schlang ein Maßband um seine Brust. Bei der Bewegung rutschte Bax' Coldplay-T-Shirt hoch. Beim Anblick seiner definierten Bauchmuskeln musste ich ein Seufzen unterdrücken. Er war nicht so muskulös wie die Schauspieler und Rockstars, mit denen ich manchmal ausging, aber er war schlank und sehr gut gebaut.

»Gefällt Ihnen der Anblick?«, fragte Bax.

Ich verdrehte die Augen zur weißen Decke. »Sie meinen einen Bauch, der mehr Sit-ups und weniger Kohlenhydrate brauchen könnte?«

Das kam der Wahrheit nicht annähernd nahe, aber zumindest vertrieb die Bemerkung sein hämisches Grinsen, und ich lehnte mich zufrieden wieder zurück.

Rocco blickte von seinem Maßband auf. »Hören Sie nicht auf sie, junger Mann. Sie brauchen *mehr* Pasta, nicht weniger.« Er tätschelte erst Bax den Bauch und klopfte sich dann auf seinen eigenen rundlichen Körper. »Ein Mann mit einem umfangreichen Bauch ist jemand, der sich die Speisen leisten kann, die dazu geführt haben, dass dieser Bauch existiert.«

Bax sah mir in die Augen und presste die Lippen aufeinander, um sich das Lachen zu verkneifen. Rocco maß nun Bax' Schrittlänge und musste ihn dabei gekitzelt haben, denn er verlor die Beherrschung. Und lachte. Sein Anblick, wie er vor sich hin kicherte, während ein betagter

Italiener zwischen seinen Beinen herumhantierte, war zu viel. Unwillkürlich stimmte ich in das Gelächter mit ein.

Er hielt inne und starrte mich an, als hätte ich Tomatensauce auf ein Unikat von einem Versace-Kleid gekleckert. »Heiliger Strohsack, sie kann lachen.«

»Ach lecken Sie mich doch am ….« Ich wollte absolut giftig reagieren, konnte aber nicht verhindern, dass mein Mund sich weiterhin belustigt verzog. »Natürlich kann ich lachen. Zum Teufel, ich lache über Sie, seit Sie mein Büro betreten haben.«

»Meine Güte, Sie sind aber ein süßes Pärchen«, sagte Rocco und notierte Bax' Maße auf einem Clipboard. »So viel Spannung. Meine Frau und ich sind genauso und sind jetzt schon seit vierzig Jahren verheiratet. Wir können immer noch nicht die Finger voneinander lassen. Ich glaube, Spannung dieser Art sorgt für den besten Sex, ist es nicht so?«

Bax verlor den Halt und wäre beinahe vom Podest gefallen, und ich schüttelte bestimmt den Kopf. »Wir sind kein Paar, Rocco. Er ist ein Kunde. Und es wird definitiv keinen Sex geben.«

»Gott sei Dank.« Bax wischte sich über die Stirn. »Da bin ich ja so gerade noch mal davongekommen. Ich habe gehört, Frauen Ihres Kalibers fressen die Männchen auf, wenn sie mit ihnen fertig sind.«

Ich vergrub die Fingernägel in dem samtenen Polster und musterte ihn wütend. »Dann könnten Sie sich noch glücklich schätzen.«

»Okay.« Rocco hob die Hände, und das Maßband fiel zu Boden. »Ich habe ja nur kommentiert, was ich sehe … Wir sind fertig mit dem Maßnehmen, junger Mann. Gehen Sie dahinten in die Umkleidekabine und ziehen Sie sich aus. Ich bringe Ihnen ein paar Kleidungsstücke zum Anprobieren.«

Bax zog sich in die Kabine zurück und den roten Vorhang vor. Er schloss ihn nicht komplett, und eine Lücke zwischen dem Stoff und der Wand erlaubte mir einen Blick auf seinen Rücken, als er das T-Shirt über den Kopf zog. Seine Schultermuskeln arbeiteten sichtbar sowie weitere Muskeln den ganzen Rücken hinunter bis hin zu seinen Hüften. Er knöpfte die Jeans auf und schob sie bis zu den Knöcheln, bevor er herausstieg. Darunter wurden schwarze Boxershorts sichtbar, die seinen knackigen Hintern und seine muskulösen Beine zur Geltung brachten.

Ich fächelte mir Luft zu. Jemand musste hier im Laden die Heizung hochgedreht haben, weil es draußen so kalt war. Eine andere Erklärung gab es wohl kaum für die Schweißperlen, die sich in meinem Nacken sammelten, und für die plötzliche Hitze zwischen meinen Schenkeln.

Rocco eilte an mir vorbei, in den Armen jede Menge Anzüge. Ich zog schnell mein Handy aus der Tasche und richtete die Augen auf das Display, als er Bax zurief: »Darf ich reinkommen?«

Bax gab ihm die Erlaubnis, und ich hörte das kratzende Geräusch der Vorhangringe an der Stange. Ich hielt den Blick auf mein Handy gesenkt, obwohl das Display dunkel war und ich lediglich mein Spiegelbild dort sehen konnte. Mein Gesicht war gerötet, die Wangen rosa und glänzend. Verdammt, ich musste jemanden bitten, die Heizung herunterzudrehen.

Der Vorhang schloss sich wieder, und Rocco trat zu mir. »Darf ich Ihnen etwas zu trinken bringen, während Sie warten, Miss Cassandra? Champagner, wie üblich?«

Eigentlich war es nur Sekt, aber ich nickte. Das kühle

Getränk würde mir guttun, und das Sprudeln würde das vertreiben, was auch immer da in meinem Kopf los war.

Rocco kehrte wenige Augenblicke später mit einer Flöte voller funkelnder Flüssigkeit zurück, und ich nippte dankbar daran. Die Bläschen tanzten auf meiner Zunge und meine Kehle hinunter, weckten meine Geschmacksnerven auf. Das Aroma der süßen Trauben entlockte mir einen behaglichen Seufzer, und ich trank das ganze Glas in einem Zug aus.

Dann streckte ich Rocco das Glas wieder entgegen, und eilig lief er los, um es wieder aufzufüllen.

Mit einem Rascheln öffnete sich der Vorhang erneut, und ich blickte auf. Bax hob die Schultern. »Alles gut? Findet das hier Gnade vor Ihren Augen?«

Rocco hatte einen der elegantesten Anzüge aus seinem Sortiment ausgewählt. Grau, fast silbern schimmerte der Stoff im Licht. Das Jackett passte perfekt, betonte seine Schultern und seine Brust. Ich biss mir auf die Lippe. Es ging doch nichts über einen Typen im Anzug, um mich scharf zu machen. Sie sahen darin aus wie das personifizierte Geld. Ich schaute ihm ins Gesicht. Bax hatte ein selbstzufriedenes Grinsen aufgesetzt, das sofort jegliche Andeutung von Lust in meinem Körper vertrieb.

»Oh, passt perfekt. Ich wusste es.« Rocco erschien wieder an meiner Seite und reichte mir ein zweites Glas Sekt. Er stieß meine Schulter an. »Was für ein gut aussehender junger Mann, nicht wahr?«

Ich nippte an dem Getränk und zuckte gespielt unbeeindruckt mit den Schultern. »Nicht schlecht. Im Grunde aber wickeln wir hier nur einen Pfennig in Silberfolie ein. Mit ein bisschen Politur sieht jeder besser aus als vorher.«

»Mit Komplimenten tun Sie sich ganz schön schwer, oder?« Bax' Nasenlöcher weiteten sich.

»Ich habe mein Leben lang mit Männern im Anzug zu tun gehabt, die deutlich beeindruckender aussahen als Sie«, erwiderte ich und stellte mein Glas auf die breite Sessellehne. »Und jetzt probieren Sie schnell den Rest an, damit wir das hier hinter uns bringen können.«

Er stieß ein frustriertes Knurren aus, kehrte aber in die Umkleidekabine zurück.

»Entschuldigen Sie die Einmischung«, sagte Rocco. »Aber sind Sie nicht ein wenig hart zu ihm?«

»Bei allem Respekt, Rocco – nicht dass es Sie etwas anginge, aber er teilt genauso viel aus, wie er einstecken muss. Sie haben es doch gesehen. Er ist vielleicht ein Kunde, aber das heißt nicht, dass ich ihn auch mögen muss.«

Rocco nickte und bürstete sich eine unsichtbare Fluse vom Revers. »Wissen Sie, meine Frau sagt immer, dass wir unsere wahren Gefühle gern hinter Wut und Hass verbergen, weil man die leichter zeigen kann als Liebe und Akzeptanz. Als ich meine Frau kennenlernte, waren wir noch Kinder. Ich fand sie süß, also zog ich an ihrem Zopf, um sie zu ärgern, weil ich es nicht schaffte, ihr zu sagen, dass ich sie mochte. Vielleicht tun Sie beide ja momentan genau das? Sie ziehen einander an den Haaren?«

Die Vorstellung von Bax im Bett mit mir, der mich auf genau die richtige Weise an den Haaren zog, sodass ich seinen Namen stöhnte, zuckte mir durch den Kopf, und mein Begehren flackerte wieder derartig auf, dass ich die Schenkel zusammenpresste. Brr. *Reiß dich zusammen, Veronica.* Außerdem roch seine Billigbettwäsche vermutlich nach Hund.

»Nein.« Ich schüttelte den Kopf. »Wir ziehen uns nicht

an den Haaren. Nicht jetzt und auch nicht irgendwann in der Zukunft.«

»Gut, gut. Nur die Beobachtungen eines alten Mannes.« Die Türglocke klingelte, und er blickte hinüber. »Da kommt noch ein Kunde. Rufen Sie mich, wenn Sie etwas brauchen, okay, Miss Cassandra?«

Ich trank den Rest meines Schaumweins aus und stellte das leere Glas auf den roten Teppich neben Bax' hässliche Kuriertasche.

»Verdammt«, drang Bax' Stimme jetzt durch den Vorhang.

»Was ist jetzt schon wieder los?«

»Na ja, die restlichen Anzüge sind prima, aber ich habe Probleme mit dem Smoking.« Er kam aus der Umkleidekabine in schwarzer Smokinghose und weißem Hemd und fummelte mit der Fliege herum. »Ich hab mir so ein verdammtes Ding noch nie umgebunden. Wenn überhaupt, dann trage ich Fliegen, die man anknöpfen kann.«

Ich atmete aus und sprang von meinem Sessel auf.

»Hier, ich zeige es Ihnen. Ist ganz leicht. Wenn Sie die Schnürriemen Ihrer Schuhe zubinden können – was ich mal annehme –, dann können Sie das hier auch.«

Ich packte ein Ende der Fliege und zog es so weit herunter, dass es länger war als das andere. »Zu Beginn müssen sie ungleich lang sein, so wie hier, sehen Sie?«

Er nickte und beobachtete meine Hände, als ich ein Ende um das andere schlang. »Wo haben Sie das gelernt? Von Ihrem Dad? Oder Bruder?«

Ich erstarrte, die Enden des Stoffes immer noch um die Finger geschlungen. Ein dumpfer, vertrauter Schmerz pulsierte in meinem Brustkorb.

»Veronica? Alles klar?«

Bax' Stimme ließ mich in die Gegenwart zurückkehren, und ich schluckte, bevor ich mich wieder seiner Fliege widmete. »Keine Geschwister. Und mein Dad ist abgehauen, als ich noch klein war. Das habe ich gelernt, indem ich mit Männern ausgegangen bin, die praktisch in den Dingern schlafen. Das ist alles.«

»Oh, tut mir leid. Wie schrecklich.«

»Stimmt.« Ich biss die Zähne zusammen und verhinderte so jegliche weitere Bemerkung zu dem Thema. Verdammt. Was war nur los mit mir? Ich hatte immer Wert darauf gelegt, niemals mit irgendjemandem über meine Familie zu sprechen – ich tat es nicht einmal mit den wenigen Menschen, die ich als Freunde bezeichnete. Ich hätte nicht so viel preisgeben dürfen. Deshalb benutzte ich falsche Namen – damit sich keine Berührungspunkte zwischen meinem richtigen Leben und meiner Arbeit ergaben. Bax war ein Kunde, nicht mehr.

Schweigend band ich ihm die Fliege und versuchte, nicht darauf zu achten, wie nah wir voreinander standen. Seine Brust hob und senkte sich unter meinen Fingern, und sein Atem roch leicht nach aromatisiertem Kaffee. Heute Morgen musste er eine Art Bodyspray aufgetragen haben, denn seine Haut duftete nach etwas Zitrusartigem.

»So.« Ich ließ die Fliege los und trat einen Schritt zurück. »Jetzt holen Sie mal das passende Jackett.«

Er nahm das schwarze Jackett von dem Bügel in der Umkleide und zog es über. Während er es zuknöpfte, blieb er vor dem Spiegel stehen. »Ich komme mir vor wie George Clooney oder so.«

»Oh, ich bitte Sie, Sie haben nicht annähernd Clooneys Klasse.«

Ich stand hinter ihm und musterte sein Spiegelbild. Ihm

gegenüber hätte ich es natürlich niemals zugegeben, aber der Smoking schien ihm wie auf den Leib geschneidert zu sein. Sein leicht zerzaustes Haar bildete einen attraktiven Kontrast zu dem makellosen Outfit – genau wie bei den Promis, die auf dem roten Teppich behaupten, sie seien heute Morgen so aufgewacht, was man ihnen auch prompt abnahm.

Wir standen hintereinander vor dem Spiegel, ich in meinem dunkelblauen Alexander-McQueen-Kleid, er in Armani. Ich befand mich direkt hinter seiner Schulter. In diesen Klamotten hätte selbst ich daran glauben können, dass wir erfolgreiche Geschäftspartner waren – oder mehr.

»Sie wissen schon, dass Sie jetzt gerade einen Anzug des Designers tragen, nach dem Ihr Hund benannt ist«, sagte ich ein paar Sekunden später.

»Heißt das, es wäre sogar cool, wenn ich Hundehaare darauf hätte?«

Ich versetzte seinem Arm einen Klaps. »Besser nicht. Diese Klamotten sollten stets makellos aussehen. Und wenn Sie es wagen, auch nur ein einziges von diesen Hemden zusammenzuknüllen und auf einen Stuhl zu werfen, kriegen Sie es mit mir zu tun.«

»Gut. Ich muss Ari meine neue Garderobe also von weitem vorführen.«

Bei der Vorstellung, wie Bax seinen Flur hinabschritt, während Ari ihn aus dem Büro anbellte, musste ich kichern. Anscheinend hatte er gerade das gleiche Bild vor Augen, denn er stimmte mit ein.

»Jetzt geben Sie beide aber nun wirklich ein wunderschönes Paar ab.« Rocco war hinter uns aufgetaucht. »Perfekt gekleidet, wenn ich das mal so sagen darf. Selbst Ihr Lachen passt zueinander.« Er zwinkerte. »Miss Cassandra, haben Sie sonst noch einen Wunsch?«

Ich trat von dem Spiegel fort. »Nein danke, Rocco. Wir nehmen alles.«

»Wunderbar.«

Nachdem Rocco uns allein gelassen hatte, lachte Baxter los.

»Was ist?«, fragte ich.

»Der Gedanke, dass wir ein Paar sein könnten. Das ist lächerlich.«

Ich verschränkte die Arme vor der Brust. »Warum sagen Sie das?«

»Na ja, zum einen bin ich ziemlich sicher, dass Sie mich nicht ausstehen können.«

»Das habe ich nie gesagt.«

»Oh bitte.« Er zog sein Jackett aus. »Können Sie sich wirklich vorstellen, mit jemandem wie mir zusammen zu sein?«

Im Geiste sah ich seine winzige Wohnung vor mir. Dann stellte ich mir vor, wie wir zusammen die Metro nahmen. Wie wir mit Ari durch den Park schlenderten. Wie wir uns im Bett zusammenkuschelten, während es draußen schneite. Ich schüttelte den Kopf. Wow. Wo war das jetzt gerade hergekommen?

»Spielt keine Rolle«, erwiderte ich. »Ich gehe sowieso nicht mit Kunden aus. Und jetzt ziehen Sie Ihre Secondhandklamotten wieder an. Ich zahle.«

Rocco blinzelte nicht einmal, als ich alles in bar bezahlte – er hatte sich bei mir daran gewöhnt. Einmal hatte ich versucht, ihm zu erklären, was ich beruflich machte, aber ich war ziemlich sicher, dass er mich anschließend ohnehin für eine Escort-Lady hielt. Aber auch das spielte keine Rolle. Ich war vor allem immer noch eine seiner besten Kundinnen und wurde dementsprechend behandelt.

Als wir das Geschäft verließen, war meine Tasche leichter, und an Bax' Armen hingen jede Menge schwere Einkaufstaschen.

»Das wird in der Metro besonders spaßig«, meinte er.

»Noch ein Grund, warum Sie ein Auto brauchen.« Mein Handy piepte, und ich zog es aus der Tasche. »Ich würde Sie ja nach Hause fahren, aber ...«

»Sie haben Angst vor dem Ghetto, schon kapiert.«

»Tatsächlich habe ich einen Termin mit einem anderen Kunden.«

Seine Mundwinkel sanken herunter, als hätte jemand mit Botox Mist bei ihm gebaut. »Oh. Klar. Natürlich haben Sie andere Kunden. Ich dachte einfach nur ...«

»Was? Dass Sie etwas Besonderes sind? Sorry, Sie sind nur ein weiterer Auftrag. Viel Glück bei Ihrer Metrofahrt. Und verteidigen Sie die Klamotten mit Ihrem Leben. Wir treffen uns morgen Abend für die nächsten Vorbereitungen. Ziehen Sie einen der Anzüge an.«

Er schlenderte die Straße hinunter und verschwand um die Ecke. Ich stieß den Atem aus, den ich unwillkürlich angehalten hatte, und blickte erneut auf mein Handy. In Wirklichkeit hatte das Signal mich nur an meinen Maniküretermin erinnern sollen. Ich hatte keine anderen Kunden – schließlich konzentrierte ich meine Aufmerksamkeit ja immer nur auf einen einzigen Kunden.

Aber ich hatte das Gefühl gehabt, nicht eine einzige Sekunde länger mit Bax verbringen zu können. Ich lief zu meinem Auto, das einen Meter weiter auf der Straße stand. Zuerst hatte er meinen richtigen Namen herausgefunden, dann hatte er nach meiner Familie gefragt, und ich hatte ihm sogar die Wahrheit gesagt. In seiner Gegenwart schien ich offenbar ein gewisses Mitteilungsbedürfnis zu haben. Gleichzeitig wollte ich die Flucht ergreifen und mich verstecken.

Ich startete den Motor und reihte mich in den Verkehr ein, und dabei rumorte irgendetwas Unbekanntes weiter in mir. Ich wurde das Gefühl nicht los, dass Baxter Linton trotz seines Retterkomplexes und seiner freundlichen Augen der gefährlichste Mann war, der mir je untergekommen war.

Kapitel 6

Bax

Krawatten waren eindeutig Teufelswerk.

Egal wie oft ich gezwungen war, eine zu tragen, es wollte mir einfach nicht in den Kopf, warum sich jemand freiwillig etwas um den Hals wickelte, das einem Galgenstrick ähnelte. Ich zerrte an dem Knoten, der wild entschlossen zu sein schien, mir den Saft abzudrehen, und atmete erleichtert aus, als er sich endlich lockerte.

Der Name des Restaurants, das Veronica mir genannt hatte, war mir bekannt vorgekommen. Als ich dann auf dem Bürgersteig stand und durch die Fenster spähte, wurde mir auch klar, warum. Es war ein verdammt nobler Schuppen.

Auf der anderen Seite der Fenster breiteten sich weiße Tischtücher aus wie eine leinene Schneelandschaft. Kerzen beleuchteten die Gäste, allesamt makellos gekleidet und mit stockgeraden Rücken, während sich auf ihren Tellern eher kleine Kunstwerke als Speisen befanden. Ja, das war eindeutig nicht die Art von Restaurant, die ich sonst frequentierte.

Mein Handy gab ein »Ping« von sich, und seufzend zog ich es aus der Tasche. Veronicas Textnachricht funkelte mir wütend entgegen: SIE SIND SPÄT DRAN. SCHON WIEDER.

Natürlich gehörte sie zu den Frauen, die nur in Großbuchstaben schrieben. Gott bewahre, dass sie mich auch nur eine Sekunde lang nicht anfuhr. Ich strich mein Jackett glatt, holte tief Luft und betrat das Restaurant.

Der Duft von Balsamessig, geschmolzenem Kerzenwachs und Damenparfüm nahm mir fast den Atem. Mit einem Blinzeln versuchte ich, diesen Ansturm auf meine Sinne auszublenden, und hielt von der Tür aus unter den Gästen nach Veronica Ausschau. Ihr dunkles Haar war zwischen den silbernen Schläfen und gefärbten Blondinen nirgends zu entdecken.

»Kann ich Ihnen helfen, Sir?« Ein Mann mit Schnurrbart und einem so breiten französischen Akzent, dass er mich an Pepé Le Pew erinnerte, musterte mich von Kopf bis Fuß, als spürte er, dass ich nicht wirklich hierhergehörte.

»Ich bin hier mit jemandem verabredet«, antwortete ich. »Wahrscheinlich ist sie schon da. Sie heißt …« Mist. Welchen Namen sie hier wohl benutzte? Wahrscheinlich hatte es keinen Zweck, ihren richtigen zu nennen. »Ähm … sie hat schwarzes Haar, etwa so lang, grüne Augen und die längsten Beine, die ich je gesehen habe. Sieht toll aus. Und hat bestimmt schon die Hälfte Ihrer Belegschaft zur Schnecke gemacht.«

Le Pew nickte. »Ah, Miss Renée. Ja, sie wartet bereits. Folgen Sie mir.«

Er führte mich an schwatzenden Paaren vorbei, die sich über silberne Brotkörbe beugten, die wahrscheinlich die Hälfte meiner Monatsmiete kosteten. Je tiefer wir ins Restaurant vordrangen, umso gedämpfter war die Beleuchtung und umso eleganter die Garderobe der Gäste. Ich fragte mich kurz, ob er mich zum Hintereingang nach draußen führte – zu den Mülltonnen.

»Bax! Was treibst du denn hier, Mann?«

Von rechts erklang Scotts durchdringende Stimme, sodass Le Pew und ich stehen blieben und uns einige Paare in der Umgebung entrüstete Blicke zuwarfen. Mein Freund saß an einem Tisch in der Ecke, im Augenblick allein, aber der halb aufgegessene Salat am gegenüberliegenden Platz deutete darauf hin, dass er in Gesellschaft hier war.

»Ich habe ein Geschäftsessen«, antwortete ich und bedeutete Le Pew mit erhobenem Finger, einen Augenblick zu warten. Der verdrehte die Augen so sehr, dass es mich nicht gewundert hätte, wenn sie nie wieder aus den Augenhöhlen zurückgekehrt wären. Ich senkte die Stimme. »Was machst du denn hier, Kumpel? Hast du eine Gehaltserhöhung bekommen oder so was?«

»Ja weißt du …« Er zog eine kleine rote Samtschachtel aus der Jackentasche – »ich will Alli fragen, ob sie mich heiraten will. Und dafür brauche ich ein besonderes Ambiente.«

Ich klopfte ihm auf den Rücken. »Gratuliere, Mann. Wow, von Trennung zur Verlobung innerhalb einer Woche? Ich freue mich für dich, Scott. Wirklich. Schön für dich.«

»Na ja, noch hat sie nicht Ja gesagt.« Seine Augen weiteten sich und schnell steckte er das Döschen wieder in die Tasche zurück. »Pst … sie kommt.«

»Baxter! Schön, dich zu sehen!« Allison tauchte hinter mir auf und hauchte einen Kuss an meiner Wange vorbei. Dann setzte sie sich hin. »Ich gebe zu, dass ich überrascht bin, dich zu sehen. Restaurants wie diese waren dir doch sonst immer verhasst.«

»Ich bin aus geschäftlichen Gründen hier«, antwortete ich. Le Pew räusperte sich, und im gleichen Augenblick pingte mein Handy. »Und spät dran. Schön, euch beide gesehen zu haben. Guten Appetit euch beiden.«

Als Allison sich wieder ihrem restlichen Salat widmete zeigte ich Scott ein ›Daumen hoch‹, und folgte Le Pew dann zum Tisch im rückwärtigen Teil des Etablissements.

»Das wird verdammt noch mal aber auch Zeit.« Veronica schob ihr Handy in die Tasche.

Im Gegensatz zu mir gehörte sie eindeutig hierher. Ihr dunkelgrünes Kleid passte zu ihrer Augenfarbe, und das Oberteil umschmeichelte ihre Taille und ihre Brüste, als sei es ihr auf den Leib geschneidert worden. Spitze der gleichen Farbe spross wie Efeu von ihrer Brust zu ihrem Hals hinauf und gewährte mir Einblick auf die gebräunte Haut darunter.

»Ihr Kellner ist jeden Augenblick bei Ihnen«, verkündete Le Pew. Er verbeugte sich vor ihr und eilte davon. Ich hätte fast erwartet, dass er noch mit dem Schwanz wedeln würde, aber enttäuscht stellte ich fest, dass es nur seine wehenden Rockschößе waren.

»Tut mir leid, dass ich mich verspätet habe«, sagte ich. »Ich habe mich verfranst. Und dann habe ich auch noch Scott da vorn getroffen. Er will seiner Freundin einen Heiratsantrag machen und …«

Veronica erstarrte. Das Wasserglas verharrte auf halbem Wege zu ihren scharlachroten Lippen. »Moment mal. Scott ist hier? Und Allison ist bei ihm? Verdammt.«

»Was spielt denn das für eine Rolle?«

»Er war mein Kunde, erinnern Sie sich?« Klirrend stellte sie das Glas ab. Das Wasser schwappte heraus und bildete auf dem Tischtuch eine kleine Pfütze. »Ich bin der Grund, warum sie wieder zusammen sind.«

Ich nahm mir ein warmes Brötchen aus dem Korb, der

in der Mitte des Tisches stand, und brach es auseinander. »Stimmt. Und jetzt verloben sie sich. Ihr Einsatz war also ein voller Erfolg.«

»Ja, es sei denn, sie entdeckt mich, zählt zwei und zwei zusammen und erkennt, dass ihr Freund sie betrogen hat, damit sie wieder mit ihm zusammenkommt.«

»Daran hatte ich gar nicht gedacht.« Ich schob mir ein Stück Brot in den Mund und kaute gedankenverloren darauf herum. Nachdem ich hinuntergeschluckt hatte, sagte ich: »Und wie funktioniert Ihre Rückzahlungsvereinbarung? Müssen die beiden ein Leben lang zusammenbleiben, damit Scott sein Geld nicht zurückbekommt?«

»Natürlich nicht. Anzunehmen, dass ein Paar bis zum Lebensende zusammenbleibt, wäre idiotisch.« Sie trommelte mit den Fingern auf den Tisch herum. »Aber wenn ich es irgendwie vermassele – zum Beispiel indem ich mich bei der betrogenen Person verrate und sie ihn deshalb verlässt –, dann bekommt er sein Geld zurück.«

»Das wäre natürlich fatal.« Ich warf mir den Rest des Brötchens in den Mund und wischte die Krümel von meinem Jackett. »Sollen wir gehen?«

Veronica sah an mir vorbei und schüttelte den Kopf. »Nein. Ich vermute, solange sie nicht zu uns herüberkommen, wird es schon gut gehen.«

»Warum sind wir überhaupt hier? Ich habe zu Hause eine fantastische Mikrowellenpizza, die nur darauf wartet, verspeist zu werden.«

»Wir sind hier für Ihre nächste Lektion.«

Eine Kellnerin in frischer weißer Bluse und schwarzem Rock erschien an unserem Tisch und füllte das Wasserglas nach, das Veronica kaum angerührt hatte. »Wie ich sehe, ist Ihr Gast angekommen. Darf ich Ihnen etwas empfehlen?«

»Klar«, antwortete ich.

»Nein«, widersprach Veronica gelangweilt. »Geben Sie uns bitte noch etwas Zeit mit der Speisekarte.«

Die Kellnerin zuckte mit den Achseln und verschwand.

»Vielleicht hätte ich mir ihre Empfehlungen gern angehört«, sagte ich. »Außerdem müssen die Kellner sie jeden Abend aufs Neue auswendig lernen. Ich finde es nur höflich, mir ihren Text zumindest anzuhören.«

Veronica trank einen Schluck Wasser. Ihr Rosenblüten-Lippenstift hinterließ am Glasrand einen Abdruck. Erstaunlicherweise war nirgends auch nur ein Tropfen ihres üblichen Whiskeys in Sicht.

»Ich habe Ihnen doch gesagt, dass ich Ihnen hier eine weitere Lektion erteilen will«, antwortete sie. »Eins nach dem anderen. Besonders wichtige Business-Deals finden häufig in Restaurants wie diesem hier statt. Wenn ein Investor nicht bereit ist, während Ihres Pitchs für Ihre Mahlzeit zu bezahlen, stehen Sie auf der Prioritätenliste nicht ganz oben. Außerdem machen sie sich über das, was sie essen, nur wenig Gedanken. Alkohol, volle Mägen, das Ambiente … All das kann sie auf Ihre Seite ziehen. Doch während der Mahlzeit analysieren sie jede Ihrer Verhaltensweisen, und Sie müssen ihnen beweisen, dass sie eine wichtige Persönlichkeit sind. Die erste Regel lautet: Sie wollen die Empfehlungen des Hauses nicht hören. Sie haben kein Interesse an Dingen, die gerade besonders preiswert sind. Die zweite lautet: Sie essen nie das kostenlose Brot.«

Sie musterte das zweite Brötchen in meiner Hand. Ich ließ es seufzend in den Korb zurückfallen und wischte mir die Hände an der Hose ab. »Okay, angebissen. Warum nicht?«

»Weil es nichts kostet. Sie essen oder bestellen nichts, das preiswert oder kostenlos ist. Sie sind zu wichtig für das abgestandene Brot, das hier auf jedem Tisch herumsteht.« Die Kellnerin schlenderte wieder zu unserem Tisch herüber, und Veronica beugte sich vor und sagte mit leiser Stimme. »Und Sie bestellen immer das Teuerste auf der Karte. Nehmen Sie das Steak und den Hummer.«

»Ich mag keinen Hummer.«

Sie pustete sich einen Haarsträhne aus dem Gesicht. »Natürlich nicht. Aber das ist egal. Wahrscheinlich essen Sie auch gar nichts davon.«

»Warum sollte ich etwas bestellen und es dann nicht essen?«

»Weil Sie viel zu sehr damit beschäftigt sein werden, sich selbst zu verkaufen und den Investoren schmackhaft zu machen. Und jetzt folgen Sie meinem Beispiel.«

»Darf ich jetzt Ihre Bestellung aufnehmen?« Erwartungsvoll sah die Kellnerin uns an.

»Ja«, antwortete Veronica. »Ich nehme das Steak und den Hummer, bitte. Medium rare. Und ein Glas Dom Pérignon.«

»Hervorragend.« Die Kellnerin wandte sich an mich. »Und der Herr?«

»Äh …« Ich blickte auf die noch ungeöffnete Speisekarte. Auf dem schwarzen Leder prangte in goldenen, erhabenen Lettern der Name des Restaurants. »Das Gleiche bitte. Aber das Steak well done.«

Veronica zuckte auf ihrem Stuhl zusammen. Als die Kellnerin gegangen war, sagte sie: »Beim nächsten Mal bestellen Sie Medium. Es muss wirken, als wüssten Sie die feineren Dinge im Leben zu genießen. Reiche Leute haben nichts für Fleisch übrig, das wie Schuhleder schmeckt.«

»Ich bin kein Kind«, antwortete ich. »Und ich sitze nicht zum ersten Mal in einem Nobelrestaurant. Vielleicht war ich noch nie in einem so besonders schönen, aber trotzdem können Sie aufhören, mich wie einen Schwachkopf zu behandeln.«

Sie lehnte sich zurück. »Ich versuche, Ihnen zu helfen, Bax. Dafür bezahlen Sie mich. Wenn Sie wollen, dass Ihr Unternehmen erfolgreich ist, müssen Sie verstehen, wie Business-Meetings aus der Perspektive Ihres Gegenübers ablaufen. Ich habe genug Zeit mit reichen Männern verbracht, um zu wissen, wie man sie beeindruckt und was sie langweilt.«

»Und mich wie ein Arschloch zu benehmen, indem ich teures Essen bestelle, ohne es zu verspeisen, beeindruckt sie?«

»Ja«, nickte sie, und das Kerzenlicht glühte wie Elektrizität in ihrem Haar auf. »Es zeigt ihnen, dass Sie Eier in der Hose haben, Bax. Damit beweisen Sie, dass Sie sich nicht von ihnen einschüchtern lassen. Außerdem ist diesen Leuten das Geld vollkommen egal. Sie setzen täglich Tausend-Dollar-Dinner als Geschäftskosten ab.«

»So hab ich es, glaube ich, noch nie gesehen.«

»Deshalb haben Sie mich ja engagiert. Um für Sie an derlei Dinge zu denken. So, kann ich jetzt weitermachen, oder wollen Sie aufhören?«

»Weitermachen, denke ich. Zumindest solange Sie mich nicht veranlassen ›Es grünt so grün, wenn Spaniens Blüten blüh'n.‹ von mir zu geben.«

Sie legte den Kopf schief. »Hä?«

»*My Fair Lady.* Das Musical? Sie sind wie Henry Higgins, der seinem Schützling gutes Benehmen beibringt.«

»Hab ich nie gesehen.« Beiläufig ließ sie den Finger über

den Rand ihres Kristallglases gleiten, und unwillkürlich stellte ich mir vor, wie sie die gleiche Geste auf meinen Lippen vollzog, und das verursachte bei mir prompt eine Gänsehaut.

Ich nahm einen tiefen Schluck aus meinem eigenen Wasserglas, um das Feuer in meiner Brust zu löschen. »Ist ein Klassiker. Wo leben Sie? Unter einem Stein?«

»In einem teuren Loft uptown.«

Ich öffnete den Mund, um etwas zu erwidern, aber da erschien die Kellnerin mit den alkoholischen Getränken. Sie stellte ein Glas mit einer sprudelnden Flüssigkeit neben meinen Arm, und ich griff danach.

»Nein. Nicht trinken«, hielt Veronicas Stimme mich auf, nachdem die Kellnerin uns wieder verlassen hatte.

»Wie, trinken tun wir auch nicht?«

»Hier und da ein Schluck. Niemals das ganze Glas. Sie brauchen einen klaren Kopf. Aber Sie lassen trotzdem zu, dass Ihr Gegenüber immer wieder eine Runde bestellt. Je betrunkener Ihre Gesprächspartner sind, umso wahrscheinlicher ist es, dass sie letztendlich auf ihre Vorschläge eingehen.«

Sie fuhr fort, mir zu erklären, wie man mögliche Investoren durchschaute. Hinweise, dass sie Interesse hatten (ein anderes Meeting absagen, Dessert bestellen) und Hinweise, dass sie lieber den Rückzug antreten wollten (aufs Handy schauen, mit dem Fuß auf den Boden tippen). Wir gingen verschiedenste mögliche Szenarien beim Essen durch, und sie erklärte mir, woran ich picken und was ich auf dem Teller hin und her schieben sollte. Im Stillen entschuldigte ich mich bei dem teuersten Stück Fleisch, das ich je gesehen hatte – dafür, dass ich angewiesen wurde, es nicht wirklich zu verspeisen, und ich fragte mich, ob sie mitbekommen würde, wenn ich das Restaurant später mit einer Doggybag verließ.

Da erklang ein Freudenschrei vom anderen Ende des Restaurants, gefolgt von Applaus.

»Anscheinend hat Allison Ja gesagt«, meinte ich und warf die Serviette auf den Tisch. »Damit darf ich wohl auch Ihnen gratulieren. Muss ein schönes Gefühl sein zu wissen, dass man so gut in seinem Job ist.«

»Ich nehme es an. Obwohl es mir nicht in den Kopf will, warum die Leute so versessen aufs Heiraten sind.«

Ich erdolchte mein Steak, das zugegebenermaßen tatsächlich ein wenig an Schuhleder erinnerte. »Sie wollen nicht heiraten? Warum überrascht mich das nicht?«

»Man muss mir erst noch beweisen, dass ein Mensch sich ein Leben lang an einen anderen Menschen binden kann. Ein Happy End gibt es nur im Film oder in Büchern. Schauen Sie doch sich an. Sie glaubten, die wahre Liebe gefunden zu haben, und wir sehen ja, was Cara Ihnen angetan hat.«

»Clare.« Ich durchtrennte den Hummer mit der Gabel und beobachtete, wie er in Stücke brach, genau wie mein Herz, nachdem Clare mich verlassen hatte. »Aber das bedeutet keineswegs, dass es nicht doch irgendwann ein Happy End für mich geben kann. Sie war nur einfach nicht die Richtige. Sie meinte, dass sie jemanden braucht, der ihr ein ›sicheres Leben‹ bieten kann. – Sie wissen schon: das Haus in der Vorstadt, das Auto in der Auffahrt, die Kinder im Garten. Ich konnte ihr das alles nicht geben. Zumindest noch nicht. Nicht, bevor ich nicht zumindest versucht hatte, meinen eigenen Weg zu finden. Und sie war nicht bereit zu warten. Ihre eigenen Träume waren ihr wichtiger.«

Veronica musterte mich, und die Flamme der Kerze

spiegelte sich in ihren Augen. Einen flüchtigen Moment lang glaubte ich, Mitgefühl in ihnen zu lesen, aber sicher hatte ich mich getäuscht. Zu einem solchen Gefühl war diese Frau schließlich nicht fähig.

»Oh mein Gott, Baxter! Hast du schon gehört?« Allison stürmte zu unserem Tisch herüber, schob mir die Hand vors Gesicht und hätte dabei fast mein Wasserglas umgeworfen. »Scott hat mir einen Heiratsantrag gemacht! Und ich habe Ja gesagt!«

Der Stein an ihrem Finger funkelte im Licht. In Wirklichkeit war es kein besonders beeindruckender Edelstein, aber ich wusste, dass er Scott einen Großteil seines Gehalts gekostet haben musste.

Ich rang mir ein Lächeln für meine Freunde ab und verdrängte die Erinnerung an den Abend, als ich Clare an einem Strand in Mexiko ebenfalls einen Heiratsantrag gemacht hatte – während eines der wenigen Urlaube, die wir zusammen gemacht hatten. »Gratuliere, Alli, Scott. Ich freue mich sehr für euch beide.«

Scott sah über Allisons Schulter. Sein Grinsen war so breit, dass es mich an Joker erinnerte. »Sie hat Ja gesagt, Mann!«

»Ja«, gluckste ich. »Das haben wir bereits geklärt.«

Allison wandte ihre Aufmerksamkeit Veronica zu, die versuchte, ihr Gesicht hinter der Weinkarte zu verbergen. »Und wen haben wir da? Oh, haben wir dich bei einem Date unterbrochen? Bax, es wurde ja auch Zeit, dass du mal endlich wieder mit jemandem ausgehst.«

»Hey, da gab es durchaus schon einige Dates.«

»In einem Hinterhof mit der Kellnerin aus dem *Flying Pig* herumzuknutschen und sie dann vollzukotzen, kann man ja wohl kaum als Date bezeichnen.«

Ich warf Scott einen wütenden Blick zu. »Du hast es ihr erzählt?«

»Er erzählt mir alles, Dummerchen.« Allison versetzte mir mit der unberingten Hand einen Knuff an die Schulter. Dann sah sie wieder zu Veronica hinüber, die immer noch aufmerksam die Weinkarte studierte und der das schwarze Haar dabei ins Gesicht fiel. »Also, mit wem bist du hier? Ich bin eine Freundin von Baxter. Allison. Nett, Sie kennenzu…«

Sie taumelte zurück, denn Veronicas Haar wurde wie ein Vorhang nach hinten geweht, als eine Kellnerin an uns vorbeistürmte.

»Ich … ich kenne Sie.« Allison musterte Veronicas Gesicht. »Sie sind Rachel. Sie waren am Abend der Party mit Scott zusammen. Nur dass Sie damals blond waren. Was haben Sie hier mit Baxter zu suchen?«

Zum ersten Mal, seit ich sie kennengelernt hatte, sah Veronica aus, als würde ihr keine passende Antwort einfallen. Hektisch blickte sie zwischen mir, Scott und Allison hin und her. Scott für seinen Teil warf einen einzigen Blick auf Veronica und wirkte, als würde er gleich wahlweise die Flucht ergreifen oder auf den Teppich kotzen.

Ich sagte das Erste, das mir in den Sinn kam. »Oh, wahrscheinlich meinst du Veronicas Schwester, Rachel.«

Veronicas Kopf schnellte in die Höhe, und sie griff nach ihrem Wasserglas.

»Ihre Schwester?«, fragte Allison mit zweifelnder Stimme.

»Ja.« Ich zwang mich zu einem neutralen Ton. »Das ist Veronica. Sie hat sich tatsächlich bereit erklärt, bei mir ins Geschäft einzusteigen. Sie hat tolle Kontakte und glaubt an mein Produkt.« Veronica verschluckte sich an einem Eiswürfel in ihrem Wasserglas. Sie klopfte sich auf die

Brust, aber ich ignorierte sie und fuhr fort: »Jedenfalls haben wir hier gerade unser erstes Meeting, um mehr übereinander zu erfahren, und sie erwähnte eine Schwester namens Rachel. Wahrscheinlich meinst du sie?«

Veronica räusperte sich. »Das stimmt. Meine Schwester. Um die geht es wahrscheinlich gerade. Wir beide stehen uns nicht allzu nah, aber sie hat was von einer …«

»Schlampe?«, schlug Allison vor.

»Verführerin, wollte ich eigentlich sagen.« Veronicas Blick war schärfer als mein Steakmesser.

»Wenn Sie meinen«, antwortete Allison. »Also … also kennen Sie Scott wirklich nicht?«

»Nein, tut mir leid. Ich habe Sie beide noch nie gesehen.« Veronica streckte meinem heftig schwitzenden besten Freund die Hand entgegen. »Dann müssen Sie wohl Scott sein. Ich bin Veronica. Gratuliere zur Verlobung.«

Scott starrte mich an, während er ihr die Hand schüttelte. »Ja, danke. Nett, Sie kennenzulernen, Veronica.«

»Nun ja«, sagte ich in der Hoffnung, die beiden loszuwerden, bevor Scott sich in eine Pfütze verwandelt hatte. »Wir müssen noch einiges bereden, aber wie wäre es, wenn ich euch beide zum Feiern am Wochenende auf einen Drink einlade?«

»Klar, Kumpel. Lass uns später simsen, wann und wo wir uns treffen. Schönen Abend noch. Komm, Alli.« Scott zog seine Verlobte so abrupt vom Tisch weg, dass es mich glatt überraschte, dass er ihr dabei nicht den Arm abriss.

»Schwester?« Veronica sah mich über ihr Champagnerglas hinweg an. Dann kippte sie es in einem Zug hinunter.

»Ich dachte, wir würden nichts trinken.«

Sie betupfte sich die Lippen mit der Serviette. »Nach diesem kleinen Intermezzo brauchte ich das.«

Ich tat es ihr gleich. Die Flüssigkeit war nicht so süß, wie ich erwartet hatte. Sie schmeckte wie Selters mit einer Spur Zitrone. Dafür blätterten Leute so viel Kohle hin? Bier schmeckte mir erheblich besser und belastete die Brieftasche deutlich weniger.

Ich stellte das Glas ab und wischte mir den Mund am Ärmel ab. »Sorry wegen der Schwester-Geschichte. Was anderes ist mir so schnell nicht eingefallen. Scott hat mir erzählt, was für eine Show sie beide für Allison hingelegt haben. Ich konnte wohl kaum sagen, dass ich mich mit der Frau zusammengetan habe, die mutmaßlich mit ihrem Freund geschlafen hat.«

»Sie haben immerhin meine Tarnung nicht auffliegen lassen. Ich bin gerührt. Eigentlich war ich davon überzeugt, dass Sie mich hassen.«

»Ich habe es nicht für Sie getan. Sondern für meinen Freund. Scott ist glücklich mit Allison trotz der fragwürdigen Methode, wie er sie zurückbekommen hat. Ich wollte das nicht ruinieren. Ihre Tarnung ist mir eigentlich egal.«

Sie spielte mit ihrer Serviette, hob sie auf und ließ sie wieder fallen. »Trotzdem. Sie haben mich gerettet, sodass ich ihm sein Geld nicht zurückerstatten muss. Danke.«

Das letzte Wort hing in der Luft, so schwer, dass man es fast hätte pflücken können. Sie hatte sich doch tatsächlich bei mir für etwas bedankt.

»Gern geschehen«, erwiderte ich. »Und ich danke Ihnen, weil Sie mich als Kunden akzeptiert haben und mir helfen, mein Unternehmen auf einen guten Weg zu bringen.«

»Na, na, jetzt werden wir mal nicht gefühlsduselig. Wir fangen jetzt nicht auch noch an, uns zu umarmen, oder?«

»Ich denke nicht im Traum daran. Es sei denn, ich strande in der Wüste und bräuchte etwas Kaltes, an dem ich mich festklammern kann.«

Die nicht ganz so ernst gemeinte Beleidigung löste die Spannung, und ihr Mund verzog sich sogar zu einem winzigen Lächeln, als die Kellnerin wieder an unserem Tisch erschien.

»Möchten Sie heute Abend ein Dessert?«

Ich streckte Veronica die Hand entgegen. »Wollen wir?«

»Nein danke. Die Rechnung bitte.«

Die Kellnerin nickte und verschwand um die Ecke.

»Lassen Sie mich raten«, überlegte ich. »Wir gehen immer vor dem Dessert, um den Eindruck zu erwecken, dass wir noch etwas Wichtigeres vorhaben.«

Sie nickte, während unsere Kellnerin die Rechnung auf den Tisch legte. »Sehr gut. Es gibt also vielleicht doch noch Hoffnung für Sie.«

Sie legte ein Bündel Geldscheine in die Lederschatulle, und ich tat, als tippe ich mir an die Mütze und sagte in übertriebenem britischem Akzent: »Danke, Mister Higgins.« Als sie nicht reagierte, ließ ich mich auf meinem Stuhl zurückplumpsen. »Ernsthaft. Schon wieder *My Fair Lady*. Schauen Sie sich den Film an. Selbst Sie könnten noch das ein oder andere lernen.«

Ich begleitete sie zu ihrem Wagen und verabschiedete mich dort von ihr. Sie erwähnte, dass sie sich wieder melden würde, sobald sie ein Meeting mit einem potenziellen Investor arrangiert hätte.

»Wir werden klein anfangen«, meinte sie. »Mehr zu Übungszwecken als alles andere. Aber manchmal hilft es auch schon, Ihr Vorhaben etwas unter die Leute zu bringen und weiterzuverbreiten.«

Sie meinte noch, dass sie ihre Kontakte durchsehen wollte, um den richtigen Kandidaten zu finden, aber während sie wie eine Wilde auf ihrem Handy herumtippte, erhaschte ich rasch einen Blick auf ihr Display.

Sie hatte *My Fair Lady* gegoogelt.

Ich ließ sie im Auto zurück und ging zur Metro.

Kapitel 7

Veronica

Der Mann an meiner Seite war mindestens zwanzig Millionen Dollar schwer, aber ich konnte trotzdem nicht ignorieren, wie die Lampen des Restaurants sich auf seinem kahlen Schädel spiegelten – wie eine Art Heiligenschein. Arnold Carson war ein großer, schlanker Mann mit ergrautem Resthaar, einer spitzen Nase, die sein Gesicht dominierte, und geröteten Wangen. Trotz seines nicht wirklich attraktiven Äußeren war er unter den Immobilienbesitzern einer meiner wichtigsten Kontakte. Er besaß eine Reihe von Hotels, in denen regelmäßig Promis und Politiker abstiegen. Und er hatte eine Schwäche für Rotschöpfe.

Ich kratzte an der Perücke auf meinem Kopf und blickte Richtung Tür. Wenn Bax auch zu diesem Meeting zu spät kam, würde ich ihn mir noch mal ernsthaft zur Brust nehmen müssen, was die Anschaffung eines Autos betraf. Ich hätte ihn abholen können, aber ich wollte ein paar Augenblicke mit Arnold allein sein, bevor Bax ankam, um ihn schon mal sanft etwas weichzuklopfen.

Natürlich war es höchst unwahrscheinlich, dass ein Mann, der die Elite der Welt beherbergte und verköstigte, irgendein Interesse an den Armen haben würde, aber er würde für meinen Klienten eine gute Vorübung sein.

Ich setzte mich an meinen Tisch zurück und unterdrückte den Impuls, Arnolds verschwitzte Hand von meinem Bein zu schieben. Sein Ehering glitzerte, während er mit der Hand meinen Oberschenkel auf und ab fuhr und dort eine feuchte Spur hinterließ.

Ich hatte Arnold vor ein paar Jahren auf einer Party in einem seiner Hotels kennengelernt. Obwohl ich dort mit einem Kunden gewesen war, der mit meiner Hilfe die Aufmerksamkeit seiner Angebeteten auf sich ziehen wollte, hatte ich auch Arnolds Interesse erregt. Er hatte mich daraufhin zu einer Privatparty in die Präsidentensuite eingeladen – die ich natürlich angenommen und mich dort in Champagner und Versprechen von Juwelen und italienischen Villen gesuhlt hatte.

Nachdem wir ein paar Wochen lang unseren Spaß miteinander gehabt hatten, wurde aus den Versprechungen schließlich ein Vielleicht, und er widmete sich anderen Frauen und ich anderen Männern. Aber ich wusste dennoch, dass Arnold kommen würde, wenn ich anrief – besonders wenn ich die rote Perücke trug, die ich auch an dem Abend aufgehabt hatte, als wir uns kennenlernten.

»Ich muss zugeben, Maggie«, sagte Arnold, und sein Atem roch süßlich nach Rum, »dass ich enttäuscht bin, dass dies hier kein Tête-à-Tête ist. Ich habe dich vermisst.«

Seine Hand verschwand unter meinem Rock.

»Oh, komm schon, Arnie, hast du nicht gerade eine frischgebackene Ehefrau zu Hause? Wie alt ist sie, zweiundzwanzig? Ich bin sicher, dass sie dich ganz schön auf Trab hält.«

Sanft schob ich seine Hand schließlich doch fort und legte sie auf sein eigenes Bein. Früher hätte ich sie vielleicht dort liegen lassen, aber Bax konnte jeden Augenblick auftauchen, und ich wollte vermeiden, dass er uns so sah. Bei diesem Meeting ging es ausschließlich ums Geschäft.

Das Abendessen in der vergangenen Woche mit ihm hatte etwas verändert. Er war wirklich verdammt süß, auch wenn er keine Kohle hatte und auch trotz dieses nervigen Märtyrer-Gehabes. Und er brachte mich zum Lachen, was, wie ich zugeben musste, an sich schon eine Herausforderung war. Außerdem hatte es mich berührt, wie er darüber gesprochen hatte, dass seine Verlobte ihn verlassen hatte – es war klar, dass sich hinter seiner Flachserei ein verletzter Mensch verbarg. Natürlich gingen meine Gefühle für ihn nicht über die geschäftliche Ebene hinaus, aber er stieß mich auch nicht mehr vollkommen ab. Und dafür hasste ich ihn wiederum irgendwie umso mehr.

Wie aufs Stichwort öffnete sich die Tür, und Bax polterte herein. Er hielt sich eine Hand wie einen Schirm über die Augen und suchte das Restaurant nach uns ab. Ich hatte ihm die Details geschrieben einschließlich der Tatsache, dass ich rotes Haar haben und Maggie heißen würde. Er musste zweimal hinsehen, bevor er mich erkannte, riss sich aber zusammen, bevor er zu uns herüberkam.

»Maggie, wie schön, Sie wiederzusehen«, sagte er. Guter Junge. Er hatte daran gedacht. Er streckte Arnold die Hand entgegen. »Mr Carson, es ist ein Vergnügen, Sie kennenzulernen. Ich bin Baxter Linton.«

Arnold grunzte und schüttelte Bax so kurz wie möglich die Hand. »Ein Freund von Maggie ist auch mein Freund. Setzen Sie sich, mein Sohn.«

Die Mittagssonne warf eine gelbe Linie auf unseren Tisch. Dieses Restaurant war kleiner als das, in das ich Bax neulich Abend geschleppt hatte, und es eignete sich eindeutig eher für ein Geschäfts- als für ein romantisches

Essen. Das *Rook's* ähnelte einem Schachbrett – mit weißen Wänden und Böden und schwarzen Tischtüchern. Frische Blumen, die täglich gewechselt wurden, sorgten für einen Farbtupfer an jedem Tisch.

Ich hatte ein Mittagessen arrangiert in der Hoffnung, dass Bax sich dann weniger unter Druck fühlen würde – ein Lunch war einfach meistens viel ungezwungener. Und da Arnold schon bei seinem dritten Rum-Cola angelangt war, wie ich registrierte, hatte Bax womöglich sogar eine Chance.

Eine pummelige Kellnerin mit rundlichen Wangen kam zu uns an den Tisch. »Wie ich sehe, sind Sie jetzt vollzählig. Mein Name ist Karryn, und ich werde Sie heute bedienen. Darf ich Ihnen einen Drink bringen, Sir?«

»Whiskey«, sagte Bax. »Den besten, den Sie haben. Pur.«

Ich warf ihm einen anerkennenden Blick zu. Er wusste, wie man einen vernünftigen Drink bestellte. »Das Gleiche für mich, danke«, sagte ich.

Die Kellnerin nickte. »Darf ich Ihnen die Empfehlungen des Hauses präsentieren?«

»Nein danke, Karryn.« Bax studierte die in Leder gebundene Speisekarte auf dem Tisch. »Geben Sie uns bitte noch einen Moment mit der Karte.«

Ich biss mir auf die Lippe, um nicht zu grinsen. Mit dem Mann konnte man arbeiten.

Bax erwischte mich dabei, wie ich ihn anstarrte, und schenkte mir dieses wissende Lächeln, mit dem er mich immer in den Wahnsinn trieb. Und mir nichts dir nichts war diese Frustration wieder da. Dieser Mann war wie die Fliege, die einem ständig um den Kopf surrte. Und kaum glaubte man, sie habe aufgegeben, landete sie auf der exquisiten Mahlzeit, die vor einem stand.

»Also.« Arnold legte den Arm auf meine Stuhllehne. »Maggie hier sagte mir, dass Sie etwas zu präsentieren haben. Normalerweise würde mich so etwas nicht interessieren, aber Mags hat einen besonderen Platz in meinem Herzen.«

Mit Herz meinte er seine Hose – wie man an der offensichtlichen Schwellung zwischen seinen Beinen deutlich erkennen konnte, während er meinen bloßen Rücken streichelte. Ich hatte das rosafarbene rückenfreie Kleid für ihn angezogen, und er konnte die Augen kaum von mir abwenden – jedes Mal, wenn ich mich bewegte, folgte er mit den Blicken dem Stoff, der sich an der Seite meiner Brüste etwas lockerte und ihm einen winzigen Einblick auf das gewährte, was darunterlag.

Bax beobachtete Arnolds Finger, die auf meinen Schultern verharrten. »Nun ja, Sir, Ihnen wird sicher klar sein, wie furchtbar die Situation der Obdachlosen ist, nicht nur in unserer Stadt, sondern weltweit …«

Er stürzte sich in die Rede, die ich mit ihm besprochen und freigegeben hatte, und ich ging meinen eigenen Gedanken nach. Unsere Drinks wurden serviert, und ich brach mit meiner eigenen Regel und nippte an der goldenen Flüssigkeit. Bax für seinen Teil trank sogar aus. Er wusste nicht nur, wie man meinen Lieblingsdrink bestellte, er kippte ihn auch ohne jedes Hüsteln herunter. Vielleicht war er ja tougher, als ich dachte.

Die Kellnerin kam erneut an den Tisch, um unsere Bestellungen entgegenzunehmen, und Bax hielt in seiner Rede inne, um Hummercremesuppe zu bestellen. Ich tat es ihm gleich und bat um einen weiteren Whiskey für uns beide.

Arnold spielte die Rolle des guten Zuhörers. Er

unterbrach Bax nicht ein einziges Mal, obwohl auch er mit seinen Gedanken offensichtlich woanders war. Seine Finger glitten am unteren Rücken unter den Stoff meines Kleides ab; ich verzichtete darauf, mich abrupt zurückzulehnen und sie so gegen die Stuhllehne zu pressen, und der einzige Grund dafür war natürlich mein Vertrag mit Bax. Er hatte zumindest eine kleine Chance hier verdient. Und je eher er seinen Deal unter Dach und Fach brachte, umso eher konnte ich mein Leben weiterleben.

»Diese Decke kann in vielerlei Hinsicht nützlich sein«, fuhr Bax fort. »Sie kann nicht nur Menschen mitten im kalten Winter warm halten …«

Ich schweifte im Geiste wieder von der Unterhaltung ab und zog mein Handy aus der Tasche, um meine Nachrichten zu checken. Ein alter Kunde fragte mich, ob ich heute Abend Zeit hätte. Er brauchte mich noch einmal, und er war bereit, ein hübsches Sümmchen springen zu lassen, wenn ich kam. Eigentlich übernahm ich ja nie zwei Jobs gleichzeitig, aber die Tatsache, dass er mich nur für einen Abend brauchte und die bloße Anzahl der Nullen des Betrags, den er nannte, machten es mir beinahe unmöglich, Nein zu sagen. Ich schickte ihm eine kurze Bestätigung, dass ich da sein würde, dann scrollte ich durch meine Notizen, um mir seinen Fall ins Gedächtnis zu rufen.

Sein Name war Francesco Stribani. Reich, verheiratet mit einer Frau, die an nichts anderem mehr Interesse gehabt hatte als an seinem Geld. Er hatte geglaubt, eine heiße, neue Arbeitskollegin mit nach Hause zu bringen würde sie eifersüchtig machen. Das hatte gewirkt. Vielleicht brauchte sie nur noch eine weitere, kleine Erinnerung. Mein Name an diesem Abend würde Sarah sein, und ich würde meine braune Lockenperücke tragen müssen.

Natürlich wäre es einfach gewesen, immer den gleichen Namen für die einzelnen Aufträge zu benutzen, um jede Verwechslung zu vermeiden. Aber verschiedene Namen und unterschiedliche Outfits halfen mir dabei, in die jeweilige Rolle zu schlüpfen. Sarah und Maggie waren nicht annähernd der gleiche Mensch – Maggie war feurig wie ihr Haar, und Sarah war ein wenig zurückhaltender – ebenfalls gemäß Haarfarbe. Bax war der erste Kunde, der meinen richtigen Namen kannte, und das machte mich schon etwas nervös.

Ich musterte ihn über den Tisch hinweg, während er in seiner Hummercremesuppe rührte, wie ich es ihm beigebracht hatte. Eine Haarsträhne war ihm in die Stirn gefallen, und ich ballte die Hand zur Faust, um nicht einfach so über den Tisch zu greifen, und sie ihm aus dem Gesicht zu streichen.

Zu seiner Ehrenrettung sei gesagt, dass Bax etwas an sich hatte, das Menschen veranlasste, sich ihm zu öffnen – leicht zugänglich und vertrauenswürdig. Und irgendwie hatte er das benutzt, um auch *mir* Details über mein Leben zu entlocken. Ich hatte den Film *My Fair Lady* gesehen, den er mir empfohlen hatte, und obwohl die beiden Protagonisten letztlich eine romantische Beziehung eingegangen waren, hatte Henry Higgins gelernt, Eliza und ihre kleinen Fehler zu lieben. Tatsächlich hatte sie ihm fast genauso viel beigebracht – wenn nicht sogar mehr – wie er ihr. Aber was zum Teufel konnte Bax mir beibringen? Wie man mit kleinem Budget überlebte? Coupons sammelte? Nein danke.

»... was denkst du?« Arnold stieß mich an. »Maggie?«

Die beiden Männer sahen mich an, und ich realisierte, dass ich keine Ahnung hatte, was sie gefragt hatten. »Sorry,

Arnie, mein Lieber. Der Whiskey ist mir wohl etwas zu Kopf gestiegen. Was hast du gefragt?«

»Er wollte wissen, was Sie von den Decken halten«, sagte Bax mit leicht verärgerter Stimme. »Hätten Sie aufmerksamer zugehört, wüssten Sie das.«

»Oh.« Ich warf ihm einen wütenden Blick zu, dann wandte ich mich Arnold zu und schenkte ihm ein derart süßes Lächeln, dass mir beinahe selbst schlecht davon geworden wäre. »Ich halte sie für absolut fantastisch. Und sehr warm und … äh … gemütlicher, als sie aussehen.«

»Du hast eine ausprobiert?«, fragte Arnold.

»Na ja, das nun nicht gerade. Ich meine, so ein schmutziges Ding brauche ich nun wirklich nicht. Aber sie sehen durchaus warm aus.«

Bax trank gerade einen Schluck von seinem Whiskey und hustete. Die Tropfen sprühten über den Tisch und landeten auf Arnolds Prada-Anzug.

»Oh mein Gott.« Bax griff nach seiner Serviette und betupfte die Flecken. »Tut mir so leid. Ich wusste ja, dass meiner Partnerin das Produkt sehr gefällt, aber ich hatte ganz vergessen, dass sie es noch gar nicht ausprobiert hat.«

Arnold zog seinen Arm weg und seufzte. »Schauen Sie, mein Sohn. Ihre Idee ist durchaus interessant. Und gut für Sie, dass Sie versuchen, neue Wege zu beschreiten. Aber das ist nicht wirklich mein Fachgebiet. Ich versorge die Reichen, nicht die Armen.«

»Ich weiß, ich weiß«, antwortete Baxter. »Aber stellen Sie sich doch mal vor, was das für Ihren Ruf bedeuten würde. Sie würden bekannt sein als der Mann, der beiden Seiten gibt.«

»Was hältst du davon, Mags?« Arnold spreizte die Hand auf meiner Schulter. »Immerhin war es deine Idee, dass ich mich mit diesem jungen Mann treffe. Ich vertraue deinem Urteil Natürlich vermisse ich auch deine Gesellschaft. Das würde dann doch auch bedeuten, dass ich mit dir mehr Zeit verbringen kann, oder?«

Er ließ die andere Hand unter dem Stoff an meinem Schenkel hinaufgleiten und presste sie dann zwischen meine Beine. Seine Finger waren nicht nur leicht verschrumpelt, sondern auch kalt, weil er damit sein eisgekühltes Rum-Cola-Glas gehalten hatte. Ich schrie unterdrückt auf, und er grinste selbstzufrieden. Ich schluckte den Whiskey hinunter, der bitter und beißend wie Galle in meine Kehle gestiegen war, und rief mir ins Gedächtnis, dass es die Sache wert war, wenn Bax und er sich handelseinig wurden, und ich endlich wieder leben konnte wie bisher.

»Natürlich«, schnurrte ich. »Das weißt du doch, Arnie, mein Lieber.«

Auf der gegenüberliegenden Seite stieß Bax ein zischendes Geräusch aus. »Wissen Sie was. Ich habe meine Meinung geändert. Ich will nicht weiter mit Ihnen verhandeln.« Er sprang so abrupt vom Tisch auf, dass er Arnolds Rum-Cola-Glas umwarf. Die Flüssigkeit mit dem Eis fiel dem Millionär in den Schoß, durchnässte seine Schenkel und löschte das offensichtliche Feuer, das eben noch dazwischen gelodert hatte.

Ich sprang von meinem Stuhl auf, um nicht ebenfalls etwas abzubekommen. Bax war schon auf dem Weg zur Tür und lockerte im Gehen seine Krawatte.

»Maggie. Was zum Teufel sollte das?« Arnold wischte mit einer Serviette über seine Hose. »Du zerrst mich allen Ernstes zu einem Treffen mit so einem Typen? Ich habe dafür ein paar wichtige Termine sausen lassen.«

»Tut mir leid, Arnie. Keine Ahnung, was das sollte. Ich werde mit ihm reden.«

»Tu, was du tun musst«, antwortete Arnold und betupfte immer noch die braunen Flecken auf dem eleganten italienischen Stoff. »Aber wage es nicht, ihn noch einmal mitzubringen. Es gibt hier ganz bestimmt keinen Deal.«

»Ja. Natürlich. Ich verstehe. Nochmals sorry.«

Ich griff nach meiner Tasche und meinem Cape und rannte Bax hinterher, so schnell meine Gucci-Stilettos es erlaubten. Er stand am Straßenrand und streckte den Arm aus in dem Versuch, sich ein Taxi heranzurufen. Sein Gesicht war gerötet, und das nicht nur vor Kälte, und an seinem Kinn zuckte ein Muskel.

»Bax! Was ist los mit Ihnen? Sie haben Cola über einen der mächtigsten Immobilienmogule der Stadt gegossen und sich nicht mal entschuldigt!«

Er ließ die Hand sinken und stürzte sich förmlich auf mich. »Was mit mir los ist? Veronica, dieser Mann konnte die Finger nicht von Ihnen lassen. Es war widerlich. Er hat im Grunde gesagt, dass wir uns nur dann handelseinig würden, wenn Sie mit ihm schlafen.«

»Ja und? Ich dachte, Sie wollten einen Investor.«

»Nicht auf diese Weise. Mein Gott, Veronica, sehen Sie denn nicht, wie widerwärtig das alles ist? Hätten Sie sich wirklich auf Sex mit ihm eingelassen, um ihn dazu zu bewegen, in mein Unternehmen zu investieren?«

Ich zog mein Cape enger um mich. Die Luft war empfindlich kühl, und mein Outfit war nicht viel wärmer als ein paar Tempotücher. »Natürlich nicht. Aber ich dachte, ich flirte ein bisschen mit ihm, sodass er es glaubt. Dann wären Sie als glücklicher Kunde aus der ganzen Sache hervorgegangen.«

»Wenn Sie sich selbst auf diese Weise verkaufen, würde mich das aber nicht glücklich machen.«

»Über das, was ich tue, haben Sie nicht zu entscheiden. Sie haben mich engagiert, um einen Investor zu finden. Und genau das versuche ich hinzubekommen.«

Ein gelbes Taxi verlangsamte die Fahrt, und Bax winkte es heran. »Wissen Sie was? Dann sind sie gefeuert. Mit dieser Methode komme ich nicht klar. Unser Arrangement war ein Fehler, und das hätte mir eigentlich vom ersten Tag an klar sein müssen.«

»Was? Das würden Sie nicht wagen. Sie brauchen mich.«

»Nein, ich brauche jemanden, der an mich und an mein Produkt glaubt. Sie haben die letzte Stunde damit verbracht, mit Ihrem Handy herumzuspielen und über Chanel oder was auch immer nachzudenken. Sie haben meinem Pitch nicht mal zugehört. Und als man Sie um Ihre Meinung bat, da legten Sie das Einzige in die Waagschale, das Sie selbst für wertvoll halten. Es gibt andere Methoden, um seine Ziele zu erreichen, Veronica. Ich werde schon welche finden.«

Er öffnete die Wagentür, und ich machte einen Schritt auf ihn zu.

»Aber Bax …«

»Ich schreibe Ihnen, und Sie können mir das Geld in den nächsten paar Tagen zurückgeben. Hoffentlich haben Sie nicht zu viel für diese dämlichen Klamotten ausgegeben.« Er betrachtete mich von oben bis unten und zog sein Jackett aus. »Das hier können Sie zurückhaben. Sie sind ja ganz blau gefroren. Wie wär's, wenn Sie sich mal dem Wetter entsprechend kleiden würden? Wir haben Anfang November, nicht Juli.«

Bax warf mir das Jackett über die Schultern und stieg

ins Taxi. Er warf mir einen fast mitleidigen Blick zu, der mich bis ins Mark traf. Dann schlug er die Tür zu. Ich sah dem Taxi hinterher und zog die Jacke enger um meinen Körper, und dabei versuchte ich zu ignorieren, dass sie immer noch nach Bax roch und mich das bis ins tiefste Innerste wärmte.

Ich verstand einfach nicht, was gerade geschehen war. Arnold hatte mich doch lediglich angefasst, mehr nicht. Und Bax war einfach ausgeflippt.

Männer.

Na ja, unter keinen Umständen würde ich ihn anbetteln zurückzukehren. Eigentlich war es doch gut, dass er mir gekündigt hatte. Wenn ich mir noch eine einzige Rede über die Rettung der Welt hätte anhören müssen, hätte ich mich selbst mit dem Absatz meines Schuhs erdolcht.

In meiner Tasche piepte es. Ich zog mein Handy hervor, und der Name des anderen Kunden leuchtete auf. Stimmte ja. Ich hatte gar keine Zeit, um mir Gedanken über Bax und seine dämlichen Motive zu machen. Ich musste mich auf meinen nächsten Termin vorbereiten. Vielleicht hatte ich gleich Gelegenheit, Zeit mit jemandem zu verbringen, der mich ausnahmsweise einmal verstand.

* * *

Francesco Stribani wohnte in einem Penthouse, in dem man sich fühlte, als sei man auf dem Dach der Welt. Von hier aus hatte man einen wunderschönen Blick über die ganze Stadt. Ich stand in seinem Wohnzimmer, und durch das deckenhohe Panoramafenster wirkte das Weiße Haus in der Ferne wie ein Gemälde.

»Ich vermute, du trinkst immer noch am liebsten

Roten?« Francesco, den alle nur Frank nannten, trat neben mich, in der Hand ein Glas Wein.

Er hatte schwarzes Haar und sonnengebräunte Haut, wie es sich für einen Italoamerikaner gehörte, und sein längliches Gesicht stand im Gegensatz zu seinem recht kleinen Körper. Wenn ich Absätze trug, berührte sein Kinn kaum meine Schulter. Doch sein khakifarbenes Hemd spannte sich über seine Arm- und Brustmuskeln, was auf die ausgiebige Nutzung der elliptischen Maschine und der Langhanteln im Raum nebenan zurückzuführen war.

Ich ließ den Wein im Glas kreisen, bevor ich daran schnüffelte und nippte. Die sauren Trauben prickelten auf meiner Zunge mit der Andeutung einer fruchtigen Note – Pfirsich vielleicht. Wir setzten uns auf das weiße Sofa, und ich stellte mein Glas auf den Tisch. »Also warum hast du mich kontaktiert? Deine Frau braucht wieder eine kleine Gedächtnisstütze, dass sie dich verlieren könnte?«

»Nun, tatsächlich ist die Sache die – meine Frau und ich haben uns getrennt.«

Ich setzte mich auf. *Verdammt.* Jetzt würde er sein Geld zurückerstattet haben wollen, und ich wäre gezwungen, ihm die Regeln nochmals zu erklären. »Ach?«

»Es war das Beste so. Wir waren uns einig.«

»Das erstaunt mich. Wozu brauchst du mich dann?«

Er griff hinter die Couch und zog zwei dicke Stapel mit Banknoten heraus. Ich pfiff durch die Zähne, als er sie auf den Couchtisch warf. Das waren mindestens zehn Riesen.

»Ich will deine Gesellschaft«, sagte Frank.

»Du willst mit mir Pizza bestellen und Netflix gucken?«

»Nein.« Er kam näher und schlang sich eine Locke meines falschen Haars um den Finger. »Ich mag dich, Sarah. Seit ich dich damals engagiert habe, kann ich nicht aufhören, an dich zu denken. Als meine Frau endlich beschloss, zu mir zurückzukehren, wollte ich sie nicht mal mehr. Ich wollte dich.«

»Sorry, Frank. Ich habe es dir doch von Anfang an gesagt. Ich bin keine Escort-Lady. Ich schlafe nicht für Geld mit meinen Kunden.«

Er ließ den Finger meinen Arm hinuntergleiten und legte die Hand auf meinen Schenkel. »Ach komm schon. Ich biete dir hier eine Menge Geld an. Doppelt so viel wie ich dir dafür bezahlt habe, dass du eine Woche lang so tust, als hättest du Interesse an mir. Ich bitte nur um eine einzige Nacht.«

Ich stieß seine Hand fort. »Nein. Jeder hat seine Regeln. Ich bin keine Hure.«

»Das sehe ich anders.« Er öffnete einen Laptop, der auf dem Couchtisch stand und auf dem jede Menge Bilder zu sehen waren. Fotos von mir am Arm von Sängern, Schauspielern, Senatoren. Rote Teppiche, Galas, Wohltätigkeitsveranstaltungen. Er hatte sämtliche Informationen über mich gesammelt. »Dein Haar ist anders, und die Namen sind immer unterschiedlich, aber das hier bist eindeutig du. Also sag mir, Sarah – oder wie du auch immer heißen magst –, wie viel haben dir diese Männer für eine Nacht in deinem Bett bezahlt?«

Ich wandte mich vom Computer ab. Scham brannte in meiner Brust und in meinem Gesicht. »Nichts. Mit ihnen bin ich ausgegangen. Das waren keine Kunden.«

»Du magst also Männer mit Geld und Macht, ja?« Er rückte näher. »Ich habe beides. Ich verstehe nicht, warum du dich nicht auf diesen Deal einlassen solltest.«

»Ich habe dir doch gesagt: Ich bin keine Nutte. Ich werde jetzt gehen. Danke für den Drink.«

Ich versuchte aufzustehen, aber er packte meinen Rock und riss mich wieder herunter. Seine Lippen waren jetzt ganz dicht an meinem Ohr, und er roch nach Rotwein und Zigarren. »Ich habe dir ein hübsches Angebot gemacht. Deinetwegen habe ich immerhin meine Frau verloren. Das Mindeste, was du tun kannst, ist, mir eine gute Erinnerung zu verschaffen, damit es das wert ist.«

»Das war deine eigene Entscheidung. Sie hat nichts mit mir zu tun. Und jetzt lass los, Frank.«

Mit der einen Hand umklammerte er immer noch meinen Rock, mit der anderen packte er meine Schulter so fest, dass der Schmerz den ganzen Arm entlangzuckte. »Sei nicht schwierig. Ich bin nicht anders als deine anderen Kunden. Ich will nur eine kleine zusätzliche Dienstleistung. Und ich bin bereit, dafür zu zahlen.«

Das Bild von Bax erschien vor meinem geistigen Auge. Er hatte mich stets respektvoll behandelt. Und wie wütend er gewesen war, weil ich meinen Körper eingesetzt hatte, um ihm den Deal zu verschaffen. Das hier war genau das, was er verabscheute.

»Nein«, sagte ich. »Meine Kunden behandeln mich nicht auf diese Weise. Ich werde jetzt gehen.«

»Denk darüber nach. Es wäre schlecht fürs Geschäft, wenn du jetzt gingst. Bekommst du deine Kunden nicht vornehmlich durch Mundpropaganda?«

»Ich brauche deine Empfehlung nicht. Schon gar nicht, wenn du den Leuten erzählst, dass ich für Geld mit Männern schlafe. Vielen Dank.«

Ich versuchte, mich seinem Griff zu entwinden, aber er ließ nicht locker.

Frank stieß einen lang gezogenen Seufzer aus. »Na ja, ich habe es mit Höflichkeit versucht, aber jetzt ist Schluss damit. Ich bekomme immer, was ich will. Und ich will dich. Ich werde dich mir nehmen, wenn ich muss.«

Er schob mich auf die Couch zurück, und mein Kopf landete mit einem dumpfen Knall auf der Armlehne. Schmerz explodierte hinter meinen Augen. Franks Finger fummelten unter meinem Rock herum, packten mein Höschen und zogen daran, während er meine Schenkel mit dem Knie auseinanderpresste.

»Nimm deine verdammten Hände weg!«, schrie ich, und dabei flog ihm mein Speichel ins Gesicht.

»Oh, komm schon, Sarah«, knurrte er. »Du konntest doch in der Woche, in der wir zusammengearbeitet haben, kaum die Finger von mir lassen. Ich weiß, dass du dir das hier genauso sehr wünschst wie ich.«

Er schob seinen Mund auf meinen, zwang meine Lippen, sich zu öffnen und stieß seine Zunge zwischen meine Zähne. Ich würgte bei dem Geschmack nach Wein und Zwiebeln.

Ich wand mich unter ihm, und er stöhnte in meinen Mund. Dieser Widerling fuhr darauf ab, dass ich mich zur Wehr setzte. Es gab ein reißendes Geräusch, als er den Rock meines Louis-Vuitton-Kleides zerriss. Verdammt. Keinesfalls würde ich zulassen, dass er mich bezwang.

Ich zerkratzte ihm mit den Nägeln das Gesicht bis aufs Blut, dann biss ich ihm heftig auf die Zunge.

»Du Bitch! Das tat weh.« Seine braunen Augen flackerten, gleichzeitig sanft und vollkommen durchgeknallt. »Oh, kapiert. Du magst es lieber auf die harte Tour. Natürlich. Das kann ich auch.«

»Fick dich«, sagte ich. Ich spuckte ihm ins Gesicht.

Der Schlag kam heftig und schnell. Weißglühender

Schmerz durchzuckte mein rechtes Auge, und mein Kopf flog erneut auf die Lehne.

Frank brauchte einen Augenblick, um an sämtlichen Trägern meines Kleides zu ziehen, bis sie zerrissen. Er zog das Vorderteil herunter und stieß beim Anblick meiner nackten Brüste ein triumphierendes Zischen aus.

»Gott, Sarah, du bist perfekt.«

Sein Gesicht verschwand mit einem Raunen in meinem Dekolleté.

Während er abgelenkt war, sah ich mich im Zimmer nach einer Waffe um. Da fiel mein Blick auf mein Weinglas, das auf dem Beistelltisch stand. Es war ein schweres Kristallglas. Hatte wahrscheinlich ein Vermögen gekostet, aber es würde auf jeden Fall wirken. Und Franks teurer Geschmack scherte mich mittlerweile sowieso einen Dreck.

Während er meine Brust begrapschte und mich mit seinen schwieligen Fingern berührte, griff ich mit einem Grollen nach dem Glas. Frank, der irgendwo tief in der Sphäre »Arschlochland« versunken war, hielt das wohl für einen Beweis meiner Lust und stöhnte an meinem Hals.

Ich nutzte den Augenblick, um ihm das Glas seitlich gegen seinen Schädel zu schmettern.

Das Kristall zerbrach nicht, aber es wurde mir durch den Aufprall aus der Hand gerissen, sodass der Rotwein wie eine Blutfontäne auf uns niederregnete.

»Au!« Frank fasste sich an den Kopf. In diesem Moment rammte ich ihm das Knie in den Schritt. Er gab einen gurgelnden Laut von sich, und ich stieß ihn von mir herunter und rollte mich vom Sofa.

Mit einer Hand hielt ich das Kleid fest und stürzte zur Tür, aber Frank packte meinen Knöchel und riss mich zu

Boden. Ich schrie, als er mich über den Teppich zog und mir dadurch die Haut an meinen Knien und Unterarmen aufschürfte.

»Du bist ja ein echter kleiner Feger«, rief er. Er setzte sich auf meine Beine, drückte mich zu Boden und schob mir das Kleid über die Hüften hoch. »Aber das ist in Ordnung. Ich musste mir alles, was ich im Leben erreicht habe, hart erkämpfen. Dich erkämpfe ich mir auch.«

Ich trat nach ihm und verlor dabei einen meiner Schuhe, aber er rührte sich keinen Zentimeter. Ich spürte, wie er sich ungeduldig gegen meinen Hintern presste. Mit einem lauten Ratsch riss er mir das Höschen herunter.

Ich keuchte in den Teppich. Das konnte nicht wahr sein. Bei unserem Kennenlernen war mir Frank durchaus sympathisch vorgekommen. Ich hatte das hier absolut nicht kommen sehen.

Komm schon, Veronica. Du bist eine Kämpfernatur. *Wehr dich!*

»Stimmt, Frank.« Meine Stimme klang zittrig und dünn, gar nicht wie meine eigene. »Ich wollte dich die ganze Zeit.«

»Was sagst du? Ich kann dich nicht verstehen.«

»Ich sagte, ich will dich«, flüsterte ich, und dabei stieg mir das Erbrochene in die Kehle und drohte, meine Worte zu ersticken.

»Was?«

Er beugte sich näher heran, um mich besser zu verstehen. Da rammte ich den Kopf nach hinten, und mein Schädel traf mit einem hässlichen Knacken auf seine Nase. Schmerz vernebelte mir das Gehirn, aber er war nach hinten gefallen, sodass meine Beine jetzt frei waren. Ich kroch zur Tür und zog mich an dem Türgriff nach oben. Frank kniete auf dem Teppich, hielt sich die Nase und fluchte. Blut strömte zwischen seinen Fingern hervor. Wahrscheinlich hatte ich sie ihm gebrochen. Gut so.

Ich öffnete die Tür und stürzte in den Flur. Wartete nicht auf den Aufzug. Es war mir egal, dass ich im hundertsten Stock war. Ich zog den verbleibenden Schuh aus und rannte die Treppen hinab, hielt erst wieder inne, als die Beine mir zehn Stockwerke weiter unten den Dienst versagten. Ich schürfte mir Knie und Ellbogen weiter auf dem Betonboden auf, als ich fiel, aber ich ignorierte den brennenden Schmerz, stand wieder auf, rannte wieder in den Flur und nahm für den restlichen Weg den Aufzug.

Irgendwie schaffte ich es im Taxi nach Hause. Dann stand ich in meinem Bad und starrte in den Spiegel. Meine Perücke saß schief, und die Wimperntusche um meine Augen war verschmiert. Wunden und Kratzer zierten meine Unterarme und Knie. Unter dem rechten Auge begann meine Wange anzuschwellen. Ich würde zwar kein ausgewachsenes Veilchen bekommen, aber ein paar Tage lang würde ich alles andere als schön aussehen. Ich zischte vor Schmerz, als ich die Stelle berührte, wo Franks Ehering auf meine Haut getroffen war. Dieser Mistkerl trug seinen Ring immer noch. Wenigstens war seine Frau zur Besinnung gekommen und hatte ihn verlassen. Bei dem Gedanken, dass ich diejenige gewesen war, die die beiden wieder zusammengebracht hatte, und sei es auch nur für kurze Zeit, wurde mir wieder übel.

Ich wimmerte, als ich mein Kleid begutachtete. Der türkisfarbene Stoff war über und über mit Rotwein und Blut übersät – die Art von Flecken, die man nie wieder herausbekommt, noch nicht einmal in der Reinigung.

Nicht dass das eine Rolle gespielt hätte, denn die Träger und der Rock waren von Franks gierigen Händen ohnehin zerrissen worden. Auf der Heimfahrt hatte ich es mit der Hand oben halten müssen. Natürlich würde ich es nicht wieder flicken lassen. Dieses Kleid wollte ich nie wieder sehen.

Vorsichtig zog ich es aus und stopfte es in die Mülltonne. Dann stellte ich mich unter die heiße Dusche, ermahnte mich immer wieder, mich zusammenzureißen und mit dem Zittern aufzuhören. Aber meine Hände bebten weiter, als ich mich hinunterbeugte, um nach dem Shampoo zu greifen. Ich blieb unter dem Wasserstrahl stehen, bis das heiße Wasser aufgebraucht war und nur noch kaltes kam, und schrubbte meine Haut, bis sie wund war. Als ich mir endlich den Pyjama anzog, spürte ich Franks Hände nur noch wie ein Jucken auf der Haut.

Ich schlüpfte zwischen die pinkfarbenen Seidendecken und versuchte, mich zum Schlafen zu zwingen. Aber jedes Mal, wenn ich die Augen schloss, lag Frank wieder auf mir und stieß mir seine nach Wein schmeckende Zunge in den Mund. Abrupt sprang ich aus dem Bett und rannte ins Bad, wo ich die paar Löffel Hummercremesuppe von mir gab, die ich an diesem Tag gegessen hatte. Danach zog ich ab und putzte mir die Zähne. Ich nahm ein Aspirin gegen die Kopfschmerzen, die ich mir eingehandelt hatte, als mein Schädel erst gegen die Armlehne und dann gegen Franks Nase geprallt war.

Ich wanderte zu meinem Bett zurück und entdeckte Bax' Jackett, das dort über meinem Schreibtischstuhl hing. Ich hatte vorgehabt, es ihm zusammen mit dem Geld zurückzugeben. Immerhin hatte er es bezahlt. Ich zog das Jackett vom Stuhl herunter und schnüffelte daran, schloss die Augen, ließ mich von Bax' tröstlicher Nähe einhüllen.

Ich ließ meine Arme hineingleiten, schlang sie um meinen Körper und legte mich aufs Bett. So schlief ich ein mit dem Wunsch, nicht nur von Bax' Jackett in den Armen gehalten zu werden.

Kapitel 8

Bax

»Hey, Bax, macht es dir was aus, noch etwas Kartoffelbrei zu holen? Ich hab fast nichts mehr.«

»Klar, Rickie.« Ich gab meine Schöpfkelle einem schwitzenden Teenager namens Jefferson und wischte mir die Hände an der Schürze ab. Dann schlängelte ich mich hinter den anderen Freiwilligen hinter der Theke im Speisesaal vorbei und lief in den rückwärtigen Teil des Obdachlosenheims.

Das *Heart of an Angel* – Herz eines Engels – war seit Jahren eine Institution in der Innenstadt. Die Flure waren mit Holzböden ausgelegt, die unter meinen Füßen knarrten, und an jeder Zimmertür waren kupferne Klinken angebracht. Ich ging an einem kleinen Bad mit einer Dusche in der Ecke vorbei, dann an einem bescheidenen Büro und einem spartanisch eingerichteten Schlafraum, der, wie ich wusste, Heimleiterin Rickie gehörte.

Obwohl die Hintertür offen stand, war es in der Küche höllisch heiß. Der Chefkoch Marlow tupfte sich mit einem Tuch über die Stirn und raunzte mich an, als ich eintrat.

»Wir haben kaum noch Kartoffelbrei«, sagte ich. »Hast du noch was da?«

Marlow deutete mit einem Kopfnicken auf einen der Öfen hinter ihm. »Oberste Schiene. Da drin halte ich ihn warm.«

»Danke.«

Bevor ich die große Metallschüssel herausnahm, warf ich noch kurz einen Blick auf mein Handy. Veronica hatte mir heute Morgen geschrieben und mich um ein Treffen gebeten. Es war mehr als drei Wochen her, seit ich im Taxi davongefahren war, und ich hatte schon gedacht, sie hätte ihre Schulden bei mir vergessen – aber jetzt wollte sie mir das Geld augenscheinlich doch zurückzahlen. Ich hatte ihr geschrieben, wo ich den ganzen Tag über zu finden war. Das wiederum war vor zwei Stunden, und noch immer war keine Antwort gekommen, und sie war auch nicht hier im Obdachlosenheim aufgetaucht.

Nicht dass mich das überraschte. Gott möge verhüten, dass ihr Prada-Outfit auch nur in die Nähe der Armen kam. Sie sollte mir ohnehin einfach nur mein Geld geben und dann ein für alle Mal aus meinem Leben verschwinden. Je eher das geschah, umso eher konnte ich aufhören, daran zu denken, wie ihre Augen funkelten, wenn sie mir dieses seltene Lächeln schenkte, oder wie ihr Haar wie schwarze Tinte auf ihre Schultern herabfiel.

Seufzend schob ich mein Handy in die Tasche meiner Jeans zurück und zog ein paar Ofenhandschuhe über. Der Kartoffelbrei dampfte mir ins Gesicht, während ich in den Speisesaal zurückkehrte, und bei dem Duft nach Kartoffeln mit Butter und Lauch lief mir das Wasser im Mund zusammen. Ich hatte Hunger, aber das spielte jetzt keine Rolle. Die meisten Menschen, die wir verköstigten, hatten seit Tagen nichts mehr zu sich genommen. Ich durfte mich also nicht beklagen, dass seit meinem

Frühstücks-Bagel schon einige Stunden vergangen waren.

»Hier, Rickie.« Ich stellte die Schüssel neben ihr ab und zog meine verschwitzten Hände aus den Handschuhen.

»Danke, Bax.« Sie wischte sich die Wange an der Schulter ab.

Rickie leitete das Heim schon, als ich hier vor fünf Jahren angefangen hatte – tatsächlich hatte sie es vor mehr als dreißig Jahren zusammen mit ihrem Ehemann Paul eröffnet. Paul war vor zehn Jahren an einem Herzanfall gestorben, und Rickie führte seitdem das Haus allein weiter. Sie erzählte mir einmal, dass sie so auch das Andenken an ihren Mann pflegen wolle, denn er habe den Glücklosen dieser Gesellschaft immer mit voller Hingabe geholfen. Rickie sah jünger aus als fünfundfünfzig Jahre, denn die einzigen Fältchen in ihrem Gesicht waren die um ihre Augen und Lippen, und ihre aschblonden Locken waren nur hier und da von grauen Strähnen durchzogen.

»Ach übrigens.« Rickie schaufelte Kartoffelbrei auf den Teller eines älteren Mannes. »Da ist jemand für dich. Sie wartet dort hinten in der Ecke.« Sie musterte mich über ihre rot geränderte Brille hinweg. »Sehr hübsch, würde ich sagen, Bax, aber wohl kaum dein Typ.«

Rechter Hand entdeckte ich Veronica, die an einer Wand lehnte und ihre Tasche an die Brust drückte. Ihre Augen wanderten unruhig im Speisesaal umher, als erwarte sie, einer der Gäste könnte sie jeden Augenblick um Geld bitten. Ich atmete aus.

»Glaub mir, das ist sie nicht. Bin gleich zurück.« Rickie nickte, und ich ging zu Veronica hinüber. »Was für eine Überraschung. Ich hätte nicht gedacht, dass Sie hier auftauchen. Haben Sie mein Geld dabei?«

»Eigentlich«, antwortete Veronica. »wollte ich mit Ihnen reden.«

Aus der Nähe konnte ich sie genauer beäugen. Ja, sie trug immer noch Klamotten, die wahrscheinlich mehr kosteten als mein gesamter Kleiderschrank, aber ihre Bluse war an der Taille nicht richtig hineingesteckt, und es schien, als wären ihre Haare schon länger nicht mehr gebürstet worden – sie standen in alle Richtungen ab. Und ihr Make-up war auch nicht so sorgfältig aufgetragen wie sonst – ihr Eyeliner war ungleichmäßig, wie mit zitternder Hand gemalt.

Ich räusperte mich. »Geht es Ihnen gut?«

»Ja.« Sie richtete sich kerzengerade auf. »Natürlich. Ich wollte nur … Können wir uns irgendwohin zurückziehen?«

»Klar. Kommen Sie mit.«

Wir gingen an der Essensausgabe vorbei und den Flur hinunter, und dann bog ich rechts ab und führte sie in Rickies Büro. Ich deutete auf einen der abgewetzten grünen Stühle und setzte mich selbst auf einen hölzernen gegenüber. Veronica starrte den Stuhl einen Augenblick lang an, dann lehnte sie sich an den Schreibtisch. Sie drehte den Riemen ihrer weinroten Tasche zwischen den Fingern hin und her.

»Also«, begann ich. »Worüber wollten Sie mit mir reden?«

»Ich … ich will unser Arrangement nicht lösen.«

Ich konnte meine Überraschung nicht verbergen. »Bitte? Warum nicht? Es ist doch offensichtlich, dass mein Produkt ihnen nicht am Herzen liegt, und dazu können Sie mich auf den Tod nicht ausstehen. Warum um alles in der Welt wollen Sie weiter mit mir arbeiten?«

»Es stimmt nicht, dass ich Sie auf den Tod nicht ausstehen kann, Bax.«

Ich musste lachen. »Fast wäre ich drauf reingefallen. Veronica. Sie behandeln mich wie den Dreck, den Sie von Ihren Manolos kratzen. Sagen Sie mir jetzt nicht, dass Sie die Menschen, die Sie mögen, immer so behandeln.«

»Bitte bestehen Sie nicht auf einer Erklärung.«

»Doch, das werde ich. Wie soll die ganze Geschichte denn sonst funktionieren?«

Sie machte einen Schritt auf mich zu und legte mir die Hand auf die Schulter. Sofort schien ihr Parfüm mich regelrecht einzuhüllen – sie roch nach reifen Pfirsichen an einem Sommertag. Beim Duft des Kartoffelbreis war mir schon das Wasser im Mund zusammengelaufen, aber in unmittelbarer Anwesenheit dieser Frau fing ich buchstäblich an zu sabbern.

»Bax, ich …«

»Bax, tut mir leid, dass ich stören muss.« Rickies Stimme riss Veronicas Hand förmlich von meiner Schulter, und sie wich Richtung Schreibtisch zurück. »Wir wissen nicht, wo uns der Kopf steht. Wir brauchen dich.«

»Ich komme sofort.« Ich stand auf und strich meine schwarze Schürze glatt, auf der am oberen, linken Rand das Bild eines Engels prangte. »Tut mir leid, Veronica. Ich kann jetzt nicht. Morgen ist Thanksgiving. Und wie Sie sehen, drehen wir hier völlig durch.«

»Deine Freundin kann ja bleiben, wenn sie will«, schlug Rickie vom Türrahmen aus zu. »Ein weiteres Paar Hände könnten wir echt gut brauchen.«

Ich legte den Kopf schief und sah Veronica an. »Was meinen Sie? Sie wollen doch, dass ich mit Ihnen zusammenarbeite, oder? Bleiben Sie, und lernen Sie mehr über die Sache, für die ich mich engagiere. Vielleicht verstehen Sie ja dann besser, warum ich es tue.«

Veronica blickte zwischen Rickie und mir hin und her und biss sich auf die Unterlippe. Ich sah sie herausfordernd an.

»Hm, ja«, sagte sie schließlich. »Vielleicht kann ich ja etwas bleiben.«

Mir fiel das Kinn fast bis zum Engel auf meiner Schürze herunter. Heiliger Strohsack. Diese Frau konnte mich immer noch überraschen.

»Wunderbar«, rief Rickie. Sie musterte Veronica von Kopf bis Fuß. »Aber in diesem Outfit können Sie nicht bei der Essensausgabe helfen. Sieht teuer aus, und es wäre eine Schande, wenn es ruiniert würde. Kommen Sie mit, Schätzchen. Ich finde schon was für Sie.«

Sie legte Veronica den Arm um die Schultern und führte sie über den Flur in ihr Schlafzimmer. Ich sah ihnen mit immer noch offenem Mund hinterher, bis Rickie mit einem strengen Blick, der mich ermahnte, schleunigst wieder in den Speisesaal zurückzukehren, die Tür hinter ihnen schloss.

Ich schüttelte den Kopf, dann löste ich Jefferson wieder ab und begann, die Kürbissuppe in Suppentassen zu füllen. Diese reichte ich dem Teenager, damit er sie auf die Tabletts der wartenden Gäste setzte.

»Wow, ist die heiß«, meinte Jefferson und reckte den Hals. »Wer ist die neue Braut? Die ist ja der Wahnsinn.«

Ich sah von der Suppe auf, und mir fiel prompt der Löffel aus der Hand, sodass ich mit der orangefarbenen Flüssigkeit bespritzt wurde. Ich merkte kaum, dass ein heißer Tropfen die Haut an meinem Handgelenk versengte.

Rickie hatte Veronica eine alte verwaschene Jeans und ein rotes Washington-Capital-T-Shirt gegeben. Beides war viel zu groß, und das Shirt hing ihr wie ein Sack bis zur Hälfte ihrer Schenkel. Dazu hatte sie das Haar zu einem unordentlichen Pferdeschwanz am Oberkopf zusammengebunden, und ein paar dunkle Strähnen umrahmten ihr Gesicht. Statt der sonst üblichen Pumps trug sie ein Paar alte Laufschuhe, die mindestens doppelt so groß waren wie ihre Füße.

Trotz allem hatte sie irgendwie noch nie so hübsch ausgesehen wie jetzt. Es war, als seien die ganzen Klamotten, die tollen Frisuren und das Make-up nur Verkleidung, und nun stand endlich die wahre Veronica neben mir und rang die Hände. Und Gott verdammt, sie war einfach atemberaubend.

Rickie zog sie hinter mich. »Jefferson, du mit deinen jungen Beinen musst jetzt die Tische abräumen und das Geschirr und Besteck vom Speisesaal in die Küche schaffen. Veronica kann Bax bei der Suppenausgabe helfen.«

Jefferson starrte Veronica an und stotterte irgendetwas, das ich nicht verstand. Dann rannte er mit gesenktem Kopf um die Essensausgabe herum und verschwand.

»Okay«, sagte ich, als Veronica den Platz an meiner Seite einnahm. »Es ist ganz simpel: Ich fülle die Suppe in die Suppentassen und gebe sie Ihnen weiter. Dann stellen Sie sie auf das jeweilige Tablett und legen noch zwei Päckchen der Cracker hier dazu. Kapiert?«

Sie warf mir einen verärgerten Seitenblick zu. »Ich bin nicht blöd, wissen Sie.«

»Ich weiß. Ich dachte nur, dass Sie hier vielleicht etwas überfordert sein könnten. Hübsches Outfit, übrigens.« Ihr Gesicht nahm einen rosigen Schimmer an. Zufrieden nahm ich eine Schürze vom Haken an der Wand hinter uns. »Aber die hier wollen Sie vielleicht trotzdem umbinden, vorsorglich.«

Sie zog die Schürze über und fummelte unbeholfen mit den Bändern im Rücken herum. »Wagen Sie es bloß nicht, noch ein einziges Wort über meine Klamotten zu verlieren. Dieses Ensemble hier ist nun wirklich nicht meine erste Wahl.«

»Ach, ich finde, Sie sehen toll aus. Echter Walmart-Schick. Hier, lassen Sie mich Ihnen helfen.« Ich wollte ihr nur die Schürzenbänder zubinden, aber als meine Finger ihren Rücken berührten, zuckte sie zusammen und machte einen Satz nach vorn.

»Ich brauche keine Hilfe«, knurrte sie. Als sie selbst die Schürze festzurrte, zitterten ihre Finger merklich.

»Meine Güte«, sagte ich und hob beschwichtigend die Hände. »Tut mir leid, dass Sie mich für dermaßen abstoßend halten, dass ich Ihnen nicht mal helfen darf.«

Sie holte tief Luft. »Das ist es nicht. Es ist …«

»Was?«

»Nichts, okay? Sie haben mich nur erschreckt, das ist alles. So, müssen wir diesen Menschen jetzt nicht was zu essen geben oder so?«

»Ja, Sie haben recht.« Ihr Atem ging flach, und ihre Schultern bebten. Es steckte eindeutig mehr dahinter, aber ich beschloss, sie zunächst nicht weiter zu bedrängen. Zum Teufel, ich war hauptsächlich froh, dass sie überhaupt da war. Das war ein verdammtes Thanksgiving-Wunder.

Ich löffelte die süß duftende Suppe in eine Suppentasse und gab sie ihr. Sie fügte die Cracker hinzu und stellte sie auf das Tablett eines unserer Stammgäste. Der Mann schenkte ihr ein Lächeln und bedankte sich. Die Wunder wollten gar nicht aufhören, denn sie antwortete: »Gern geschehen.«

Wer hätte gedacht, dass derlei Redewendungen überhaupt zu ihrem Wortschatz gehörten?

So arbeiteten wir etwa eine Stunde lang, und die Schlange schien kein Ende nehmen zu wollen. Schon bald schmerzte mein Rücken, und in den Schenkeln bekam ich einen Krampf. Die Gäste akzeptierten Veronica sofort, schwatzten mit ihr über das Essen und das Wetter, und einige der älteren Männer flirteten sogar deutlich mit ihr. Veronica kicherte zwar und reichte ihnen dann ihre Suppe, aber es war kaum zu übersehen, wie sie sich dabei verkrampfte und ihre Hände zitterten, wenn sie die Suppentassen auf die Tabletts dieser Männer stellte.

»Sie machen nur Spaß«, sagte ich nach einem weiteren solchen Vorfall zu ihr. »Sie meinen es nicht böse, wissen Sie. Sie sind nur einfach nicht daran gewöhnt, dass Frauen, die so aussehen wie Sie, ihnen das Essen servieren. Sie müssen sich normalerweise mit Gesichtern wie meinem begnügen.«

»So schlimm ist Ihr Gesicht doch gar nicht«, erwiderte sie.

Da ließ ich zum zweiten Mal an diesem Tag den Löffel fallen. Wenn sie so weitermachte, würde ich noch vollends den Verstand verlieren.

»Hi, Baxter!«, rief eine vertraute junge Stimme mir über die Theke hinweg zu. Ich stellte mich auf die Zehenspitzen und spähte nach unten, wo ein rothaariger, etwa sechsjähriger Junge stand. Sein blasses Gesicht war über und über mit Sommersprossen bedeckt, und er grinste mich an.

»Connor!«, rief ich. »Fröhliches Thanksgiving! Ist dein Dad auch hier?«

»Ja, er hält uns einen Platz an einem Tisch frei. Er meinte, ich soll mir mein Essen zuerst abholen.« Connor deutete mit einem Kopfnicken auf Veronica. »Wer ist das?«

»Das ist meine Freundin Veronica. Veronica, darf ich Ihnen Connor vorstellen?« Veronica stand mit einer Schale heißer Suppe in der Hand wie versteinert da und starrte Connor an. Ich wedelte mit meiner Hand vor ihrem Gesicht herum. »Veronica?«

Sie erwachte aus ihrer Benommenheit und stellte die Suppe auf die Theke. »Sorry. Äh, hi Connor. Schön, dich kennenzulernen. Möchtest du Suppe?«

»Auf jeden Fall. Und bekomme ich noch eine Extraportion Cracker dazu?«

Veronica sah mich fragend an, und ich zuckte mit den Schultern. »Die Cracker sind Ihre Sache. Machen Sie, was Sie wollen.«

Sie nahm eine Handvoll der in Plastikfolie verschweißten Vierecke und ließ sie auf das Tablett fallen. »Wie wär's damit?«

Connors blaue Augen weiteten sich. »Wow! Danke, Miss! Sie sind die Beste.«

»Gern geschehen.«

Wir folgten dem kleinen Jungen mit unseren Blicken, während er weiter an der Essensausgabe entlangging und sein Tablett mit Truthahn, Kartoffelbrei, Füllung und Kürbispastete füllte.

»Will er das wirklich alles essen?«, fragte Veronica.

Ich lachte. »Er ist *im Wachstum*.«

»Er ist so jung.« Klang ihre Stimme etwa belegt?

Vielleicht fing die Eiskönigin jetzt ja doch tatsächlich mal an zu schmelzen.

»Ja«, sagte ich. »Er hat es nicht leicht. Seine Mom ist letztes Jahr an Krebs gestorben, und sein Dad, Ian, hat kurz darauf seinen Job verloren. Sie hatten all ihre Ersparnisse für die Medikamente ausgegeben und verloren schließlich auch noch ihre Wohnung. Jetzt wohnen sie in ihrem Auto. Connors Dad schickt ihn immer noch zur Schule und verbringt den Tag damit, auf Arbeitssuche zu gehen. Aber mehr als Gelegenheitsjobs sind angesichts der Lage auf dem Arbeitsmarkt für ihn momentan nicht drin.«

»Wie furchtbar. Ich glaube … ich glaube, so habe ich diese Menschen noch nie gesehen.«

»Natürlich nicht. Weil Sie sie nie wahrnehmen wollten.«

Am Ende der Essensausgabe versuchte Connor, sein Tablett von der Theke zu wuchten, und beinahe wäre es ihm auf den Kopf gefallen – wäre nicht Veronica zu ihm hingestürmt und hätte es aufgefangen.

»Hier«, sagte sie. »Lass mich dir damit helfen. Wo ist dein Dad, Süßer?«

Connor deutete auf einen Mann mit genauso rotem Haar wie seinem, und Veronica folgte ihm an einen Tisch im vorderen Bereich des Speisesaals. Ich schüttelte jetzt bestimmt zum zehnten Mal an diesem Tag den Kopf. Wer war diese Frau, und was hatte sie mit der Veronica angestellt, die ich kannte?

Connors Dad begrüßte sie und erhob sich dann, um sich ebenfalls anzustellen, während Veronica auf seinem Stuhl Platz nahm und sich mit dem kleinen Jungen unterhielt und mit ihm lachte. Es sah aus, als würden die beiden sich schon ein Leben lang kennen. Sie saß ganz entspannt neben ihm, und unwillkürlich war ich beeindruckt. Veronica schien ein Händchen für Kinder zu haben, und mir wurde ganz warm ums Herz, als hätte auch ich etwas von der Suppe gegessen, die ich die ganze Zeit über serviert hatte. Das Thema Kinder gehörte zu den vielen Dingen, über die Clare und ich uns vor unserer Trennung gestritten hatten – ich wollte ganz viele, und zuerst hatte Clare das Gleiche behauptet. Aber dann fing sie an, Karriere zu machen, und änderte ihre Meinung. Immerhin konnte sie durch ihren Job die exotischsten Orte bereisen, um dort an Modenschauen teilzunehmen – und dabei konnte sie kein Kind brauchen, das sie ans Haus fesselte. Eigentlich war ich davon ausgegangen, dass Veronica ähnlich dachte – dass sie viel zu sehr in sich selbst gefangen war, um Kinder überhaupt in Betracht zu ziehen. Aber angesichts ihrer entspannten Art, mit Connor umzugehen, bezweifelte ich das mit einem Mal.

Ich schlug mir mit der Hand auf den Schenkel. *Reiß dich zusammen, Linton. Die Frau zeigt erste Ansätze von Menschlichkeit, und du planst gleich eine Familie mit ihr. Nichts davon kann ihre Selbstsucht und Arroganz ausgleichen. Und vielleicht ist das alles ja auch nur ihre Masche, um dich rumzukriegen, wieder mit ihr zusammenzuarbeiten.*

Nur, wieso wollte sie das überhaupt? Abgesehen von meinem Geld, das sie offensichtlich nicht brauchte, hatte Veronica doch gar nichts davon, mich als Kunden zu behalten. Das alles ergab hinten und vorn keinen Sinn.

Ein Räuspern holte mich in die Gegenwart zurück. Ein Mann streckte mir sein leeres Tablett hin.

»Sorry.« Ich reichte dem Mann seine Suppe und seine Cracker, ohne ihn wirklich anzusehen.

Während Veronica Connor Gesellschaft leistete, übernahm ich also jetzt erst mal sowohl das Schöpfen als auch die Ausgabe der Suppe. Nachdem Connors Vater zum Tisch zurückgekehrt war, verabschiedete Veronica sich und machte den Platz für ihn frei.

Als sie wieder bei mir ankam, ertappte sie mich dabei, wie ich sie anstarrte. »Was?«

»Nichts. Ich versuche nur, Sie zu durchschauen.«

»Viel Glück dabei.« Sie lachte. Es klang leichter denn je, gar nicht mehr so gezwungen wie sonst. »Sagen Sie Bescheid, wenn Sie Erfolg hatten.«

»Mach ich.«

Wir fuhren fort, den Menschen ihr Essen zu geben, fanden unseren Rhythmus. Schöpfen, weiterreichen, Cracker, Tablett.

Veronicas Lächeln und ihre Großzügigkeit bei der Crackerverteilung versüßten vielen Leuten den Tag. Als Connor und sein Dad ihre Mahlzeit beendet hatten, kam der kleine Junge hinter die Theke gerannt und schlang seine Arme um Veronicas Taille. Sie grummelte erst bei dem Aufprall, aber dann zerzauste sie dem Jungen das Haar, kniete sich vor ihm nieder und schloss den Reißverschluss seines abgetragenen Mantels. »Fröhliches Thanksgiving, Connor. Hier, nimm dir noch was mit.« Sie füllte seine Taschen mit Crackern und hielt sich die Finger an die Lippen. »Pst … aber nicht weitersagen, okay?«

Der Junge nickte und legte ihr die Arme um den Hals. Dann lief er zu seinem Dad an die Tür und verschwand in den kalten Abend hinaus.

»Das hab ich gesehen«, sagte ich.

»Was denn?« Ihre Augen weiteten sich.

»Sie haben ein Herz. Geben Sie es zu.«

»Niemals.« Sie wollte ernst bleiben, aber unwillkürlich verzogen sich ihre Lippen dennoch zu einem Lächeln.

»Ronnie?« Eine heisere, weibliche Stimme ließ uns beide zusammenfahren. Eine Frau mit strähnigem Haar, die ich noch nie gesehen hatte, stand auf der gegenüberliegenden Seite der Theke, die Augen fest auf Veronica geheftet. »Ronnie? Bist du das?«

Veronica sprang von der Theke zurück, als hätte die Frau sich in einen Haufen Secondhandschuhe verwandelt. »Ich weiß nicht, wovon Sie reden.« Ihre Stimme war wenig mehr als ein Flüstern, und sie zitterte am ganzen Körper.

»Du *bist* es«, sagte die Frau. »Ich hätte dich überall wiedererkannt. Ronnie, ich bin's.«

»Ich heiße nicht Ronnie!«, schrie Veronica. »Hören Sie auf, mich so zu nennen!« Sie zerrte an den Bändern der Schürze und zog sie sich hektisch über den Kopf, und bemerkte dabei nicht mal, dass sie sich in ihrem Haar verfing und das Haargummi an ihrem Pferdeschwanz herauszog. »Tut mir leid, Bax. Mir ist gerade eingefallen, dass ich noch einen Termin habe. Ich muss los.«

Sie schnappte sich ihre Tasche, die Rickie unter die Theke gestopft hatte, sprintete quer durch den Speisesaal und riss die Tür auf. Sie schlug hinter ihr zu.

Ich starrte ihr hinterher, dann sah ich die Frau an. »Sie kennen sie?«

»Wen soll ich kennen?«, fragte die Frau.

»Veronica. Ronnie haben Sie sie genannt.«

»Sorry.« Sie schüttelte den Kopf. »Ich kenne niemanden, der so heißt.«

»Aber Sie haben doch gerade gesagt … Ach egal.«

Ich musterte die Frau, während ich ihr eine Schale mit Suppe reichte. Einige schwarze Strähnen durchzogen das sonst graue Haar, das unter ihrer blauen Mütze hervorquoll. Und diese grünen Augen und die Stupsnase kamen mir bekannt vor. Sie sah fast aus wie …

Mir wurde ganz flau. »Oh mein Gott. Sie sind Veronicas *Mutter!*«

Die Frau lächelte mich an, doch dabei blieb ihr Gesicht vollkommen ausdruckslos. »Sorry, mein Lieber. Sie müssen sich irren. Ich habe keine Kinder.«

»Sind Sie da sicher?«, hakte ich nach. »Sie sehen ihr unglaublich ähnlich.«

»Bax.« Rickie war neben mir aufgetaucht. »Warum lässt du mich nicht kurz für dich einspringen? Du solltest deiner Freundin hinterherlaufen. Sie hat ihre Klamotten zurückgelassen und alles.«

Ich reagierte sofort und wich rückwärts von der Theke zurück, ohne jedoch den Blick von der Frau abzuwenden, die sich jetzt weiter an der Essensausgabe entlangbewegte. Das alles ergab absolut keinen Sinn. Dass die Frau sie zu kennen schien, die Art, wie Veronica ausgeflippt war, und wie die Frau dann aber behauptete, nie Kinder gehabt zu haben. Vielleicht war sie eine entfernte Verwandte, derer Veronica sich schämte? Es war durchaus denkbar, dass Veronica die Flucht ergriffen hatte, nur weil sie eine Obdachlose kannte.

Für November war es ziemlich kalt, und ich verfluchte mich selbst, meinen Mantel nicht mitgenommen zu haben, als ich das Heim verließ. Ich blies mir in die Hände und sah mich auf der Straße um. Keine Spur von Veronica. Wahrscheinlich war sie bereits bis zur Staatsgrenze geflüchtet, ha. Ich zog mein Handy hervor und schickte ihr schnell eine Nachricht, bevor ich nach drinnen zurückkehrte.

Der restliche Tag war so mit Servieren und Abräumen ausgefüllt, dass ich bis zum Abend nicht mehr an Veronica dachte. Als wir dann endlich Feierabend machten, waren meine Füße taub, und mir summte der Kopf vor lauter Erschöpfung. Rickie hatte Veronicas Klamotten in eine Tasche gepackt und reichte mir dazu noch einen mit Frischhaltefolie bedeckten Teller mit Essen, bevor sie mir »Fröhliches Thanksgiving« wünschte und mich nach Hause schickte.

Wieder auf der Straße senkte ich den Kopf gegen die Kälte und lief in Richtung Metro. Als ich um die Ecke bog, fiel mir etwas Silbernes ins Auge, und es sah Veronicas elegantem Wagen verdammt ähnlich. Ich spähte hinein und entdeckte eine Chanel-Sonnenbrille. Jep. Eindeutig ihr Auto. Sie hatte echt Glück, dass es immer noch unversehrt hier stand, und das bedeutete auch, dass sie noch irgendwo hier in der Nähe sein musste.

Vor einem Feiertag hatten abends zu dieser Uhrzeit nicht mehr allzu viele Bars geöffnet, doch in einem der Etablissements in der Nähe war noch Licht zu sehen. Ich zögerte, bevor ich hineinging. Vielleicht war sie ja mit dem Taxi nach Hause gefahren. *Oder*, nervte eine Stimme in meinem Kopf, *vielleicht ist sie da drinnen, betrinkt sich und will sich womöglich danach noch ans Steuer setzen.* Verdammt. Ich biss die Zähne zusammen. Ich war verdammt groggy und wollte einfach nur noch nach Hause, kalten Truthahn mit den Fingern essen, mit Ari kuscheln und mindestens zehn Jahre schlafen. Aber ich musste einfach nachsehen, ob es ihr gut ging.

Ich trat also ein, blinzelte in der Dunkelheit und suchte

den Raum nach Veronica ab. Und tatsächlich: Sie saß an der Bar, den Kopf gesenkt und ein Glas mit irgendeinem Schnaps in der Hand. Ich schlängelte mich an den Tischen vorbei und ließ mich auf den leeren Barhocker neben ihr plumpsen.

»Ich sucheee nich nachmdate«, lallte sie, ohne mich anzusehen.

»Gut«, antwortete ich. »Aber ich glaube, Sie könnten jemanden brauchen, der Sie nach Hause fährt.«

Sie hob den Blick, und ich sah, dass die smaragdgrünen Augen rot und blutunterlaufen waren. »Baxxterrr … Sie haben mich gefunden. Abersiekönnennichfahren. Siehabenkeinauto.«

»Aber einen Führerschein. Kommen Sie, Veronica. Geben Sie mir Ihre Schlüssel, dann bring ich Sie nach Hause.«

»Nein.« Sie kippte die braune Flüssigkeit hinunter. »Ich willnichnachhause. Zuhauseisses einsaaaaam.«

»Ja, na ja. Ich finde, Sie haben genug getrunken. Mir ist egal, ob Sie gehen wollen oder nicht. Wir machen uns jetzt auf den Weg.«

Ich stand auf und zerrte an ihrer Hand.

»Ich sagte Nein.« Sie riss sich los. »Waaarrrum wissen Männer nich wasdaswort heissst?«

Ich seufzte leise. »Keine Ahnung, wovon Sie reden. Ich versuche lediglich, Sie nach Hause zu bringen. Ich könnte jetzt gemütlich mit meinem Hund im Bett sitzen, fernsehen und die Reste des Truthahns reinschaufeln. Stattdessen bin ich hier, weil ich wissen wollte, ob es Ihnen gut geht – was offensichtlich nicht der Fall ist –, und jetzt werde ich Sie sicher nach Hause schaffen.«

»Ich brauche Ihrehilfenich, *Superheld*. Ich kann alleinnachhause.«

Veronica hüpfte vom Barhocker herunter, stolperte über die viel zu großen Sneakers und taumelte in meine Arme.

»Wow. Sie sind echt am Limit.« Ich streckte die Hand aus. »Geben Sie mir Ihre Autoschlüssel. Ich werde fahren.«

»Nein. Haunsieab, Baxxxxterr.«

Sie drängte sich an mir vorbei, umklammerte ihre Tasche und torkelte aus der Bar. Trotz ihres Zustandes bewegte sie sich erstaunlich schnell, und ich musste beinahe joggen, um mit ihr Schritt zu halten. Ein Piepton erklang, als sie mit der Fernbedienung das Auto entriegelte.

Ich sprang ihr in den Weg, noch bevor sie die Tür öffnen konnte. »Nein, Veronica. Auf gar keinen Fall lasse ich zu, dass Sie in den Wagen steigen. Wenn Sie nicht wollen, dass ich Ihr Auto fahre, dann rufe ich Ihnen ein Taxi. Oder Sie nehmen die Metro. Aber Sie werden sich eindeutig *nicht* ans Steuer setzen.«

Veronica verdrehte die Augen und schwankte vor Anstrengung leicht nach hinten. »Immer müssensie den Retter spielen, Bax.« Sie kam wieder näher, und der Alkoholgehalt ihres Atems schien die Luft zwischen uns förmlich aufzuheizen. »Was, wenn ich ganich gerrrettet werden will, Supeeeerheld?«

»Es geht nicht darum, Sie zu retten, Veronica. Sondern die Person, die Sie verletzen – oder sogar töten – könnten, wenn Sie sich in diesem Zustand auf der Straße tummeln. Also, was wollen Sie jetzt? Mich, ein Taxi oder die Metro? Ich finde es ein bisschen zu kalt, um zu Fuß zu gehen.«

Sie verschränkte die Arme vor der Brust und schnaubte wie ein verwöhnter Teenager. Dann warf sie mir die Schlüssel zu. Sie prallten von meiner Brust ab und fielen klirrend zu Boden. »Gut. Siekönnenfahren. Aber wehe, Sie schrotten mein Auto. Sie könnensichdasreparieren nichleisten.«

Sie taumelte zur Beifahrerseite, und ich hob die Schlüssel vom Boden auf. Als ich das Auto anließ, war sie fast schon eingeschlafen, die Stirn an das Fenster gepresst.

Ich stieß sie an. »Hey, aufwachen. Sie müssen mir noch sagen, wo Sie wohnen, bevor Sie aus den Latschen kippen.«

Sie murmelte die Adresse gerade noch laut genug vor sich hin, dass ich sie verstand, dann schloss sie wieder die Augen. Nachdem wir einige der besseren Gegenden der Stadt durchquert hatten, und ich mehr als einmal angehalten hatte, um die Koordinaten auf meinem Handy zu checken, hatte ich endlich ihr Haus erreicht.

Ihr Loft befand sich in einem dieser riesigen grauen Bauten, die von außen alt aussehen, aber im Innern geradezu jungfräulich wirken. In der Stadt gab es viele Wohnhäuser dieser Art: es wurde ein Riesentamtam darum gemacht, die alte Architektur zu bewahren, aber ansonsten für eine moderne Ausstattung zu sorgen.

Veronica fiel praktisch aus dem Auto, als ich die Beifahrertür öffnete. Ich nahm sie auf den Arm wie ein Kind und trat die Tür hinter mir mit dem Fuß zu. Mit einem freien Finger betätigte ich die Zentralverriegelung und ging auf das Gebäude zu.

Sie wohnte im zwanzigsten Stock, deshalb schickte ich ein kleines Dankgebet gen Himmel, als ich in der luxuriösen Lobby die Aufzüge entdeckte. Ich drückte den Knopf mit dem gleichen Finger, an dem der Schlüssel hing. Obwohl sie überraschend leicht war, schmerzten meine Arme, während wir auf den Aufzug warteten – den ganzen Tag Suppe auszugeben und Tabletts herumzutragen hatte mich echt geschafft. Meine Muskeln zitterten, als ich sie an meine Brust drückte.

Veronica raunte etwas an meinem Hals, während wir im Aufzug nach oben fuhren.

»Sorry, wie bitte?«, fragte ich. »Ich hab Sie nicht verstanden.«

»Sie sind so nett«, sagte sie mir ins Ohr. Ihre Alkoholfahne und der Duft ihres fruchtigen Parfüms machten mich in dem engen Aufzug richtig schwindelig.

Ein Ping verkündete, dass wir in ihrem Stockwerk angekommen waren. Vor dem Aufzug holte ich im Flur erst einmal tief Luft und suchte links und rechts nach der Nummer ihres Lofts. Erst ging ich in die falsche Richtung, aber dann fand ich ihre Tür neben den Treppen. Ich verlagerte sie in meinen Armen und durchsuchte ihren Schlüsselbund, um den richtigen zu finden. Wieder murmelte ich ein leises Dankeschön, als das Schloss schon beim zweiten Versuch aufging.

»Siesindsonett«, wiederholte sie, wobei alle Worte zu einem einzigen verschmolzen.

»Ja, das erwähnten Sie bereits.«

Neben der Tür fand ich einen Lichtschalter und betätigte ihn mit dem Ellbogen. Ihr Loft war riesig, aber relativ kahl. Ich stand inmitten des Wohnzimmerbereichs, in dem sich nur zwei weiße Sofas und einige leere Bücherregale befanden. Die Wände waren nackt. Keine Poster oder Fotos. Tatsächlich gab es hier drin nichts auch nur annähernd Persönliches.

Es war, als wohnte sie hier gar nicht.

»Ich weiß«, sagte sie. Ihr Atem kitzelte an meinem Hals, und die Härchen auf meinen Armen richteten sich auf. »Aber ich hab keine Ahnung, wieso.«

»Wieso was?« Ich lief den Flur zur Rechten hinab, spähte in die Bereiche, an denen wir vorbeikamen, und hoffte, dass ich bald ihr Bett finden würde.

»Warum Sie sonettzumirsind. Ich bin nämmich ganichnettzuihnen.«

»Sie sind zu vielen Leuten nicht besonders nett, deshalb nehme ich es nicht persönlich.«

Ich fand den abgetrennten Schlafbereich am Ende des Lofts und betätigte auch den nächsten Lichtschalter mit dem Ellbogen. Dieser Raum war genauso spärlich möbliert – in der Mitte stand ein Bett mit pinkfarbener Seidenbettwäsche, ein Schreibtisch, ein weicher Samtsessel und ein Beistelltisch mit Lampe. Das Anzugjackett, das ich ihr beim letzten Mal zurückgegeben hatte, lag zusammengeknüllt am Fußende.

Ich beugte mich vor und löste Veronicas Arme sanft von meinem Nacken, um sie dann aufs Bett gleiten zu lassen. Die Tasche mit den Klamotten ließ ich neben ihr zu Boden fallen.

»So«, sagte ich. »Sie sind zu Hause. Und jetzt hole ich Ihnen noch etwas Wasser und Aspirin für später. Das können Sie sicher brauchen.« Ich ging hinüber ins Bad, ein abgetrennter Bereich gleich nebenan.

»Tut mir leid«, hielt mich ihre Stimme auf, als ich im Türrahmen stand.

Ich drehte mich nicht um. »Was denn?«

»Dass ichsogemein zu Ihnen war. Sie sind einer von den Guten. Ich bin nichgewöhnt an Männerwiesie. Die meisten Männer wollenmichnur aus nembestimmten Grund rumkriegen.«

Ich hatte plötzlich einen Kloß im Hals. »Das ist nicht wahr.«

»Dochdoch. Ich weisses. Aber Sie sind anders. Tut mir leid, dass ichdasnichfrüher erkannt habe.«

»Ja. Okay, na gut. Ich hole Ihnen jetzt das Wasser.«

Ich durchsuchte den Medizinschrank, bis ich das Aspirin fand und füllte das Glas neben dem Waschbecken mit Wasser. Das Bad war derjenige Raum in der Wohnung, in dem sie sich am häufigsten aufzuhalten schien. Parfüms und Make-up waren überall verteilt, verschiedene Shampoos und Duschbäder standen am Wannenrand. Ich blieb stehen, als mir ein Stück türkisfarbener Stoff im Mülleimer neben dem Waschbecken ins Auge fiel.

Mein Gott, diese Frau war so wohlhabend, dass sie offenbar Kleider wegwarf, wenn sie sie zu häufig getragen hatte. Das Mindeste, das sie hätte tun können, war doch, es wohltätigen Zwecken zu spenden. Ich zerrte es aus dem Müll, damit ich es an ihrer Stelle tun konnte. Zum Teufel, wahrscheinlich würde es ihr nicht einmal auffallen. Purpurne Flecken zierten den vorderen Teil des Kleides, und ich hielt es in die Höhe, um es genauer zu betrachten. Kein Wunder, dass sie es weggeworfen hatte – das Mieder war mit Rotwein besudelt, die Träger waren zerrissen. Der Rock hatte ebenfalls Risse, war regelrecht zerfetzt. Und Moment – war das hier Blut? Sah beinahe so aus …

Ich ließ die Arme sinken. Verdammt. Ich erinnerte mich plötzlich daran, wie sie zurückgewichen war, als ich sie berührt hatte. Warum wohl hatte ich drei Wochen lang nichts von ihr gehört? Wie oft hatte sie mich einen netten Kerl genannt?

Ich zerknüllte das zerschundene Kleid, und zitterte vor Wut. Jemand hatte sie verletzt. Ich wollte wissen, wer es gewesen war, wollte ihn finden, ihm meine Faust ins

Gesicht und in die Weichteile rammen. Mehrfach. Kein Wunder, dass sie glaubte, alle Männer zu hassen.

Ich stopfte das Kleid wieder in den Müll, nahm Aspirin und Wasser und lief wieder zu ihrem Bett. Ich atmete tief ein und aus, um meinen Zorn unter Kontrolle zu bekommen. Es würde ihr jetzt nicht weiterhelfen, mich so wütend zu sehen. Mein Zorn musste warten.

Veronica schien zu schlafen, als ich das Glas und die Tabletten auf den Nachttisch stellte. Sie hatte sich auf der Seite zusammengerollt, das Haar auf dem Kissen ausgebreitet, die Knie an die Brust gezogen.

Sanft hob ich ihre Beine und zog die Decke unter ihr hervor. Die viel zu großen Schuhe rutschten ihr von den Füßen, und ich stellte sie vor das Fußende des Bettes, bevor ich sie zudeckte.

»Ich bin derjenige, dem es leidtut«, flüsterte ich. »Tut mir leid, dass Ihnen das zugestoßen ist.«

Als sie sich nicht rührte, hockte ich mich hin und holte den Teller mit den Essensresten aus der Tasche, in der auch ihre Kleider waren. Dann erhob ich mich und schaltete das Licht aus, als ich an der Tür angelangt war.

»Bax?«, erklang ihre Stimme aus der Dunkelheit, dünn und zögerlich.

»Ja?«

»Können Sie bleiben? Ich habnichallzu gut geschlafen in letzter Zeit.«

Ich sah auf mein Abendessen und dachte an Ari, der zu Hause auf mich wartete. Dann kam mir das Bild des Kleides im Mülleimer wieder in den Sinn. Verdammt. Ich brauchte also mal wieder einen Hundesitter. Wie gut, dass meine Nachbarn so fürsorglich waren.

»Klar, Veronica.« Ich verkniff mir ein Seufzen. »Ich bleibe.«

»Mkay, danke. Siesindderbeste.«

»Ich weiß.« Ich ging Richtung Wohnbereich »Ich bin auf der Couch, falls Sie mich brauchen, okay?«

Ich hörte nur noch ihre gleichmäßigen Atemzüge.

Ich verschlang ein paar Stücke von dem kalten Truthahn mit Füllung und machte es mir bequem. Das Sofa war überraschend weich – fast gemütlicher als mein Bett. Fast. Innerhalb weniger Minuten hatte dieser erschöpfende Tag mich eingeholt, und ich schlief ein, träumte von Veronica, der Frau im Obdachlosenheim, die ihr ähnelte, und einem mit Wein besudelten Kleid.

Kapitel 9

Veronica

Ich hatte immer gehofft, dass man sich an so einen Kater gewöhnen konnte. Dass das Pochen in meinem Schädel nachlassen und mit der Zeit weniger aufdringlich sein würde, dass der Magen nicht mehr ganz so heftig drohen würde, sich umzudrehen. Diese Theorie erwies sich definitiv als falsch, als ich am Morgen des Thanksgiving-Tages erwachte.

Als ich mich umdrehte, wogten weitere Schmerzwellen durch meinen ganzen Körper, und ich stöhnte ins Kissen. Es war schon lange her, dass mir nach einem Trinkgelage dermaßen elend gewesen war. Ich kniff die Augen zusammen, weil das Licht, das durch die Vorhänge drang, mich blendete, und ich versuchte, mir die Ereignisse des vorherigen Abends Stück für Stück ins Erinnerung zu rufen. Ich hatte Bax im Obdachlosenheim getroffen und war genötigt worden, dort mitzuhelfen. Alles lief eigentlich hervorragend. Die Leute waren gar nicht so eklig, wie ich erwartet hatte – da war sogar dieser kleine Junge gewesen, der mich erinnerte an …

Ich seufzte noch einmal laut und vernehmlich. Erst der kleine Connor, und dann auch noch *sie*. Sie hatte mich mehr als überrascht. Nach all diesen Jahren hatte ich geglaubt, sie wäre tot. Tatsächlich hatte ich es überhaupt erst dann in Betracht gezogen, nach D. C. zurückzukehren, als ich lange nichts mehr von ihr gehört hatte. Ich hatte geglaubt, dass es vorüber sei. Ich hatte alles hinter mir gelassen. Doch dann war sie in dieses Heim hineinspaziert und hatte mich Ronnie genannt.

Plötzlich hatte ich so viel von dem Kissen im Mund, dass es mich praktisch erstickte. Die nächste Erinnerung: Ich war geradewegs in die Bar gestürmt und hatte versucht, mir die Erinnerungen an den Jungen und an *sie* mit Alkohol aus dem Kopf zu spülen, aber sie verfolgten mich immer weiter. Nach dem vierten Schnaps in der Bar waren meine Erinnerungen endlich verschwommen, aber irgendwie war ich wohl nach Hause gekommen.

Ich zwang meine Augen erneut, sich zu öffnen, trotz ihres Protests, und ich entdeckte ein Glas Wasser und Aspirin auf dem Nachttisch. Oh, Gott sei Dank. Ich hievte mich in eine aufrechte Haltung, warf drei Aspirin ein und kippte sie mit dem ganzen Glas Wasser hinunter. Seltsam, es sah mir gar nicht ähnlich, mir in betrunkenem Zustand so etwas zurechtzulegen.

Mit einem Stöhnen schwang ich die Beine über den Bettrand und erschrak, als meine Füße irgendetwas auf dem Boden vor dem Bett berührten, das sich wie Plastik anfühlte. Ich beugte mich vor, um das fragliche Objekt einer näheren Betrachtung zu unterziehen, bereute es aber sofort, denn das Dröhnen in meinem Kopf hätte jedem auf voller Lautstärke wummernden Bass in einem Club alle Ehre gemacht.

»Verdaaaaaammmttt.«

Ich nahm meinen Kopf in beide Hände und lugte in die Plastiktasche. Meine Klamotten von gestern. Ich war so hektisch aus dem Heim geflüchtet, dass ich sie zurückgelassen hatte. Es war mir sogar egal gewesen, dass ich wie eine von diesen Menschen aussah, die ich den ganzen Tag über bedient hatte, und immerhin war ich in den geliehenen Klamotten zumindest in dieser Bar nicht weiter aufgefallen.

Okay, dem Wasser, den Aspirin und der Tüte mit den Klamotten musste ich auf den Grund gehen. Bax hatte mich also nach Hause gebracht. Aber ich war komplett angezogen und hatte allein im Bett gelegen. Wir hatten also nicht miteinander geschlafen. Ich atmete erleichtert aus. Wenigstens etwas.

Ich brauchte endlos hinüber ins Bad, denn ich setzte meine Füße in kleinen, bewussten Schritten voreinander, um das bösartige Tier, das in meinem Hirn auf Bongos herumtrommelte, nicht noch mehr zu reizen. Ich putzte mir die Zähne und wusch mir das Gesicht, um die Waschbärenaugen aus Mascara loszuwerden. Nachdem ich ein Paar Designer-Yogahosen und eines meiner engen T-Shirts übergestreift hatte, ging ich in die Küche, um Kaffee zu kochen.

Ein sanftes Schnarchen von meinem Sofa ließ mich auf halbem Wege innehalten. Bax hatte sich auf den Kissen ausgestreckt, ohne Hemd und nur mit seinen üblichen Boxershorts bekleidet, und seine breite Brust hob und senkte sich mit jedem Atemzug. Ich musterte ihn. Ich hatte gestern nicht gelogen, als ich ihm versichert hatte, dass ich ihn für gut aussehend hielt. Sogar jetzt, mit den morgendlichen Bartstoppeln, wirkte sein markantes Kinn attraktiv ebenso wie der Schwung seiner Nase und sein zerzaustes Haar. Nicht zu vergessen seine bemerkenswerten Bauchmuskeln.

Und trotzdem hatte ich vergangene Nacht nicht mit ihm geschlafen.

Natürlich war es nicht besonders hilfreich, dass ich seit kurzem jedes Mal, wenn mich jemand berührte, Franks Hände auf mir zu spüren glaubte und ich keine Luft mehr bekam, als läge er wieder auf mir. Auch Frank hatte ich durch den Schnaps gestern Abend zu vergessen versucht. Es frustrierte mich unglaublich, dass er mich immer noch im Griff zu haben schien, und dass keine noch so große Menge Whiskey ihn aus meinen Gedanken zu vertreiben vermochte.

Bax ließ ein lautes Schnarchen ertönen und drehte sich auf die Seite. Eine Haarlocke fiel ihm übers Auge. Ich trat näher, schob sie beiseite und ließ meine Finger auf seiner Stirn ruhen, bevor ich ihm über die Wange strich. Seine Bartstoppeln kratzten an meiner Handfläche, und mir wurde ganz heiß, als ich mir vorstellte, wie sie sich wohl auf meinen Lippen anfühlen mochten.

Bax grummelte, und sofort zog ich die Hand zurück.

Was zum Teufel? Ich hatte gerade darüber nachgedacht, Bax zu küssen. Offensichtlich war ich noch immer nicht ganz nüchtern. Ich brauchte Kaffee, und zwar sofort.

Ich marschierte also zum Küchenbereich, bereitete die Kaffeemaschine vor und schaltete sie ein. Schon bald verbreitete sich ein himmlisches Aroma im ganzen Raum. Nachdem der Kaffee fertig durchgelaufen war, füllte ich zwei Tassen damit und kehrte ins Wohnzimmer zurück.

Der Kaffeeduft hatte Bax geweckt; er saß da und rieb sich die Augen – immer noch ohne Shirt.

»Guten Morgen«, sagte ich. »Ich habe Kaffee gekocht. Ich weiß nicht, wie Sie ihn trinken, deshalb ist er schwarz.«

»Das ist super. Danke.«

Wir tranken schweigend, er immer noch auf dem Sofa, ich an dem leeren Regal lehnend, das schon bei der Vermietung zum Loft gehört hatte.

Bax stellte seine Tasse ab und musterte mich. »Wie geht es Ihnen heute Morgen? Sie müssen doch ziemliche Kopfschmerzen haben.«

»Ich habe das Gefühl, ein paar Nägel zu mir genommen zu haben, die mir jetzt mein Gehirn durchbohren, aber ansonsten geht es mir gut. Danke, dass Sie mich nach Hause gebracht haben.«

»Ja.« Er sah aus, als wolle er noch etwas anderes sagen, besann sich dann jedoch eines Besseren. »Ich rechne nicht damit, aber ich frage trotzdem: Wollen Sie über gestern reden?«

Ich trank einen Schluck Kaffee und schluckte. »Ganz sicher nicht.«

»Hab ich mir gedacht. Aber … Sie sollten wissen, dass ich für Sie da bin, falls Sie doch mal glauben, dass Sie jemanden zum Reden brauchen.«

»Mir geht es gut. Aber danke für Ihre Bemühungen.«

Er hob sein Shirt vom Boden auf und zog es sich über den Kopf. Dann sah er das Bücherregal neben mir an. »Sie besitzen keinerlei Nippes.«

Bei dem Themenwechsel entspannte ich mich etwas und trank den restlichen Kaffee aus. »Was?«

»Nippes, Kram … so was haben Sie nicht.«

»Keine Ahnung. Ich steh nicht wirklich auf Dekoration.«

»Sie leben in einer Stadt, in der bekanntermaßen jede Menge davon produziert wird, und besitzen nicht die kleinste Kleinigkeit.«

»Warum sollte ich so etwas haben wollen? Ist doch nur Müll.«

Er erhob sich und zog sich die Jeans über die Hüften. »Solche Dinge zeigen anderen Menschen, wer man ist. Sie wissen schon: ›Hallo Welt! Ich bin jemand, der Löffel sammelt – oder Briefmarken.‹ oder ›Ich habe mal den größten Schaukelstuhl der Welt gesehen – oder den Grand Canyon.‹ oder ›Ich war auf der Freiheitsstatue!‹«

Ich stellte meine Tasse in das leere Regal. »So etwas mache ich nicht.«

»Sie haben nichts für Sightseeing übrig?«

»Nein. Warum sollte ich?«

Er fuhr sich mit der Hand durchs Haar. »Bitte sagen Sie mir, dass Sie wenigstens in einer einzigen Stadt schon mal als Touristin unterwegs waren. Wie zum Beispiel, dass Sie die Smithsonian Institution besucht haben, das Lincoln Memorial, das Ford's Theatre …«

»Weshalb sollte ich das tun?«

»Weil Sie dadurch vieles über Ihr Land und Ihre Stadt und über sich selbst lernen.« Er nahm seine Tasse vom Boden auf und griff auch nach meiner, bevor er Richtung Küche ging. »Okay, das gibt den Ausschlag. Wir werden den Tag zusammen verbringen, und ich zeige Ihnen Washington. Das wahre Washington.«

»Warum wollen Sie das tun?«, fragte ich.

Er ließ Wasser in die Tassen laufen. »Betrachten Sie es einmal so. Sie kamen gestern zu mir ins Obdachlosenheim, weil Sie unsere Geschäftspartnerschaft wieder aufleben lassen wollen, stimmt's?«

»Stimmt …«

»Also, wenn wir gute Geschäftspartner sein wollen, müssen wir einander besser kennenlernen. Sonst kann das nicht klappen. Sie haben mir Ihr D.C. gezeigt. Lassen Sie mich Ihnen meines zeigen.«

Ich kaute an meiner Unterlippe. Noch vor kurzem hätte ich mich dagegen gesträubt, einen ganzen Tag lang mit Bax die Stadt zu erkunden. Aber mittlerweile konnte ich nicht mehr verhehlen, dass ich mich in seiner Gegenwart entspannte. In seiner Nähe vergaß ich den ganzen anderen Mist in meinem Leben. »Gut. Kann sicher nicht schaden. Ich muss mich nur eben umziehen.«

»Nein, Sie sehen perfekt aus, so wie Sie sind.«

Ich sah ihm in die Augen. Er schien das tatsächlich ernst zu meinen.

»Ich trage Yogahosen. Und überhaupt kein Make-up.«

»Und sehen fantastisch aus. Glauben Sie mir. Holen Sie sich einen warmen Mantel und bequeme Schuhe – nicht diese bescheuerten Folterinstrumente, die Sie sonst so tragen. Wir haben einen ordentlichen Fußmarsch vor uns.«

»Gut.« Ich kramte ein paar kniehohe, flache Stiefel aus meinem Schrank hervor und hielt sie in die Höhe. »Das ist das Beste, was ich zu bieten habe.«

»Die müssen reichen. Und ein Mantel. Sie haben Schnee vorausgesagt.«

»Im November?«

»Jep.«

Ich zerrte meinen roten Prada-Mantel vom Bügel im hinteren Teil des Schrankes und wickelte mich hinein. Obendrein zog ich noch eine passende Mütze und passende Handschuhe an. Als ich fertig war, wartete Bax bereits seinerseits in Mantel und Schuhen an meiner Tür und streckte mir etwas Metallisches entgegen.

»Hier sind Ihre Schlüssel«, sagte er. »Ich habe gestern Abend auf der Straße vor dem Haus geparkt. Ich hoffe, das war in Ordnung. Wir fahren downtown und suchen uns ein Plätzchen, wo wir den Wagen den ganzen Tag stehen lassen können. Aber zuerst muss ich Sie um einen Gefallen bitten.«

Ich verkniff mir einen Seufzer. »Natürlich. Welchen?«

»Können wir kurz in meiner Wohnung vorbeifahren und Ari abholen? Er wäre sicher gern dabei.«

»Ihren Hund? Ja klar.« Ich ging zur Tür hinaus, den Flur hinunter und zu den Aufzügen, und dabei achtete ich darauf, dass ich vor ihm herging, damit er mein Grinsen nicht sehen konnte.

* * *

Es wäre eine grobe Untertreibung gewesen zu behaupten, dass Ari sich auf die Fahrt freute. Kaum hatte Bax die Hintertür geöffnet, sprang der Hund ins Auto und zwängte sich zwischen die beiden Vordersitze. Dann legte er seine Vorderpfoten auf meinen Schenkel und leckte mir über den Hals und durchs Gesicht.

»Ah Ari! Hund, mach mal halblang!« Lachend versuchte ich, ihn mir vom Leib zu halten, aber er kletterte mir nur vollends auf den Schoß und quetschte sich zwischen mich und das Lenkrad. »Oh, du bist aber ganz schön schwer. Ich sag's nicht gern, aber ein Schoßhündchen bist du nicht.«

»Ari! Runter von Veronica!« Bax' Stimme klang streng, gleichzeitig rau und sexy, während er mir den Retriever vom Schoß zog. Sanft schob er den Hund zurück auf den Rücksitz. »Tut mir leid. Er scheint Sie wirklich zu mögen.«

»Hat halt einen guten Geschmack.« Ich zwinkerte Ari im Rückspiegel zu. »Nicht wahr, *Armani?*«

Bax starrte mich an, als hätte ich gerade eine gefälschte Markentasche gekauft.

»Was?«, fragte ich.

»Kinder und Hunde, hm? Hätte ich nie gedacht.«

»Hunde lieben einen bedingungslos, und Kinder sind unschuldig. Sie hatten noch keine Gelegenheit, zu Arschlöchern heranzuwachsen.« Bei den beiden letzten Sätzen drehte sich mir der Magen, und ich umklammerte das Lenkrad so fest, dass es Abdrücke auf meinen Handflächen hinterließ. Einige bekamen noch nicht mal die Chance, heranzuwachsen.

»Sie verblüffen mich immer wieder.«

»Sie zu verblüffen ist mein Hauptlebensziel.«

Er atmete scharf aus, und ich musste unwillkürlich kichern. Als er mich grinsen sah, stimmte er mit ein.

»Meine Güte, Veronica. Wir machen Fortschritte. Und ich befürchtete schon, Sie hätten sich wieder in die Frau vom Anfang verwandelt.«

»Ich bin immer noch dieselbe, Bax. Nur weil Sie jetzt anfangen, einen winzig kleinen Teil meiner guten Seiten kennenzulernen, bedeutet das noch lange nicht, dass ich plötzlich auf pinkfarbene Plüschbären und Kuscheln stehe.«

»Das hätte ich auch nie erwartet.«

»Gut.« Ich setzte meine Sonnenbrille auf. »Also, wohin fahren wir jetzt?«

Bax' Magen knurrte so vernehmlich, dass Ari auf dem Rücksitz zu winseln anfing. »Wir fangen gleich mit unserer Städtetour an. Aber zuerst frühstücken wir.«

* * *

Nach drei weiteren Tassen Kaffee, einem riesigen Teller Bacon mit Eiern und der Banane, auf der Bax bestanden hatte, fühlte ich mich tatsächlich um Längen besser.

»Kalium und Rehydrierung«, hatte er gesagt und ein großes Glas Wasser über den Tisch zu mir hingeschoben. »Das heilt jeden Kater.«

»Ich dachte, das Allheilmittel wäre ein Katerbier?«

»Nur wenn Sie weiter in dem Teufelskreis gefangen bleiben wollen.« Ich gab es nur ungern zu, aber er hatte recht.

Als wir später mit Ari als Vorhut an dem Reflexionsbecken vorbei Richtung Lincoln Memorial schlenderten pulsierte mein Kopf bereits nicht mehr so, als habe jemand mein Hirn mit meinem Herzen vertauscht, und ich hatte auch nicht mehr das Bedürfnis, mich schon allein beim Gedanken an die kleinste Bewegung zu übergeben.

Es war ein Versprechen von Schnee in der frischen, feuchten Luft, und ich erschauerte leicht und zog meinen Mantel enger um mich. Während wir weitergingen, bildete unser Atem weiße Wolken, und selbst wenn ich es nie zugegeben hätte: Ich war froh, dass Bax auf den Mantel bestanden hatte. Ich konnte mich nicht daran erinnern, wann es zum letzten Mal an Thanksgiving so kalt gewesen war. Vielleicht wurde es doch Zeit, wieder nach L. A. und in die Sonne zurückzukehren.

Ich musterte die wenigen Menschen, die sich um das Reflexionsbecken geschart hatten. »Sind nicht allzu viele Leute unterwegs.«

»Wir haben Thanksgiving«, antwortete Bax. »Die meisten sind wahrscheinlich bei ihren Familien.«

»Was uns zu Exoten macht. Warum sind Sie nicht bei Ihrer?«

Er schlug seinen Kragen höher. »Meine Eltern sind vor ein paar Jahren nach Paris gezogen. Ein Flugticket dahin übersteigt momentan ein bisschen mein Budget. Im ersten Jahr habe ich diesen Feiertag sogar bei ihnen gefeiert –

aber es war einfach nicht dasselbe. Ente à l'orange ist eben nichts gegen den guten alten Truthahn. Und Sie?«

Ich blieb am Rand des Beckens stehen und betrachtete unsere Spiegelbilder auf dem Wasser. »Ich habe damit nicht allzu viel am Hut. Hatte ich noch nie. Meine Mom war etwas … unzuverlässig. In meiner Kindheit pflegte sie Feiertage einfach zu vergessen.«

»Und heute?«

Ich stopfte meine Hände in die Taschen und wandte mich von meinem Spiegelbild ab. »Keine Ahnung. Ich bin mit sechzehn abgehauen.« Mein Innerstes zog sich zusammen wie eine schlechte Dauerwelle, und schnell wechselte ich das Thema. »Wollen Sie mir jetzt zeigen, was ich in unserer großartigen Stadt bisher verpasst habe, oder was?«

Bax tippte mit dem Zeh ins Wasser, sodass es vor seinem Fuß Wellen schlug. »Klar. Kommen Sie, es sind viele Stufen, aber das ist es wert. Das hier ist mein allerliebster Ort auf der ganzen Welt.«

Ich folgte ihm das Memorial hinauf, während Ari aufgeregt an seiner Leine zerrte.

»Dass du mir ja nicht auf unseren Expräsidenten pieselst«, sagte ich zu dem Hund. Der legte den Kopf schief und erklomm dann weiter die Stufen.

Um das Memorial herum war es beinahe leer, und unsere Schritte hallten, als wir durch die Säulenhalle schritten. Zur Rechten befand sich ein kleiner Souvenirladen, und zur Linken die gigantische weiße Statue Abraham Lincolns, zu der täglich unzählige Menschen pilgerten.

Bax starrte sie an, als habe sie magische Kräfte. »Ist sie nicht toll?«

»Ziemlich groß. Und das ist Ihr Lieblingsort in der Stadt? Das versteh ich ehrlich gesagt nicht.«

»Es ist nicht die Statue als solche, sondern das, wofür sie steht. Freiheit, Veränderung. Die Tatsache, dass man alles erreichen kann, was man sich in den Kopf gesetzt hat.«

»Wie zum Beispiel sich in einem Theater erschießen zu lassen?« Ich verschränkte die Arme vor der Brust, während ich das Denkmal betrachtete. Es war wirklich von beeindruckender Größe. Aber ich wusste, dass die meisten Dinge sich bei näherem Hinsehen meist als gar nicht so großartig entpuppten.

»Oh mein Gott, Veronica. Lincoln ist so viel mehr als das. Er hat die Sklaven Amerikas befreit. Er brachte seinem Land tiefgreifende Veränderungen. In der ganzen Stadt wimmelt es von Monumenten dieser Art. Wenn man hier weiter entlanggeht, stößt man auf eine Statue Martin Luther Kings jr. Auch er kämpfte für den Wandel. Für die Gleichheit aller Menschen.« Er hüpfte vor Aufregung von einem Fuß auf den anderen. »Dasselbe versuche ich mit meinen Decken. Ich will den Leuten vermitteln, dass sie es wert sind, dass man für sie kämpft, dass sie den gleichen Wert haben wie ich selbst, egal unter welchen Umständen sie leben. Das kommt einem vielleicht zunächst wie eine Kleinigkeit vor, aber irgendwo muss man mit der Veränderung ja anfangen.«

Seine Wangen hatten sich gerötet, und ich fand es ärgerlicherweise absolut liebenswert, wie sehr er an seine Mission glaubte. Eine solche Leidenschaft war mir vollkommen fremd.

»Ich glaube, aus diesem Blickwinkel habe ich es noch nie betrachtet«, antwortete ich. »Ich bin hier sicher schon eine Million Mal vorbeigefahren. Ich sah immer nur die riesige Statue.«

»Es ist anders, wenn man ihr so nah ist, oder?« Er trat

dichter an das Denkmal heran, und seine Stimme hallte von den Mauern wider. »Dann fühle ich mich immer so klein und unbedeutend. Die Menschen kommen aus der ganzen Welt hierher. Sie sind mal reich, mal arm und haben die unterschiedlichsten Erfahrungen gemacht. Doch wenn wir hier stehen, sind wir alle gleich groß und gleich unwichtig. Im Vergleich zu ihm sind wir klein. Dennoch haben wir alle das Potenzial, die Welt zu verändern. Deshalb komme ich immer dann her, wenn ich eine Niederlage einstecken oder eine Entscheidung fällen muss. Dieser Ort gibt mir Hoffnung.«

Jemand mit einem winzigen Chihuahua im Schlepptau kam näher, und Ari flippte vollkommen aus. Ich flog nach vorn, als er an der Leine zerrte, und prallte mit einem Stöhnen gegen Bax.

»Ari!«, rief er. »Ruhig!«

Er legte seine Hand über meine und zog an der Leine. Die Besitzerin des Minihundes warf uns einen bösen Blick zu, dann hob sie das Tier auf und verschwand aus unserem Blickfeld. Ari starrte den beiden einen Augenblick lang hinterher, verlor aber schließlich das Interesse und legte sich zu meinen Füßen nieder.

»Verrückter Hund«, sagte Bax.

»Da sagen Sie was.«

Wir standen so dicht beieinander, dass ich nur den Kopf hätte drehen müssen, um ihn zu küssen. Bax' Finger umfingen immer noch meine Hand an der Leine. Er strich mir über den Handrücken, und sein Atem an meinem Ohr ging stoßweise. Seine Brust hob und senkte sich, und ich wagte es, einen Blick auf ihn zu riskieren. Seine Wangen waren immer noch gerötet, und er musterte mich eindringlich.

Mein ganzer Körper wurde von einer Hitzewelle durchflutet, und ich wandte mich ihm so zu, dass unsere Oberkörper sich beinahe berührten. Mit der freien Hand streichelte er meine Wange, ließ die Finger an meinem Hals und meinem Arm hinuntergleiten, bis er am unteren Rücken innehielt.

»Veronica«, flüsterte er rau und beugte sich leicht nach vorn.

Ich schloss die Augen in der Hoffnung, gleich seine Lippen auf meinen zu spüren. Doch in diesem Augenblick tauchte blitzartig wieder Franks Gesicht vor mir auf, und Bax' sanfte Berührung wurde durch die Erinnerung an Franks grobe Misshandlung verdrängt. Mein Herz schien einen Schrei auszustoßen, und ich wich keuchend zurück. Ich ließ die Leine fallen.

Bax wäre fast zu Boden gestürzt, doch er fing sich gerade noch rechtzeitig, um Ari zu packen, bevor dieser die Gelegenheit nutzte, um dem nervigen Chihuahua von eben hinterherzujagen.

»Tut mir leid, Bax«, stieß ich hervor. »Das geht nicht. Ich hab es ihnen doch schon gesagt. Ich gehe nicht mit Kunden aus.«

Er studierte einen Augenblick lang mein Gesicht, dann nickte er.

»Ja, ich erinnere mich. Es tut mir leid – ein Moment der Schwäche und Nähe, nehme ich an.«

»Wahrscheinlich.«

Ich verschränkte meine Hände hinter dem Rücken, damit ich mir nicht die Haut aufkratzte, um die Erinnerung an Franks Berührung loszuwerden. Ich biss die Zähne aufeinander. Mein Gott, wie sehr ich ihn hasste, dass er mir das angetan hatte. Ich hatte zwar nicht gelogen, als ich behauptete, mich nicht mit Kunden einlassen zu wollen, aber es war trotzdem nicht fair, Bax mit Frank in einen Topf zu werfen. Die beiden Männer waren vollkommen gegensätzlich.

Bax streckte die Hand aus, um mich an der Schulter zu berühren, zog sie dann aber unverrichteter Dinge zurück. »Okay, mir ist klar, dass Sie das hier nicht ganz so beeindruckend finden wie ich. Aber ich glaube, etwas anderes wird Sie ganz bestimmt mehr begeistern. Weiter geht's. Nächste Station ist das Smithsonian.«

»Was um alles in der Welt soll ich in einem Museum?«

»Den Hope-Diamanten sehen.«

»Einen Diamanten?« Ich grinste. »Das Wort gefällt mir.«

»Dachte ich mir. Bleiben Sie kurz hier. Ich muss noch eben rüber zum Souvenirshop.«

Er reichte mir die Leine und verschwand, bevor ich protestieren konnte. Ich setzte mich auf die oberste Stufe und kraulte Ari Kopf und Ohren. Der Hund legte mir die feuchte Nase auf die Schulter.

»Hier.« Bax hielt mir ein kleines Beutelchen vors Gesicht.

»Was ist das?«

»Ihr erster Nippes. Etwas für dieses Bücherregal, etwas, an dem Sie sich festhalten können, wenn Sie mal die Hoffnung verlieren.«

Ich griff in das Säckchen und zog eine winzige Plastiknachbildung des Lincoln Memorial heraus.

»Danke. Das ist perfekt.«

Während unserer ganzen restlichen Tour wollte das Lächeln nicht mehr von meinem Gesicht verschwinden.

* * *

Ganz zum Schluss landeten wir in der National Gallery of Art. Nachdem wir durch die verschiedenen Smithsonian Museen und durch die National Mall gewandert waren und jetzt einen Großteil der kostbaren Gemälde betrachtet hatten, schmerzten meine Füße ganz höllisch. Im zwanzigsten Raum bekam ich schließlich einen echten Krampf in den Beinen und ließ mich seufzend auf eine Bank plumpsen. Wir hatten Ari vor dem Besuch der Museen und der Gallery wieder zu Hause abgesetzt, und so zog er mich schon seit einer Weile nicht mehr hinter sich her – und dennoch taten mir die Finger vom Halten der Leine immer noch weh. Ich krümmte und streckte sie und spreizte die Zehen in meinen Stiefeln.

»Alles klar?« Bax setzte sich neben mich.

»Ja. Sie meinten das mit dem vielen Laufen tatsächlich ernst.«

»Das war es doch wert, oder?«

»Definitiv. Dieser Diamant war das Coolste, das ich seit langem gesehen habe. Es ist mir sogar egal, dass er verflucht ist. Ich will ihn haben.«

Er lachte. »Na ja, wenn Sie weiterhin mit Millionären ausgehen, dann gehört er eines Tages vielleicht sogar wirklich Ihnen.«

Mein Körper wurde ganz steif, denn sofort dachte ich wieder an die Situation in Franks riesigem Penthouse. »Reiche Männer sind nicht immer das, was sie vorgeben zu sein.«

Bax ballte die Fäuste, sagte aber nichts.

Wir beobachteten ein paar Sekunden lang den Brunnen inmitten der Galerie, als ich das Poster an der Wand entdeckte.

Ich stand auf und betrachtete es aus der Nähe. »Hey, Bax?«

»Ja?«

»Nächste Woche findet eine große Gala zur Krebsbekämpfung statt.«

Er rückte auf der Bank näher. »Okay …«

»Kapieren Sie denn nicht? Da finden wir jede Menge potenzieller Investoren. Und diese Menschen *wollen* gemeinnützig tätig sein. Deshalb gehen sie ja dahin – damit alle Welt sie als großzügige Menschen wahrnimmt, denen eine gute Sache am Herzen liegt. Promis, Paparazzi – so eine Gala ist voll mit Leuten, denen man sich vorstellen kann. Und ich wette, Sie würden Ihnen zuhören. Besonders nach einem üppigen Essen und reichlich fließenden Getränken.«

Bax trat nun neben mich und sah mir über die Schulter.

»Okay, aber kostet der Eintritt denn nicht ein kleines Vermögen? Da, dort steht, dass sie zehn Riesen für ein einziges Ticket nehmen. Ich habe keine zwanzigtausend Dollar, um zu einer Party zu gehen. Zum Teufel, selbst zwanzig kann ich mir nicht leisten.«

»Überlassen Sie das mal mir«, antwortete ich. »Es gibt immer Leute, die absagen. Aber weil es für einen guten Zweck ist, verlangen sie in der Regel nie ihr Geld zurück. Sie setzen das Geld einfach von der Steuer ab. Das heißt, es gibt durchaus leere Plätze. Ich werde mal meine Fühler ausstrecken und mich mit ein paar Leuten in Verbindung setzen. Vertrauen Sie mir. Achten Sie nur einfach darauf, dass Ihr Smoking nächsten Donnerstag sauber und adrett aussieht.«

Ich machte mit dem Handy eine Aufnahme von dem Poster und schob es dann wieder in meine Tasche an meinem Arm, sodass es auf den Miniaturnachbildungen der Orte zu liegen kam, die wir im Laufe des Tages besichtigt hatten. Bax hatte darauf bestanden, sie mir alle zu kaufen.

»Da ich ihn bislang kein einziges Mal getragen habe, dürfte das kein Problem sein.«

»Perfekt.« Ich machte eine ausladende Handbewegung durch den Raum. »Sind wir fertig? Ich bin ziemlich platt.«

»Ich glaube schon. Wie wär's, wenn wir nach Hause fahren?«

Ich biss mir auf die Innenseite meiner Wange. Ich hatte absolut keine Lust, den restlichen Abend allein in meinem Loft herumzusitzen. »Ich habe ein bisschen Hunger. Wie wär's mit Abendessen? Sie wählen das Restaurant, ich zahle.«

»Muss es weiße Tischtücher und Seidenservietten haben?«

»Nein, eigentlich bin ich solche Läden gerade etwas leid.«

Ein strahlendes Lächeln breitete sich auf seinem Gesicht aus, sodass er jünger wirkte denn je. »Gut. Ich auch. Dann weiß ich, wohin wir gehen.«

Wir landeten in einem kleinen mexikanischen Restaurant, das auf der gleichen Straße wie sein Wohnhaus lag – mit Klapptischen und -stühlen sowie Lampen, die aussahen wie piñatas. Es war absolut kitschig, aber warm und heimelig, und es duftete nach Tomaten und frischen Tortillas. Man führte uns an einen Tisch im hinteren Teil des fast leeren Lokals. Bax kannte den Besitzer, und nachdem die beiden sich eine Weile unterhalten hatten, brachte eine Kellnerin uns Tacos und Empanadas, ohne dass wir überhaupt etwas bestellt hatten. Sie waren gleichzeitig würzig und salzig, und mein Gaumen vibrierte vor lauter Begeisterung.

Tatsächlich waren wir regelrecht ausgehungert, nachdem wir den ganzen Tag herumgelaufen waren, und verschlangen alles bis auf den letzten Krümel, sogar das frittierte Speiseeis, das zum Nachtisch serviert wurde.

»Und, was sagen Sie?« Mit einer Papierserviette wischte sich Bax etwas rote Sauce aus dem Mundwinkel.

»Ganz ehrlich? Ich habe schon in den elegantesten Restaurants der Stadt gegessen und dabei Gerichte probiert, die von einigen der berühmtesten Köche kreiert wurden. Aber das war eine der besten Mahlzeiten meines Lebens.«

Ich warf meine Serviette in meinen leeren Eisbecher, lehnte mich zurück und rieb mir den vollen Bauch.

»Ich liebe dieses Lokal«, meinte Bax. »Außerdem gibt es hier deutlich weniger Regeln. Man *soll* die Gerichte hier sogar essen.«

»Touché.«

Bax hob sein Cola-Glas in die Höhe. Ich tat es ihm gleich. »Fröhliches Thanksgiving, Veronica. Wir haben vielleicht nicht auf die traditionellste Weise gefeiert, aber es hat Spaß gemacht.«

»Stimmt.« Ich ließ unsere Gläser klirren. »Fröhliches Thanksgiving, Bax.«

Ich nippte an der süßen Limonade, ließ sie langsam meine Kehle hinunterrinnen und schluckte, als ich realisierte, dass es mich gar nicht mehr störte, wenn er mich mit meinem richtigen Namen ansprach. In gewisser Weise gefiel es mir sogar.

Kapitel 10

Bax

Veronica schickte eine Limousine, um erst mich und dann sie vor der Gala abzuholen, und in die hätten nicht nur sie und ich gepasst, sondern auch noch die zehnköpfige Familie, die bei mir auf der Straße wohnte – und zusätzlich vielleicht sogar noch deren Nachbarn.

Ich zupfte am Ärmel meines Smokingjacketts, während ich im Wagen vor ihrem Haus wartete, und schaute zum glitzernden Fahrzeughimmel hinauf, der wie mit Sternen übersät zu sein schien. Die weichen Sitzbänke nahmen fast eine ganze Seite des Autos ein. Ich fand es etwas verstörend, dass anderswo in der Stadt Menschen auf einem Gulligitter schliefen, um sich warm zu halten, während ich in einem viel zu großen Auto saß, dessen Polster – blicken wir den Tatsachen mal ins Auge – erheblich weicher waren als die des Sofas in meiner Wohnung.

Veronica hatte darauf bestanden, die Limousine zu mieten – sie war der Ansicht, wir müssten vom Zeitpunkt unserer Ankunft bis zu unserem Verschwinden überaus wichtig erscheinen. Mir war nicht ganz klar, woher die anderen Galagäste wissen sollten, in was für einem Gefährt wir gekommen waren, aber sie war es nun mal, die sich mit solchen Dingen auskannte, und auf diesem

Gebiet war sie mir eindeutig um zahlreiche Nasenlängen voraus.

Im Eingangsbereich ihres Hauses ging das Licht an, als Veronica auftauchte, und mir blieb die Luft weg. Sie sah verdammt atemberaubend aus! Wieder einmal scherte sie sich einen Dreck um die eiskalten Temperaturen und schritt in einem bodenlangen gelben Gewand auf mich zu, das ihre Kurven auf eine Weise umschmeichelte, als sei es ihr auf den Leib geschneidert worden. Der tiefe Ausschnitt reichte fast bis zu ihrem Bauchnabel, und das mit funkelnden Steinen besetzte Kleid war so geschnitten, dass man die Form ihrer Brüste und ihren flachen Bauch erahnen konnte. Bei jedem Schritt öffnete sich auf der linken Seite des Kleides ein Schlitz, der ihre makellosen Beine zur Geltung brachte und bis zu ihrem Oberschenkel hinaufreichte. Ihr Haar hatte sie zu einer komplizierten Konstruktion am Oberkopf zusammengefasst, was ihren langen Schwanenhals betonte, und an ihren Ohren glitzerten Diamanten.

Heiliger Jesus, Krishna, Buddha, Nikolaus oder woran die Menschen heutzutage sonst so glauben mochten – wie zum Teufel sollte ich diesen Abend überstehen, wenn sie in diesem Outfit neben mir stand? Mir trat jetzt schon der Schweiß auf die Stirn und auf die Oberlippe, und die Limousine war mit einem Mal bis auf die Hälfte ihrer Größe zusammengeschrumpft. Ich zerrte an meiner Fliege herum und rang nach Luft.

»Hey, Bax.« Veronica kletterte auf den Sitz neben mir, und dabei hob sie ihren Rock an, um nicht darüber zu stolpern. Der künstliche Geruch im Innern der Limousine wurde sofort durch den Duft nach einem ganzen Erdbeerfeld überlagert. Meine Güte, was für ein Druck plötzlich in meinem Schritt herrschte! Ich umklammerte den Sitz, um sie nicht sofort zu berühren und in die Arme zu nehmen. Das zerrissene Kleid aus ihrem Mülleimer und die Art, wie sie zurückgewichen war, als wir uns am Lincoln Memorial nähergekommen waren, verfolgten mich noch immer. So bald würde ich definitiv nicht noch einmal einen Annäherungsversuch wagen.

»Bax?« Sie wedelte mit ihrer zum Kleid passenden gelben Clutch vor meinem Gesicht herum. »Alles klar?«

Ich blinzelte und befeuchtete mit der Zunge meine trockenen Lippen. »Ja. Ich … Sie sehen unglaublich aus, Veronica.«

»Natürlich tu ich das.« Diese Antwort hatte ich von ihr erwartet – aber die feine Röte, die ihr in die Wangen stieg, war neu. Wer hätte gedacht, dass ein Kompliment sie noch immer verlegen machen konnte?

Auf dem Weg zur Gallery flogen die Lichter der Stadt vor dem Fenster vorbei. Veronica fischte zwei goldene Tickets aus ihrer Tasche. »Hier sind die Eintrittskarten. Heute Abend sind wir« – sie kniff die Augen zusammen, um die Schrift zu entziffern – »Charlotte und Grant Dixon.«

»Moment mal. Bisher war nie die Rede davon, dass auch ich einen anderen Namen annehmen musste. Sich als jemand anders auszugeben war Ihr Ding, nicht meins.«

»Ist keine große Sache. An der Tür wird niemand wissen, wie wir aussehen sollten. Wir zeigen die Tickets und setzen uns während des Essens auf die Plätze der Dixons. Das war's dann auch schon. Wenn wir erst mal drin sind, kümmert es niemanden mehr, wer wir sind, solange wir so aussehen, als gehörten wir dazu.«

Ich drehte nervös an einem Manschettenknopf. »Na ja, Sie tun das auf jeden Fall.«

»Sie doch auch.« Sie tätschelte mir das Knie, und ihre Hand fühlte sich durch den Stoff meiner Hose ganz warm an. »Der Smoking steht Ihnen gut, Bax.«

»Gewöhnen Sie sich nur ja nicht dran. In diesen Klamotten bin ich eigentlich nicht gerade ein Aushängeschild für meine Sache. Durch den Verkauf dieses Anzugs könnte ich glatt das ganze Obdachlosenheim beköstigen.«

»Ach, kommen Sie schon. Das hier ist eine Wohltätigkeitsveranstaltung. Sie sollten sich darüber freuen.«

»Nur dass wir die Eintrittskarten nicht wirklich bezahlt haben.«

»Nein.« Sie hielt die Tickets in die Höhe. »Aber Charlotte und Grant haben sie bezahlt. Und nur das zählt. Aber jetzt machen Sie sich bereit, wir sind da.«

Ich wusste nicht, was ich von einer Gala erwartet hatte, bei der ein einziges Essen zehntausend Dollar kostete, aber ganz sicher nicht den Zirkus, der mich jenseits der Wagentür erwartete.

Ein roter Teppich verlief vom Bürgersteig bis zu den Treppen der Gallery hinauf, weiße Lichter verliehen der Straße einen ganz besonderen Glanz, und zu unserer Linken blitzten die Kameras der Fotografen wie Stroboskope.

Schweiß rann meinen Rücken hinunter, und das elegante Hemd klebte mir bereits am Körper. Veronica marschierte über den roten Teppich und blieb nur stehen, um den Kameras zuzuzwinkern, während ich geblendet den Kopf senkte und ihr die Treppen hinauf zum Eingang folgte. Sie hakte mich unter, während der Türsteher unsere Einladungskarten studierte.

»Einen schönen Abend, Mr und Mrs Dixon«, sagte er und bedeutete uns mit einem Kopfnicken einzutreten. Ich stieß den Atem aus, den ich die ganze Zeit über angehalten hatte.

Die Lobby der Gallery war schon normalen Maßstäben nach beeindruckend – mit einem riesigen, von üppigem Grün umgebenen Brunnen in der Mitte – aber heute Abend hatten die Dekorateure eindeutig noch einen draufgesetzt. Funkelnde Lichter hingen von der Decke und säumten jede Säule auf dem Weg zu dem großen Raum, den man zu einem Ballsaal umfunktioniert hatte, und Bäume und Blumen zierten die Wände und die Ecken. Es war fast so, als stünde man mitten in einem Märchenwald.

Ich schüttelte ungläubig den Kopf, als ich über die riesigen Summen nachdachte, die geflossen sein mussten, um diesen Ort zu mieten und ihn dann dermaßen perfekt herzurichten.

»Sie fragen sich sicher, wie viel Geld da noch für Wohltätigkeit übrig bleibt, stimmt's?« Veronica stemmte eine Hand in die Hüfte.

»Woher wissen Sie das?«

»Ist deutlich auf Ihrem Gesicht zu lesen. Ich weiß mittlerweile, wann Sie in den Rettermodus verfallen. Aber Sie brauchen sich keine Sorgen zu machen. Ein Großteil der Dekoration wird gespendet, weil es sich um ein Wohltätigkeitsevent handelt. Okay, Superheld?« Sie schob mich auf die Bar in der Ecke zu. »Sie holen uns Drinks – für mich Champagner –, und ich suche mal nach unserem Tisch.«

An der Bar war es rammelvoll, und ich trommelte mit den Fingern auf der hölzernen Platte, während ich auf unsere Drinks wartete. Nebenbei sah ich mich in dem bereits ziemlich vollen Saal um. Durch meine Jahre mit Clare hatte ich mittlerweile ein Auge für Klamotten, und alles hier war echt und teuer. Die Nähte waren so gut wie unsichtbar, die Reißverschlüsse vor Blicken verborgen, und komplizierte Perlenmuster waren hier aufgestickt und nicht aufgeklebt worden. Die Verarbeitung unterschied sich nur in Nuancen, aber die waren unverkennbar.

Diamanten funkelten wie Glühwürmchen unter den hellen Lichtern. Sie tropften von Ohren, umfingen Hälse, Armgelenke, Finger, und sie schmückten Frisuren. Die Frau neben mir war so kostbar ausstaffiert, dass ich mir mit all den Klunkern sicher ein neues Auto hätte kaufen können. Zum Teufel, wahrscheinlich sogar eine ganze Wagenflotte.

Um meinen Mund zuckte es, und ich presste die Lippen aufeinander. Mist, Veronica hatte wirklich recht mit ihrer Theorie vom Retterkomplex. Aber zumindest heute Abend musste ich meine negative Haltung für mich behalten, denn immerhin war ich ja schließlich nur aus einem einzigen Grund hier: Ich wollte einen Investor zur Finanzierung meiner Decken finden. Dafür konnte ich es auch mal ein paar Stunden in einem Raum aushalten, in dem es nach Chanel No. 5 und Geld roch.

Ich nahm unsere Drinks entgegen und suchte dann nach Veronica und unserem Tisch. Sie stand in der Nähe einer Saalecke und unterhielt sich mit einem dunkelhaarigen Mann und einer blonden Frau. Als ich näher kam, erkannte ich ihre Gesichter und sog scharf den Atem ein. Den Typen kannte ich. Gavin Hartley. Ein erfolgreicher Filmstar, der durch eine Fernsehserie sogar noch berühmter geworden war. Jede Frau, die ich kannte, schwärmte zumindest ansatzweise für ihn, und ich konnte ihnen noch nicht mal einen Vorwurf deswegen machen – selbst ich musste zugeben, dass der Kerl attraktiv war. Sein Kinn hätte jeder

Bildhauer als fein gemeißelt bezeichnet, und das Hemd spannte sich über seiner Brust vor lauter Muskeln. Sämtliche Fotos von ihm hatten mich in der Vergangenheit schon immer daran erinnert, dass ich nicht annähernd oft genug ins Fitnessstudio ging.

Die Frau an seiner Seite wirkte auf dieser Party beinahe genauso fehl am Platz wie ich selbst. Sie war zwar sehr hübsch, sah aber eher aus wie eine Frau, mit der man Pizza bestellt und sich ein Fußballspiel anschaut, und nicht wie die optimale Begleiterin auf einem Wohltätigkeitsbankett. Langes blondes Haar fiel ihr in weichen Wellen über den Rücken, und sie trug nur einen Bruchteil des Make-ups, das Veronica aufgelegt hatte – und hatte sich nicht einmal bemüht, die weiße Narbe zu verbergen, die sich auf einer Gesichtshälfte herunterschlängelte. Sie trug ein blassgrünes Kleid, das jene Körperregionen bedeckte, die Veronica so gerne zur Schau stellte, und das weiße Narbengewebe erstreckte sich bis zu ihrem Halsausschnitt.

»Hier ist der Drink«, sagte ich, reichte Veronica das Glas und schaute mir den Schauspieler genauer an. Ich dürfte bei all der Aufregung nicht vergessen, Veronica ab jetzt zu duzen – schließlich traten wir hier als Paar auf.

»Bax, das ist Gavin Hartley und seine Freundin – sorry, *Verlobte* – Elise. Ich kenne sie aus … Na ja, wir haben uns schon eine Weile nicht mehr gesehen.

»Nett, Sie kennenzulernen.« Elise streckte mir die Hand entgegen. Sie sprach mit einem seltsamen Akzent, den ich nicht richtig einordnen konnte.

»Hey.« Gavin nickte mir zu.

»Sie sind also Freunde von Veronica?«, fragte ich.

Elise lachte. »Ich weiß nicht so genau, ob Freunde das richtige Wort ist. Nicht dass ich es nicht versucht hätte.

Sagen wir es so: Veronica hat mir damals bei einer Sache geholfen.«

»Und Gavin und ich sind vor ihrer Beziehung kurz zusammen gewesen«, fügte Veronica hinzu.

Dem Paar war die Situation ganz offenbar unangenehm. »Sieh mal einer an«, sagte Elise leise.

Gavin sah von seiner zukünftigen Braut erst zu Veronica, dann zu mir. »Zumindest kennen Sie ihren richtigen Namen. Als wir zusammen waren, hielt ich sie für Aubrey.«

»Oh, wir sind gar nicht zusammen«, antwortete ich. »Und ich dachte ursprünglich, ihr Name sei Rachel.« Da die beiden ohnehin wussten, dass wir nicht die Dixons waren, gab es keinen Grund, nicht die Wahrheit zu sagen.

Elise runzelte die Stirn. »Also hat sich bei dir nicht allzu viel geändert. Du ziehst es immer noch vor, in andere Rollen zu schlüpfen. Das ist traurig. Ich hatte gehofft, du hättest jetzt auch endlich mal dein Glück gefunden.«

Veronica umklammerte ihr Glas fester. »Wer sagt, dass es nicht so ist?«, stieß sie zwischen zusammengebissenen Zähnen hervor. »Ich bin total glücklich.«

»Bitte?« Elise kniff die Augen zusammen. »Das hab ich nicht verstanden.«

Gavin tippte ihr auf die Schulter, dann machte er ein paar seltsame Handbewegungen. Oh, der Akzent. Das war gar keiner. Elise war taub. Und Gavin Hartley beherrschte die Gehörlosensprache. Würden die Wunder denn niemals aufhören? Er hatte seiner Verlobten Veronicas Worte wohl übersetzt, denn Elise musterte sie, bevor sie Gavin in Zeichensprache antwortete.

Elise nickte. »Ich bin froh, dass du glücklich bist, Veronica. Wirklich.« Sie sah mich an. »Und ob Freund oder nicht, die Art, wie Sie sie ansehen und ihr zugewandt sind … ich glaube, Sie sind der Grund dafür. Trotz allem, was wir durchgemacht haben, Veronica, hat jeder ein glückliches Ende verdient. Sogar du.« Sie berührte mein Handgelenk. »Bleiben Sie am Ball, Bax. Ich wünsche euch beiden alles Gute.«

Ich öffnete den Mund, um sie erneut daran zu erinnern, dass zwischen Veronica und mir nichts lief, aber in diesem Augenblick stürzte sich ein Reporter auf die beiden, der ein paar Aufnahmen von dem Promipaar machen wollte.

»Ich vermute mal, das ist schon wieder etwas, worüber du nicht reden willst«, sagte ich.

»Richtig geraten.« Veronica trank einen Schluck Champagner. »Unser Tisch ist da drüben. Komm, bald servieren sie den ersten Gang.«

Wir setzten uns an einen runden Tisch für zehn Personen, und andere Paare und Singles hatten bereits einen Großteil der Stühle besetzt. Sie unterhielten sich mit gedämpften Stimmen und verspeisten die Brötchen, die in der Mitte des Tisches standen. Ich warf Veronica einen fragenden Seitenblick zu.

»Na gut.« Sie schob mir den Brotkorb hinüber. »Nimm dir ruhig etwas Brot, wenn du willst.«

Ich holte ein noch warmes Brötchen heraus, brach es in zwei Hälften, und der Duft frisch gebackenen Brotes stieg mir in die Nase. »Hier. Nimm die andere Hälfte.« Ich legte ein Stück Brötchen auf ihren Teller. Sie griff danach und biss wortlos hinein.

»Oh, das ist ja reizend«, zwitscherte die Frau neben mir. »Herberto, erinnerst du dich an die Zeit, als wir auch immer alles so miteinander geteilt haben?«

»Das tun wir doch immer noch«, sagte der als Herberto

angesprochene Mann. »Nur heute besitzt du eben automatisch die Hälfte von allem, was ich habe.«

Das Paar lachte, und ich warf Veronica einen weiteren Blick zu. Ein Krümel saß auf dem funkelnden Lipgloss mitten auf ihrer vollen Unterlippe. Ich schob mir das restliche Brötchen in den Mund, um der Versuchung zu widerstehen, es ihr wegzuküssen.

»Oh«, rief die Frau. »Wir sollten uns vorstellen. Ich bin Catia Garcia, und das ist mein Mann Herb.«

Das Paar war älter als wir, etwa Mitte fünfzig, aber ihr Alter konnte man nur anhand der Fältchen um ihre Augen und auf seiner Stirn erraten. Beide waren sonnengebräunt und trugen riesige Klunker – sie in Form einer Diamantkette, er in Form dazu passender Manschettenknöpfe. Ich versuchte, etwas zu erwidern, hatte aber den Mund noch voll.

»Charlotte und Grant Dixon«, sagte Veronica, ohne zu zögern. »Nett, Sie kennenzulernen.«

Catia verzog den Mund. Sie sah ihren Mann an, der nur die Schultern hob.

»Die Sache ist die.« Sie beugte sich vor und sprach mit gesenkter Stimme. »Wir sind gut mit den Dixons befreundet. Wir wissen, dass Sie jemand anders sind.«

Ich klopfte mir auf die Brust, als mir ein Stück Brötchen in der Speiseröhre stecken blieb. Verdammter Mist. Na ja, das war's dann wohl. Ich schob meinen Stuhl zurück und wollte aufstehen.

Veronica legte die Hand auf meine und hielt mich auf. »Ertappt. Wir haben uns hier tatsächlich eingeschlichen«, bekannte sie. Ich starrte sie mit offenem Mund an. »Wir haben heute im Standesamt geheiratet und konnten uns keine große Feier wie diese hier leisten. Auf der Liste entdeckten wir, dass die Dixons nicht kommen würden, also nahmen wir ihren Platz ein. Werden Sie unser kleines Geheimnis bewahren?« Ihre Unterlippe zitterte, und das überzeugend. »Das Einzige, was ich will, ist ein romantischer Abend mit meinem frischgebackenen Ehemann.«

Ich hielt den Atem an. Diese Geschichte würden uns Catia und Herberto doch nie und nimmer abkaufen. Ich hatte keine Ahnung, warum sie das mit der Hochzeit erzählt hatte – da gab es andere Lügen, *bessere* Lügen. Zum Beispiel, dass wir mit den Dixons befreundet waren oder dass wir die Tickets gewonnen hatten oder dass wir zufällig hier gelandet waren … aber verheiratet zu sein?

Trotzdem hatte sie offenbar das Richtige gesagt, denn Catias Gesicht leuchtete auf wie der Weihnachtsbaum am Rockefeller Center. Sie klatschte in die Hände. »Oh! Frischvermählte! Wie wundervoll.« Sie senkte wieder die Stimme. »Keine Sorge. Ihr Geheimnis ist bei uns sicher. Herb und ich sind nämlich absolute Romantiker. Gratulation. Und ich wünsche Ihnen einen wunderbaren Hochzeitsabend.«

»Äh, danke«, antwortete ich.

Ein Kellner näherte sich unserem Tisch, und die Garcias sprachen mit ihm über Weine – was sich für mich immer anhörte wie eine Fremdsprache.

Mein Kopf wirbelte zu Veronica herum. »Warum hast du das gesagt?«, flüsterte ich.

Sie beugte sich zu mir herüber, und als sie mir ins Ohr wisperte, wurde mir vom Duft ihres Erdbeerparfüms ganz schwindelig. »Ich habe hier jeden auf der Gästeliste im Hinblick auf unsere Sache überprüft. Die Garcias sind ungeheuer reich. Als sie aus Portugal in die Staaten kamen, hatten sie keinen Cent. Sie verkauften seine Kunst auf der

Straße, und die Bilder fanden Anklang, nachdem zufällig ein berühmter Rockstar eines gekauft hatte. Heute gehen seine Werke bei Auktionen für Millionen weg.«

Das wäre ein guter Zeitpunkt gewesen, mir noch ein Brötchen in den vor lauter Verblüffung offenen Mund zu stecken.

»Den weniger Glücklichen zu helfen, ist ihnen ein Herzensanliegen«, fuhr sie fort. »Sie erinnern sich immer noch, wie es war, arm zu sein und um die eigene Existenz zu kämpfen. Sie haben sogar eine Weile auf der Straße gelebt.« Meine Augenbrauen fuhren in die Höhe. »Sie sind sehr großzügig, wenn sie an eine Sache glauben. Tatsächlich habe ich ein paar Strippen gezogen, damit wir am gleichen Tisch sitzen können. Ich könnte mir vorstellen, dass deine Decken-Idee ihnen gefällt.«

»Okay«, stieß ich flüsternd hervor. »Ich kapiere ja, warum wir uns bei ihnen einschmeicheln sollten, aber warum hast du ihnen erzählt, dass wir verheiratet sind?«

»Hast du es nicht gemerkt?« Ihr Atem kitzelte an meinem Ohr, und ein Schauer lief mir über den Rücken. »Sie fanden es toll, wie du mir die Hälfte deines Brötchens gegeben hast. Und sie halten die ganze Zeit schon Händchen – seit wir uns hingesetzt haben. Wenn ich mich recht erinnere, sind sie schon seit ihrer Kindheit zusammen. Paare wie sie lieben es, andere Paare zu sehen, die ebenfalls glücklich sind. Das erinnert sie an ihre erste gemeinsame Zeit, und das macht sie froh. Und im Augenblick müssen wir uns eben darauf konzentrieren, sie weiter froh zu machen.«

»Wie denn?«

»Red nicht übers Geschäft mit ihnen, auch nicht, wenn sie danach fragen. Wir werden versuchen, uns ein anderes

Mal noch einmal mit ihnen zu treffen. Sorg dafür, dass sie das Interesse an uns nicht verlieren. Rede über Liebe und Romantik und sülze ein bisschen herum.«

»Ich vermute, bei dir kann ich mir das Herumgesülze doch aber eher sparen, oder?«

Sie pustete sich eine lose Strähne aus dem Gesicht. »Natürlich, du Dummkopf. Das versteht sich doch wohl von selbst.«

»Sieh sie dir doch an, Herb. Flüstern sich Liebkosungen ins Ohr wie wir beide damals.« Catias Stimme ließ mich zusammenzucken, und ich nahm etwas Abstand von Veronica.

»Oh ja«, sagte ich. »Veronicas Worte sind reine Magie. Sie gibt mir immer das Gefühl, etwas Besonderes zu sein.« Catias Lächeln wurde breiter, während Veronica meine Hand fester drückte. Ihre Fingernägel bohrten sich regelrecht in mein Fleisch, aber ich grinste trotz des Schmerzes. »Stimmt das nicht, mein Schmusekätzchen?«

»Aber sicher doch, *Kuschelbärchen.*« Ich hörte förmlich die Übelkeit, die in ihrer Stimme mitschwang. Ich musste einen Schluck trinken, um nicht laut loszulachen.

»Und sie geben sich sogar Tiernamen!« Catia strahlte. »Sind sie nicht süß?«

»Sehr, Darling«, antwortete Herb. »Tut mir leid, aber ich glaube, wir wissen immer noch nicht, wie Sie wirklich heißen. Ich würde es nämlich vorziehen, Sie nicht Kuschelbärchen oder Schmusekätzchen zu nennen.«

»Ich bin Baxter, und das ist Veronica. Meine … meine Frau.«

Die Worte fühlten sich auf meiner Zunge an wie tausend Bienenstiche. Eigentlich hatte ich einmal Clare so nennen wollen. Ehefrau, Gattin, Braut – all diese Titel sollten einmal ihr gehören. Und jetzt hatte ich sie gerade an eine Frau verschwendet, die ich noch nicht einmal wirklich geheiratet hatte.

Noch nicht.

Ich runzelte bei diesen beiden Worten die Stirn. Irgendwo in meinem Kopf musste eine Sicherung durchgebrannt sein – Veronica würde mich niemals heiraten. Ich war nichts weiter als ihr Kunde, und das hatte sie bei mehr als nur einer Gelegenheit immer wieder betont. Aber du meine Güte, wie sie dieses Kleid ausfüllte, und wie sämtlicher Sauerstoff aus meiner Lunge wich, wenn sie in der Nähe war. Und dann diese Augenblicke, wenn sie sanfter und zugänglicher war. Bei Ari, bei Connor, sogar für den Bruchteil einer Sekunde bei mir. Es gab Momente, in denen ich den Gedanken tatsächlich zuließ …

»Und was treiben Sie beide so?«, unterbrach Herb nun meine lächerlichen Überlegungen.

»Oh, ich bin Unternehmer, und Veronica ist meine Geschäftspartnerin.« Eine teure Schuhspitze stach mir in die Wade, und ich stöhnte leise auf. »Aber heute Abend möchte ich eigentlich gar nicht übers Geschäft reden. Wir sind hier, um unsere Liebe zu feiern. Erzählen Sie doch mal: Wie lange sind Sie denn schon zusammen? Und wie haben Sie sich kennengelernt?«

Catia berichtete, wie sie und Herb sich auf einem Spielplatz kennengelernt hatten, als unser Salat serviert wurde. Während Pasta, Steak und Dessert schilderte sie ihre Romanze in den leuchtendsten Farben und berichtete so anschaulich von ihrem gemeinsamen Leben, dass ich beinahe das Gefühl hatte, dabei gewesen zu sein.

Die beiden strahlten tatsächlich unendlich viel Liebe füreinander aus: durch die Art, wie sie einander immer wieder berührten, wie er die Hälfte seines Steaks gegen ein Stück von ihrem Hühnchen tauschte, wie er mit der Hand durch ihr duftiges, orangerot gefärbtes Haar fuhr, und sie dabei nie zurückwich.

Mein Eclair schmeckte bitter, als ich den letzten Bissen hinunterschluckte, denn schon wieder war ich in Gedanken bei Clare und dabei, dass ich immer angenommen hatte, wir würden auch einmal ein solches Paar sein. Wir kannten uns ebenfalls seit der Schulzeit, nur eben seit der Highschool. Aber ich war so sicher gewesen, dass sie *die Eine* war.

Und in gewisser Weise war sie das auch gewesen – sie war diejenige, die mein Herz mit Dynamitstangen umwickelt und darauf herumgetrampelt war, bevor sie auf den Zündknopf gedrückt hatte.

Ich trank einen Schluck Kaffee, um mein Eclair zusammen mit den Erinnerungen hinunterzuspülen. Eine komplette Band löste nun das Streichquartett auf der kleinen Bühne in einer Ecke des Saals ab, und die sanften Violinenklänge wurden durch Gitarren ersetzt.

Ohne zu zögern, erhob sich Herb und streckte seiner Frau die Hand entgegen. Catia ergriff sie sofort und ließ sich Richtung Tanzfläche ziehen, und dabei warf sie uns über die Schulter hinweg einen Blick zu. »Sie beide sollten jetzt auch mal tanzen. Ist doch immerhin Ihr Hochzeitsabend.«

Sie zwinkerte uns zu, und dann wanderten die beiden zu der provisorischen Tanzfläche in der Mitte des Saals hinüber.

»Sollen wir?« Ich drehte meine Kaffeetasse auf der Untertasse herum. »Tanzen, meine ich?«

Veronica beobachte einen Augenblick lang die sich

wiegenden Körper, dann stieß sie hörbar die Luft aus. »Ich glaube schon. Sie haben bisher noch kein Interesse an einem Gespräch mit uns nach diesem Abend geäußert. Wir ziehen also am besten los und zeigen ihnen, wo's langgeht.«

Wir fanden ein Plätzchen direkt neben den Garcias, und ich nahm Tanzstellung ein: Eine Hand legte ich auf ihre Taille, die andere auf ihre Schulter. Fast erwartete ich, dass sie mich wütend von sich stoßen würde, aber zu meiner Überraschung verdrehte sie nur die Augen.

»Das kann es wohl kaum sein, Bax. Wir sind frisch *verheiratet*. Auf uns wartet eine rauschende Hochzeitsnacht. Du musst mich halten, als könntest du es gar nicht erwarten, wieder von hier wegzukommen.«

Sie presste ihren Körper dicht an mich und schlang mir die Arme um den Nacken. Ich schloss die Augen, als ihr fruchtiges Parfüm vermischt mit ihrem natürlichen Körpergeruch meine Sinne durchflutete. Ich legte beide Hände auf ihre Hüften und hielt sie fest.

Ich öffnete die Augen wieder und sah, dass sie forschend zu mir aufblickte. Ohne zu wissen, wonach sie in meinen Zügen suchte, lächelte ich. Ihr Körper entspannte sich. Keine Ahnung, was das für ein Popsong war, zu dem wir uns wiegten, denn sie beanspruchte meine gesamte Aufmerksamkeit. Die Art, wie ihr Hintern sich in meinen Händen anfühlte, der Schlag ihres Herzens an meiner Brust, der Duft ihres Haars. Das Klopfen unserer Herzen klang lauter als die Drums der Band. Sie sah mich unverwandt an, und nur hin und wieder glitt ihr Blick zu den Garcias hinüber, um sich davon zu überzeugen, dass sie noch immer in der Nähe waren. Aber wenn ihre dunkelgrünen Augen mich fixierten, hatte ich das Gefühl, vollkommen darin zu versinken. Gegen diesen Blick hatte ich einfach keine Chance.

»Bax«, sagte sie. »Küss mich.«

»Was?« Ich schluckte, obwohl ich keinerlei Speichel mehr im Mund zu haben schien.

»Die Garcias werden langsam müde. Kann gut sein, dass sie bald gehen. Wir müssen ihre Aufmerksamkeit auf uns ziehen.«

»Aber …«

»Oh, um Himmels willen, los jetzt!«

Veronica umfasste meinen Nacken, und ihre Lippen trafen auf meine. Zuerst war ich zu verblüfft, um zu reagieren, aber ihr Mund blieb beharrlich. Ich schloss die Augen und gab mich unserer Verschmelzung hin. Unsere Münder kommunizierten, als würden sie einander schon kennen, und als ihre Lippen sich öffneten, war meine Zunge sofort da, um ihre zu berühren. Sie keuchte leicht, ihre Brust hob und senkte sich, und ich sog ihren Atem ein, als sei ich unter Wasser und sie die Luftflasche, die ich zum Atmen brauchte.

Der Raum um uns herum verblasste. Die Garcias und die erstaunlich schlechte Coverband verschwanden im Hintergrund. Nichts zählte außer dem Pochen unserer Herzen. Ich vergrub die Hände in ihrem Haar, ließ sie über ihren Rücken, ihre Taille und ihre Hüften wandern. Ich presste mich an sie, wusste, dass sie nun spüren konnte, wie sehr ich mich nach ihr verzehrte. Ich wollte mehr als nur ihren Mund, ich wollte alles von ihr.

Sie legte mir die Hände auf die Brust und zog sich viel zu plötzlich zurück. »Bax«, keuchte sie. Ihre Wangen waren gerötet, und ein Teil ihrer Frisur hatte sich gelöst. »Ich glaube, das war gut genug. Sehr überzeugend.«

»Stimmt.« Ich holte Luft, versuchte, meinen beschleunigten Herzschlag unter Kontrolle zu bekommen ebenso wie gewisse *andere* Dinge.

»Meine Güte, das war aber ein Kuss.« Catia und Herb tanzten zu uns herüber. »Kein Wunder, dass Sie beide geheiratet haben. Puh, ich musste mir glatt etwas Luft zufächeln.« Sie lachte.

Zufächeln. Genau. Ich brauchte dringend eine Klimaanlage, um mich abzukühlen. Und zwar auf Höchststufe.

Veronica stand ein paar Zentimeter von mir entfernt, rieb sich mit dem einen Arm über den anderen, als sei ihr plötzlich kalt, und starrte auf irgendetwas hinter mir. Ich folgte ihrem Blick und entdeckte in der Ecke einen Mann im gleichen Pinguin-Look, wie ich ihn trug. Er hatte dunkle Augen und dunkles Haar, und das einzig Helle an ihm war der weiße Verband, der seine Nase bedeckte. Kurz darauf versperrte mir jemand die Sicht, und der Typ wurde von der Menge verschluckt. Veronica atmete scharf aus, als er verschwunden war.

»Hören Sie«, meinte Catia. »Herb und ich haben uns gedacht, dass Sie sicher auch auf die Flitterwochen verzichten müssen, wenn Sie schon keine vernünftige Hochzeitsfeier hatten?«

Ich sah Veronica an, aber die schwieg. Sie starrte auf den marmornen Boden, die Augenbrauen konzentriert gerunzelt, als überlege sie, was ein Versace-Kleid im Ausverkauf kostete.

»Stimmt«, antwortete ich schließlich für uns beide. »Es wird leider definitiv erst mal keine Flitterwochen geben.«

»Nun ja, wir haben ein Ferienhaus etwas außerhalb der Stadt. Wir werden kommendes Wochenende hinfahren. Wir haben uns überlegt, ob Sie uns vielleicht begleiten wollen.« Wahrscheinlich sah ich aus wie ein Reh im Scheinwerferlicht, denn sie winkte mit ihrer beringten Hand ab. »Keine Sorge. Wir geben Ihnen jede Menge Zeit für sich selbst. Ist ein großes Anwesen. Sie werden uns kaum sehen, außer vielleicht zu den Mahlzeiten. Wir haben Pferde und alles. Sie können ausreiten, spazieren gehen oder sich auch einfach nur entspannen.«

Die Tatsache, dass Veronica immer noch kein Wort gesagt hatte, machte mir Sorgen, und ich biss die Zähne aufeinander. Aber sie war es ja, die gesagt hatte, dass wir die Garcias unbedingt wieder treffen mussten, schließlich waren sie unsere größte Chance. Außerdem mochte ich sie irgendwie. Sie erinnerten mich an meine Eltern. Mir gefiel ihr liebevoller Umgang miteinander. Wenn Veronica keine Lust auf dieses Wochenende hatte, musste sie sich jetzt melden.

»Klingt ganz wunderbar«, antwortete ich also. »Die Einladung würden wir sehr gerne annehmen.«

Ich wartete auf Veronicas Protest, aber sie sah mich nur an.

»Fantastisch!« Catia klatschte in die Hände. »Geben Sie uns Ihre Adresse, dann schicken wir Ihnen am Samstag Vormittag einen Wagen. Die Fahrt dauert etwa eine Stunde, je nach Verkehr.«

»Oh, aber das brauchen Sie nicht.«

»Unsinn«, widersprach sie. »Sie sind unsere Gäste. Wir werden nicht zulassen, dass Sie Ihr Geld für Benzin verschwenden.«

Ich nannte ihnen meine Adresse und Handynummer. Dann umarmten sie uns und verließen die Party.

»Hey.« Ich rückte näher an Veronica heran. »Alles klar mit dir? Du bist so still.«

»Alles okay. Ich dachte nur, ich hätte … jemanden gesehen,

den ich kenne.« Sie blinzelte ein paar Mal mit ihren langen Wimpern, dann verwandelte sie sich wieder zurück in ihr übliches Ich, richtete sich kerzengerade auf und reckte die Nase. »Aber wahrscheinlich habe ich mir das nur eingebildet. Zu viel Champagner.« Sie tätschelte seltsam verlegen meine Schulter. »Gut gemacht, Bax. Wir haben bekommen, was wir wollten. Wir werden ihnen vorschlagen, in deine Firma zu investieren, wenn wir in ihrem Ferienhaus sind.«

»Okay …« Sie verließ den Ballsaal, und ich folgte ihr den von den funkelnden Lichtern gesäumten Weg zurück zum Eingang. Sie lief so schnell ihre Heels sie trugen und wurde erst draußen wieder langsamer. »Und es ist dir wirklich recht, dass wir übers Wochenende zu ihnen fahren?«

»Natürlich. Warum sollte es mir nicht recht sein?« Ihr Atem kam in weißen Wölkchen, aber sie lief weiter, bevor ich ihr wieder mein Jackett anbieten konnte.

Veronica rannte regelrecht auf die lange Reihe der Limousinen zu, die die Straße säumten. Sie sahen in meinen Augen alle gleich aus, aber irgendwie gelang es ihr, unsere zu finden und blieb stehen.

»Ich bin nur …« Ich hatte Mühe, meine Gedanken zu ordnen und überlegte es mir anders und sagte nichts mehr. »Ach, egal.«

Ich setzte mich neben sie, ließ dabei aber bewusst eine respektvolle Lücke zwischen uns. Während wir die Lichter der Gala hinter uns ließen, verbargen die Schatten im Wagen ihre Züge. Sie plapperte über Anwesen und übers Reiten und dass wir den Garcias unser Ansinnen beim Essen oder einem freundschaftlichen Kartenspiel unterbreiten sollten. Nicht ein einziges Mal erwähnte sie den Kuss oder den seltsamen Mann mit der verbundenen Nase.

Und ich ebenso wenig.

Kapitel 11

Veronica

Das Ferienhaus der Garcias war die Art von Anwesen, von denen ich in meiner Jugend geträumt hatte: Ein graues Ziegelsteingebäude, so groß, dass man mehrere Hundert Meter weit entfernt stehen musste, um ein ordentliches Foto zu machen, und es stand inmitten weitläufiger Wiesen, die trotz des allmählichen Wintereinbruchs immer noch grün waren. Die Wände waren an den Ecken gerundet, was an schottische Schlösser erinnerte, ebenso wie die Türmchen im Obergeschoss. Die Auffahrt zum Eingang war länger als die meisten Straßen in Washington, und sie hatte so perfekte Kurven, dass sogar Beyoncé glatt eifersüchtig geworden wäre.

Bax saß neben mir in der schwarzen Limousine, und beim Anblick der Villa blieb ihm deutlich die Luft weg. Auf der einstündigen Fahrt hatten wir kaum ein Wort gewechselt oder vielmehr: Wir hatten seit dem leidenschaftlichen Kuss auf der Gala überhaupt sehr wenig gesprochen. Aber das bedeutete noch lange nicht, dass ich nicht oft daran gedacht hatte.

Wer hätte geglaubt, dass dieser Typ so küssen konnte? Meine Unterlippe brannte immer noch bei der Erinnerung, wie er sanft hineingebissen und mit der Zunge darübergefahren war. Zwischen meinen Schenkeln brannte ein regelrechtes Feuer. Ich hatte ihn nur geküsst, weil die Garcias sonst das Interesse an uns verloren hätten, und ich wusste, dass eine Zurschaustellung unserer »Liebe« sie rühren würde. Aber ich kam nicht umhin, diesen Augenblick in Gedanken immer wieder zu durchleben, seit wir die Gala verlassen hatten. Wie sicher ich mich in seinen Armen gefühlt hatte, und die Freude, die mich vollkommen erfüllt hatte, als er lächelte! Ich hätte ihn noch länger küssen, hätte mich in dem süßen Kaffeegeschmack seiner Lippen für alle Ewigkeit verlieren können.

Dann hatte ich Frank entdeckt. Und das, obwohl ich die Einladungen online gecheckt hatte, um sicherzugehen, dass er nicht dort sein würde. Ich wollte ihn niemals und unter absolut keinen Umständen wiedersehen. Und vielleicht war er ja auch gar nicht wirklich da gewesen. Er war so schnell wieder verschwunden gewesen, dass er genauso gut eine Halluzination hätte sein können, hervorgerufen vom Champagner und Bax' Lippen.

Bax schien zu glauben, dass mein Schweigen auf die Tatsache zurückzuführen war, dass ich sauer auf ihn war – weil er mit seinem Kuss zu weit gegangen war. Und ich ließ ihn in dem Glauben. Die Wahrheit würde ich ihm auf keinen Fall anvertrauen. Außerdem gab es ja auch gar nichts zu erzählen. Was mit Frank passiert war, war vorbei. Ich hatte es hinter mir gelassen.

»Das ist ihr *Ferien*haus?«, fragte Bax fassungslos, als wir vor den weißen Doppeltüren anhielten. Der Chauffeur umrundete den Wagen und öffnete mir die Tür.

»Beeindruckend, hm?« Ich reckte die Arme über den Kopf, um die Verspannung in meinem Rücken nach der langen Fahrt loszuwerden.

»Wie zum Teufel wird dann erst ihr Wohnhaus aussehen?«

»Ich habe gelesen, dass sie downtown ein Penthouse besitzen. Und ich glaube, sie haben noch ein Haus in der Karibik.«

»Mann, ich hab meinen Beruf verfehlt. Ich hätte Künstler werden sollen. Zu blöd, dass ich so ein grottenschlechter Maler bin.«

Ich lachte. »Und deshalb hast du dich entschlossen, Decken zu fabrizieren?«

»Hey, alles besser als Buchhalter zu sein.«

Ein Butler holte unser Gepäck aus dem Kofferraum, schulterte Bax' Rucksack und hievte dann meine beiden Koffer die Stufen hinauf und ins Haus.

»Warum brauchst du zwei Koffer für nur eine einzige Nacht?«, fragte Bax.

»Eine Frau muss immer auf alles vorbereitet sein. Bei reichen Leuten weiß man nie. Einmal bin ich bei so einer Gelegenheit hinterher eine Woche lang von einem Regisseur nach Paris mitgenommen worden.«

»Ich glaube nicht, dass Catia und Herberto vorhaben, uns nach Paris zu karren.«

Ich zuckte mit den Schultern. »Wie gesagt: Da kann man nie sicher sein.«

Er murmelte leise etwas vor sich hin, als wir das Haus betraten, und der Butler schloss schnell die Tür hinter uns, damit die Kälte draußen blieb. Das Innere der Villa war ebenso beeindruckend wie das Äußere: Wir standen in einem riesigen Foyer mit schwarz-weißem Marmorboden, der unter einem Lüster aus Kristalltränen glänzte wie frisch poliert. Die geschwungenen hölzernen Treppen, die zu beiden Seiten nach oben führten, waren mit dickem rotem Teppich ausgelegt.

»Bax! Veronica! Herzlich willkommen!« Catia kam mit schnellen Schritten ins Foyer und umarmte mich dann so fest, dass ich meine eigenen Arme nicht mehr bewegen konnte. Fast hätte ich auch eine Strähne ihres nach Kokos duftenden Haars in den Mund bekommen, aber ich schloss ihn gerade noch rechtzeitig. Sie umarmte Bax auf die gleiche Weise, und daran, wie er kurz darauf den Atem ausstieß, erkannte ich, dass er, was die Haare betraf, nicht ganz so viel Glück gehabt hatte wie ich.

»Kommen Sie.« Catia führte uns einen Flur entlang zum hinteren Teil des Hauses. »Das Mittagessen ist fertig. Es gibt Sandwiches und Tee. Ich hoffe, Sie hatten eine angenehme Fahrt?«

»Absolut«, antwortete Bax und sah mich an. »Sehr ruhig.«

»Oh ja«, meinte Catia. »Wir lieben es, wie friedlich es hier draußen ist im Vergleich zur Stadt.«

Mir war klar, dass Baxter eher die Ruhe im Auto als die auf dem Land gemeint hatte, sagte aber nichts. Wir betraten einen hellen, von Fenstern gesäumten Wintergarten, wo das gläserne Dach den Blick auf die hin und wieder durch die grauen Wolken blinzelnde Sonne freigab.

Der Tisch war bereits gedeckt: Porzellan, Tassen, Besteck. Herberto saß an einem Ende, eine Zeitung vor sich ausgebreitet, die er bei unserer Ankunft jedoch sofort zusammenfaltete.

»Hallo, meine jungen Freunde!«, rief er. »Wir freuen uns so, dass Sie da sind.«

»Wir freuen uns, hier sein zu dürfen.« Der Butler zog meinen Stuhl zurück und breitete eine Serviette auf meinem Schoß aus, nachdem ich mich gesetzt hatte. Er versuchte, das Gleiche für Bax zu tun, aber Bax wurde rot und winkte ab – es war ihm ganz offenbar unangenehm, bedient zu werden. Wieder diese gerunzelte Stirn. Es war diesem Typen nicht möglich, eine solche Situation zu genießen, ohne Schuldgefühle zu haben.

»Tee?« Eine Frau mit Schürze tauchte neben mir auf und hielt eine weiße Teekanne in die Höhe.

»Ja bitte.«

Sie füllte unsere Tassen mit der dampfenden Flüssigkeit, während eine andere Frau zwei üppig belegte Platten mit Sandwiches hereinbrachte. Die Garcias glaubten anscheinend, wir hätten seit der Gala nichts mehr gegessen. Es gab Sandwiches mit Schinken und Käse, Eiersalat, Gurke, geräuchertem Lachs und Truthahn, und zwar genug, um noch etwa zwölf weitere Menschen durchzufüttern.

Ich sah noch gerade rechtzeitig nach links, um zu sehen, wie es um Bax' Lippen zuckte. Schnell senkte ich den Blick auf meinen Teller, um nicht laut loszukichern.

»Hauen Sie rein«, rief Herberto und griff nach einem Schinken-Käse-Sandwich. »Wenn es ums Essen geht, sind wir ganz ungezwungen.«

»Genau, essen Sie bitte, so viel Sie wollen«, bekräftigte Catia. »Danach können Sie sich ja mal unser Anwesen ansehen. Wir haben die Pferde satteln lassen, falls Sie ausreiten wollen. Das ist die beste Art, um das Gelände zu erkunden. Und außerdem« – sie zwinkerte – »ist es ziemlich romantisch.«

Bax hätte sich fast an seinem Eiersalat-Sandwich verschluckt.

»Klingt perfekt«, antwortete ich und klopfte ihm auf den Rücken.

»Randall, unser Butler, hat Ihr Gepäck auf Ihr Zimmer gebracht. Es liegt im Westflügel, am Ende des Flurs. Wir selbst wohnen im Ostflügel. Wir wollten Ihnen möglichst viel Privatsphäre geben. Es sind ja immerhin Ihre Flitterwochen, sozusagen.«

Bax sah mir in die Augen. *Unser* Zimmer? Wir hatten gar nicht darüber gesprochen, wie genau wir hier übernachten würden. Mir war bisher noch nicht einmal der Gedanke gekommen, dass sie uns natürlich zusammen in einem Zimmer unterbringen würden. Aber das war ja vollkommen klar. Sie glaubten schließlich, dass wir verheiratet waren. Ich erwiderte seinen Blick mit einem diskreten Achselzucken. Es spielte keine Rolle. Das hier war schließlich weder eine romantische Komödie, noch ein peinlicher Highschool-Abschlussball. Wir waren erwachsen. Wir würden damit klarkommen.

Wie ich ihm im Auto kurz aber eindringlich eingeschärft hatte, vermied Bax während des Mittagessens jegliche Unterhaltung über das Geschäft. Ich wollte auf keinen Fall, dass sie glaubten, dass dies der einzige Grund war, warum wir ihre Einladung angenommen hatten – auch wenn dem selbstverständlich so war. Wir würden das Thema morgen früh beim Frühstück anschneiden, kurz bevor wir wieder abfuhren.

Nach dem Essen zog ich die Reitklamotten an, die ich am Tag zuvor gekauft hatte, und traf mich dann mit Bax an den Ställen. Er trug weiterhin seine Bluejeans und gefütterte beigefarbene Stiefel. Wenn er nicht hinsah, erschauerte ich unter meinem Prada-Poncho und in meiner recht dünnen engen Hose. Ich wusste, dass ich in dem Outfit auf dem Pferd fantastisch aussehen würde, aber wind- und wetterfest war es nicht.

Ein Stallbursche führte zwei Pferde zu uns herüber – einen braunen Hengst und eine schwarze Stute –, und ich wählte Letztere. Mir gefiel die Art, wie ihre onyxfarbene Mähne schimmerte und wie hoch sie den Kopf hielt. Sie war ein beeindruckend elegantes Tier – so schön, dass es mir beinahe den Atem raubte.

»Du bist eine Schöne, nicht wahr?«, flüsterte ich ihr zu und streichelte ihr den Hals. Dann glitt ich mit dem Stiefel in den Steigbügel und schwang mich gekonnt auf ihren Rücken. Sie machte ein paar Schritte, um sich an mein Gewicht zu gewöhnen, dann wurde sie wieder ruhig.

»Du bist schon mal geritten«, stellte Bax fest.

»Natürlich.«

»Stimmt ja. Deine reichen Liebhaber. Erzähl mir jetzt nicht, dass einer von ihnen dir ein Pferd gekauft hat.« Er versuchte, sein eigenes Tier zu besteigen, aber der Hengst wollte erst mal nichts davon wissen. Er wieherte und schüttelte ihn ab. Bax wich mit einem frustrierten Stöhnen zurück.

»Was für eine blöde Idee. Was sollte ich mit einem Pferd anfangen? Nein, aber ich habe für Gelegenheiten wie diese Reitstunden genommen.« Bax griff nach dem braunen Pferd, und das Tier wich ihm erneut aus. »Du musst erst versuchen, sein Vertrauen zu gewinnen. Erst mal solltest du ihn nur streicheln. Rede mit ihm, versichere ihm, dass du ihm nicht wehtun willst. Denk noch nicht mal dran, ihn zu besteigen, bevor er sich nicht an deinen Geruch und den Klang deiner Stimme gewöhnt hat.«

Bax gehorchte, näherte sich diesmal langsamer, murmelte dem Hengst eine Begrüßung zu. Diesmal ließ das Pferd zu, dass er ihm den Hals streichelte.

»Gut«, sagte ich. »Und jetzt bloß keine plötzlichen Bewegungen, aber bewege dich langsam Richtung Sattel. Sag ihm dabei, was du tust. Vermeide jede Überraschung.«

Diesmal bäumte sich das Pferd nicht auf und protestierte auch nicht, als Bax sich auf seinen Rücken schwang. Bax schenkte mir ein Lächeln, mit dem er wie ein Zehnjähriger wirkte, der gerade den Bonbonvorrat seiner Mutter entdeckt hatte. »Ich hab's geschafft!«

»Stimmt.« Ich erläuterte ihm ein paar Schnalzgeräusche und Bewegungen, um das Pferd zum Gehen, Laufen, Anhalten und Langsamerwerden zu bringen. Dann verließen wir die Ställe.

Es war schon eine Weile her, seit ich das letzte Mal geritten war, und ich hatte ganz vergessen, wie unglaublich es sich anfühlte, so hoch über der Erde zu schweben, während ein kraftvolles Tier mein Leben auf seinem Rücken trug.

Die Pferde waren offensichtlich an Reiter gewöhnt, und trabten gemächlich über die Pfade und an den plätschernden Bächen auf dem Gelände vorbei.

»Ist ja riesig, das Grundstück«, sagte Bax. Seine Stimme vibrierte von der Bewegung des Pferdes. »Ich weiß, du hast behauptet, dass sie klein angefangen haben, aber das ist kaum zu glauben. Ich meine, wer hat schon Butler und Stallburschen, wenn er mal auf der Straße gelebt hat?«

»Menschen, die für viele andere eine Möglichkeit zum Broterwerb schaffen wollen, wie sie können?«

Bax starrte mich an. »So hab ich das noch nie gesehen.«

»Ich weiß. Du hältst solche Angestellte für unnötigen Luxus. Aber ich kenne Orte dieser Art ganz gut. Siehst du dieses Anwesen und all die Gebäude, die darauf stehen?« Ich deutete auf das zweite kleine graue Haus, an dem wir nach dem Verlassen des Haupthauses vorbeigekommen waren. Aus dem Kamin drang weißer Rauch. »Dort leben die Angestellten das ganze Jahr über. Sie wohnen hier mit ihren Familien und werden gut bezahlt. Sicher, sie bedienen die Garcias. Aber Catia und Herberto sind freundliche Menschen, und sie halten sich hier nur wenige Wochen im Jahr auf. Die restliche Zeit über halten die Angestellten Haus und Gelände instand. Wohl kaum ein allzu furchtbares Schicksal, oder?«

Blonde Zwillingsmädchen, die nicht älter als acht sein konnten, stürmten Hand in Hand und kichernd aus dem Haus. Sie entdeckten uns und winkten uns zu, woraufhin wir zurückwinkten. Die Mädchen verloren schon bald das Interesse und begannen, im Garten herumzuhüpfen, und der Wind trug ihre trällernden Stimmen zu uns herüber.

»Wahrscheinlich nicht«, bekannte Bax.

»Genau. Dir ist es verhasst, wenn andere Menschen die Armen verurteilen, Superheld. Aber du machst das Gleiche mit den Reichen. Ja, es gibt Reiche, die einen schlechten Charakter haben, aber die gibt es auch unter den Armen. Die finanzielle Situation eines Menschen ist kein zuverlässiges Indiz für seinen Charakter.«

»Okay«.« Er zügelte sein Pferd. »Ich gebe mich geschlagen. Ich werde an diesem Wochenende aufhören, jeden und alles zu verurteilen.«

»Mehr will ich ja gar nicht.«

Bax schnüffelte. »Vielleicht sollten wir so langsam zurückreiten. Es riecht nach Schnee.«

»Sei nicht albern. Man kann Schnee doch nicht riechen.«

»Ich schon. Probier's aus.«

Ich atmete ein. Die Luft schmeckte nach Eis, geschnittenem Gras und Pferd. »Ich rieche nichts«, log ich. »Komm, noch ein bisschen weiter. Ich will sehen, wie weit das Gelände reicht.«

»Gut. Aber gib mir nicht die Schuld, wenn dir in

diesem armseligen Nichts von Outfit gleich kalt und nass wird.«

»Das ist ein Poncho. Und er ist sehr warm«, flunkerte ich wieder.

Wir trotteten etwa eine Stunde lang den Weg entlang und versuchten, irgendwelche Orientierungshilfen auszumachen, um zurückzufinden.

Die erste weiße Flocke der Jahreszeit landete direkt auf meiner Nase, und innerhalb weniger Minuten gesellten sich weitere hinzu und füllten die Luft mit funkelndem opalweißem Schnee.

»Weißt du«, meinte Bax, »Ich gehöre nicht zu den Jungs, die gern sagen ›Ich hab's dir ja gleich gesagt‹, aber bei dir mache ich eine Ausnahme. Ich hab's dir ja gleich gesagt.«

»Egal.« Ich warf mein schneebestäubtes Haar über die Schulter. »So ein bisschen Schnee hat noch nie jemandem geschadet.«

Innerhalb der nächsten zehn Minuten hatten sich die Schneeflocken ums Zehnfache vervielfacht. Nach zwanzig Minuten war ich sicher, dass sie sich ums Tausendfache vermehrt hatten. Die Pfade und Wiesen waren plötzlich nur noch weitgestrecktes Weiß, und das Eis brannte auf meinen Wangen. Da ich keine Handschuhe trug, waren meine Hände schon bald wie erstarrt. Bax und sein Pferd waren nur noch ein schwarzbrauner Umriss vor mir.

»Weißt du, wo wir lang müssen?«, rief ich.

»Die drei Bäume dahinten kommen mir bekannt vor.«

Meine Zähne klapperten, und ich presste die Lippen aufeinander in dem Versuch, sie daran zu hindern. Ich zitterte auf dem Pferd so heftig, dass die Stute vermutlich glaubte, eine kaputte Waschmaschine im Schleudergang auf dem Rücken zu haben.

»Bax, bleib stehen!«

Er zügelte sein Pferd, und ich ritt neben ihn. »Was ist los?«

»Ich glaube, wir reiten im Kreis. Das sind die gleichen Bäume, an denen wir vor zehn Minuten auch schon vorbeigekommen sind.«

»Nein, die hier sind etwas kleiner.«

»Nicht wirklich.«

Er schüttelte den Kopf, und der Schnee aus seinem Haar fiel ihm auf die Schulter. »Bist du sicher?«

»Ja, ich glaube, wir haben uns verirrt.«

»Wie zum Teufel kann man sich in einem Garten verirren?«

»Wenn der Garten ein mehrere Morgen großer Besitz ist?« Mein Körper bebte, und vor lauter Kälte zuckte ich regelrecht auf dem Pferderücken.

»Heiliger Strohsack, Veronica. Dir ist ja eiskalt. Du kriegst noch eine Unterkühlung, wenn wir dich nicht bald zurück ins Haus schaffen.«

»Mir g-g-geht's g-gut«, stotterte ich.

In diesem Augenblick schoss ein Eichhörnchen durch die Hufe meines Pferdes hindurch und schreckte die Stute auf. Sie wieherte und bäumte sich auf. Meine tauben Finger versuchten, sich an die Zügel zu klammern, aber die waren vom Schnee ganz glitschig, und so stürzte ich herunter. Einer meiner Stiefel löste sich aus dem Steigbügel, aber der andere verfing sich, und mein Knöchel schmerzte höllisch, als er aus dem Bügel gerissen wurde. Ich schrie auf, und mein Pferd schoss mit trommelnden Hufen davon.

Der Boden bereitete mir ein hartes Willkommen, der Gott sei Dank von dem frisch gefallenen Pulverschnee zumindest ein klein wenig abgemildert wurde.

»Uff.« Sämtliche Luft entwich meiner Lunge, und wie gelähmt blieb ich auf dem kalten Gras liegen.

»Veronica!« Bax sprang von seinem Pferd und kniete sich neben mich. »Alles in Ordnung?«

»Ich glaube schon.« Ich stützte mich auf die Ellbogen auf und seufzte erleichtert, als ich merkte, dass ich Rücken und Beine bewegen konnte. »Ich steh wohl nur ein bisschen unter Schock.« Ich drehte meinen Knöchel und zuckte zusammen, als der Schmerz meine Wade hinaufzuckte. »Und ich habe mir, glaube ich, den Knöchel verstaucht.«

»Kannst du ihn bewegen?«

»Ja.« Ich ließ die Füße kreisen und biss die Zähne vor Schmerz zusammen. »Allerdings tut es höllisch weh.«

»Okay, wir müssen dich jetzt zurück zum Haus bringen. Du bist ja vollkommen durchnässt.«

»Wollten wir nicht sowieso zurück?«

»Ja, aber jetzt erst recht – schließlich bist du verletzt.«

»Und mein Pferd ist futsch.«

Wir starrten beide auf die Bäume, zwischen denen die Stute verschwunden war. Mist. Davon würden die Garcias sicher nicht allzu begeistert sein.

»Du musst dich einfach mit mir auf mein Pferd setzen. Der Sattel ist groß genug. Wir passen sicher mit Leichtigkeit beide darauf.«

Ich warf dem Pferd einen skeptischen Blick zu und schüttelte den Kopf. »Keine Chance. Ich konnte mich ja allein auf meinem kaum halten. Ich laufe lieber.«

»Sei nicht albern, Veronica. Mit einem verstauchten Knöchel kannst du nicht laufen.«

»Sicher kann ich das. Guck doch mal.« Ich rappelte mich auf, machte einen vorsichtigen Schritt und biss angesichts des Schmerzes, der mein ganzes Bein durchzuckte, wieder die Zähne zusammen. Mit einem kleinen Stöhnen stapfte ich tiefer in den Schnee, dann schenkte ich Bax ein aufgesetztes Lächeln. »Siehst du? Alles gut. Der Schnee hilft sogar. Ich spüre meinen Knöchel kaum noch.«

Er ging neben mir her. »Dir ist doch klar, dass das keine gute Idee ist, oder? Du bist einfach nicht angemessen angezogen für diese Witterung. Die Taubheit ist wahrscheinlich schon ein Zeichen für beginnende Erfrierungen.«

»Ich habe doch Stiefel an.«

»Reitstiefel sind nicht das Gleiche wie Schneestiefel.«

»Egal. Ich sagte, mir geht es gut, also geht es mir gut. Ich kann laufen, Superheld. Heute muss mich keiner retten.«

»Wie du meinst.« Er holte tief Luft. »Also, wir sehen uns dann gleich im Haus.«

Er stieg aufs Pferd, führte es mit einem dieser leisen Schnalzgeräusche, die ich ihm beigebracht hatte, an mir vorbei und verschwand hinter dem Schneevorhang.

Ich starrte auf die Hufspuren, die sein Tier hinterlassen hatte. *Meinte er das etwa ernst?* Hatte er mich wirklich gerade einfach hier *zurückgelassen?* In einem Schneesturm mit einem verletzten Knöchel? Außerdem hatte ich keine Ahnung, welchen Weg ich zurück zum Haus einschlagen musste.

Mein Knöchel schmerzte wie der Teufel, als ich ihm hinterherstolperte – er war definitiv noch nicht taub. Ich versuchte, den Spuren zu folgen, die sein Pferd im Schnee hinterlassen hatte, aber der Wind und die Schneeflocken verwehten sie sofort und nahmen mir dazu die Sicht. Ich blinzelte die Flocken von meinen Wimpern, machte einen weiteren Schritt, und prompt knickte mein Fußknöchel um, sodass ich ausgestreckt im Schnee landete.

»Verdaaaammttt«, murmelte ich. Mein Bein brannte wie Feuer, und ich umfasste es, um es zu stützen. Die Kälte drang durch meine dünne Hose, und erneut ging ein Schauer durch meinen Körper. Mist, Mist. »Bax?« Der Wind trug den Ruf davon, aber er verlor sich zwischen den Bäumen. Wenn er schon auf halbem Wege wieder am Haus war, würde er mich ganz sicher nicht mehr hören können. Ich räusperte mich und rief lauter. »Superheld! Kannst du mich hören?«

Innerhalb weniger Sekunden tauchte Bax im Schneegestöber wieder auf. Sein selbstgerechtes Grinsen zeigte mir deutlich, dass er wohl in nicht allzu weiter Ferne auf mich gewartet hatte. »Ja, Veronica? Brauchst du irgendwas?«

»Zunächst einmal, dass du aufhörst, mich so anzusehen.«

»Wie denn?«

Mein Zittern war nicht zu übersehen, und ich schlang die Arme um mich. »Als käme ich ohne deine Hilfe nicht klar.«

Er sprang vom Pferd. »Na ja, wir wissen doch beide, dass das nicht stimmt. Genau genommen bist du diejenige, die mir hilft. Ohne dich wären wir nicht mal hier. Und du bist so ziemlich die unabhängigste, eigensinnigste Frau, die ich kenne. Ich weiß also ziemlich genau, dass du es allein durch pure Willenskraft wieder zum Haus zurückschaffen würdest. Aber mein treues Ross und ich können dir diese Aufgabe etwas erleichtern. Du musst mich nur darum bitten.« Bax verschränkte die Arme vor der Brust und sah mich erwartungsvoll an.

»Du willst echt, dass ich es *ausspreche*?« Ich massierte meinen Knöchel.

»Um Hilfe zu bitten macht dich nicht schwach, Veronica.

Es zeigt, dass du stark genug bist, um zu wissen, wann du welche brauchst.«

Ich zuckte zusammen, als ich erneut versuchte, meinen Fuß zu bewegen, dann seufzte ich tief. »Na gut. Bax, würdest du mir bitte helfen, zum Haus zurückzukommen? Mir ist kalt, und mein Knöchel ist sicherlich mindestens doppelt so dick, wie er sein solle.«

»Wie Ihr wünscht, Mylady.« Er verbeugte sich, bevor er sich vorbeugte und mich hochhob. Ich schlang einen Arm um seinen Nacken, während er mich zu seinem Pferd trug. Er roch nach frischem Schnee und seltsamerweise auch nach Irish Cream Likör.

Ich schob meinen gesunden Fuß in den Steigbügel und biss die Zähne zusammen, als ich den verletzten über den Pferderücken schwang. Als ich sicher im Sattel saß, stieg Bax hinter mir auf. Zwar passten wir tatsächlich gut beide in den Sattel, aber es war trotzdem ganz schön eng. Mein Rücken befand sich dicht an seiner Brust, und mein Hintern an … anderen Teilen. Er schlang die Arme um mich und packte die Zügel.

Trotz der Tatsache, dass ich vollkommen durchnässt war, war er warm, und ich ertappte mich dabei, wie ich mich so dicht wie möglich an ihn drückte.

Bax räusperte sich. »Vielleicht solltest du das nicht zu oft tun. Ich meine, es sorgt definitiv für eine gewisse Hitze, aber …«

Ich erstarrte, als mir aufging, was er meinte. »Ha. Das ist echt nicht okay, Bax. Ich bin verletzt und friere wie ein Schneider, und du genießt jeden Augenblick. Typisch.«

»Hey, ist nicht meine Schuld, wenn du dich … an mich presst.«

»Gut, ich höre auf. Besser?«

»Hm? Was soll denn das? Sorry, aber ich finde es nun mal auffällig, wie du mich erst auf der Gala geküsst hast und jetzt … Du sagst, du willst nur eine rein geschäftliche Beziehung, aber deine Signale sind alles andere als eindeutig.«

Weißglühender Zorn explodierte in mir. »Okay, du weißt, dass ich dich nur geküsst habe, um die Aufmerksamkeit der Garcias auf uns zu ziehen – und es hat funktioniert. Und dass ich jetzt näher gerückt bin … ich wollte mich eben warm halten – reiner Überlebensinstinkt, weißt du. Warum reden wir jetzt überhaupt darüber? Wir sollten schauen, dass wir schleunigst zum Haus kommen.«

»Stimmt, aber zumindest habe ich dich für ein paar Minuten von deinem Knöchel und dem Wetter abgelenkt. Und du zitterst auch nicht mehr so sehr.«

»Warte. Du hast mich absichtlich wütend gemacht, damit mir wärmer wird?«

»Nichts ist heißer als eine Veronica Wilde, der man so richtig eingeheizt hat. Immerhin klappern deine Zähne jetzt nicht mehr so heftig, dass du damit das Pferd erschreckst.«

Ich wischte mir mit der kalten Hand übers Gesicht. »Du bist ein richtiges Arschloch, weißt du das?«

»Und du bist dankbar, dass ich dich zumindest für ein paar Minuten von allem abgelenkt habe.«

Er hatte recht, aber das würde ich unter gar keinen Umständen zugeben. »Okay, Superheld, du hattest deinen Spaß. Aber das löst immer noch nicht das Problem, dass wir nicht wissen, wo zum Teufel wir sind.«

»Stimmt. Mein Bauchgefühl will nach da.« Er deutete nach links.

»Dann sollten wir wohl eher nach rechts abbiegen, glaube ich.«

Er gluckste, und seine Brust vibrierte an meinem Rücken. »Natürlich glaubst du das. Na gut, dann los.«

Er schnalzte mit der Zunge und spannte die Schenkel an, und unser Pferd setzte sich in die Richtung in Bewegung, die ich angegeben hatte.

Die Hufschläge des Pferdes wurden immer leiser auf der wachsenden Schneedecke, bis sie nichts mehr waren als ein dumpfes Klopfgeräusch. Die Bewegung des Pferdes und Bax' Nähe wirkten tatsächlich beruhigend. Hätte mein Knöchel nicht bei jedem Schritt höllisch gebrannt, und wäre es nicht so verdammt kalt gewesen, wäre ich vielleicht sogar eingeschlafen.

Wir schrien beide vor Freude auf, als der Schneevorhang sich teilte und endlich die Villa vor uns auftauchte.

Ich sah durch mit Schneeflocken bedeckte Wimpern zu Bax auf. »Du weißt, ich sage nicht gern ›Ich hab's dir ja gleich gesagt.‹«

»Ich glaube vielmehr, dass das wahrscheinlich die Lieblingsformulierung in deinem Standardvokabular ist.«

»Trotzdem: Ich hab's dir ja gleich gesagt.«

Der Stallbursche und die völlig aufgelösten Mr und Mrs Garcia rannten uns so rasch entgegen, dass ihre Füße den Schnee hochwirbelten.

»Wir haben uns ja solche Sorgen gemacht«, rief Catia, deren orangefarbener Schal um ihr Gesicht wehte und sich mit ihrem Haar der gleichen Farbe vermischte. »Wir haben ein paar Angestellte losgeschickt, die nach Ihnen suchen sollten. Herb, könntest du sie bitte anrufen und ihnen Bescheid geben, dass unsere Gäste wieder da sind?«

»Natürlich.« Er duckte sich gegen den Wind und eilte zum Haus zurück.

»Kommen Sie schnell rein«, meinte Catia. »Drinnen

brennt ein Feuer. Wo ist das andere Pferd? Haben Sie nur eines genommen?«

»Die Stute hat sich erschreckt und hat Veronica abgeworfen. Dann ist sie davongelaufen.« Bax sprang vom Pferd.

»Oh mein Gott! Geht es Ihnen gut, meine Liebe?«

»Ich habe mir bei dem Sturz den Knöchel verstaucht, aber sonst ist alles in Ordnung. Ich bin nur völlig durchgefroren. Und es tut mir so leid wegen des Pferdes.«

»Ja, aber jetzt kommen Sie erst mal rein. Wir werden uns in der Bibliothek etwas aufwärmen. Und machen Sie sich um Jet keine Sorgen. Sie wird nicht allzu weit weglaufen. Nach dem Sturm schicke ich Jonas los, damit er nach ihr sucht.«

Bax legte den Arm um meine Taille und half mir vom Pferd, und so landete ich wieder in seinen Armen, bevor meine Füße den Boden auch nur berühren konnten.

»Du bist ganz schön stark«, sagte ich.

»Du wiegst nicht allzu viel. Außerdem habe ich dich vor ein paar Wochen schon den ganzen Weg bis zu deinem Loft hinaufgetragen. Dich hier ins Haus zu bringen dürfte ein Kinderspiel sein.«

Ich vergrub mein Gesicht an seinem Nacken, damit er nicht sah, wie ich bei der Erinnerung an den Abend errötete. Ich fand es schrecklich, dass er mich immer wieder so sah. Verletzlich. Schwach. Ich hatte immer Wert darauf gelegt, dass niemand mich jemals so erlebte.

Wir folgten Catia eine Reihe von Fluren entlang und betraten schließlich die Bibliothek, die ihrem Namen alle Ehre machte. Bücher mit rot-goldenen Rücken säumten die Wände, und Ledersofas und Sessel standen überall verstreut auf dem rosafarbenen Teppich.

In der Ecke knisterte ein Feuer und spuckte Funken, und die Hitze des Feuers wirbelte durch die Luft und hüllte uns ein. Dankbar schloss ich die Augen.

»Hier.« Catia breitete eine Decke auf einem der Sofas aus. »Legen Sie sie darauf, damit das Sofa nicht nass wird. Und dann müssen Sie beide erst einmal die nassen Klamotten loswerden.«

Ich zog mir den durchweichten Poncho über den Kopf und drückte ihn einem Hausmädchen in die ausgestreckte Hand. Meine Reithose und das Top darunter waren beinahe genauso nass. Ich schlang die Arme um mich und versuchte, das Zittern in den Griff zu bekommen. Meine Lippen bebten, ohne dass ich es verhindern konnte. Es half noch nicht einmal, darauf zu beißen.

»Ich hole dir schnell trockene Klamotten von oben«, sagte Bax. Er rannte aus dem Zimmer, und Catia legte mir eine weitere Decke um.

»Ach, du meine Güte, meine Liebe, Sie zittern ja wirklich wie Espenlaub. Hier, rücken Sie näher ans Feuer. Ich hole noch mehr Decken.«

Ich versuchte, ihr zu danken, aber mein Mund brachte nichts weiter als ein alarmierend heftiges Zähneklappern zustande.

Bax stürzte ins Zimmer zurück, bekleidet mit einem trockenen Sweatshirt und einer Hose, und mit meinen Kleidern im Arm. Er hielt mir ein Paar gelbe Flanell-Pyjamahosen und ein blaues Hemd hin.

»D-d-die p-p-passen n-n-nicht z-z-zusammen«, stieß ich hervor.

»Meinst du das ernst, Veronica? Du bist völlig durchnässt, und es kümmert dich, dass die beiden Teile nicht *zusammenpassen*? Zieh sie jetzt einfach an.« Er warf die

Klamotten neben mich aufs Sofa und wandte sich diskret ab.

»N-n-na g-g-gut.«

Mühsam zog ich das nasse Shirt aus und ersetzte es durch das trockene, aber die Hose entpuppte sich als Riesenproblem.

»B-B-Bax?«

»Was ist?«

»I-i-ich k-k-krieg m-m-meine Ho-hose n-n-nicht aus. M-m-meine Hä-hände z-z-zittern z-z-zu s-s-sehr.«

»Ich kann dir ein Hausmädchen rufen, wenn du willst.«

Ich schüttelte den Kopf, obwohl er das nicht sehen konnte. »B-b-bitte hi-hilf mir ei-einfach. M-m-mir ist s-s-s-so furchtbar k-k-kalt.«

»Okay.«

»D-d-danke.«

Er kniete sich neben dem Sofa auf den Boden und zog mir die Stiefel und Socken aus, und dabei war er bei dem Fuß mit dem verletzten Knöchel besonders vorsichtig. Dann streckte er die Hand nach dem Reißverschluss aus, an dem ich eben erfolglos herumgefummelt hatte. Meine kalten Finger berührten seine, denn noch hatte ich meine Bemühungen nicht aufgegeben, und er sog scharf den Atem ein. »Mein Gott, Veronica, was bist du kalt. Weg mit den Händen. Wenn du willst, dass ich das mache, musst du es auch zulassen.«

Ich biss mir auf die Lippe und schob meine zitternden Finger unter die mittlerweile feuchte Decke. Bax öffnete den Hosenreißverschluss und griff dann nach dem Bund. Ich hob den Hintern, sodass er die Hose an meinen Hüften entlang nach unten ziehen konnte. Der dünne Stoff klebte vor lauter Nässe so sehr, dass er beinahe mit meiner

Haut verschmolzen zu sein schien, und Bax zog fester daran. Meine Augen weiteten sich beim Anblick meiner viel zu weißen Beine. Das war ein Alarmsignal.

Bax gelang es schließlich, mir die Hose auszuziehen, und er ließ sie auf den Boden fallen. Dann rieb er mir Beine und Füße.

»W-w-was t-t-t-tust d-d-du d-d-denn d-da?« Mein erster Impuls war, ihm die Beine zu entziehen, aber seine Bewegungen waren keineswegs drängend. Sie waren methodisch, präzise. Er behielt seine Finger im Auge, die Zunge vor Konzentration zwischen den Lippen eingeklemmt.

»Siehst du, wie weiß deine Haut ist?«, sagte er nach einer Weile. »Das ist beginnende Unterkühlung. Wir müssen deinen Blutkreislauf anregen. Vertrau mir. Für meine Decke habe ich mich intensiv mit dem Thema befasst.« Und nach einer Weile: »Hier, kannst du die Pyjamahose selbst anziehen?«

Ich nickte, und irgendwie gelang es mir, sie hochzuziehen, während Bax wieder aus dem Zimmer stürmte. Ich genoss das Gefühl des trockenen Stoffes auf meiner Haut. Catia kehrte mit weiteren Decken zurück. Sie zog die mittlerweile feuchte unter mir weg und breitete den Rest über mir aus. Doch ich zitterte immer noch, und so langsam befürchtete ich, dass es nie aufhören würde.

»Versuch's mal damit.« Bax schob Catias Deckenstapel auf den Boden und warf mir etwas Grünes, leicht Stinkendes über.

Igitt. Seine schreckliche, selbst gemachte Decke. Ich wollte ihm sofort sagen, dass ich dieses abscheuliche Ding nicht auf mir haben wollte – aber dann begann es, so warm zu werden, als würde es sich um eine Heizdecke handeln. Sie schien die wenige Wärme, die noch in meinem

Körper war, förmlich aufzusaugen und sie zehnfach wieder an mich abzugeben. Ich schloss die Augen und entspannte mich langsam, als die Schüttelfrostkrämpfe endlich nachließen.

Bax kniete sich wieder neben mich und fuhr fort, meinen unverletzten Fuß und meine Waden zu massieren. Danach widmete er sich meinen Händen, bearbeitete meine Finger und Handgelenke. Bald hörte das Zittern und Zähneklappern vollständig auf.

»Besser?«, fragte er und rieb meine Handfläche immer noch mit dem Daumen. Es war nicht nur die Wärme der Decke. Seine Hände fühlten sich gut an, beschrieben langsame Kreise auf meiner Haut und regten die Blutzirkulation an.

»Hmm …«, antwortete ich. »Ich gebe es nur ungern zu, aber das Ding wirkt ja tatsächlich.«

»Hab ich dir doch gesagt. So, jetzt musst du mal deinen Knöchel hochheben.« Vorsichtig hob er meinen Fuß an und schob ein paar Kissen darunter. »Ich werde jetzt eines der Dienstmädchen um einen Kühlverband bitten. Bin gleich wieder da.«

Seine leisen Schritte entfernten sich, und ich kuschelte mich tiefer unter die Decke. Es war mir egal, dass sie wie etwas roch, das ich eher in den Müll geworfen hätte. Sie war wunderbar warm und trocken und hatte mich wieder zum Leben erweckt.

»Was genau ist das?« Ich öffnete die Augen und sah zur Tür hinüber. Ich hatte gar nicht gemerkt, dass Herberto schon zurück war und die Suchmannschaft bereits zurückgerufen hatte.

»Das ist Bax' Erfindung. Eine Decke aus Recycling-Materialien. Er will es den Städten verkaufen, um die Obdachlosen damit warm zu halten.«

»Tatsächlich?« Herberto nahm im Sessel neben mir Platz und beugte sich über die Decke. »Faszinierend. Wissen Sie, Catia und ich haben ebenfalls eine Zeit lang auf der Straße gelebt. Es war schrecklich, nicht wahr, Liebling? Ich erinnere mich heute noch an den Hunger und die Kälte, an die beständige Angst vor dem Erfrieren.« Er befühlte eine Ecke der Decke. »Und Sie sagen, er hat sie selbst hergestellt?«

»Ja. Es steckt jede Menge wissenschaftliches Zeug dahinter, das ich nicht verstehe. Aber es funktioniert. Eigentlich ist mir mittlerweile sogar schon ein bisschen zu warm.« Ich schob die Decke über meine Schultern und blickte ins Feuer. »Wissen Sie, er würde mich bestimmt umbringen, wenn er wüsste, dass ich es zur Sprache bringe, denn schließlich ist das hier sozusagen unsere Hochzeitsreise. Und ich habe ihm versprochen, nicht übers Geschäft zu reden – aber tatsächlich sucht er nach einem Investor, der ihm dabei hilft, in die Produktion einzusteigen.«

Herberto sah seine Frau an, die immer noch am Feuer stand. »Was Sie nicht sagen? Nun, darüber möchte ich mehr erfahren. Ich werde meine Assistentin bitten, ihn am Montag anzurufen, und dann werden wir ein richtiges Business-Meeting ansetzen mit meinen Anwälten und Beratern. Vielleicht wären wir ja gute Geschäftspartner, meinen Sie nicht?«

»Ich habe Verbände!«, rief Bax als er wieder hereinkam. Er sah zwischen den Garcias und mir hin und her. »Alles in Ordnung?«

»Alles hervorragend«, antwortete ich. »Deine Decke wirkt Wunder.«

»Gut zu wissen«, sagte er. Dann fing er an, meinen Fuß zu bandagieren.

Das Knistern des Feuers und die weiche Couch lullten mich ein, während die drei über den Schnee, unseren Ritt und die Kunst sprachen. Die Sorge, wie wir übernachten würden, war ebenfalls überwunden, als ich am darauffolgenden Morgen auf dem Sofa erwachte – mit bandagiertem Knöchel und neben den Resten des Feuers, das bis auf ein glimmendes Holzscheit heruntergebrannt war. Bax' stinkende Decke lag noch immer auf mir, und selbst wenn ich es niemals zugeben würde: Ich hatte noch nie besser geschlafen.

Kapitel 12

Bax

Der bärtige Mann vor mir grummelte, als ich einen weiteren Löffel mit überbackenen Kartoffeln auf seinen bereits übervollen Teller schaufelte.

»Bax!« Rickie stieß mich mit dem Ellbogen in die Seite. »Ich glaube, er hat genug.« Sie legte eine Scheibe Schinken auf die Kartoffeln und sah dem gebeugt gehenden Mann nach, als der in Richtung der Tische davonschlurfte. »Schatz, wenn du weiter so üppige Portionen ausgibst, reicht es hinterher nicht für alle.«

»Sorry, Rickie. Ich glaube, ich hab nicht richtig aufgepasst.«

Sie wischte sich mit dem Handrücken über die Stirn und beugte sich über die Theke. Die Schlange der Wartenden wurde langsam kürzer. »Du wirkst schon den ganzen Tag über etwas zerstreut. Dann ist dein Meeting mit dem Künstlertypen also gut gelaufen?«

»Kann man so sagen.«

Um genau zu sein: Es war sehr gut gelaufen. Eine gute Woche war seit unserem verschneiten Wochenende auf dem Landsitz der Garcias vergangen. Herberto hatte sein Versprechen gehalten und ein Meeting mit uns arrangiert, bei dem wir ihm meine Decke richtig vorstellen und darüber reden konnten, ob er investieren wollte oder nicht. Veronica hatte mir auf unserer Heimfahrt all das erzählt, was ich verpasst hatte, und dann hatten wir unsere Strategie ausgearbeitet. Und sie hatte mir zur Vorbereitung eine Frage nach der anderen über die Decke gestellt: Woraus sie bestand, wieviel die Produktion kosten würde, wie lange sie bei schlechten Wetterbedingungen Schutz bieten konnte.

Am liebsten hätte ich sie gefragt, ob sie sich bei ihrem Sturz vom Pferd vielleicht auch am Kopf verletzt hatte. Aber sie schien nun tatsächlich aufrichtiges Interesse daran zu haben, Herberto als Investor gewinnen zu können, nickte immer wieder und zupfte an ihrem tropfenförmigen Ohrring, während ich sprach. Ihre Knöchelverletzung war nicht ganz so schlimm gewesen, wie wir zunächst gedacht hatten – wahrscheinlich war ihr sogar zugutegekommen, dass er so lange kalt gewesen war – und daher war sie auch in der Lage, bei unserer Rückkehr vom Land allein zu ihrer Tür zu humpeln. Und während der gesamten Präsentation heute hatte sie gestanden. Neben mir. Wie eine richtige Geschäftspartnerin. Und sie hatte sich noch nicht einmal durch mein Gefrotzel ablenken oder aufs Glatteis führen lassen, dass es gerade Birkin Bags im Ausverkauf gab.

Ich hatte anfangs meine Zweifel gehabt, ob Veronica ihre Rolle als meine Geschäftspartnerin überzeugend ausfüllen würde, aber bei unserem Meeting heute Morgen war sie hundertprozentig bei der Sache gewesen. Ihr beim Gespräch mit den Rechnungsprüfern und Anwälten zuzusehen war, als würde man ein hochkarätiges Tennismatch verfolgen. Kaum hatte man ihr eine Frage entgegengeschleudert, parierte sie den Schlag auch schon mit einer

Antwort. Sie hatte noch alles im Kopf, was ich ihr zuletzt während unserer Autofahrt erzählt hatte.

Die Rechnungsprüfer wiesen darauf hin, dass die Decken keinen Profit bringen würden. Sie bekam aber sofort die Kurve, indem sie erklärte, dass die Städte von ihrer Großzügigkeit profitieren würden, und dass sie lediglich einen überzeugenden Mann an ihrer Spitze benötigten, um das zu beweisen. Sie nannte sogar weitere Einsatzmöglichkeiten für das Produkt, die weit über meine ursprüngliche Absicht hinausgingen – Astronauten auf einem kalten Planeten, Forscher in der Arktis, Ärzte mit Unterkühlungspatienten. Ihr zufolge gab es eine Fülle potenzieller Abnehmer. Ihre einzige Bedingung war, dass die Decke zuallererst einmal für die Obdachlosen produziert wurde. Dann konnte man sich auf die anderen Absatzmärkte konzentrieren.

Obwohl die Rechnungsprüfer sich verlegen räusperten, hüstelten und die Köpfe schüttelten, wurde Herbertos Lächeln mit jedem einzelnen Wort, das sie sprach, breiter, und als er uns zum Abschied umarmte, versicherte er uns, wir würden uns wiedersehen und dass er »ein wirklich gutes Gefühl bei der ganzen Sache habe«.

Nach dem Meeting setzte Veronica mich am Obdachlosenheim ab, und das mit einem zufriedenen Grinsen auf dem Gesicht. Ich hatte sie gefragt, ob sie mir wieder bei der Essensausgabe helfen wollte, aber sie hatte nur ihre vorwitzige Nase krausgezogen und auf ihr marineblaues Ensemble aus Rock und Blazer gedeutet. »Dazu bin ich nun wirklich nicht richtig angezogen, und ich glaube, mein Knöchel muss dringend raus aus diesen Heels.«

»Stimmt schon«, antwortete ich. »Danke für alles, was du heute für mich getan hast. Du warst da drinnen einfach unglaublich.«

»Dafür hast du mich doch engagiert, Bax. Du wolltest eine Geschäftspartnerin. Du hast eine.«

»Stimmt.«

Ich hatte in der Zwischenzeit tatsächlich ganz vergessen, dass ich nur ein Kunde für sie war. Nachdem wir vor einer Woche zusammen auf einem Pferd im funkelnden Schnee gesessen hatten, hatte ich beinahe geglaubt, dass ich ihr mehr bedeutete. Sie hatte wirklich ein Talent dafür, mir zum richtigen Zeitpunkt die Realität um die Ohren zu hauen. Wahrscheinlich war das der Grund, warum sie in ihrem Job so erfolgreich war: Sie kannte die Parameter ihres Geschäfts, auch wenn ich die Regeln noch so gern gebrochen hätte.

Die doppelten Eingangstüren zum Heim öffneten sich, sodass der Wind hineinfegte und die essenden Gäste sich tiefer über ihre warme Mahlzeit beugten. Die zweite Welle für das Abendessen schlurfte herein. Die Menschen hielten sich ihre teils zerfetzten Mäntel zu, den Kopf gegen die Kälte gesenkt.

»Baxter!« Es war Connor. Ein Teil von mir freute sich, den Jungen zu sehen, aber der andere Teil war deprimiert. Ich hoffte nach wie vor, dass sein Dad einen Job finden würde, damit sie nie wieder hierherkommen mussten.

»Hey, Kumpel«, sagte ich. »Heute gibt es Schinken, überbackene Kartoffeln und Mais. Klingt gut, oder?«

»Lecker!« Connor rieb sich den Bauch. »Ich liebe Mais!«

Connor und Ian holten sich ihr Essen ab und nahmen an einem Tisch in der Ecke Platz. Ich schaufelte Kartoffeln auf die Teller und bediente bekannte und unbekannte Gesichter – bis ich erschrak, als plötzlich eine Frau vor mir stand, und zwar nicht irgendeine Frau.

»Ich erinnere mich an Sie«, stieß ich hervor.

Die Frau mit Veronicas Augen legte den Kopf schief und sah mich fragend an. »Tut mir leid, mein Sohn, aber ich kenne Sie nicht.«

Ich sah rasch zu Rickie hinüber und überzeugte mich davon, dass sie nicht auf mich achtete. Sie war damit beschäftigt, weitere Scheiben vom Schinken abzuschneiden.

»Sind Sie sicher? Ich war mit einer Frau namens Veronica hier. Sie nannten sie Ronnie.«

»Ronnie?« Die Frau ließ krachend ihr Tablett fallen. »Woher kennen Sie meine Ronnie?«

Ich rannte um die Theke herum und hob ihr Tablett auf. »Sie ist ihre Tochter, stimmt's?«, fragte ich, warf den orangefarbenen Plastikteller in den Abfall und holte ihr einen neuen mit frischem Besteck.

»Ja, früher. Nicht mehr. Sie … sie will es nicht.«

»Das glaube ich nicht.« Ich stellte mich neben sie in die Schlange und ließ andere Ehrenamtler ihren Teller auffüllen.

»Doch, doch. Und ich mache ihr keinen Vorwurf daraus. Ich habe sie schlecht behandelt. Ich habe sie alle schlecht behandelt.« Sie sah sich im Speisesaal um. »Hier gehöre ich hin.«

»Niemand gehört hierher … sagen sie, wie heißen Sie?«

»Della«, antwortete sie.

»Ich bin Bax. Schön, Sie kennenzulernen, Della.«

Ich folgte ihr zu einem Tisch und stellte ihr Essen dort ab, bevor ich mich auf den leeren Stuhl neben sie setzte. Sie schaufelte sich eine Gabel Essen in den Mund, und ich musterte ihr Profil. Schwarzes, fettiges Haar durchsetzt von grauen Strähnen hing ihr bis auf die Schultern. Sie hatte nicht nur die gleichen Augen, sondern auch die gleiche Nase wie ihre Tochter, und unter einer Schmutzschicht war ihre Haut makellos. Früher, bevor das geschehen war, was immer sie an diesen Punkt gebracht hatte, musste sie ebenso atemberaubend ausgesehen haben wie Veronica. Wahrscheinlich waren ihr die Männer in Scharen hinterhergerannt, bewaffnet mit Juwelen und dem Versprechen unsterblicher Liebe. Doch irgendetwas musste geschehen sein, und sie war hier gelandet. Und irgendetwas hatte zur Folge gehabt, dass ihre Tochter ein Leben führte, in dem sie vorgab, jemand anders als sie selbst zu sein.

Della sah zu mir auf, und dabei hing ein pinkfarbener Faden von ihrem Mundwinkel. »Sie sind immer noch da?«

Erst jetzt bemerkte ich, dass sie eine beißende Alkoholfahne hatte. Rickie verbot zwar jeglichen Alkohol innerhalb des Obdachlosenheims, aber die meisten unserer Gäste konsumierten vor unseren Türen jede Menge davon, um sich auf der Straße warm zu halten und zu betäuben.

»Sie sagten, Sie hätten Veronica schlecht behandelt. Ich habe mich gefragt, was Sie damit meinten.«

Sie schüttelte heftig den Kopf. »Nichts da. Das ist die Sache. Die Sache, über die wir nicht reden. Nie. Wir reden nie darüber.«

»Okay. Dann vielleicht über Ronnie? Können Sie mir etwas über sie erzählen?«

Sie hörte auf, den Kopf zu schütteln, und schenkte mir ein schwaches Lächeln, das ihre verfärbten Zähne zum Vorschein brachte. »Sie war ein gutes Mädchen. Hat immer dafür gesorgt, dass es ihrer Mom gut ging. Hat immer alles wieder in Ordnung gebracht. Und oberschlau war sie auch. Hatte immer nur Einsen. War dabei, was aus sich zu machen.« Bei der Erinnerung leuchtete ihr Gesicht.

»Und?«

»Und …«

»Bax! Wir sind schon wieder in der Bredouille! Wir brauchen dich!« Rickies energische Stimme schallte durch den Saal zu mir hinüber, und ich verzog frustriert das Gesicht.

»Mist. Ich muss wieder an die Arbeit. Aber ich kann bald Pause machen. Ich würde gerne mit Ihnen noch weiter über Ronnie sprechen. Wäre das okay für Sie?«

Ein schnelles Nicken. »Ich bin ein langsamer Esser, und hier drin ist es schön warm. Ich gehe nirgendwohin.«

Ich stand vom Tisch auf, und sie packte mit einer schmutzigen Hand mein Handgelenk. »Bax?«

»Ja?«

»Meine Tochter. Geht es … geht es ihr gut? Ist sie glücklich?«

Ich neigte den Kopf, rief mir Veronicas überragende Leistung bei der Präsentation ins Gedächtnis, erinnerte mich, wie ich ihr beim Schlafen vor dem Feuer der Garcias zugesehen hatte, wie liebevoll sie zu Connor gewesen war, zu Ari, vielleicht ein wenig sogar zu mir. Und ich hatte sie schon lange nicht mehr mit einem Drink in der Hand gesehen.

»Ja«, sagte ich. »Ich glaube, es wird langsam.«

»Gut. Ich wünsche mir, dass sie glücklich ist. Sie wollte nicht zuhören, als ich versucht habe, es ihr zu sagen, aber ich liebe sie. Sie ist ein gutes Mädchen.«

Die Türen flogen mit einer Schneewehe wieder auf, als eine größere Gruppe von Männern eintrat, die im Gemeindezentrum am Ende der Straße immer Karten spielten.

»Bax! Sofort!«

»Komme!«, rief ich über meine Schulter. Dann sah ich die Frau wieder an. »Della, warten Sie hier. Ich komme wieder. Versprochen.«

Ich eilte hinter die Theke und nahm Rickie den Kartoffellöffel aus der Hand, während sie mit der anderen die riesige Gabel benutzte, um den Schinken aufzuspießen.

»Weißt du irgendetwas über Della?«, fragte ich.

»Über wen?«

Ich deutete mit einem Kopfnicken in Dellas Richtung. »Die da drüben.«

»Ich weiß, dass sie nicht Della heißt. Sie gibt jedes Mal einen anderen Namen an, wenn sie hier ist.«

Na ja, wenn das mal kein Beweis war – wie die Tochter, so die Mutter: sie war eindeutig mit Veronica verwandt. »Oh.«

Ich stocherte in den Kartoffeln und begrüßte den nächsten Gast, und dann wieder den nächsten und den übernächsten. Ich war so sehr mit Lächeln, Bedienen und Unterhalten beschäftigt, dass ich erst bemerkte, dass Della sich zum Gehen anschickte, als sie schon fast zur Tür hinaus war.

»Verdammt.« Ich warf meinen Löffel auf den Tresen und rief ihr etwas hinterher, aber sie drehte sich noch nicht einmal um. »Bin gleich zurück«, verkündete ich dem Jugendlichen neben mir, bevor ich zwischen den Tischen hindurch und zur Tür hinausstürmte.

Della stand am Straßenrand und wartete auf eine Lücke im Verkehr. Sie verließ den Bürgersteig genau in dem Augenblick, als ich eine rote Limousine um die Ecke rasen sah.

»Della!« Aber sie reagierte gar nicht auf ihren Namen, und als das Auto sie traf, war es, als würde die Szene gleichzeitig vorgespult und in Zeitlupe vor meinen Augen ablaufen. Ich schrie ihren Namen und rannte los, aber es war zu spät. Es ertönte ein schreckliches, dumpfes Geräusch, gefolgt von quietschenden Reifen und dem Zermalmen von Metall, als das Auto eine Sekunde zu spät abdrehte und gegen einen Pfosten rammte.

Della, oder wie auch immer sie heißen mochte, lag auf der Straße, ihr Körper seltsam verdreht, die Augen geschlossen. Rechts von ihr stieg Rauch aus der Motorhaube des Autos auf, während sich der Fahrer langsam aus dem Unfallfahrzeug wand, die Augen glasig vor Schock. »Sie kam einfach aus dem Nichts«, murmelte er. »Einfach so aus dem Nichts.«

»Ruft einen Krankenwagen!«

Ich drängte mich durch die langsam wachsende Menge von Schaulustigen und kniete mich neben Della. Der Puls an ihrem Hals ging schwach, aber sie war am Leben, und mich durchlief ein Schauer der Erleichterung. Wenigstens etwas.

»Bleiben Sie bei mir, Della. Bleiben Sie bei mir.«

Es kam mir wie eine Ewigkeit vor, bis die Sirenen das Raunen der Menge übertönten, und ich stand auf und trat zurück, als die Sanitäter Dellas Vitalfunktionen überprüften, sie in eine Decke wickelten, ihr eine Halsmanschette anlegten und sie auf eine Bahre hoben.

»Wohin bringen Sie sie?«, fragte ich einen der Sanitäter, als sie Della in den Krankenwagen verfrachteten.

»George Washington U Hospital.«

»Darf ich mitfahren?«

»Gehören Sie zur Familie?«

»Nein.«

»Sorry. Es können nur Familienmitglieder mitfahren.«

Er sprang in den Wagen und schloss die Tür. Die Sirene plärrte erneut, als sie die Straße hinunter davon fuhren.

»Verdammt«, rief ich. Da spürte ich eine Hand auf

meiner Schulter, und ich wandte mich um. Rickie sah mich fragend an. »Tut mir leid, Rickie, ich kann es dir jetzt nicht erklären, aber ich muss los. Ich muss ins Krankenhaus.«

»Natürlich, Bax. Sie ist einer unserer Gäste, und ich bin froh, dass du sie begleitest. Ich hoffe, ihr geht es bald besser.«

»Das hoffe ich auch.«

Ich streckte den Arm aus, um ein Taxi anzuhalten. Gleichzeitig zog ich das Handy aus der Tasche. Es klingelte bereits bei Veronica, als mein Taxi den Weg zum Krankenhaus einschlug.

»Bax? Alles in Ordnung?« Ihre Stimme klang schläfrig. Vielleicht hatte ich sie aus einem Nickerchen aufgeschreckt. »Suchst du nach deiner Sporttasche? Die hast du in meinem Auto vergessen.«

»Nein, Veronica. Es ist … es ist deine Mom.« Ihr stockte offenbar der Atem, und die Stille am anderen Ende der Leitung war so durchdringend, dass ich einen Blick auf das Display meines Handys warf, um mich davon zu überzeugen, dass der Anruf nicht unterbrochen worden war. »Bist du noch dran?«

»Ich habe es dir doch schon gesagt, Bax. Ich rede mit niemandem darüber.«

»Ich weiß, aber …«

»Nein. Ich will nicht über meine Mutter reden.«

Ich umklammerte den Türgriff neben mir. »Sie ist wieder zu uns ins Heim gekommen. Ich wusste gleich, wer sie ist. Das wusste ich schon beim ersten Mal, als sie dich Ronnie nannte.«

»Bax …«

»Nein. Hör mir einfach zu. Ich bin auf dem Weg ins

Krankenhaus. Sie wurde vor dem Heim von einem Auto angefahren. Es sieht nicht gut aus, Veronica.«

»Diese Frau ist *nicht* meine Mutter.« Ihre Stimme brach fast, was ihre Worte Lügen strafte.

Mein Taxi kam mit quietschenden Reifen vor der Notaufnahme des Krankenhauses zum Stehen, und ohne hinzusehen warf ich dem Fahrer ein paar Dollarnoten hin, bevor ich ausstieg.

»Sieh mal, ich weiß nicht, was zwischen euch beiden vorgefallen ist, und um ehrlich zu sein ist es mir auch egal. Aber deine Mutter ist hier im GWU-Krankenhaus, und ich habe keine Ahnung, ob sie durchkommen wird. Wenn sie es nicht schafft und du nicht da bist, wirst du es bestimmt bereuen.« Ich joggte durch die sich automatisch öffnenden Türen.

Am anderen Ende der Leitung war es gespenstisch still. Ich entdeckte die Sanitäter von vorhin, die die Bahre den Flur entlangschoben und rannte auf sie zu. »Na gut. Tu, was du willst. Ich werde nach ihr sehen. Ich hoffe, du kommst auch.«

* * *

Dellas Operation dauerte mehrere Stunden, und als der Arzt herauskam und nach ihrer Familie fragte, log ich und behauptete, ihr Sohn zu sein. Er berichtete, dass ihre Lunge punktiert sei, sie Hirnblutungen und eine gebrochene Hüfte habe. Und vor allem lag sie im Koma und würde daraus wahrscheinlich nie wieder erwachen. Und das vorausgesetzt, dass sie die Nacht überlebte, was, wie er sagte, nicht allzu wahrscheinlich sei.

Ich saß auf dem Stuhl neben Dellas Bett und streckte

die Beine aus, betrachtete die Maschinen, die an ihrem Mund, ihrer Nase, ihrer Brust angebracht waren. Ihr Gesicht war mit Blutergüssen bedeckt, ihr Kopf bandagiert. Ein Beatmungsgerät hatte die Atmung für sie übernommen und hallte im Zimmer wider wie eine unheimliche Version von Darth Vader.

Ich schrieb Veronica nun bestimmt schon zum fünfzigsten Mal.

»Sie glauben, dass sie die Nacht nicht überleben wird. Du solltest dich beeilen. Raum 1263.«

Keine Antwort.

Eine Krankenschwester brachte mir eine Packung Cracker und eine einen Tag alte Zeitung. Ich löste das Sudoku und das Kreuzworträtsel. Ich las den Sport- und den Unterhaltungsteil. Ich bürstete mir die Crackerkrümel von der Schürze, die ich auszuziehen vergessen hatte. Ich wartete auf den Tod einer Frau, die ich kaum kannte, einfach nur weil ich mich weigerte, sie allein zu lassen.

Als ich das Klappern von Heels auf dem Linoleum im Flur hörte, setzte ich mich auf. Die Schritte verstummten vor der Tür und entfernten sich dann wieder. Kamen zurück, hielten inne. Bewegten sich wieder fort. Ich trat hinaus in den Flur, um nachzusehen, wer es war.

»Veronica?«

Sie stand vor den Aufzügen, drehte sich um und sah mich an. Ich war mit vier Schritten bei ihr. »Das Zimmer deiner Mom ist am Ende des Flurs.«

»Sie ist noch …?«

»Am Leben? Ja. Aber sie glauben, dass es nicht mehr lange dauert. Sie wird immer schwächer.«

Sie biss sich auf die Lippe und zog ihre Jacke enger um sich. Der schwarz-weiße Minirock darunter war nicht wirklich krankenhausgeeignet, aber zumindest hatte sie etwas Warmes darüber an.

Ich berührte ihre Schulter. »Komm schon. Gehen wir zu ihr.«

»Nein, Bax. Ich glaube, ich kann das nicht. Tut mir leid.« Der Aufzugknopf glühte rot unter ihrem Finger.

»Du bist den ganzen Weg bis hierher gefahren. Natürlich kannst du das.«

»Ich kann nicht, Bax. Ich muss hier raus. Warum ist es hier nur so heiß?« Sie knöpfte sich die Jacke wieder auf und klappte sie auf und zu, um sich Luft zuzufächeln.

»Veronica, du musst nur den Flur entlanggehen. Ich kann dich begleiten, wenn du willst.«

Ich legte die Hand um ihr Handgelenk und bewegte mich Richtung Flur, aber sie entzog es mir wieder und stemmte sich mit den Füßen dagegen.

»Nein, du kapierst es einfach nicht. Ich kann sie nicht besuchen.«

»Dann klär mich auf.«

Sie schüttelte den Kopf.

»Sie ist deine Mom, Veronica. Davon hat man immer nur eine. Und wahrscheinlich wird sie morgen nicht mehr hier sein. Was auch immer passiert ist, ich bin sicher, du kannst es beiseiteschieben und …«

»Oh mein Gott, Bax, du kapierst es einfach nicht!« Sie raufte sich die Haare. »Sie hat meinen kleinen Bruder umgebracht, okay? Das kann ich ihr einfach nicht verzeihen!«

»Sie … sie hat was?«, stieß ich mühsam hervor, und mein Mund war mit einem Mal ganz trocken.

Veronica ließ sich erschöpft auf einen Plastikstuhl sinken, und ich setzte mich wie betäubt auf den daneben.

»Meine Mutter hat eine dissoziative Persönlichkeitsstörung. Oder in anderen Worten: eine multiple Persönlichkeitsstörung. Die hatte sie schon vor meiner Geburt.«

»Hab ich schon mal gehört, aber ich weiß nicht viel darüber.«

»Im Grunde ist es so, als lebten in ihrem Kopf mehrere Menschen, die abwechselnd die Kontrolle über sie übernehmen und ihr Leben führen. Während meiner Kindheit hatte sie mindestens sechs verschiedene Persönlichkeiten in sich, vielleicht sogar mehr. Sie alle unterschieden sich grundlegend voneinander. Eine Person war schüchtern, während die andere ständig nach Aufmerksamkeit verlangte. Sie waren unterschiedlich alt, hatten unterschiedliche Namen. Sie wechselte ohne Vorwarnung von einem zum anderen, und nicht all ihre Persönlichkeiten hatten etwas für Kinder übrig. Eine war sogar selbst noch ein Kind. Eine Sechsjährige namens Gwen. Obwohl ich ebenfalls noch ein Kind war, sorgte ich immer für sie, wenn Gwen auftauchte. Ich kochte die Mahlzeiten, stellte sicher, dass sie sich anzog.«

»Junge, Junge, das ist aber ganz schön viel für ein Kind. Und dein Dad ist einfach abgehauen?«

Sie schluckte. »Meinen Vater habe ich nie kennengelernt. Meine Mutter hatte keine Ahnung, wer er war. Eine ihrer Persönlichkeiten ging eines Tages feiern und kam danach schwanger nach Hause. Das Problem dabei ist, dass die Persönlichkeiten nicht wirklich miteinander verbunden sind – sie erinnern sich nicht an das, was die anderen getan haben. Ihr kam es so vor, als hätte sie ständige Blackouts. Beim Aufwachen stellten wir fest, dass die Möbel anders standen, und sie schwor, dass sie sich nicht daran erinnern konnte, es getan zu haben.

»Verdammt. Wie kann es denn zu so etwas kommen?«

»Sie wurde als Kind missbraucht. Die Ärzte sagten, es sei eine Reaktion darauf. Jedes Mal, wenn ihr jemand Schmerz zufügte, schlüpfte sie in eine andere Person, um nichts davon mitzubekommen. Auch Medikamente und Therapie halfen nicht. Wir lebten einfach damit, aber immer, wenn ich nachmittags von der Schule nach Hause kam, wusste ich nicht, wer mich an der Tür begrüßen würde.«

Ich las die winzige Schrift auf dem Flakon mit dem Desinfektionsmittel für die Hände, der an der gegenüberliegenden Wand hing, und versuchte nachzuempfinden, wie sich ein Kind in einer solchen Lage gefühlt haben mochte. Wohl wie ein Pflegekind, nur schlimmer. Ihre Mom sah zwar aus wie ihre Mom, war es aber nicht immer. Das musste Veronica ziemliche Angst eingejagt haben.

»Du … du erwähntest deinen Bruder. Ich dachte, du hättest keine Geschwister.«

»Nein … nicht mehr.« Sie kratzte mit einem Nagel an ihrem Nagellack herum. Metallicblaue Flocken segelten wie winzige Federn nach unten und landeten auf dem weißen Boden zu ihren Füßen. »Mit Danny wurde sie auf die gleiche Weise schwanger wie mit mir – konnte mir also nicht erklären, von wem. Das war kurz vor meinem zehnten Geburtstag. Es war mir eigentlich egal, wie es geschehen war. Ich war vielmehr glücklich, jemanden zu haben, der mir Gesellschaft leisten würde in den Nächten, in denen sie nicht wusste, wer ich war.«

Veronica schwieg, als ein Arzt zu den Aufzügen eilte, und sein Stethoskop dabei mit rhythmischen Schlägen gegen seine Brust schlug.

Nachdem er hinter den sich mit einem Zischen schließenden Metalltüren verschwunden war, holte sie tief Luft und fuhr fort.

»Danny war ein liebes Kind. Unsere Wohnung war ziemlich klein, denn unsere Mom konnte nicht arbeiten und bekam nur ihre Behindertenrente. Deshalb schliefen er und ich zusammen auf einer ausziehbaren Couch. Abends las ich ihm Geschichten vor und tröstete ihn, wenn er nicht verstand, warum unsere Mom sich nicht wie unsere Mom verhielt. Wenn sie tatsächlich sie selbst war, liebte sie ihn abgöttisch. Manchmal war sie sogar eine ganz tolle Mutter. Eine ihrer Persönlichkeiten, Della, war unsere Lieblingsfrau. Sie war sehr mütterlich.«

»Ich habe Della heute kennengelernt«, warf ich ein. »Sie wollte über dich reden.«

Veronica hielt inne und schaute mich forschend an. »Ja, na ja, Della war diejenige, die wir am ehesten mit unserer Mom identifizierten. Eines Abends wurde ich auf eine Party eingeladen. Ich war sechzehn. Ich war noch nie auf einer Party gewesen – schließlich hatte ich Angst, das Haus für längere Zeit zu verlassen. Aber Della war total aus dem Häuschen. Sie kaufte mir ein neues Kleid und mein erstes Paar High Heels. Sie schminkte und frisierte mich. Als sie darauf bestand, dass ich gehen sollte, ging ich tatsächlich. Ich fand, ich hatte es verdient, und ich wollte mit meinen Freunden zusammen sein. Meinen ersten Drink, meinen ersten Tanz, meinen ersten Kuss. Und all das bekam ich an diesem Abend. Es war einfach unglaublich. Doch zu Hause wartete dann der Krankenwagen auf mich.«

Ich räusperte mich. Sie starrte vor sich hin, das Kinn verkantet, als beiße sie vor Schmerz die Zähne aufeinander.

»Sie sagte, sie habe Danny in die Badewanne gesteckt und habe dann einen Waschlappen oder so was holen wollen. In diesen zehn Sekunden verschwand Della und eine andere Persönlichkeit – eine der jüngeren Frauen, die vergaß, dass sie überhaupt Kinder hatte – übernahm die Regie. Eine Nachbarin klopfte an der Tür, weil sie einen seltsamen Geruch wahrgenommen hatte und laute Musik aus unserer Wohnung drang. Sie fand meine Mom, die meine Klamotten trug, die Led Zeppelin hörte und einen Joint rauchte. Danny war immer noch in der Badewanne.«

Ich zuckte zusammen, und mir wurde ganz übel. »Oh Gott …«

»Sie versuchten, ihn wiederzubeleben, aber er war mehr als eine halbe Stunde unter Wasser gewesen. Er hatte eine Beule am Hinterkopf, wo er auf den Badewannenrand gefallen war. Man nahm an, dass er versucht hatte, selbst herauszuklettern, als sie nicht zu ihm kam, und dass er dann ausgerutscht war. Sie wusste es nicht einmal. Die Damen vom Jugendamt statteten uns einen Besuch ab. Ich wusste, wohin sie Kinder wie mich brachten. Ich hatte Klassenkameraden aus Pflegefamilien, und unter keinen Umständen wollte ich Fremde über mein Leben entscheiden lassen. Während die Sozialarbeiterin mit meiner hysterischen Mutter zugange war, stahl ich mich in mein Zimmer, holte eine Tasche mit meinen Sachen und kletterte über die Feuerleiter nach unten. Und ich habe nie zurückgeblickt.«

»Mein Gott.« Ich fuhr mir mit den Händen durchs Haar. Das war so krank und so furchtbar, dass mir vor lauter Mitleid und Unwohlsein der Schweiß ausbrach. Es war einfach zu viel.

»Das Schlimmste daran«, fügte Veronica hinzu, »ist, dass

das alles meine Schuld war. Wenn ich nicht auf diese blöde Party gegangen wäre …«

»Nein. Mein Gott, Veronica, nein.« Ich griff nach ihrer Hand. Sie war kälter als der Schnee vor der Tür. »Deine Mom war krank, und du warst viel zu jung.

»Trotzdem …« Sie sah Richtung Flur. »Sie versuchte, mich wiederzufinden, als sie schließlich aus der psychiatrischen Verwahrung, zu der man sie verurteilt hatte, wieder entlassen wurde. Ein paar Mal versuchte sie das. Keine Ahnung, wie sie das anstellte. Ich wusste, dass sie schließlich auf der Straße gelandet war, und dass ich ihr eigentlich hätte helfen müssen. Aber ich brachte es nicht über mich. Immer wieder sah ich dann Dannys Gesicht vor mir … stellte ihn mir vor, wie er allein unter der Wasseroberfläche lag … ich konnte ihr einfach nicht verzeihen. Ich weiß immer noch nicht, ob ich es kann.«

»Verständlich. Das ist hart. Aber frag dich doch einfach mal, ob du ihr die Schuld für etwas geben kannst, worüber sie keinerlei Kontrolle hatte? Sie hat ihn ja nicht absichtlich getötet. Und vielleicht ist sie mittlerweile genug gestraft. Egal, was in der Vergangenheit geschehen ist, nach heute Abend wirst du wahrscheinlich keine Gelegenheit mehr haben, ihr nahe zu sein oder ihr zu vergeben. Eine der letzten Dinge, die sie zu mir sagte, war, dass sie dich liebt und sich wünscht, dass du glücklich wirst. Sie glaubt, deiner Vergebung oder Liebe nicht würdig zu sein, aber sie hat sicher niemals aufgehört, dich zu lieben. Ich mache dir aber auch keinen Vorwurf, wenn du dich nicht dazu durchringen kannst. Ich überlasse die Entscheidung dir.«

Sie schob den Unterkiefer vor und zurück. Ihr Blick ruhte unverwandt auf Dellas Zimmertür. »Würdest du mich begleiten?«

»Natürlich.«

Ich hielt ihre Hand immer noch in meiner, und sie entzog sie mir auch auf unserem Weg den Flur hinunter nicht. Genau genommen schmiegte sie sich noch dichter an mich, je näher wir dem Bett ihrer Mutter kamen.

Della lag noch genauso da wie zu dem Zeitpunkt, als ich sie verlassen hatte: Ihre Augen waren geschlossen, und die Maschinen keuchten vor sich hin. Ich führte Veronica an ihr Bett.

Veronica holte zittrig Atem. »Oh Mom.«

Sie ließ meine Hand los und nahm stattdessen Dellas. Obwohl man ihre Mutter ein wenig gewaschen hatte, saß der Dreck der vergangenen Jahre unter den Fingernägeln, und hatte sich sogar in einigen Hautfalten festgesetzt.

»Mom, es tut mir leid. Es tut mir leid, dass ich fortgelaufen bin und nie zugehört habe, wenn du versucht hast, dich zu entschuldigen. Tut mir leid, dass du diese blöde Störung hast. Tut mir leid, dass sie dir beide Kinder genommen hat.«

Ihre Beine zitterten, und ich schob ihr den Stuhl heran, woraufhin sie sich setzte und dankbar lächelte. »Ich vermisse ihn, Mom. Ich vermisse Danny jeden Tag. Ich erinnere mich heute noch, wie sich sein warmer Körper neben mir anfühlte, wenn ich schlief, oder wie gern er in der Wohnung herumgerannt ist und dabei brüllte wie ein Dinosaurier. Dich in der Nähe zu wissen … auch nur an dich zu denken … das hat alles zurückgebracht, und das war zu viel. Die Erinnerung an ihn war wie tausend Glasscherben, die mir ins Herz gerammt wurden. Und ich hasste dich, weil du ihn vergessen konntest. Teile von dir wussten nicht einmal, dass er überhaupt existierte. Es kam mir nicht fair vor, dass das alles zwar deine Schuld war, du aber nicht mit dem beständigen Schmerz leben musstest wie ich.«

Eine klare Träne fiel aus Dellas Augenwinkel auf das Kissen.

»Oh mein Gott, Bax. Kann sie mich hören?«

Ich trat vor und studierte das Gesicht der älteren Frau. »Keine Ahnung. Möglicherweise. Vielleicht merkt sie tatsächlich, dass du da bist.«

»Ich dachte, du hättest es verdient zu leiden, Mom. Dass du für das bezahlen müsstest, was du getan hattest.« Veronica streichelte Dellas Hand. »Aber ich glaube, in gewisser Weise hast du dafür bezahlt. Du hast deine Kinder verloren, dein Zuhause. Du hast auf der Straße gelebt. Die Einsamkeit, die Angst. Das war sicher entsetzlich. Und das hat niemand verdient. Es tut mir leid, Mom. Ich hätte nicht zulassen sollen, dass du so lebst. Es tut mir so leid. Bitte verzeih mir.«

Eine weitere Träne fiel auf das Kissen. Ich drückte Veronicas Schulter, um sie zum Weitersprechen zu bewegen.

Sie kaute auf ihrer Lippe, knibbelte an ihrem zerfledderten Nagellack herum und starrte die Tränentropfen auf dem Kissen an. »Und« – ihre Stimme klang jetzt angespannt, als müssten die Worte sich nach draußen kämpfen – »ich … ich verzeihe dir wegen Danny. Ich weiß, dass es nicht deine Schuld war. Du warst krank. Ich hätte da sein sollen. Ich hätte dich stärker unterstützen sollen. Ich hätte dich nicht allein lassen sollen.«

Sie keuchte, als Dellas Finger zuckten und sich dann um einen ihrer Finger schlossen. Veronica führte Dellas Hand an ihre Wange. »Ich liebe dich, Mom.«

Dellas Hand löste sich, und aus ihrer Brust drangen pfeifende Geräusche. Veronica lehnte sich zurück, und ich legte ihr beide Hände auf die Schultern und massierte mit langsam kreisenden Bewegungen die verspannten Muskeln.

»Du hast es geschafft«, sagte ich. »Was auch passiert, ich glaube, sie hat dich gehört.«

Lange sagten wir beide nichts, und die Zeit schien gleichzeitig langsamer und schneller zu vergehen. Wir hielten uns mit diesem grässlichen Automatenkaffee wach, der nur mit mindestens vier Päckchen Zucker pro Becher genießbar war. Ich wanderte im Krankenhaus herum und brachte Veronica die neueste Ausgabe der *Vogue* aus dem Krankenhauskiosk mit. Fast automatisch blätterte sie darin herum, warf dabei aber kaum einen Blick auf die Worte und Bilder. Und keine Minute wich sie ihrer Mutter von der Seite.

Wir warteten, während eine Maschine nach der anderen zu piepen anfing. Ärzte und Krankenschwestern eilten herbei, verschwommene weiße Wirbel, die mit den Wänden und den Böden zu verschmelzen schienen. Sie sprachen mit lauten Stimmen und zogen noch mehr Maschinen hervor. Sie pressten auf ihre Brust und prüften ihren Puls. Schließlich schüttelten sie nur noch die Köpfe.

Veronica legte ihre Hand in meine, als wir Della friedlich in ihrem warmen Bett zurückließen. In stoischer, beinahe königlicher Haltung schritt sie den Flur hinunter. Keine einzige Träne rann über ihre Wangen.

»Sie sind ihr Sohn?« Eine Krankenschwester hielt uns auf dem Weg zum Aufzug auf. Veronica sah mich mit hochgezogener Augenbraue an, aber ich nickte. Die Krankenschwester gab mir einen Plastikbeutel. »Das sind ihre Habseligkeiten. Das meiste sind schmutzige Klamotten, die in den Müll gehören, aber immerhin habe ich das hier gefunden.« Sie streckte mir ein viereckiges Stück Papier entgegen. »Ich werfe nicht gern Fotos weg.«

Mit zitternden Fingern nahm Veronica das Foto entgegen. Ein winziger Laut entfuhr ihr, und ich warf einen Blick auf das Bild in ihrer Hand. Ein kleiner blonder Junge und ein dunkelhaariges Mädchen saßen Hand in Hand vor einem kleinen Weihnachtsbaum. Das Foto war abgegriffen – die Ecken waren eingerollt, und weiße Falten durchzogen den Hintergrund wie Blutgefäße – aber ich erkannte die beiden Kinder sofort.

»Danke«, sagte ich zu der Krankenschwester. »Wir sind ihnen sehr dankbar.«

Veronica sagte kein Wort. Während der gesamten Fahrt im Aufzug nach unten starrte sie das Foto an. Sie reichte mir ohne Einwände ihre Autoschlüssel. Auch auf der Fahrt nach Hause und auf dem Weg zu ihrem Loft wandte sie den Blick nicht von ihrer Handfläche ab.

Doch als sie über die Schwelle trat, bröckelte ihre Fassade wie Schlamm, der in der Sonne trocknet. Tränen traten ihr in die Augen und schlängelten sich dann in dunklen Mascara-Spuren über ihre Wangen. Sie schluchzte so laut auf, dass es im praktisch leeren Wohnzimmer widerhallte.

Dann brach sie zusammen.

Kapitel 13

Veronica

Ich erinnerte mich nicht daran, eingeschlafen zu sein. Ich wusste, dass Bax mich vom Krankenhaus nach Hause gebracht hatte. Ich wusste, dass ich zusammengebrochen war und dass ich dabei immer noch das Bild von Danny und mir umklammert hielt. Ich wusste, ich hatte geweint. Wahre Tränenflüsse. Seen. Ganze verdammte Ozeane. Tränen, die ich nicht zugelassen hatte seit jener Nacht, als ich mich über die Feuerleiter hinausgestohlen und meine Mom und die Erinnerung an meinen Bruder in der winzigen Wohnung zurückgelassen hatte.

Irgendwann hatte Bax mich hochgehoben und mich in mein Schlafzimmer getragen. Er hatte mich ins Bett gelegt und mir die Decke bis zum Kinn hochgezogen. Aber die Tränen flossen immer noch weiter, bis mein Kissen klatschnass war und meine Kehle brannte. Bis meine Augen zugeschwollen waren und höllisch schmerzten. Bis jeder Tropfen Wasser von den Gänsedaunen unter meinem Kopf aufgesogen war und ich keine andere Wahl hatte, als die Augen zu schließen.

Ich erwachte irgendwann im abgedunkelten Zimmer, in das der Mond einen Silberfaden auf mein immer noch feuchtes Kissen warf, und ich fühlte mich erschöpft, aber gleichzeitig leichter denn je. Als hätte jemand den Anker gekappt, den ich jahrelang hinter mir hergezogen hatte.

Die leuchtenden roten Zahlen auf meiner Nachttischuhr zeigten erst drei Uhr morgens an, aber ich hätte schwören können, dass ich viel länger geschlafen hatte als nur ein paar Stunden. Eher Wochen oder zumindest Tage.

Ein gleichmäßiges Geräusch aus der Zimmerecke sagte mir, dass Bax im Sessel schnarchte, und vage erkannte ich die vor der Brust verschränkten Arme und den gesenkten Kopf.

Leise schlich ich mich aus dem Zimmer, um ihn nicht zu wecken, und duschte dann heiß und ausgiebig. Das Wasser wusch den medizinischen Geruch des Krankenhauses und auch einen Teil der Trauer fort, auch wenn sie mir weiter in den Knochen saß. Ich wickelte mich in meinen flauschigen, weißen Bademantel, putzte mir die Zähne und bürstete mir das Haar. Auf Zehenspitzen kehrte ich ins Schlafzimmer zurück.

Bax schnarchte immer noch friedlich vor sich hin, und mit jedem Atemzug hob sich sein Kopf dabei ein wenig. Ich kam näher und erinnerte mich daran, wie er zugehört hatte, als ich ihm von meiner Familie erzählt hatte, ohne die geringste Spur von Missbilligung zu zeigen. An die sanfte Art, wie er mich in den Armen gehalten hatte, während ich weinte, und daran, wie er mich schließlich in mein Schlafzimmer getragen hatte und beruhigende Laute von sich gegeben hatte, bis ich eingeschlafen war.

Mit dem Finger fuhr ich über sein Kinn und seine Lippen. Seine Augen blieben geschlossen, aber sein Atem ging schneller, als könnte sein Gehirn sich nicht so richtig entscheiden, ob er wachte oder träumte.

Ich beugte mich vor, zog den Finger zurück und ersetzte

ihn durch meine Lippen. Er seufzte, als ich sie sanft auf seinen Mund presste, und öffnete ruckartig die Augen, entzog sich mir aber nicht.

Ich kniete mich nun zwischen seine gespreizten Knie und intensivierte den Kuss. Ich schloss die Augen, genoss seinen Geschmack. Er schmeckte immer noch nach Crackern und Krankenhauskaffee – nach Wärme und jener sanften Liebenswürdigkeit, nach der ich mich so lange gesehnt hatte.

Ich ließ die Zunge über seine Unterlippe gleiten, und daraufhin öffnete er den Mund, lud mich ein. Er saß jetzt aufrecht da, die Hände um meine Taille geschlungen, und zog mich dichter an sich heran. Als ich mich schließlich vollkommen außer Atem von ihm löste, keuchte er, als sei ich bis dahin seine einzige Sauerstoffquelle gewesen.

»Veronica, was …?«

»Pst …« Ich fummelte an dem Knoten meines Bademantels herum. »Es gibt nur zwei Dinge, denen du zustimmen musst, okay?«

»Ich bin ziemlich sicher, ich würde im Augenblick allem zustimmen, was du von mir verlangst.«

Ich lachte leise. »Ich muss die ganze Zeit die Kontrolle haben. Und … und wenn ich Stopp sage, dann hören wir auf.«

»Natürlich, Veronica. Ich würde nie …«

»Ich weiß. Deshalb will ich es ja.«

Ich öffnete den Bademantel und ließ ihn zu Boden fallen.

Bax keuchte, als ich ins Mondlicht trat. »Mein Gott, Veronica. Du … du bist atemberaubend. Aber bist du sicher? Was ist mit deinem eisernen Grundsatz, nie mit Kunden zu schlafen?«

»Ich täte das hier nicht, wenn ich nicht sicher wäre. Und nach dem heutigen Tag bist du für mich mehr als nur ein Kunde. Jetzt steh auf. Ich möchte, dass du dich auch ausziehst.«

Er gehorchte und umfing mein Gesicht mit beiden Händen. »Versteh mich nicht falsch. Ich wünsche mir das hier. Sehr sogar. Aber du trauerst, Veronica. Ich will nicht, dass es so scheint, als würde ich das ausnutzen.«

»Hier geht es nicht um Trauer, Bax.« Ich zog ihm das T-Shirt über den Kopf und fuhr mit dem Finger den Linien über seiner Brust und seinem Bauch nach. »Hier geht es nur darum, wie du dich gestern Abend um meine Mutter gekümmert hast, und um mich. Es geht darum, dass du immer nichts als liebenswürdig zu mir warst, selbst wenn ich richtig fies zu dir war.« Ich öffnete den Knopf seiner Jeans und zog den Reißverschluss hinunter. »Es geht darum, dass du alles aufgegeben hast, weil du jemand anders retten wolltest.« Ich zog seine Hose und seine Boxershorts herunter und tippte ihn ans Knie, damit er aus ihnen herausstieg. »Ich mache das hier, weil ich dich mag, Bax. Ich mag dich mehr, als ich für möglich gehalten hätte. Ich mache es, weil ich bei dir sein will. Reicht dir das?«

Er stand im Licht, nackt, die Augen unverwandt auf mein Gesicht gerichtet und nickte. »Das ist mehr als genug.«

»Gut. Jetzt leg dich bitte aufs Bett.«

Um seinen Mund zuckte es. »Na gut. Aber nur, weil du bitte gesagt hast.«

Er kroch auf mein Bett, drehte sich auf den Rücken, verschränkte die Hände hinter dem Kopf, sodass er mich sehen konnte. Ich kam dazu, schmiegte mich seitlich an ihn und stützte den Kopf auf.

Dann legte ich meine Hand auf seinen Bauch und lächelte kokett.

»Jungs wie du sollten keine Bauchmuskeln wie diese haben, weißt du.«

»Jungs wie ich?«

»Normale Jungs. Jungs, die keinen Sport treiben oder in Rockbands singen oder in Filmen mitspielen oder …«

Er legte die Hand auf meine. »Kapiert. Ich bin ein ganz gewöhnlicher Kerl im Vergleich zu den Typen, mit denen du normalerweise zusammen bist. Hast du mich ausgezogen, nur um mich wieder zu beleidigen?«

»Sorry, nein. Absolut nicht.« Ich sah ihm in die Augen, um festzustellen, ob er wütend war, aber er zwinkerte, und mein Magen hörte auf zu rumoren.

Das waren wir, das was unser Ding. Ich gab vor, besser zu sein als er, aber wir beide wussten tief im Innern, dass es eigentlich andersherum war.

»Bax?«

»Ja?«

»Küss mich. Richtig diesmal. Ohne Schauspielerei.«

Er strich mir über Kinn und Hals, bevor er sich über mich beugte.

Seine Lippen waren weich. Er küsste mich ohne Eile. Unsere Münder lernten einander ein paar Minuten lang noch genauer kennen; dann – beinahe schüchtern – folgten unsere Zungen ihrem Beispiel. Ich stöhnte in seinen Mund und presste mich an seinen nackten Arm. Er summte und streichelte mir den Nacken, während unsere Zungen miteinander tanzten.

Ich vergrub meine Finger in seinem Haar, ließ sie durch seine Beinahelocken gleiten. Dann legte ich mich wieder hin, zog ihn mit, zog ihn auf mich.

»Bax«, keuchte ich zwischen den Küssen. »Berühre mich.«

Er gehorchte und wanderte mit seiner Hand von meinem Hals mein Schlüsselbein entlang zu meiner Brust. Er umfing sie, dann strich er sanft mit dem Daumen über meine Brustwarze, und mein Körper erschauerte vor Lust.

»Ist das okay?«, flüsterte er, und sein heißer Atem streifte meinen Hals.

Bis zu diesem Zeitpunkt hatte ich befürchtet, dass ich bei der nächsten Berührung durch einen Mann wieder Franks Hände auf mir spüren würde – grob und gewalttätig. Aber Bax' Berührungen blieben zärtlich. Und geschickt war er auch noch, als er weiter nach unten wanderte. Mein Gott, war dieser Mann geschickt.

»Ja. Nicht aufhören. Nimm auch deinen Mund.«

Beinahe sofort liebkoste er mit den Lippen meine Brüste. Er saugte und neckte sie mit der Zunge, während er mit der Hand meine andere Brust streichelte. Ich presste mich an seine Hand und seinen Mund. Jeder Zentimeter meiner Haut sehnte sich nach seinen Fingern, seiner Zunge. Zwischen meinen Beinen brannte loderndes Feuer, und ich raunte seinen Namen, hob die Hüften in der Hoffnung, dass er diesen Hinweis verstehen würde.

Er tat es.

Er leckte meine harte Brustwarze, während er über meinen Bauch und meinen Schenkel strich, bevor er sanft einen Finger in mich schob.

»Oh!«, rief ich und drängte mich ihm entgegen, damit er tiefer eindringen konnte.

»Wow«, stöhnte er. »Du bist so feucht.

»Mehr, Bax. Ich brauche mehr.«

Das sah mir so gar nicht ähnlich. Ich bettelte Männer

niemals an. Normalerweise war es genau andersherum. Aber auch wenn er hier jetzt nackt in meinem seidenen Bett lag, ich wollte noch mehr. Brauchte mehr.

Ich keuchte, als er den zweiten Finger in meinem Innersten versenkte, und fuhr durch seine Haare. Meine Hüften empfingen ihn, während er mich erforschte. Er fand meinen empfindlichsten Punkt und neckte ihn mit einer Fingerspitze. Kurz darauf explodierte es weißglühend hinter meinen Augen wie ein plötzlicher Sturm, und ich schrie auf, als mein Körper bebte und zuckte vor Lust.

Aber es war immer noch nicht genug. Ich musste noch mehr von ihm haben, alles von ihm.

»Bax«, raunte ich. »Leg dich auf den Rücken. Sofort.«

Er gehorchte wortlos und verfolgte mich mit seinem Blick. Ich wühlte in meiner Nachttischschublade und zog ein eingeschweißtes Päckchen hervor. Bax war so bereit für mich, dass ich ihm das Kondom mühelos überstreifen und in Rekordzeit die Folie auf den Boden werfen konnte.

Ich schwang ein Bein über seinen Körper und senkte mich langsam auf ihn herab und atmete aus, als wir miteinander verschmolzen. Er erfüllte mich ganz und gar, als sei er für mich geschaffen. Dann begann ich, meine Hüften auf und nieder zu bewegen, sie kreisen zu lassen. Er umfasste meine Taille und hob seinen Hintern, um noch tiefer in mich einzudringen. Vor Hitze und Ekstase wurde mir ganz schwindelig.

»Verdammt, Veronica!«, rief er mit erstickter Stimme. »Nicht aufhören!«

Aber genau das tat ich.

Ich blickte auf ihn herunter, mein Körper wie erstarrt. Kniff die Augenbrauen zusammen.

»Was ist?«, fragte er. »Habe ich etwas falsch gemacht?«

»Nein«, flüsterte ich. »Mir ist nur gerade klar geworden … dass du seit langem der erste Mann bist, der mich im Bett bei meinem richtigen Namen nennt.«

Er lächelte und zog mich zärtlich an sich, küsste mich auf die Lippen, auf die Wangen, auf ein Ohr. Meine Brüste pressten sich an seine nackte Brust.

»Wenn du dich gerade nicht so verdammt gut anfühlen würdest«, raunte er mit kehliger Stimme, »dann würde ich dir sagen, dass das das Traurigste ist, was ich je gehört habe. Aber ich weigere mich, das hier zu verderben, also sage ich Folgendes: Veronica, Veronica, Veronica. Ich werde deinen Namen immer wieder aussprechen oder flüstern oder von einem verdammten Dach herunterbrüllen, wenn es das ist, was du brauchst – solange ich weiter dein wahres Ich kennenlernen darf. Du bist der Wahnsinn, Veronica. Du bist die stärkste, klügste und schönste Frau, die ich je getroffen habe, und ich bin der glücklichste Mann der Welt, weil ich dich so kennenlernen darf, wie du bist.«

Seine Worte verunsicherten mich, aber gleichzeitig wurde mir auch ganz warm ums Herz dabei. Ganz sanft fuhr ich mit den Lippen über die seinen. »Ja, das bist du. Und jetzt fass mich an, Baxter Linton. Lerne mich noch besser kennen.«

»Ich liebe es, Befehle von dir entgegenzunehmen.« Er grinste. »Besonders solche, die ich auch befolgen kann.«

Ich lehnte mich nach hinten, neigte mich ihm dann langsam entgegen, immer schneller, dann wieder langsamer, während er meine Brüste liebkoste, meinen Bauch, meine Hüften. Mit einem Finger berührte er meinen empfindlichsten Punkt, mit der anderen Hand umfing er meinen Hintern, zog mich so nah heran, dass ich es nicht länger zurückhalten konnte. Die Zeit, die wir in den letzten

Wochen gemeinsam verbracht hatten, erfüllte meine Seele, und wir bewegten uns im gleichen Rhythmus, immer schneller und schneller.

»Ja«, stöhnte ich. »Genau. Da. Oh Gott, Baxter. Ja.«

Ein weiteres glühendes Feuerwerk explodierte in meinem Kopf und zwischen meinen Schenkeln, als wir gemeinsam zum Höhepunkt gelangten und den Namen des anderen schrien. Bax keuchte, als ich ihn mit einem letzten Beben in mir festhielt und dann auf seiner Brust zusammenbrach.

Sein rasender Herzschlag pulsierte an meinem Ohr, und ich erinnerte mich an alles, was er für mich getan hatte, durchlebte noch einmal jeden Augenblick, in dem wir zusammengearbeitet hatten, besonders aber diejenigen, in denen wir nicht gearbeitet hatten. Und ich wusste ohne jeden Zweifel, dass Baxter Linton gerade alles für mich verändert hatte.

Nur sagen würde ich ihm das nie.

* * *

»Normalerweise würde ich jetzt gehen«, sagte ich, den Kopf an Bax' Brust geschmiegt. »Aber angesichts der Tatsache, dass das hier meine Wohnung ist …«

Er sah auf mich herab. »Oh, ich verstehe. Du benutzt mich, und dann wirfst du mich hinaus wie eins von deinen Outfits, die du nicht häufiger als einmal tragen kannst.«

»Genau.« Ich beschrieb einen Kreis auf seiner Brust, machte aber keinerlei Anstalten, mich von ihm zu lösen. Auch er hatte sich keinen Zentimeter bewegt. »Seit unserem ersten Tag warst du nichts weiter als eine männliche

Sahneschnitte für mich. Weißt du denn nicht, dass ich diesen Auftrag nur deshalb angenommen habe?«

»Du hast eine seltsame Art, mir zu zeigen, dass du mich willst, wenn du mich ständig durch den Kakao ziehst.«

»So behandle ich alle männlichen Sahneschnitten. Ich tue so, als würde ich sie hassen, damit sie sich umso mehr danach sehnen, mit mir zu schlafen. Diese Taktik wende ich bei meiner Beute immer an.«

»Gott, ich komme mir vor wie ein Stück Fleisch.«

»Das bist du ja auch. Gewöhn dich dran.«

»Ja, Ma'am, mit Freuden.«

Wir lachten so sehr, dass das Bett vibrierte. Ich rutschte höher und musterte sein Gesicht. Schweißperlen benetzten seine Stirn, und seine Wangen waren gerötet. Er sah aus wie an jenem Tag im Schnee auf dem Landsitz der Garcias, jungenhaft und süß. Es war seltsam, und doch vertraut, hier mit ihm zu liegen. Ich hatte noch nie einen Mann in diesem Bett gehabt. Ich lud die Typen nie zu mir ein. Das war mir immer zu persönlich, zu nah gewesen. Ich befürchtete immer, zu viel von mir preiszugeben.

Wie gestern Abend. Bei Bax war ich nackter als bei jedem anderen Menschen, und das lag nicht daran, dass unsere Klamotten neben uns auf dem Boden lagen. Er hatte einen Teil von mir gesehen, den ich mir nicht mal selbst eingestanden hatte. Meinen Schmerz, meine Bedürfnisse. Den zerbrochenen Teil meiner Seele.

Aber er hatte nicht die Flucht ergriffen. Er hatte mich geküsst und berührt und die Einzelteile wieder zusammengesetzt. Natürlich war ich nicht vollkommen wiederhergestellt. So etwas passierte nicht über Nacht. Ich würde immer Risse haben wie eine kaputte Ming-Vase, die man mit Porzellankleber wieder zusammengesetzt hatte.

Aber ich fühlte mich dennoch in gewisser Weise *ganz* – mehr als je zuvor.

»Hey, du bist plötzlich ziemlich weit weg.« Bax schob mir eine feuchte Haarsträhne aus dem Gesicht. »Alles in Ordnung mit dir? Du hast schließlich eine schlimme Nacht hinter dir.«

Ich spielte mit den Haaren auf seiner Brust und dachte über seine Frage nach. »Ja, es ist tatsächlich alles in Ordnung. Weißt du, dass du der erste Mensch bist, dem ich je von meiner Mom erzählt habe?«

»Wirklich?«

»Ich habe mich meiner Vergangenheit immer geschämt. Ich fühlte mich schuldig, weil ich sie nicht mit meinem Bruder hätte allein lassen dürfen, schämte mich wegen unserer Armut und Lebensumstände, hatte Angst wegen dem, was sie war. Ich habe mein ganzes Leben lang Angst gehabt, mir könnte das Gleiche passieren.«

Er wickelte sich eine meiner Haarsträhnen um den Finger und ließ sie wieder los. »Könnte es dir denn auch passieren?«

»Möglicherweise gibt es so etwas wie eine genetische Veranlagung, aber die kommt erst bei wiederholten psychischen Traumata zum Tragen – wie Misshandlung.« Ich legte mich auf den Rücken und starrte an die weiße Decke. »Und trotzdem habe ich verdammt große Angst.«

»Ist das der Grund, warum du dir diesen Job ausgesucht hast? Ich frage mich schon die ganze Zeit, warum du mit diesen Rollenspielen deinen Lebensunterhalt verdienst.«

»Ich glaube schon. Zuerst war es Zufall. Jemand verwechselte mich mit einer Prominenten. Ich spielte mit, denn es machte irgendwie Spaß. Aber die Sache geriet ziemlich schnell außer Kontrolle, und schließlich wurde ich geoutet, aber trotzdem … In diesem Augenblick wurde mir klar, dass es mir gefiel, in die Haut eines anderen zu schlüpfen. Und wenn ich diese Persönlichkeiten durch meinen eigenen, freien Willen schuf, dann existierten sie, weil es *meine* Entscheidung war, und nicht wegen einer Störung. Ich hatte das Gefühl, auf diese Weise immer eine Nasenlänge voraus zu sein.« Ich rollte mich auf die Seite und sah ihn an. »Ergibt das einen Sinn?«

Er strich mir übers Kinn, was süße Schauer erzeugte. »In gewisser Weise schon. Es tut mir so leid, dass du das alles durchmachen musstest. Niemand sollte so entsetzliche Erfahrungen machen. Aber ich bin gerührt, dass du mir das alles erzählst, und es verändert meine Gefühle für dich nicht im Geringsten. Wenn überhaupt dann mag ich dich dadurch nur noch umso mehr. Zu überleben, was du überlebt hast … ich habe das vorhin durchaus ernst gemeint: Ich halte dich für ungeheuer stark.«

»Du hast mir auch kaum eine Wahl gelassen, nachdem du mich vom Krankenhaus aus angerufen hast. Du bist dermaßen dickköpfig, wenn es darum geht, das Richtige zu tun, weißt du das eigentlich?«

»Ja, schon.« Er beugte sich vor und küsste mich sanft, ließ die Hand hinabwandern, bis sie auf meiner nackten Hüfte lag. »Das macht mich so attraktiv.«

»Ärgerlicherweise wirklich«, bekräftigte ich. »So, jetzt kennst du mein ganzes Drama. Erzähl mir, was für Päckchen du mit dir herumträgst. Deine Verlobte … wie hieß sie doch gleich?«

»Clare? Warum willst du etwas über sie wissen?«

»Na ja, immerhin wolltest du sie doch heiraten, stimmt's? Ich weiß noch, dass sie dich wegen eines anderen Typen verlassen hat. Aber es muss noch mehr dahinterstecken. Wollte sie denn auch die Welt retten, so wie du?«

Er löste sich von mir, und seine Finger ballten sich zu einer losen Faust auf dem Kissen. »Nein, definitiv nicht. Sie hielt mich für verrückt, als ich kündigte, weil ich etwas Nützlicheres im Leben tun wollte, als den ganzen Tag mit Zahlen herumzujonglieren. Ich meine, zuerst hat sie durchaus versucht, mich zu unterstützen, aber tagsüber studierte sie Modedesign, und abends arbeitete sie als Kellnerin. Das Geld reichte kaum dafür, die Rechnungen zu bezahlen. Und Clare wollte immer schon mehr. Sie hasste unsere kleine Wohnung und unser fast immer leeres Bankkonto. Eigentlich wollte sie alles, was du hast – die Designerklamotten, ein elegantes Loft, den glamourösen Lifestyle.«

Ich griff nach seiner Hand. »Manches davon ist toll, aber letztlich ist es nicht alles. Bis heute war mir gar nicht klar, wie viel mir fehlt.«

»Clare sah das nicht so. Wir lernten uns im ersten Jahr auf der Highschool kennen, und es funkte sofort. Schon bald waren wir unzertrennlich. Alle, einschließlich wir selbst, wussten, dass wir nach der Schule irgendwann heiraten würden.«

»Iiihh.« Ich streckte die Zunge raus. »Über solche Paare habe ich mich immer lustig gemacht.«

»Du meinst, du hast noch nie für irgendjemanden so empfunden? Du warst nie verliebt?«

»Ich habe immer irgendwie Wert darauf gelegt, mich mit Jungs zu verabreden, bei denen ich davon ausgehen konnte, dass sie sich nicht in mich vergucken würden. Ich dachte, wenn sie mir nicht nahekamen, würden sie nie von meiner Vergangenheit erfahren oder merken, woher ich kam. Deshalb habe ich mich an Promis gehalten oder an reiche Männer, die mehr Wert darauf legten, mich mit

Schmuck zu überschütten und mit mir anzugeben, als mich kennenzulernen.«

Bax pfiff durch die Zähne. »Du weißt aber, dass du von mir keine eleganten Schmuckstücke erwarten kannst, oder? Allerdings hätte ich da noch ein abgelaufenes Busticket, das ich dir schenken könnte …«

»Na ja, dann machst du besser, dass du aus meinem Bett kommst.«

»Ja.« Er rückte näher, bis unsere Oberkörper sich berührten. Seine Stimme klang leise und heiser. »Das sollte ich wohl.«

»Hm … wahrscheinlich.« Ich schloss die Augen, als er die Finger an meiner Seite auf und ab wandern ließ. »Du bist für mich vollkommen nutzlos. Es sei denn, du hast mir etwas anderes zu bieten.«

»Ich bin sicher, da lässt sich etwas finden.«

Ich streckte die Hand aus und schlang sie um seine Männlichkeit. »Ich glaube, ich hab's gefunden.«

»Definitiv.« Er keuchte, als ich fester zupackte.

»Weißt du«, sagte ich mit heiserer Stimme, »du hast mir noch nicht die ganze Geschichte erzählt. Du bist nur bis zur Highschool gekommen. Was ist nach dem Abschluss passiert?«

Er biss sich auf die Unterlippe, als ich mit dem Nagel sanft über sein Gemächt fuhr. »Da gibt es nicht mehr allzu viel zu erzählen. Nach der Highschool zogen wir zusammen. Bekamen einen Hund, verlobten uns und verwandelten uns in andere Menschen. Sie verließ mich wegen eines Typen, der erfolgreicher war als ich. Ende der Geschichte.«

»Oh nein«, sagte ich mit einem herausfordernden Lächeln. »Ich glaube, das ist erst der Anfang.«

Dann legte ich mich auf ihn.

Kapitel 14

Bax

Als ich aufwachte, gingen mir zwei Gedanken durch den Kopf: Zum einen war das Bett, in dem ich lag, viel zu weich, um mein eigenes zu sein. Zum zweiten fehlte der durchdringende Hundeatem, der mich morgens sonst immer weckte.

Ich blinzelte, geblendet vom Licht, das durch die Vorhänge fiel. Dann befeuchtete ich meine trockenen Lippen und schaute mich um. Neben mir schlief die schönste nackte Frau, die ich je getroffen hatte, die Decke nur um die Hüften geschlungen. Mein Mund wurde sogar noch trockener. Der Anblick der nackten Veronica brachte alle möglichen Körperregionen in Wallung, und ich wollte diese weiche, nach Erdbeeren duftende Haut mit meinen Händen und meiner Zunge erkunden, so wie ich es einen Großteil der Nacht lang getan hatte. Sie schmeckte und roch so gut, dass ich wahrscheinlich nie genug von ihr würde bekommen können.

Das regelmäßige Heben und Senken ihrer Brust hielt mich jedoch davon ab, sie zu berühren. Nach all dem, was sie tags zuvor hatte durchmachen müssen, war sie endlich etwas zur Ruhe gekommen, und das durfte ich ihr nicht nehmen.

Ich ignorierte also das drängende Verlangen und ging ins Bad. Ich duschte so kalt, dass ich genauso gut ein Nacktbad im Schnee hätte nehmen können. Mit einem Handtuch rubbelte ich mir das Haar trocken und putzte mir provisorisch die Zähne mit dem Finger. Meine einzigen Klamotten hier waren die, die ich schon im Obdachlosenheim getragen hatte, und auch wenn sie immer noch nach Kartoffeln mit Schinken rochen, war zumindest ich jetzt frisch und sauber.

Ich wanderte in den Wohnbereich und blieb stehen, um das nicht länger vollkommen leere Bücherregal zu mustern. Ich war vergangene Nacht so von Veronicas Kummer in Anspruch genommen gewesen – und danach von ihrem Körper –, dass mir gar nicht aufgefallen war, wie sorgfältig sie die Souvenirs dort arrangiert hatte, die ich ihr während unserer Sightseeingtour geschenkt hatte. Die Miniatur des Lincoln Memorial stand vorn in der Mitte, und lächelnd nahm ich sie zwischen zwei Finger, bevor ich sie wieder zurück an ihren Platz stellte.

Das Wohnzimmerregal mochte nun nicht mehr vollkommen leer sein, aber von ihrer Küche konnte man das nicht behaupten. Ich wollte sie verwöhnen, ihr Frühstück machen, aber ich fand lediglich ein paar Whiskey-Flaschen, Dosensuppen und eine fast leere Kaffeedose. Wovon zum Teufel lebte dieses Mädchen denn?

Wir befanden uns nicht weit von der Innenstadt, also musste es irgendwo in der Nähe einen Coffeeshop geben. Hoffentlich nicht zu weit entfernt, denn als ich tags zuvor hinter Della hergelaufen war, hatte ich meinen Mantel im Obdachlosenheim vergessen. Ich schnappte mir Veronicas Schlüssel und verließ die Wohnung in Richtung der Aufzüge. Auf dem Weg nach unten schrieb ich meiner Nachbarin und fragte sie, ob sie oder ihre Tochter noch einmal mit Ari Gassi gehen und ihn für mich füttern könnten. Ich hatte sie um diesen Gefallen schon gestern gebeten und bereits vorgewarnt, dass ich nicht sicher sei, wann ich wieder zu Hause sein würde. Ein bisschen ein schlechtes Gewissen hatte ich schon, war aber hauptsächlich erleichtert, als sie sofort zustimmte, sich weiter um Ari zu kümmern.

Glücklicherweise fand ich gleich an der Ecke auf der gegenüberliegenden Seite der Straße einen Coffeeshop. Ich fröstelte und schlang die Arme um mich, während ich durch die Glastüren sprintete.

Als ich wieder in der Wohnung ankam, war Veronica in der Küche, trug ein violettes Negligé und wirkte bedrückt.

»Hey.« Ich stellte die Papiertüte und den Kaffee auf die Theke und warf die Schlüssel daneben. »Alles klar?«

»Ja …« Sie nagte an ihrer Unterlippe, ließ sie dann wieder los. »Ich dachte, du wärst gegangen.«

»Nö. Bin nur raus, um uns was zum Frühstück zu organisieren. Keine Ahnung, was du hier isst, aber Whiskey und Suppe hielt ich nicht für das Wahre.«

Sie stürzte auf mich zu und umarmte mich so heftig, dass ich rücklings gegen die Arbeitsplatte prallte. Sie presste die Lippen auf meine, ließ die Zunge zwischen meine Zähne gleiten. Ich zog sie noch dichter zu mir heran, ließ eine Hand ihren Rücken hinunterwandern und umfing ihren Hintern.

Veronica löste sich von mir und erschauerte. »Du bist ja eiskalt.«

»Draußen ist es nun mal kalt, und ich hatte keine Jacke. Nicht dass ich etwas gegen deine Methode, mich aufzuwärmen etwas einzuwenden hätte, aber womit habe ich das verdient?«

»Ich … keine Ahnung. Ich habe nur … ich dachte … ich dachte, du bist weg, und dass du wie alle anderen bist.«

Ich nahm ihre Hand und legte sie auf meine Brust, hielt ihrem Blick stand. »Das bin ich nicht.«

»Ja, das kapier ich auch so langsam.« Sie hüpfte auf die Theke und spähte in die Papiertüte. »Was hast du geholt?«

»Croissants. Sie hatten nicht mehr allzu viel Auswahl. Wir haben die Frühstückszeit so ziemlich verschlafen.«

»Na ja, wir waren immerhin fast die ganze Nacht wach«, antwortete sie grinsend.

»Stimmt.«

Veronica zog ein Gebäckstück aus der Tüte und biss hinein. Dann schloss sie genüsslich die Augen. »Hmm …«, machte sie zwischen ein paar Bissen. Sie verputzte das erste und griff nach dem zweiten. »Normalerweise gönne ich mir nicht viele Kohlenhydrate, aber die hier sind es wert.«

»Tatsächlich?« Ich schob mich zwischen ihre nackten Beine und legte ihr die Hände auf die Oberschenkel. »Das da ist für mich, weißt du.«

»Ach ja?« Sie grinste so listig, dass zwischen meinen Beinen sofort Habachtstellung angesagt war. »Dann komm und hol es dir.« Sie schob sich den Rest des Croissants in den Mund, sodass ihr die Krümel am Kinn hängen blieben und sich dann auf ihrem Schlüsselbein verteilten.

»Denk ja nicht, dass ich das nicht täte.« Ich nahm ihr die Tüte aus der Hand und legte sie auf die Theke. Dann fuhr ich die Krümel an ihren Lippen mit den Fingern nach, ließ die Zunge an ihrem Kinn und Schlüsselbein hinunterwandern und hielt erst an ihrer Brust inne. Ich neckte ihren Nippel, bis er unter der hauchdünnen Seide hart wurde, und sie keuchte. Dann ließ ich meine Lippen wieder nach oben wandern und küsste sie.

Sie schmeckte nach Butter und Salz, denn die Reste des Croissants waren immer noch auf ihren Lippen. Ich packte ihren Hintern und zog sie zu mir heran, und sie schlang die Beine um mich. Durch das Negligé hindurch streichelte ich die empfindliche Haut und ließ einen der Träger über ihre Schulter gleiten, bevor ich ihren Hals küsste. Ich leckte an ihrer salzigen Haut, fuhr mit der Zunge zwischen ihre Brüste, bevor ich durch den Stoff hindurch sanft in ihre Brustwarze biss.

»Oh Bax.« Ihre Stimme war nichts als ein sinnliches Seufzen. Ihre Beine umschlangen mich fester, und ich griff zwischen uns und unter ihr Nachthemd, wobei ich entdeckte, dass sie kein Höschen trug, und dass sie schon wieder bereit war für mich. Mein Gott, diese Frau war ein verdammter Traum, der Wirklichkeit geworden war.

»Veronica«, stöhnte ich und zog den Träger ihres Negligés noch weiter herunter, um eine ihrer perfekten Brüste zu entblößen. Ich saugte an ihrer Brustwarze und beschrieb langsame Kreise mit der Zunge darum, bis sie am ganzen Körper erschauerte. »Ich habe mich geirrt«, sagte ich und leckte weiter. »Das Frühstück hier ist fantastisch. Ich hätte eigentlich gar nichts kaufen brauchen.«

»Pst«, sagte sie. »Vermassle es nicht mit deinen seichten Witzen.«

»Ich halte jetzt die Klappe.«

Sie streckte die Hand nach dem Reißverschluss meiner Hose aus, und ich drängte mich so hart gegen den Stoff, dass ich es kaum erwarten konnte, befreit zu werden, um in ihr abzutauchen. Ich musste in ihr sein, und zwar sofort, und das für immer.

Da klingelte mein Handy.

»Verdaaammttt«, rief ich, trat zurück und kramte in meiner Tasche herum.

»Holst du das jetzt ernsthaft raus?«

»Ich will es verdammt noch mal nur ausschalten.«

Mit zitternden Händen und keuchend drehte ich das Handy um. Gerade wollte ich auf Abweisen drücken, als ich sah, wer da anrief, und ich hielt inne.

»Bax? Wer ist es?«

Ich sah ihr in die smaragdgrünen Augen, während mein Handy weiter in meiner Handfläche vibrierte. »Herberto.«

»Oh! Das Meeting! Geh dran!«

»Okay.« Veronica strich sich das Negligé glatt und überkreuzte die Beine, während ich auf Antworten drückte. »Hallo?«

»Bax? Sind Sie das? Ich bin's, Herb!«

»Oh, hallo Mr Garcia.« Ich holte tief Luft, damit er nicht merkte, bei welcher Beschäftigung er mich gerade gestört hatte. »Wie geht es Ihnen?«

»Fantastisch. Sind Sie gerade beschäftigt?«

Ich warf einen Blick auf den feuchten Fleck auf Veronicas Negligé. »Äh, nein.«

»Wunderbar. Denn ich habe tolle Neuigkeiten.«

»Tatsächlich? Veronica hob fragend die Augenbrauen, und ich nickte ihr zu.

»Ja«, bekräftigte Herberto. »Ich habe mich mit meinen Anwälten und Rechnungsprüfern unterhalten. Sie alle sind zwar der Ansicht, dass ich mit dem Projekt ein ziemliches Risiko eingehe, erinnerten mich aber gleichzeitig daran, dass ich so viel Geld besitze, dass ich damit eigentlich machen kann, was ich will. Und ich möchte in Ihr Unternehmen investieren, Baxter.«

»Sie … wirklich?«

»Ja. Also, Sie brauchen Geld, um das Ganze aus dem Boden zu stampfen, stimmt's? Die Entwicklung, eine Produktionsstätte, Angestellte … Glauben Sie, fünf Millionen wären für den Anfang genug?«

Ich ließ mich auf den Küchenstuhl sinken, da meine Knie nun doch etwas wacklig waren. »Fünf … fünf Millionen Dollar?«

Veronica sprang von der Theke, den Mund zu einem großen O geformt. »Ernsthaft?«, flüsterte sie.

Ich nickte langsam.

»Ja«, meinte Herb. »Mir ist klar, dass Sie langfristig mehr Geld brauchen werden, aber für den Anfang müsste es doch reichen, hm?«

»Auf jeden Fall. D-danke, Mr Garcia.«

»Bitte nennen Sie mich Herb. Das darf ich dann also als Ja werten?«

»Natürlich ist das ein Ja.«

Herbs Stimme war jetzt so laut, dass ich das Handy vom Ohr weghalten musste. »Wundervoll! Ich schicke Ihnen die Verträge. Und ich lasse meine Assistentin eine Pressemeldung verfassen. Das ist Ihnen doch recht, oder? Ich will so schnell wie möglich die Aufmerksamkeit der Öffentlichkeit auf uns ziehen. Da mein Name und mein Geld im Hintergrund sind, werden wir sicherlich schnell Interessenten finden.«

»Ja …« murmelte ich. »Natürlich. Ganz wie Sie wollen.«

»Gut. Checken Sie Ihre E-Mails wegen der Verträge.«

»Mache ich.«

»Wir unterhalten uns später ausführlicher, Baxter. Ich freue mich sehr, mit Ihnen und Ihrer Frau zusammenarbeiten zu dürfen. Wir möchten bald bei einem

Abendessen mit Ihnen beiden feiern. Bitte grüßen Sie sie von uns.«

»Alles klar, das werde ich.« Nachdem wir aufgelegt hatten, starrte ich das Handy an. Ich fühlte mich wie betäubt.

Veronica wedelte mit der Hand vor meinem Gesicht herum. »Und? Bax, was hat er gesagt?«

»Er … er hat gesagt, dass er mir fünf Millionen Dollar zur Unternehmensgründung gibt.«

»Oh mein Gott! Bax! Das ist ja fantastisch!« Veronica warf mir die Arme um den Hals, und ich vergrub das Gesicht in ihrem duftenden Haar – ein Versuch, mich wieder auf den Boden der Tatsachen zurückzuholen.

»Das müssen wir feiern!«, rief Veronica. »Ich habe zwar keinen Champagner da, aber dafür Whiskey!«

Ich griff nach ihrer Hand. »Ist es dafür nicht noch ein bisschen früh?«

»Aber das hier ist doch eine besondere Gelegenheit.« Sie schob ihre Unterlippe vor und zog einen Schmollmund, der mich sofort wieder in den gleichen Zustand versetzte, in dem ich gewesen war, bevor mein Handy geklingelt hatte.

Ich zog sie an mich, bis sie meine Knie berührte, ließ meine Hand unter ihr Negligé und dann seitwärts an ihrem Körper hinaufgleiten. »Oder wir feiern, indem wir das zu Ende bringen, was wir eben angefangen haben.«

»Hm … darüber muss ich mal eben scharf nachdenken.«

Ich legte ihr die Hand auf die Brust. »Ich werde hier warten, bis du mit Nachdenken fertig bist.«

»Weißt du, für einen guten Kerl bist du schrecklich verdorben, Baxter Linton.«

»Ich gebe mein Bestes.« Ich kniff ihr in die Brustwarze,

und sie sog scharf den Atem ein, bevor sie sich rittlings auf meinen Schoß setzte. Sie presste sich gegen meine harte Männlichkeit, und ich stöhnte.

»Okay, na gut«, sagte sie und streckte die Hand erneut nach meinem Reißverschluss aus. »Dann feiern wir eben auf unsere Weise.«

Letztendlich feierten wir nicht nur in der Küche, sondern auch im Wohnzimmer, im Schlafzimmer und in der Dusche. Wer zum Teufel brauchte schon Champagner?

* * *

»Bist du sicher, dass ich mit zu dieser Verlobungsfeier kommen sollte?« Veronica fuhr sich durchs Haar und sah zu mir auf. Wir standen vor Allis und Scotts Wohnung, und das Summen lachender und schwatzender Stimmen drang durch die weiße Tür.

»Sie werden bald heiraten. Mittlerweile ist es ihnen egal, wie es dazu kam. Und sie glauben immer noch, dass es deine Schwester war, die mit Scott ausgegangen ist, stimmt's? Wird schon alles gut gehen.« Ich massierte ihr die Schultern. Ich war gar nicht daran gewöhnt, sie zum Zusammentreffen mit anderen Leuten überreden zu müssen – normalerweise preschte sie ja immer voran und öffnete selbst die Tür. Aber zwischen uns hatte sich etwas verändert, und sie wollte anscheinend einen guten Eindruck bei meinen Freunden hinterlassen.

Es war jetzt etwas mehr als eine Woche her, seit Herberto mir mit seinem Anruf die guten Neuigkeiten mitgeteilt hatte. In einem Nebel aus Papierkram, Pressekonferenzen, Meetings und wunderbaren Nächten mit Veronica war die Zeit wie im Flug vergangen. Wir waren kaum voneinander getrennt gewesen, und mir war das durchaus recht, denn die Augenblicke, in denen ich sie nicht berühren konnte, kamen mir leer und lang vor, als könne mein Herz nur dann regelmäßig schlagen, wenn sie in der Nähe war.

»Stimmt«, antwortete sie. »Meine blonde *Zwillings*schwester. Aber Scott kennt die Wahrheit. Und was ist, wenn ein paar von deinen alten Kollegen mich erkennen?«

»Scott wird nichts verraten, schließlich weiß er, was auf dem Spiel steht. Und du trugst damals ja die blonde Perücke. Überdies waren alle total betrunken. Glaub mir, niemand wird sich an dich erinnern.« Ich nahm ihre Hand und öffnete, ohne anzuklopfen, die Tür. »Alles wird gut. Außerdem muss ich hier einfach aufkreuzen. Ich bin nicht nur der Trauzeuge, sie wollen mir auch wegen des Deals gratulieren. Und du bist meine Partnerin. Es ergibt also absolut einen Sinn, dass du auch hier bist.«

»Wahrscheinlich hast du recht. Aber wenn Alli versucht, mich mit dem Eispickel zu erstechen, bin ich weg.«

»Das ist nur fair.«

»Baxter! Da bist du ja!« Scott begrüßte mich händeschüttelnd und klopfte mir auf den Rücken. »Alle mal herhören! Mein Trauzeuge ist da!« Der Raum antwortete mit vielstimmigem »Prost!«

»Gratuliere, Mann«, sagte ich und erwiderte den Rückenschlag. Ich zog Veronica zu mir heran. »Du erinnerst dich doch an Veronica?«

Scotts Augen weiteten sich hinter seinen Brillengläsern, und hinter ihm tauchte nun auch Alli auf. Sie begrüßte mich mit einem Kopfnicken und funkelte mein Date wütend an. Veronicas Eispickel-Befürchtung war vielleicht doch gar nicht so weit hergeholt.

»Hey«, sagte Veronica. »Gratuliere ebenfalls.« Sie streckte ihre Hand aus.

Scott griff danach, aber Alli berührte ihn am Arm, und er zog seine Hand so schnell zurück, als hätte er sie in Säure gesteckt.

»Wir wussten ja gar nicht, dass du eine Begleitung mitbringst, Baxter«, meinte Alli.

»Na ja, ihr wolltet mir doch zu meinem Deal gratulieren, und Veronica habe ich den immerhin zu verdanken.« Ich legte ihr den Arm um die Taille. »Außerdem ist sie mein Date.«

Alli verengte die Augen, und in einem Science-Fiction-Film hätte sie jetzt sicherlich Laserstrahlen daraus abgefeuert. »Hm. Na ja, freut mich für euch. Wir müssen uns jetzt um die anderen Gäste kümmern. Scottie?« Sie tippte ihn auf die Schulter, um ihn zum Mitkommen zu bewegen. Er warf mir einen entschuldigenden Blick zu und folgte ihr durch die Menge.

»Ich dachte, er hasst den Spitznamen Scottie«, sagte ich.

»War auch so.« Veronica warf ihr Haar über die Schulter. »Bis Rachel darauf bestand, ihn so zu nennen. Du, ich glaube, Alli kauft uns diese Schwester-Geschichte nicht ab. Vielleicht sollte ich lieber gehen.«

»Auf gar keinen Fall.« Ich zog sie an mich, sodass unsere Hüften sich berührten. »Diese stickige Party halte ich ohne dich nicht aus. Ich glaube, sie haben noch nicht mal Bier da. Ich kann nur Wein entdecken.«

Veronica lachte. »Armer Schatz. Jetzt musst du auch noch Chardonnay trinken statt Budweiser. Na gut, bleiben wir also ein bisschen.« Sie stellte sich auf die Zehenspitzen und flüsterte mir ins Ohr: »Aber nur damit du es weißt: Unter diesem langweiligen Outfit trage ich einen schwarzen BH und den Tanga, den du so magst.«

Ich biss die Zähne zusammen und schluckte. »Du spielst nicht fair.«

»Ich wollte nur deine Fantasie anregen. Und jetzt hole ich uns etwas Wein.«

Sie schlenderte mit wiegenden Hüften davon und zwinkerte mir über die Schulter hinweg zu. Es erforderte meine ganze Willenskraft, sie mir nicht zu schnappen, über die Schulter zu werfen und sie in meine Wohnung zu tragen, um einen Blick auf die eben erwähnte Unterwäsche zu werfen.

Wir brachten die Vorstellungsrunde hinter uns, und dabei machte ich sie mit ein paar meiner ehemaligen Kollegen bekannt. Sie starrten sie an, als käme sie ihnen irgendwie bekannt vor, wüssten aber nur nicht, woher. Als sie mal nicht direkt neben mir stand, beobachtete ich sie aus der Entfernung und zählte die Minuten, bis endlich genug Zeit vergangen war, um sie anstandslos nach Hause zu bringen und auszuziehen. Jede Minute war eine zu lang.

Die Gedanken an Veronica in Unterwäsche heizten meinem Körper in der überfüllten Wohnung schon bald so sehr ein, dass mir der Schweiß den Nacken hinunterrann. Ich trat auf den Balkon und schloss die Augen, als die kühle Luft auf mein Gesicht traf.

»Hey, Kumpel.« Scott torkelte zu mir hinaus. Offensichtlich hatte er einen Großteil des Weins intus. »Alles klar?«

»Ja, war nur ein bisschen warm da drin. Und du? Hast du die ganze Bar leer getrunken?«

Scotts Lachen klang tief und gurgelnd. »Vielleicht. Niemand hat mir gesagt, wie stressig so eine Verlobung ist. Ich hasse das alles.«

»Bei der Hochzeit wird es noch Millionen mal schlimmer, das sag ich dir, mein Lieber.«

»Erinner mich nicht daran.« Er kippte seinen Wein hinunter und stellte das Glas auf einen Metalltisch. »Also Veronica, Mann. Was ist da los zwischen euch? Ich dachte, du hättest sie engagiert, damit sie dir bei deinem Geschäft auf die Sprünge hilft.«

Er kam so nah, dass ich die fermentierten Trauben in seinem Atem riechen konnte.

»Hab ich auch. Aber dann … ist es irgendwie weitergegangen.«

»Na ja, sie ist ja auch ’ne heiße Braut, zugegeben. Im Bett ist sie sicher der Wahnsinn.«

Ich umfasste die Brüstung des Balkons und sah auf die flackernden Lichter der Stadt hinaus. »Ja, aber darüber rede ich mit dir nicht, Kumpel.«

»Ach, komm schon. Ist das nicht der Grund, warum man mit einer Frau wie ihr zusammen ist? Um sie zu ficken? Doch sicher nicht wegen der tollen Gespräche. Wir wissen beide, dass sie eine Bitch ist.«

Meine Knöchel an der Reling wurden weiß. »Ich werde dir das durchgehen lassen, weil du offensichtlich zu viel getrunken hast. Aber jetzt solltest du die Klappe halten, bei aller Freundschaft.«

»Wow. Warte.« Unsicher wich er einen Schritt zurück. »Sag mir jetzt nicht, dass du die Kleine wirklich magst?«

»Doch. Sehr sogar.«

Er legte mir seine verschwitzte Hand auf die kalten Finger. »Bax, ich sage das hier als Freund, aber hör dir doch selbst mal zu. Diese Frau ist eine professionelle Lügnerin.«

»Ich weiß, was sie macht. Und ich mag sie trotzdem. Es ist mir egal, Scott. Im Job ist sie nicht sie selbst. Sondern eine Schauspielerin.«

»Sieh mal einer an.« Er stieß seinen sauren Atem aus. »Ich weiß, dass du das jetzt nicht hören willst, aber ich bin nun mal dein Freund. Ich habe zugesehen, wie du ein geschlagenes Jahr lang Clare hinterhergetrauert hast. Ich will nicht, dass man dir wieder wehtut. Benutze diese Veronica wie du willst. Amüsier dich – das hast du weiß Gott nach dem letzten Jahr echt verdient – aber mach dir nichts vor. Red dir bloß nicht ein, dass mehr dahinter steckt. Die Frau gehört nicht zu denen, die man heiratet, um glücklich bis zum Lebensende mit ihnen zusammenzuleben. Das ist eine, die man fickt, bis die Richtige daherkommt.«

Hinter uns räusperte sich jemand, und als ich mich umdrehte, stand Veronica hinter uns, starr und steif, mit bleichem Gesicht. »Äh, sie wollten einen Toast auf euch Jungs ausbringen. Und ich … ich habe ganz vergessen, dass ich heute Abend noch einen Termin habe. Ich … ich muss los.« Sie wirbelte herum und floh Richtung Wohnungstür.

»Verdammt. Veronica …« Ich wollte hinter ihr herlaufen, aber Scott hielt mich zurück. Heißer Zorn loderte in mir auf. »Scott, lass mich los. Wenn sie irgendwas davon jetzt für bare Münze nimmt …«

»Bax, ich gebe dir doch nur einen freundschaftlichen Rat. Ich wollte dir das nicht sagen, aber ich habe jede Menge über sie gehört.«

»Es schert mich einen Dreck, was du gehört hast.«

»Hör mir zu, okay? Der Typ, der mir von ihr erzählt hat, war ein Kunde. Francesco Stribani, genannt Frank. Du kennst den Namen. Großer Wall-Street-Typ, stimmt's?

Hat sie engagiert, um ihm dabei zu helfen, das Interesse seiner Frau wieder zu entfachen. Und es hat großartig geklappt.« Er packte mein Handgelenk fester, schwitzend trotz des kalten Winterwindes. »Bis sie ihn verführte. Ist halb nackt und bettelnd bei ihm aufgetaucht. Er hat einmal mit ihr geschlafen und gab zu, dass das ein Fehler war. Aber sie hat ihn erpresst. Hat gedroht, seiner Frau alles zu erzählen, wenn er ihr nicht mehr Geld zahlte.«

Ich runzelte die Stirn. »Das klingt nach einem Riesenhaufen Scheiße. So eine ist sie nicht.«

»Keine Scheiße«, flüsterte Scott mit ins Ohr, und dabei schwankte er bedenklich. »Mann, der ist mit einer gebrochenen Nase und einem blauen Auge zu mir ins Büro gekommen. Als er sich nämlich weigerte, sie zu bezahlen, hat sie ihm ins Gesicht geschlagen. Sie ist wild, sag ich dir. Gewalttätig und unberechenbar. Und es geht ihr immer nur ums Geld. Und jetzt, wo du diesen Riesendeal unter Dach und Fach hast, ist es kein Wunder, dass sie sich an deine Fersen heftet …«

Seine Stimme verlor sich im Wind, während ich mich an den Abend der Gala erinnerte. Veronica hatte beängstigend verstört reagiert, als sie den Typ mit dem Nasenverband entdeckt hatte. Aber nicht auf eine Weise, die mich vermuten ließ, dass sie ihn erpresst hatte. Und genau – davor hatte ich sie nicht anfassen dürfen. Und in ihrem Mülleimer hatte ein blutiges Kleid gelegen. Ich ballte die Hand zur Faust, als ich zwei und zwei zusammenzählte.

»Dieser Kunde von dir lügt wie gedruckt«, rief ich. »Sie hat ihn nicht erpresst. Er hat ihr wehgetan, und sie hat sich nur verteidigt. Er ist ein verdammter Vergewaltiger.«

»Bax, hör dir doch mal selber zu! Du nimmst ein Mädchen in Schutz, das anderen Leuten das Leben schwer macht. Sie wird das Gleiche mit dir machen. Sie ist nichts weiter als eine geldgierige Nu…«

Meine Faust an seinem Kinn schnitt ihm das Wort ab. Schmerz durchzuckte meine Fingerknöchel und mein Handgelenk. Scott taumelte zurück, hielt sich die Hand vor den Mund, und Alli stieß drinnen einen Schrei aus und eilte dann zu uns auf den Balkon.

»Bax, was zum Teufel?« Sie kniete sich neben ihren Verlobten, der mittlerweile auf dem Boden saß, sein Kinn hin und her schob und dabei vor Schmerz immer wieder zusammenzuckte.

»Scott kann dir alles erklären.« Ich schüttelte meine mitgenommene Hand. »Ich suche jetzt nach meiner Begleiterin.«

»Du weißt schon, dass du jetzt kein Trauzeuge mehr bist?«, rief Alli mir hinterher.

»Klaro«, murmelte ich und schnappte mir meinen und Veronicas Mantel von dem Stapel im Schlafzimmer. »Hier hab ich nichts mehr zu suchen.«

Die Wohnung befand sich im siebten Stock, also mied ich den Aufzug und stürmte die Treppen hinunter, immer zwei Stufen auf einmal nehmend. Mein Gott, hoffentlich konnte ich sie noch einholen.

Ich wäre vor Erleichterung beinahe zusammengesackt, als ich Veronicas dunklen Schopf an der Tür zur Lobby entdeckte, wo sie offenbar auf ein Taxi wartete.

»Veronica!« Beim Klang meiner nach meinem Treppensprint vollkommen atemlosen Stimme wandte sie sich um. »Es. Tut. Mir. Leid. Er … irrt sich.« Ich beugte mich vor, die Hände auf den Knien, versuchte, Atem zu schöpfen. »Nichts von alldem ist wahr.«

»Ist es wohl, Bax. Diese vergangene Woche … die war

wie ein Traum. Wir … warte, was ist mit deiner Hand passiert?«

Ich folgte ihrem Blick und sah, dass meine Knöchel feuerrot waren. »Kann sein, dass ich Scott einen Kinnhaken versetzt habe.«

»Mein Gott, Bax.« Sie begutachtete die Finger. »Na ja, zumindest scheint nichts gebrochen zu sein. Du musst die Hand kühlen, wenn du nach Hause kommst. Das hättest du nicht machen sollen.«

»Absolut hätte ich das. Was er behauptet hat, ist einfach nicht wahr.«

»Doch, ist es wohl.« Sie berührte sanft mein Gesicht. »Es ist so rührend von dir, dass du von einer Langzeitbeziehung mit mir träumst, aber wir wissen beide, dass das nicht klappen kann.«

Ich zuckte zurück. Das war mir verdammt noch mal neu. »Ach, wissen wir das?«

»Komm schon, wir haben die ganze letzte Woche Vater-Mutter-Kind gespielt.« Sie deutete auf unsere Spiegelbilder in den Glastüren. »Das da sind nicht wir. Ich meine, du hast gerade deinem besten Freund ins Gesicht geschlagen, und ich trage flache Schuhe. *Flache Schuhe,* Bax!«

»Was willst du damit sagen? Dass du nicht mit mir zusammen sein willst?«

Sie starrte ihre Schuhe an. »Ich … keine Ahnung. Es ist so viel passiert … der Tod meiner Mutter, dein Deal … und vieles mehr.«

»Frank Stribani?«

Ihr Kopf schnellte nach oben. »Woher weißt du von ihm?«

»Ich habe dein Kleid im Müll gefunden, als ich dich aus der Bar nach Hause brachte. Hat er dich …?«

»Nein …« Sie schüttelte den Kopf. »Beinahe, aber ich habe ihn daran gehindert.«

Ich machte einen Schritt auf sie zu. »Für mich ist es in Ordnung, die Dinge langsam anzugehen, wenn das für dich am besten ist. Aber was wir haben, das ist so verdammt gut, Veronica. Wirf es nicht fort, weil es neu für dich ist und dir Angst einjagt.«

»Mach ich nicht, Bax.« Ein Taxi fuhr draußen vor, und der Fahrer hupte. »Aber ich brauche etwas Zeit. Ich habe das Gefühl, mich selbst verloren zu haben, und dabei wusste ich sowieso nicht so genau, wer ich überhaupt war. Wenn du in der Nähe bist, kann ich es erst recht nicht rausfinden. Du lenkst mich zu sehr ab.« Sie legte die Hand an meine Wange. »Und du bist zu gut für mich.«

Ich umfasste ihr Handgelenk, und mir schnürte sich die Kehle zu. »Wir wissen beide, dass das nicht stimmt. Aber wenn du Zeit brauchst, um dir über all das klar zu werden, dann nimm sie dir.« Ich küsste sie sanft und sah ihr in die Augen. »Aber nicht zu lange, ja? Eine andere Frau könnte mich dir vor der Nase wegschnappen.«

»Ich würde ihr keinen Vorwurf daraus machen.« Sie fuhr mit dem Daumen über meine Unterlippe und gab mir noch einen Kuss. Der Taxifahrer ließ ein erneutes, warnendes Hupen ertönen. »Ich gehe jetzt lieber. Bis bald, Bax.«

»Ja. Tschüss, Veronica.«

»Ich schlang ihr den Mantel über die Schultern und begleitete sie zum Taxi. Dann sah ich ihr nach, wie sie in der Dunkelheit verschwand und mein Herz mit sich nahm.

Kapitel 15

Veronica

Am Abend danach eilte ich in einem Outfit die Straße hinunter, für das Bax mich sicher ausgeschimpft hätte. Das enge orangefarbene Minikleid war in keinster Weise geeignet für diese Temperaturen, und bei dem pfeifenden Wind bekam ich schon bald eine Gänsehaut. Ich lief an der ewig langen Schlange von Menschen vorbei, die alle darauf warteten, in den Club hineingelassen zu werden, und streckte dem Türsteher meine Brüste entgegen. Nachdem er diese einen Augenblick angeglotzt hatte und auch einen anerkennenden Blick auf meine Beine geworfen hatte, winkte er mich durch. Türsteher waren *so verdammt* einfach zu überzeugen.

Der wummernde Bass irgendeines Tanzsongs aus den Top Forty und die sich windenden Leiber auf der Tanzfläche beruhigten mich. Hier fühlte ich mich zuhause. Sex, Alkohol und keine Konsequenzen. Ich setzte mich an die Bar und zog mit einem koketten Zwinkern die Aufmerksamkeit des Barkeepers auf mich (Barkeeper waren ebenfalls leichte Beute). Nachdem ich meinen zweiten Whiskey hinuntergekippt hatte, hatte ich nicht nur die Winterkälte abgeschüttelt, ich war auch wieder eher ich selbst. Mehr als seit Wochen.

Bax hatte geglaubt, dass es Scotties Worte gewesen waren, die mich verstört hatten – aber viel beängstigender war die Art gewesen, wie Bax mich verteidigt hatte. Dass er nicht erkannte, wer ich wirklich war. Scottie hatte hundertprozentig recht. Zum Teufel, ich hatte mich doch früher selbst so beschrieben.

Und dann hatte ich mein Spiegelbild im Wohnzimmerfenster gesehen. Eine züchtig geschnittene Bluse, kaum Make-up, welliges Haar, das ich nicht mal glatt geföhnt hatte. Ich erkannte diese Frau kaum wieder. Diese Frau war langweilig. Sie trank Wein und unterhielt sich mit Buchhaltern übers Wetter. Sie vermisste Bax, wenn er nicht in der Nähe war. Sie beweinte ihre Vergangenheit, statt sie zu ignorieren. Sie hatte Angst vor allem. Sie war verletzlich. In diesem Augenblick wurde mir klar, dass Bax mich verändert hatte. Er hatte mich weich gemacht wie Butter, die man zu lange nicht in den Kühlschrank gestellt hatte.

Ich mochte die Frau, die ich gewesen war, bevor ich Bax kennengelernt hatte und bevor ich Frank in dessen schmierige Finger gefallen war. Sie wusste, wer sie war. Es war ihr egal, dass sie allein war. Sie hatte alles haben können, *jeden*, den sie wollte. Sie konnte jede Person sein, die sie sein wollte. Sie konnte jederzeit aufstehen und gehen und wieder neu anfangen. Diese Frau war niemandem Rede und Antwort schuldig außer sich selbst, und sie war definitiv nicht verletzlich. Wer würde das alles schon bereitwillig aufgeben wollen? Ich sicher nicht.

Ich kippte einen weiteren Whiskey hinunter, schob diese Gedanken beiseite und bestellte mir noch einen.

»Silvia?«, erklang eine kehlige Stimme hinter mir. »Kann verdammt noch mal doch gar nicht sein! Was machst du denn hier?«

Ich drehte mich auf meinem Barhocker um und erblickte Panick Slade. Er trug eine Lederhose, die keinerlei Spielraum für Fantasie im Hinblick auf seine reichhaltige Bestückung ließ, und ein rotes Shirt, das fast komplett aufgeknöpft war, sodass seine Tribal Tattoos auf der nackten Brust deutlich darunter sichtbar waren.

Stimmte ja. Er hatte mir vor ein paar Tagen geschrieben, dass seine Band für irgendein Konzert in der Stadt sein würde. Ich hatte in der Boulevardpresse gelesen, dass seine Freundin ihn verlassen hatte, und dass er jede Menge Spaß beim Feiern ohne sie hatte. Deshalb hatte ich die Nachricht auch gleich gelöscht, zumal zu diesem Zeitpunkt Bax friedlich neben mir schlummerte.

Aber jetzt war ich allein. Und hatte die Gelegenheit, mir selbst zu beweisen, wer genau ich war. Wenn irgendjemand mich an mein wirkliches Ich erinnern konnte, dann der Rockgott vor mir.

»Hey, Rockstar«, schnurrte ich und kippte einen weiteren Drink hinunter. »Ich suche hier natürlich nach dir.«

Er fuhr sich mit der Zunge über die Lippen und ließ den Blick über meinen Körper wandern. »Du siehst super aus heute Abend. Wie schön, dass du mich gefunden hast… Komm, lass uns tanzen.«

Ich glitt vom Barhocker und stützte mich auf etwas wackligen Beinen auf seine breiten Schultern. Mit einem Grinsen führte er mich auf die Tanzfläche und wirbelte mich so herum, dass mein Rücken gegen seine Brust gepresst wurde. Er schlang den Arm um mich und hielt mich fest. Der Raum drehte sich – die Wirkung des Whiskeys setzte ein –, und mir wurde ganz heiß, während wir uns rhythmisch zur Musik bewegten. Ich ließ meine Hüften an ihm kreisen, und er knurrte lüstern und umfing meine Taille, zog mich noch dichter an sich. Es fühlte sich verdammt gut an, von einem Rockstar so eindeutig begehrt zu werden. Ich schlang ihm die Arme um den Hals, schloss die Augen und wiegte mich mit ihm im Gleichklang, während seine Hände über meinen Körper wanderten.

Bax' Name echote in meinem Kopf mit jedem Wummern der Beats, und ich versuchte, das seltsame Gefühl abzuschütteln, das sich nicht ganz ignorieren ließ – war das etwa ein schlechtes Gewissen? Das spielte alles keine Rolle. Das hier war ich. Ich gehörte nicht zu den Frauen, die sich nur mit einem einzigen Mann abgaben. Ich wollte das Beste vom Leben. Dafür hatte ich hart gearbeitet. Bax wusste das. Ich wusste das. So würde ich immer sein.

»Hey«, flüsterte Panick mir ins Ohr, die Stimme schwer von Alkohol und Lust. »Wir haben da eine Privatparty in unserem Hotel. Willst du kommen? Wir könnten versuchen, etwas Zeit allein zu verbringen.« Er knabberte an meinem Ohr.

»Klar«, antwortete ich mit ebenfalls heiserer Stimme. »Dann mal los.«

Wir verließen den viel zu heißen Club und stiegen mit den anderen Bandmitgliedern in eine Stretchlimousine. Auch sie hatten im Club ein paar Frauen aufgerissen, und auf den Sitzbänken wurde dermaßen herumgeknutscht, dass es mich an einen Highschool-Abschlussball erinnerte.

Panick küsste meinen Hals und meine Ohren, wollte unbedingt auch auf meinen Lippen landen. Aber jedes Mal, wenn er ihnen allzu nahe kam, veranlasste mich irgendetwas, mich ihm zu entziehen. Ich biss die Zähne aufeinander, als Panick mein Schlüsselbein leckte.

Der verdammte Baxter. Hier saß ich nun mit diesem

wahnsinnig heißen Rockgott, der versuchte, mir die Zunge in den Hals zu schieben, und konnte nur daran denken, wie Bax' Lippen sich zu einem Lächeln verzogen, wenn ich etwas Witziges gesagt hatte. Oder dass seine Augen leuchteten wie die eines Kindes am Weihnachtsmorgen, wenn ich nichts anhatte.

Oben im Hotelzimmer angelangt, brauchte ich unbedingt noch einen Drink. Blind zog ich winzige Fläschchen aus der Minibar und trank sie gierig, genoss das Gefühl der Taubheit, das folgte. Dann torkelte ich zur Couch in der Mitte des Raumes und fiel praktisch auf die weißen Polster.

»Omeingott, kaum zu glauben, dass wir hier sind?« Eine falsche Blondine mit der Stimme einer Disney-Prinzessin ließ sich neben mich plumpsen. »Ich meine, wir sind im Hotelzimmer der Screeching Monkeys!«

»Ja, das ist echt der Wahnsinn«, antwortete ich und drehte die kleine Flasche Tequila in der Hand. »Ich nehme an, das ist das erste Mal, dass du mit Rockstars feierst?«

»Natürlich.« Ihre ohnehin schon riesigen Augen weiteten sich noch mehr. »Du meinst, du hast das schon mal gemacht?«

»Ein paar Mal, ja.«

»Omeingott, erzähl mir alles!«

Ich zog eine Grimasse. »Ist gar nicht so aufregend, wie es klingt. Du weißt, dass du nie ihre Freundin wirst oder so was, oder? Du bist nicht hier, weil sie dich mit auf Tournee nehmen oder Songs über dich schreiben wollen. Du bist nur ein weiterer Körper, den sie ficken und auf die Liste der von ihnen eroberten Frauen setzen können.«

Ihr Lächeln verblasste, und ein Gefühl selbstgerechter Befriedigung machte sich in mir breit. *Ja, das war schon besser.*

»Das ist schrecklich«, sagte sie. »Warum sagst du so was?«

Weil es stimmte, und ich hatte es schon immer gewusst.

»Keine Ahnung. Weil ich eine Bitch bin?«

»Na ja, vielleicht behandeln sie ja *dich* so, aber bei mir ist es sicher anders. Du wirst schon sehen.«

»Viel Glück dabei.« Sie rauschte schnaubend in einer Wolke aus Peroxyd-Mähne und pinkfarbenem Stoff davon.

Ich drehte den Deckel der Tequila-Flasche ab und kippte das Zeug hinunter. Der Raum wurde erst schwarz, dann wieder bunt, verschwamm, wurde wieder klar. Jetzt spürte ich es. Das hier war so viel besser als Bax' Wohnung, als mit ihm und Ari auf seiner zerfledderten Couch zu sitzen und darüber zu reden, wie meine Mutter mein Leben ruiniert hatte. Hier war ich wichtig. Und gleichzeitig ein Niemand. Und obwohl die Blondine mich sicher hasste, bewunderte sie mich bestimmt auch. Ich nahm regelmäßig an solchen Veranstaltungen teil. Ich wurde wieder eingeladen, solange ich wusste, wie ich sie bei der Stange hielt. Sie hingegen würde morgen schon wieder in Vergessenheit geraten.

»Da bist du ja.« Panick ließ sich neben mir aufs Sofa fallen und legte mir die Hand aufs Knie.

»Heeeeyyyy … Rockstar«, lallte ich. Die Worte wollten mir nicht mehr so recht über die Lippen kommen, und mein Körper prickelte und fühlte sich gleichzeitig taub an. Ich ließ die leere Miniflasche zu Boden fallen.

»Ich hab dich vermisst, Silvia.« Panick beugte sich vor und flüsterte. »Du bist mir immer noch der liebste.«

»Ach ja? Dein liebstes was?«

»Mein liebster *Fick*.« Er stieß die letzten Worte zwischen den Zähnen hervor wie ein Löwe, der auf einem blutigen Kadaver herumkaut. Ich wich zurück.

Er schob meinen Kopf zur Seite und presste seinen Mund auf meinen. Seine Zunge bohrte sich zwischen meine Zähne und mein Zahnfleisch, als suche er dort nach irgendetwas, und mir drehte sich der Magen um. Ich schluckte die Übelkeit hinunter und erwiderte seinen Kuss, ließ meine Hände über seine Brust gleiten. Sie war beeindruckend breit, und darauf fuhr ich normalerweise ab, aber als er mich jetzt auf die Couch drückte, rebellierte mein Magen erneut. Mir war wirklich richtig schlecht. Teilweise lag das sicher an dem übermäßigen Alkoholkonsum, aber ich wusste, dass das nicht alles war.

Vor meinem geistigen Auge sah ich immer wieder Bax vor mir, und unwillkürlich musste ich wieder daran denken, dass Panicks Lippen nicht Bax' Lippen waren. Ihnen fehlte die Sanftheit, die Zärtlichkeit. Panick roch nach Schweiß und Schnaps, nicht nach Irish Cream und Seife. Wir passten nicht zusammen – wie zwei Stoffteile, die man zusammengenäht hatte, ohne sie vorher auszumessen. Und als er sich unbeholfen an dem Reißverschluss im Rücken meines Kleides zu schaffen machte, wurde mir klar, dass wir in der Tat eigentlich überhaupt nicht zusammenpassten.

»Nein, Rockstar.« Ich stieß ihn von mir herunter. »Ich kann das nicht.«

»Klar kannst du.« Er ließ die Hand an meinem Bein hinaufwandern. »Und du machst deine Sache sehr gut.«

Ich stieß ihn weg und setzte mich auf, blinzelte, als das Zimmer sich um mich drehte. »Nein, ich kann nicht. Ich muss los.«

Panick beobachtete nachdenklich, wie ich mühsam auf die Füße kam. Dann zuckte er mit den Schultern. »Wie du willst. Dein Pech. Ich habe hier jede Menge Auswahl.«

Während ich mit ausgestreckten Armen zur Tür stolperte, ging Panick in die Ecke und bemühte sich, die nähere Bekanntschaft der künstlichen Blondine zu machen, indem er nach ihrem Arsch packte, woraufhin sie ein aufgeregtes Quieken ausstieß. Na ja, zumindest war ihr Abend gerettet.

Der Hotelflur neigte sich und drehte sich um mich, während ich versuchte, die Aufzüge zu finden. Ich vermied es, auf das Blumenmuster des Teppichs zu schauen, denn dann hätte sich mir sicher vollends der Magen umgedreht. Trotzdem verkrampfte sich meine Speiseröhre und sagte mir, dass mir nur noch wenige Sekunden blieben, bis das Schlimmste passierte. Gerade noch rechtzeitig entdeckte ich eine Topfpflanze und erbrach mich hinein.

»Veronica? Sind Sie das? Oh meine Liebe, sind Sie krank?«

Ich wischte mir den Mund ab und sah zu Catia Garcia auf. Mist. Was für ein Pech.

»Was machenSiedennhier?«, murmelte ich und rieb mir die Knie, auf denen sich das Muster des Teppichs abzeichnete.

»Herb und ich nehmen uns manchmal einfach zum Spaß ein Suite im Hotel. Dann fühlen wir uns wie im Urlaub.« Sie berührte meine Stirn. »Oh, meine Liebe, Sie sehen gar nicht gut aus. Sie schwitzen. Vielleicht haben Sie sogar Fieber. Kommen Sie. Unser Zimmer ist am Ende des Flurs.«

Ich wollte protestieren, aber weder mein Mund noch meine Füße wollten mir gehorchen. Sie führte mich in ein Zimmer, das genauso aussah wie das, in dem ich gerade mit der Band gewesen war, nur dass hier die schwatzenden Blondinen und die tätowierten Rocker fehlten. Ich schlug mir die Hand auf den Mund, als mein Magen sich erneut regte.

»Okay, schaffen wir Sie ins Bad«, sagte Catia und führte mich in das marmorne Zimmer.

Ich gab sämtliche Flaschen aus der Minibar von mir, bis es mir vorkam, als hätte sich mehr als mein gesamter Mageninhalt in die Toilette ergossen. Catia reichte mir ein kühles Tuch, und dankbar wischte ich mir Mund und Gesicht ab, während sie abzog. Ich trank das Glas Wasser, das sie mir gab, und der Nebel in meinem Hirn klarte ein wenig auf.

»Herb ist unten an der Bar«, sagte sie. »Aber angesichts Ihres Zustandes wird er sicher nichts dagegen haben, wenn ich Sie im zweiten Schlafzimmer unterbringe. Hier entlang.«

Das Schlafzimmer war riesig, doppelt so groß wie mein eigenes, und ich schleuderte meine High Heels von mir und legte mich aufs Bett. Der Raum begann sich wieder zu drehen, und stöhnend legte ich mich auf die Seite.

»Ich glaube, wir sollten Ihnen einen Mülleimer ans Bett stellen, ja, meine Liebe? Wenn Sie sich noch einmal übergeben müssen, dann benutzen sie den.« Catia stellte einen weißen Behälter neben das Bett. Sie schob mir das schweißnasse Haar aus der Stirn. »Soll ich Ihren Mann anrufen? Ihm Bescheid geben, wo Sie sind?«

Ich brauchte einen Augenblick, bis mir klar wurde, von wem sie sprach.

»Nein, bitte nicht. Rufen Sie Bax nicht an.«

»Okay, meine Liebe. Wie Sie wollen. Ruhen Sie sich aus.« Sie lief zur Tür und schaltete das Licht aus.

Die Worte sprudelten aus mir heraus, ohne dass ich überlegte, was ich sagte. »Er ist gar nicht mein Mann, wissen Sie.«

»Ah«, erwiderte Catia. »Hab ich mir schon gedacht. Aber er wird es werden.«

Das waren die letzten Worte, die ich hörte, bevor der sich drehende Raum Gott sei Dank schwarz um mich wurde.

* * *

Als ich am Morgen ins Wohnzimmer der Suite tappte, fühlte ich mich, als hätte der Tod persönlich sich einen Spaß mit mir erlaubt. Catia und Herb saßen bei Kaffee und Frühstück am Tisch in der Ecke. Ich zog die Nase kraus, als Herb mir Rühreier anbot, nahm aber mit einem dankbaren Seufzer eine Tasse Kaffee entgegen und zog mir einen Stuhl heran.

»Catia hat berichtet, dass Sie sich gestern Abend gar nicht wohlgefühlt haben«, meinte Herb, während er seine Morgenzeitung durchblätterte.

»Ja.« Ich trank einen Schluck Kaffee und ließ den bitteren Geschmack einen Augenblick auf der Zunge, damit er meine Lebensgeister weckte. »Tut mir leid, wenn ich Ihr romantisches Wochenende verdorben habe.«

»Unsinn.« Catia ergriff die Hand ihres Mannes. »Wenn man schon so lange zusammen ist wie wir, ist mehr nötig als eine betrunkene Frau, um einem den Tag zu verderben.«

Ich stellte meine Tasse auf den Tisch. »Ihnen war klar, dass ich betrunken war?«

»Schätzchen, wenn das Lallen und Torkeln Sie nicht verraten hätten, dann auf jeden Fall die Tatsache, dass Sie rochen wie das Innere einer Schnapsflasche.«

»Oh.« Ich sank auf meinem Stuhl zusammen. »Noch

einmal, es tut mir aufrichtig leid. Ich hoffe, dass das Ihre gute Meinung von Bax nicht negativ beeinflusst. Er hatte nichts damit zu tun.«

»Oder alles, hm?« Herberto nippte an seinem Orangensaft und sah mich mit hochgezogenen Augenbrauen an.

Catias Worte vom Abend zuvor kamen mir wieder in den Sinn. »Warten Sie. Sie sagten, Sie hätten gewusst, dass wir nicht verheiratet sind.«

Sie nahm sich ein Bagel und bestrich ihn mit Frischkäse. »Stimmt.«

»Aber woher?«

»Zum einen tragen Sie keine Ringe. Sie haben nicht mal einen Verlobungsring.« Sie biss in ihren Bagel, kaute und schluckte. »Dann war da der Kuss auf der Gala. Das war kein Kuss von zwei Menschen, die einander lang genug kennen, um verheiratet zu sein. Das war ein erster Kuss, voller Leidenschaft, Verlangen und Unsicherheit. Wir wussten, dass Sie nicht verheiratet sind, aber wir haben nie daran gezweifelt, dass Sie ineinander verliebt sind.«

Da hätte ich mich beinahe an meinem Kaffee verschluckt. »Baxter und ich sind nicht verliebt«, sagte ich im Brustton der Überzeugung

»Ach nein?«, fragte sie. »Er hat Sie auf unserem Landsitz durch den Schnee geschleppt und Ihren Knöchel bandagiert. Er ist an Ihrer Seite geblieben, während Sie schliefen, um sich davon zu überzeugen, dass es Ihnen gut ging, bis wir darauf bestanden, dass er sich auch mal schlafen legt.«

»Okay«, räumte ich ein. »Bax *mag* mich vielleicht. Aber *Liebe* ist es nicht. Und ich liebe ihn auch nicht. Liebe ist eine Erfindung, weil die Leute nicht für den Rest ihres Lebens allein sein wollen. Sie existiert nicht. Sie ist nichts als Lust und Hormone, gefördert durch gegenseitige Anziehung. Ich muss das wissen. Ich arbeite in einem Beruf, in dem ich häufig Menschen dazu bringe zu glauben, dass sie verliebt sind.«

»Decken zu verkaufen ist das Gleiche, wie Menschen zu manipulieren?«, fragte Herberto.

Verdammt. Mir fehlte wirklich der Filter. Ich hielt den Atem an. Na ja, was sollte das jetzt noch – den Rest wussten sie schließlich auch schon.

Ich atmete aus. »Nein. Sehen Sie, die Wahrheit ist die. Ich bin eine Auftragsschauspielerin. Meine Kunden bezahlen mich, damit ich jemand anders mime. Manchmal bin ich eine neue Freundin, um die alte eifersüchtig zu machen, oder eine Freundin, die einem Zugang in coole Clubs verschafft, damit man vor den anderen Freunden angeben kann, oder – wie in Baxters Fall – eine Geschäftspartnerin, an deren Seite man erfolgreicher wirkt, als man tatsächlich ist, damit jemand in die eigene Firma investiert.« Ich richtete mich auf und blickte von einem zum anderen. »Bitte, bitte lassen Sie nicht zu, dass das Ihre Meinung von Bax oder seinem Produkt verändert. Es funktioniert tatsächlich. Diese Nacht im Schnee, das hatten wir uns nicht ausgedacht. Wir hatten vorgehabt, am darauffolgenden Tag mit Ihnen über die Deckenproduktion zu sprechen, aber dann stürzte ich, und sämtliche Pläne waren dahin. Baxter liegt die Rettung der Menschen wirklich am Herzen, und er hat mich nur engagiert, weil das so ist. Er würde niemals jemanden aus unmoralischen Gründen betrügen. Und all die Lügen – dass wir Ihnen erzählt haben, wir seien verheiratet und uns auf dieser Gala eingeschlichen hätten, um unsere ›Hochzeit‹ zu feiern, dieser Kuss auf der Tanzfläche, das ging alles von mir aus. Das waren meine Pläne.«

Catia tätschelte mir die Hand. »Sie machen sich Sorgen um Baxter und sein Geschäft, nicht wahr?«

»Natürlich.«

»Weil er Ihr Kunde ist, und Sie scheitern, falls Herb beschließt, den Vertrag zu canceln?«

»Teilweise.« Ich trank den Rest meines Kaffees. »Aber auch, weil er so hart dafür gearbeitet hat. Wissen Sie, dass es auf dieser Welt Menschen gibt, die von Grund auf gut sind? Bax ist einer von ihnen. Ich meine, er hat diese Decken entwickelt, obwohl er wusste, dass er nie Geld damit verdienen würde. Er hat seinen Job aufgegeben, seine Verlobte hat ihn verlassen, und er hat die letzten Ersparnisse, die er für die Hochzeit zurückgelegt hatte, benutzt, um mich zu engagieren. An den Wochenenden arbeitet er ehrenamtlich in der Essensausgabe vom Obdachlosenheim. Und als meine Mutter im Krankenhaus im Sterben lag, hat er an ihrem Bett gesessen, weil er sie einfach nicht allein lassen wollte – eine Frau, die er nicht mal kannte. Und das, weil ich Zeit brauchte, um mich aufzuraffen hinzufahren. Wir hatten uns seit Jahren nicht gesehen, meine Mutter und ich, aber das ist eine andere Geschichte. Jedenfalls war Bax immer nur liebenswürdig zu mir, obwohl ich es nicht verdient hatte. Sie können sich glücklich schätzen, Seite an Seite mit Bax zusammenzuarbeiten.«

Catia lehnte sich zurück und tauschte einen Blick mit ihrem Mann.

»Was ist?«, fragte ich nervös.

»Eine solche Rede hält man aber nur, wenn man verliebt ist.«

Es war, als hätte sie bei mir einen Schalter umgelegt, und mir die Schuppen von den Augen gefegt. Ich nahm einen Bagel aus dem Brotkorb auf dem Tisch, brach ihn auseinander, starrte ihn an, legte ihn auf den Teller.

Dann sah ich Catia in die Augen.

»Verdammt. Ich glaube, Sie haben recht.«

Herb lachte. »Das hat sie meistens.«

»Aber wie kann das sein? Ich glaube doch nicht mal an die Liebe.«

»Sie glauben an Baxter«, antwortete Herb. »Und das reicht.«

»Die Frage ist nun«, warf Catia ein, »was wollen sie deswegen unternehmen?«

Ich wischte mir die Bagel-Krümel von den Händen. »Ich glaube, ich werde zu Bax fahren. Ihm sagen, was ich empfinde, und dass ich nicht mehr ohne ihn sein will. Aber: Hätten Sie etwas dagegen, wenn ich kurz dusche?«

»Guter Plan«, rief Herb. »Man sollte nie nach Erbrochenem riechen, wenn man jemandem seine Liebe gesteht.«

Ich lachte, obwohl mir der Magen nun aus anderen Gründen ganz flau wurde. Baxter Linton. Ich liebte ihn. Und ich würde es ihm sagen.

* * *

Nachdem ich geduscht und mir einen von Catias flamingorosa Anzügen (Flamingorosa schmeichelt übrigens niemandem) ausgeliehen hatte, umarmte ich sie zum Abschied und lief in die Lobby. Herb hatte einen Wagen bestellt, um mich zu Bax zu bringen – wieder so eine freundliche Geste von einem Paar, das mir nichts schuldig war. Wie es schien, hatte Bax in ihnen die besten Investoren gefunden, die man sich vorstellen konnte.

Auf der Straße vor dem Hotel hatte sich eine

Menschenmenge versammelt. Viele trugen Kameras um den Hals oder Videokameras auf den Schultern. Verdammt. Die Paparazzi. Sie mussten herausbekommen haben, wo die Screeching Monkeys wohnten. Die schwarze Limousine, die Herb für mich bestellt hatte, parkte auf der anderen Straßenseite, und ich senkte den Kopf, als ich aus dem Hotel kam und eilte darauf zu.

»Das ist sie!«, schrie jemand. Ein Aufnahmegerät wurde mir ins Gesicht geschoben. »Wie heißen Sie, und sind Sie Panick Slades neue Freundin?«

Ich blieb stehen und warf der jungen, weiblichen Reporterin einen verwirrten Blick zu. »Wovon reden Sie überhaupt?«

Sie hielt ein Tablet in die Höhe.

Ein hochauflösendes Bild von mir, wie ich mich am Abend zuvor im Club an den Rockstar schmiegte, leuchtete auf dem Bildschirm. »Dieses Bild wurde gestern im Galaxxy gemacht, und ein Fan hat es getwittert, und es ist sofort hunderttausendfach geteilt worden. Offensichtlich haben Sie sogar die Nacht mit dem sexy Leadsänger der Band verbracht. Die Welt will also wissen, wer Sie sind.«

Nein! Dieses Bild. Die Lust in Panicks Augen, die Art, wie unsere Körper miteinander verschmolzen. Man konnte es nicht missinterpretieren. Ich musste sofort zu Baxter. Jetzt.

»Ich bin niemand.« Ich schob das Aufnahmegerät beiseite und beschirmte mein Gesicht vor den blitzenden Kameras, als ich auf das wartende Auto zusprintete.

Nachdem ich dem Fahrer Baxters Adresse genannt hatte, lehnte ich mich in meinem Sitz zurück. Panik stieg in mir auf.

Falls Bax das Bild gesehen hatte, würde er niemals mit mir zusammen sein wollen. Und daraus konnte ich ihm noch nicht einmal einen Vorwurf machen. Ich an seiner Stelle würde es ebenso wenig wollen. Aber ich wusste auch: Die Frau auf dem Foto wollte ich nicht mehr sein.

Kapitel 16

Bax

Ich wurde von einer SMS von Scott geweckt. Er hatte ein Bild von Veronica geschickt, die sich an irgendeinem Rocksänger presste – der Sänger einer Band, an deren Namen ich mich nicht erinnern konnte – mit den Worten: Ich hab's dir ja gesagt.

Ich ging online, in dem Glauben, dass es sich um ein altes Foto handelte, aber die Entertainment-Websites bestätigten meine Befürchtungen: Das Bild war überall, mit Überschriften wie »Wer ist Panicks neue EROBERUNG?« Und »Die WAHNSINNS-Frau an Panicks Seite ist ein Geheimnis.« Am meisten tat weh: »Nach heißer TANZ-SESSION verbringt geheimnisvolle Frau die Nacht mit sexy Sänger.«

Fluchend schleuderte ich mein Handy quer durchs Zimmer. Ari winselte neben mir und legte mir den Kopf auf den Bauch.

»Sorry, Kumpel.« Ich tätschelte ihm den Kopf. »Sieht aus, als hätten wir uns beide einwickeln lassen.« Er schnaufte mitfühlend.

Nachdem ich mich eine gute halbe Stunde lang in Selbstmitleid gesuhlt hatte, zwang ich mich zum Aufstehen, ging mit dem Hund Gassi und fütterte ihn. Alles andere kam mir im Augenblick sinnlos vor, also saß ich nur in meinem Büro, starrte auf den Computerbildschirm, ermahnte mich, das Bild nicht noch einmal anzuschauen, tat es aber trotzdem.

Ich hatte Veronica seit unserem ersten Zusammentreffen immer wieder verteidigt. Ich hatte mir eingeredet, dass sie durch ihre Vergangenheit zu der Frau geworden war, die sie jetzt war. Und dass sie nur etwas Mitgefühl brauchte, um ihre harten Kanten loszuwerden. Was für eine verdammte Zeitverschwendung war das gewesen! Kaum hatte sie ihre Chance gewittert, war sie wieder mit einem reichen, berühmten Typen unterwegs. Ich ballte die Faust und entspannte sie wieder und zuckte zusammen, als der Schmerz durch meine verletzte Hand schoss. Wahrscheinlich hatte ich ihretwegen sogar auch noch meinen besten Freund verloren. Und alles nur, weil ich immer nur an das Beste im Menschen glauben wollte.

Ari bellte, als es klopfte, und ich setzte mich auf. Auf dem Weg zur Tür packte ich sein Halsband, damit er nicht auf die Straße stürmte.

»Clare?«

Meine Exverlobte stand im Türrahmen, das Licht fiel auf ihr langes, welliges blondes Haar. Sie war immer noch schön. Nicht auf Veronicas Weise, bei deren Anblick einem fast die Luft wegblieb, sobald sie ein Zimmer betrat, aber dennoch unglaublich hübsch. In Filmen hätte man Clare wohl als das nette Mädchen von nebenan bezeichnet.

»Baxie, hey. Lange nicht gesehen.« Sie schenkte mir ein winziges Lächeln und nickte dem Hund zu. »Hi, Armani.«

Arie knurrte tief in seiner Kehle.

Ich rieb ihm den Kopf. »Still, Ari. Das ist Clare. Die kennst du doch.« Ich drückte ihn von der Tür fort. »Was machst du hier?«

»Ich wollte mit dir reden. Kann ich reinkommen?«

»Äh, klar, warum nicht.«

Sie rauschte an mir vorbei, als ich die Tür hinter ihr schloss, und der vertraute Duft nach Honig und Vanille kitzelte mir in der Nase.

Clare spähte den Flur hinunter und in die Zimmer, während wir zum Büro gingen. »Du hast nichts verändert.«

»Nein. Du kennst mich. Inneneinrichtung ist nicht mein Ding. Soll ich dir den Mantel abnehmen?«

»Nein. Schon gut.« Sie schloss die Finger um den Kragen ihres langen grauen Trenchcoats. »Ist ganz schön kalt hier.«

»Ja. Der Winter hat dieses Jahr früh eingesetzt.« Ich setzte mich auf die Couch, und sie nahm neben mir Platz, ohne mir in die Augen zu sehen. »Schau mal Clare, du bist offensichtlich nicht hergekommen, um mit mir übers Wetter zu reden. Es ist mehr als ein Jahr her. Was willst du?«

Ihr Blick schweifte durch das Zimmer und landete auf dem offenen Laptop, auf dem immer noch das Bild von Veronica zu sehen war, die mit dem Rockstar tanzte. »Ist das nicht der Leadsänger der Screeching Monkeys?«

Stimmt. *Das* war der bescheuerte Bandname. Ich nahm mir vor, sämtliche ihrer Lieder, die ich jemals gekauft haben mochte, von meinem iPod zu löschen.

»Komm zur Sache, Clare.«

»Ja. Ich bin ein bisschen nervös.« Sie knibbelte an ihren unlackierten Fingernägeln herum, verschränkte die Hände ineinander. »Ich habe über dich gelesen. Du hast es geschafft, Baxie. Du hast ein Unternehmen aus dem Boden gestampft und wirst tatsächlich anderen Menschen helfen. Ich wollte dir dazu gratulieren.«

»Danke. Aber du hättest mir eine E-Mail oder SMS schicken können wie jeder andere auch.« Meine Worte klangen hart wie Stein, aber es war unmöglich, wirklich freundlich zu der Frau zu sein, die mein Herz wie einen Fußball vor sich hergetreten hatte, und die dann mehr als ein Jahr später hier auftauchte und tat, als sei nichts passiert.

»Ich wollte dich sehen.« Sie wandte sich mir zu, sodass ihre Knie meine berührten. »Ich habe mich geirrt, Baxie. Ich hätte dich nie verlassen sollen. Das war der größte Fehler meines Lebens. Es gab keinen einzigen Tag, an dem ich dich nicht vermisst habe.«

»Was ist mit Mr Geldsack?«

»Mit wem?«

Ich fuhr mit den Fingerkuppen über den leichten Schorf, der sich auf meinen Knöcheln bildete. »Der Kerl, wegen dem du mich verlassen hat? Reich, kahlköpfig, sah aus wie ein Typ aus Monopoly?«

»Oh, Larry.« Ihre Stimme wurde leise. »Wir haben uns kurz darauf getrennt. Es stellte sich heraus, dass er mich gegen ein noch jüngeres Modell austauschen wollte. Anscheinend machte er das alle paar Monate.«

»Autsch. Na ja, ich kann nicht behaupten, dass es mir für dich leidtut.«

»Das verstehe ich.« Sie legte eine Hand auf mein Knie. »Ich habe kalte Füße bekommen, Baxie. Ich weiß, das ist keine Entschuldigung, aber du warst nun mal mein erster Freund, der Erste, den ich geküsst habe, mit dem ich geschlafen habe … und ich hatte Angst, dass ich es bedauern würde, diese Dinge nie mit jemand anders erlebt zu haben, wenn ich dich heirate.«

Woran es wohl liegen mochte, dass Frauen behaupteten, Angst vor mir zu haben? Dem musste ich unbedingt auf den Grund gehen. Vielleicht musste ich ja nur das Shampoo wechseln oder den Voodoo-Fluch loswerden, der offenbar auf mir lag.

»Ich weiß, was ich dir angetan habe, war schrecklich.«

»Du hast mir das Herz gebrochen, Clare. In tausend Stücke.«

Eine einzelne Träne rann ihre Wange hinunter. »Ich weiß, Baxie, ich weiß. Und ich hasse mich dafür. Ich würde die Zeit so gern zurückdrehen und mir sagen, dass ich mit diesem Blödsinn aufhören soll. Ich hätte damals wissen sollen, dass ich nie einen besseren Mann finden könnte.« Sie beugte sich dichter an mich heran. »Es gibt niemanden, der besser ist als du. Heute verstehe ich das.«

»Clare …«

»Ich will dich zurück«, flüsterte sie. »Wir haben uns so gut verstanden. Lass uns heiraten, wie wir es ursprünglich vorhatten. Lass uns wundervolle Babys bekommen und ein Haus außerhalb der Stadt kaufen. Bitte sag, dass du mich zurücknimmst.«

Sie presste die Lippen auf meine, und ich wich zurück, drückte sie an den Schultern fort. »Wow, Clare. Bist du nur hier, weil du einen Riesenbatzen Geld durch mein Unternehmen witterst?«

»Nein, Baxie, nein.« Sie schwang ein Bein über meine Schenkel und kam rittlings auf mir zu sitzen. »Ich bin hier, weil ich nie aufgehört habe, dich zu lieben. Wir gehören zusammen. Wir wussten das schon auf der Highschool. Jeder wusste es. Nimm mich zurück. Ich verspreche, dich nie wieder zu verlassen.«

Hinter ihr leuchtete das Bild von Veronica und dem Leadsänger der Screeching Arschlöcher. Schmerz und Zorn wallten in mir auf, und ich packte Clares Kinn und sah ihr in ihre blauen Taubenaugen.

»Schwörst du das, Clare? Dass du dich ein für alle Mal auf uns einlässt?«

»Für immer, Schatz. Ich will dich und nur dich.«

Ich küsste sie heftig, schickte das Jahr des Schmerzes, das sie mir bereitet hatte, in ihren Mund. Sie keuchte unter dem Druck, dann schmolz sie dahin. Clare zu küssen war ein ganz natürlicher Vorgang, als zöge ich mein Lieblingssweatshirt an. Ich hatte es Tausende von Malen getan. Unsere Münder passten ohne Protest aufeinander, und wir ließen die Zungen im Gleichklang kreisen wie in einer oft geübten Choreografie.

Doch in meinem Innern brannte nicht jener Hunger, den ich kennengelernt hatte, als ich Veronica geküsst hatte. Ich intensivierte den Kuss, schlang ihr Haar um meine Hand, drang mit der Zunge tiefer vor, suchte verzweifelt nach dem, was fehlte.

»Oh Baxter«, keuchte Clare zwischen den Küssen. »Ich habe dich vermisst. Ich will dir zeigen, wie sehr.«

Sie knöpfte ihren Mantel auf und ließ ihn zu Boden fallen.

Darunter trug sie absolut nichts. Kein Wunder, dass sie gefroren hatte.

Sie griff nach meiner Hose, küsste mich auf den Hals und saugte an meinem Ohrläppchen. Ihr warmer Atem pulsierte an meiner Haut. Ich wartete darauf, dass das vertraute Verlangen Besitz von mir ergriff, der Wunsch, sie zu verschlingen. Aber umsonst. Clare war schön, und unbekleidet wie sie war, stellte sie auf jeden Fall eine Versuchung dar, aber sie war eben nicht Veronica.

Ich packte Clares Hüften in der Absicht, sie von meinem Schoß zu schieben. »Clare …«

»Du bist *doch* wie alle anderen.«

Veronicas Stimme ließ mich zusammenfahren, und

Clare fiel von meinem Schoß auf den Boden. Mit einem überraschten Schrei landete sie auf ihrem Mantel, und sie kreischte und wickelte sich hinein.

»Veronica!« Ich sprang vom Sofa, aber sie war schon den Flur hinuntergestürmt. »Warte. Bleib stehen, bitte.«

Ich folgte Veronica zur Tür hinaus, ohne mir die Mühe zu machen, mich warm einzupacken. Die Luft war neblig-feucht, und es würde sicher wieder schneien. Ich schlang die Arme um mich, als der scharfe Wind durchs T-Shirt drang und auf meine Haut traf. »Bitte, lass mich doch erklären. Das war Clare, und …«

Veronica wirbelte zu mir herum. »Oh, *das* war also die Verlobte. Na ja, wenigstens kein Flittchen, das du zufällig aufgegabelt hast. Trotzdem habe ich mehr von dir erwartet als eine nackte Frau auf deinem Schoß, wenn ich nicht mehr von dir wollte als ein bisschen Zeit.«

»Zeit, Veronica? Zeit wofür? Um den erstbesten Rockstar zu vögeln, den du auftreiben konntest?«

Sie erstarrte. »Du hast es gesehen.«

»Natürlich habe ich es gesehen. Es kursiert im ganzen verdammten Internet. Du bist sogar mit ihm aufs Hotelzimmer gegangen?«

»Ja, aber es ist nichts passiert. Das wollte ich dir sagen. Ich bin hier, um es dir zu erklären.«

»Dann erkläre.« Meine Zähne klapperten vor lauter Kälte und Zorn.

Sie wandte sich um, und eine Träne rann aus ihrem Augenwinkel. Sie wischte sie mit dem Ärmel fort, bevor sie auf ihrer Wange festfrieren konnte. »Nein, Baxter. Ich schulde dir keine Erklärungen. Nicht nach dem, was ich gerade gesehen habe. Du hast beteuert, dass du anders bist, aber das ist nicht wahr. Du hast mich so lange benutzt, bis der Mensch, den du eigentlich wolltest, zu dir zurückgekrochen kam. Story of my Life. Gratuliere, ich bin eine weitere Eroberung, an die du dich erinnern kannst, während du und Blondie mit euren Enkeln über die Menschen lacht, auf denen ihr herumgetrampelt seid.«

»Zwischen Clare und mir ist nichts passiert. Wir …«

»Vergiss es.« Sie straffte die Schultern. »Du hast von mir bekommen, was du brauchtest – plus ein kleines Extra. Das ist alles. Ich habe dein Geld und du deinen Deal. Unsere Geschäftsbeziehung ist beendet. Ein schönes Leben noch.« Sie öffnete die Autotür.

»Geschäftsbeziehung?« Ihre Worte kamen mir kälter vor als die winterliche Luft. »So nennen wir das also jetzt?«

»Mehr war es nie, Baxter.«

Ich schlug auf die Motorhaube, und Schmerz zuckte meinen Arm hinauf. »Das war es wohl, und das weißt du verdammt genau.«

»Ach ja?« Ihre Stimme zitterte. »Aus uns konnte doch nie etwas anderes werden als Geschäftspartner, Bax. Alles andere hätte doch sowieso nie funktioniert. Aber du und Clare, das klappt. Ich dachte …«

Ich berührte sie an der Schulter. »Was hast du gedacht?«

»Nichts.« Sie riss sich von mir los und stieg ins Auto. »Was immer es war, es war ein Irrtum.«

»Veronica, geh nicht. Lass uns darüber reden.«

»Es gibt nichts mehr zu reden, Superheld. Du hast deine Wahl ja offensichtlich getroffen. Gratuliere, dass du dein Leben zurückhast. Ich hoffe, dass es das ist, wovon du geträumt hast.«

Veronica schlug die Tür zu, und der Fahrer startete den Motor.

»Nein!«, schrie ich dem geschlossenen Fenster entgegen.

»Du darfst nicht einfach so wegfahren, als ob das alles nichts bedeutet hätte.« Ich schluckte. »Ich liebe dich, Veronica.«

Selbst wenn sie mich hörte: Sie reagierte nicht. Ich sprang zurück, als der Wagen mit quietschenden Reifen davonfuhr und auf der glatten Fahrbahn schlingerte.

»Verdammt!« Außer mir fuhr ich mir durch die Haare.

»Bax?« Clare erschien neben mir, wieder im Mantel und einen meiner Kapuzenpullover in der Hand. Sie legte mir das Sweatshirt um die bebenden Schultern. »Du holst dir hier draußen noch den Tod. Komm rein. Ich koche dir einen Tee. Dann können wir reden.«

Wie betäubt folgte ich ihr ins Haus und schloss die Tür hinter mir. Ich setzte mich auf einen der hölzernen Küchenstühle, während Clare einen Schrank nach dem anderen aufriss.

»Ernsthaft, Baxie, hast du nicht mal Tee im Haus?«

»Wozu? Du warst die Einzige, die Tee trank, und du bist seit einem ganzen verdammten Jahr weg.«

Sie spannte sichtbar die Schultern an. »Okay, dann eben Instantkaffee.« Sie schnüffelte an der Metalldose. »Wenn man das hier überhaupt als Kaffee bezeichnen kann.«

Schweigend beobachtete ich, wie Clare in der Küche herumwirtschaftete, den Kessel aufsetzte und schließlich das Wasser in die Tassen goss. Nachdem sie einen dampfenden Becher vor mich hingestellt hatte, setzte sie sich auf den anderen Stuhl.

»Also, wer war das?«

»Was?«

»Die Frau natürlich, die eben hier war. Sie ist die gleiche Frau wie auf dem Bild. Und ihr beiden hattet da draußen einen ziemlichen Krach.«

Ich trank einen Schluck Kaffee und verzog das Gesicht, als ein paar Körnchen auf meiner Zunge haften blieben. Ich schob die Tasse weg. »Ich habe sie für etwas Besonderes gehalten, aber offenbar habe ich mich geirrt. Scheint eine schlechte Angewohnheit von mir zu sein.«

»Tut mir so leid.« Clare legte ihre Hand auf meine. »Es tut mir wirklich leid, dass ich dich so sehr verletzt habe, und auch, dass sie es ebenfalls getan hat. Aber welche von beiden Frauen ist jetzt hier bei dir?« Sie wanderte mit den Fingern meinen Arm hinauf, und ich zog die Hand zurück.

»Meinst du das ernst, Clare? Du willst immer noch? Dass ich dich eben von meinem Schoß gestoßen habe, war nicht Hinweis genug?«

»Baxie.« Sie zog einen Schmollmund. »Ich weiß, dass du das nicht so meinst. Das war eben nicht der Kuss eines Mannes, der wollte, dass ich aufhöre.«

»Nein, das war der Kuss eines Mannes, der sich wünschte, dass du jemand anders bist.« Ihre Augen weiteten sich, als hätte ich einen Scheinwerfer auf ihr Gesicht gerichtet. »Ich bin nicht dumm, Clare. Du tauchst hier auf, nachdem mein großer Deal öffentlich gemacht wurde, und wirfst dich mir an den Hals. Wenn du das vor sechs Monaten getan hättest, wäre es mir vielleicht egal gewesen, dass es dir nur ums Geld geht. So sehr vermisste ich dich damals. Aber jetzt weiß ich, dass da draußen jemand herumläuft, der besser ist, Clare.«

Sie wimmerte leise, und ihre Augen füllten sich mit Tränen, aber dennoch sprudelte jetzt alles aus mir heraus, was ich ein Jahr lang zurückgehalten hatte.

»Ich mache dir keinen Vorwurf, weil du gegangen bist. Unsere Beziehung war langweilig und schal geworden; unsere Liebe war nur noch Routine. Wir küssten uns, weil man es so von uns erwartete, und aus dem gleichen Grund schafften wir uns einen Hund an. Zum Teufel, wir hatten sogar Sex deshalb. Wir hatten unsere Leidenschaft füreinander doch schon verloren, bevor du gegangen bist, und heute konnten wir sie auch nicht wieder entfachen. Wenn du geblieben wärst, hätten wir vielleicht versuchen können, unsere Verbindung zu festigen und unsere Beziehung wieder so besonders zu machen wie früher. Aber jetzt ist es zu spät. Tut mir leid, Clare. Es gibt nichts, das wir wieder aufbauen könnten. Du solltest jetzt gehen.«

Sie sah zu mir auf, die Augen immer noch feucht von Tränen. »Willst du das wirklich?«

Ich richtete den Blick auf den Tisch, mied ihren Blick. Mein schlechtes Gewissen, zwei Frauen am gleichen Tag zum Weinen gebracht zu haben, drohte mich zu überwältigen. »Ja.«

»Okay, na schön. Aber ich glaube, du machst einen Fehler.« Sie stand auf, und dabei glitt ihr Stuhl quietschend über den Boden. »Auf Wiedersehen, Baxter. Und viel Glück.«

»Wiedersehen, Clare.«

Ich sah nicht von meinem Kaffee auf. Sie rannte laut schluchzend den Flur entlang, und erst als die Tür ins Schloss gefallen war, hob ich wieder den Kopf. Ari gab aus der Ecke der Küche ein Bellen von sich.

»Stimmt, Kumpel«, sagte ich. »Sieht aus, als seien wir wieder allein.

* * *

Ein paar Stunden darauf tauchte Scott bei mir auf, blaue Flecken am Kinn und ein Sixpack in der Hand. »Ein

Friedensangebot«, sagte er. In der anderen Hand hatte er eine Tüte vom Chinesen um die Ecke.

»Komm rein«, sagte ich. »Aber nur, weil ich nur Mayonnaise zum Abendbrot dahabe.«

Wir setzten uns in die Küche, und schon bald war der Tisch übersät mit Kartons mit Hühnerklößchen, gebratenem Reis und Knoblauchrindfleisch mit Brokkoli. Ich öffnete ein kaltes Bier und trank es in einem Zug bis zur Hälfte aus, bevor ich die Stäbchen zur Hand nahm und mich vom Essen bediente. Scott biss in einen Hühnerkloß, den er in süß-saure Sauce getunkt hatte, und zog eine Grimasse.

»Verdammt, Bax.« Er rieb sich das Kinn. »Du hast einen ziemlich harten Schlag drauf.«

»Tatsächlich? Ehrlich gesagt habe ich bis zum gestrigen Tag noch nie jemanden geschlagen.«

»Ich hatte es verdient.« Scott trank einen Schluck Bier. »Ich hätte das alles nicht sagen sollen, Mann. Alli hat sich tierisch aufgeregt, weil Rachel – Veronica – da war. Ich hatte totale Angst, dass sie doch noch eins und eins zusammenzählt und die Hochzeit abbläst. Aber ich wollte nie so weit gehen, dir das alles zu erzählen.«

»Du solltest ehrlich zu Allison sein, Scott. Ist Aufrichtigkeit nicht das Fundament der Ehe oder so was?« Ich kippte mein Bier ganz hinunter und nahm mir ein zweites.

»War ich. Nachdem du mich niedergeschlagen hattest, hab ich ihr alles gestanden – alles über Veronicas Beruf, und wie ich sie engagiert und sie dir dann empfohlen habe.«

Ich schluckte einen großen Bissen Brokkoli hinunter. »Und?«

»Zuerst war sie stocksauer, weil ich sie belogen hatte. Aber letztlich war sie, glaube ich, irgendwie auch erleichtert, dass ich nie mit Veronica geschlafen habe. Ich meine, ich liebe Alli, aber gegen diese Veronica-Tussi kann man nicht an.«

Sofort hatte ich das Bild vor Augen, wie Veronica halb nackt in ihrem violetten Negligé auf der Küchentheke gesessen hatte. »Was du nicht sagst.«

»Und dann ist sie total sauer auf mich gewesen wegen dem, was ich zu dir über Veronica gesagt habe. Tatsächlich … hat sie mir erzählt, dass du mit deiner Vermutung Frank betreffend richtig lagst. Scheinbar ist sie mal im Aufzug mit ihm gefahren, als er einen Termin bei mir hatte, und er hat sich sofort regelrecht auf sie gestürzt. Hat ihren Arsch begrapscht und so weiter. Sie hat mir das nur nie erzählt, weil er ein wichtiger Kunde ist. Aber er ist nicht wichtiger als meine Verlobte. Ich habe ihn heute Morgen gebeten, sich einen anderen Steuerberater zu suchen. Und ich könnte auch anderen Kollegen davon erzählen, dass er ein erstklassiges Arschloch ist. Der nächste Steuerberater, der bereit ist, für ihn zu arbeiten, wohnt womöglich auf den Caymans.«

»Gut.« Ich stieß mit der Bierflasche mit ihm an und trank noch einen Schluck. »Bin stolz auf dich, Kumpel, dass du Alli reinen Wein eingeschenkt hast. Und tut mir echt leid, dass ich dir eine reingehauen habe. Aber Veronica ist mir nun mal zu Kopf gestiegen und hat alles durcheinandergebracht.«

»Nein, ich hatte es wirklich verdient. Ich hoffe, ich hab's für dich nicht vollends vermasselt.«

Ich dachte an Veronica und diesen Mistkerl von Sänger, dann an die Kälte, mit der sie unser Zusammensein als Geschäftsbeziehung bezeichnet hatte. »Doch, hast du, aber du hast eigentlich nur dafür gesorgt, dass die Wahrheit ans Licht kam.«

»Verdammt. Tut mir leid, Mann.«

»Ja, mir auch.«

»Ich glaube, ich bin immer noch sauer auf Clare, weil sie dir das angetan hat.«

Ich drehte das Bier auf dem Tisch zwischen den Händen. »Die ist übrigens heute hier aufgetaucht.«

»Wer? Clare?«

»Genau. In einem Trenchcoat mit nichts drunter, wie im Film.«

»Was du nicht sagst.« Scott pfiff über seiner Flasche und erzeugte einen hohlen Ton.

»Und Veronica kam genau in dem Augenblick herein, als Clare rittlings auf mir saß. Du warst also nicht der Einzige, der die Dinge zwischen mir und Veronica noch komplizierter gemacht hat.«

Scott gab den Versuch auf, einen weiteren Hühnchenkloß mit den Stäbchen aufzunehmen, und spießte ihn stattdessen auf. »Mannomann, wie schrecklich. Was hast du zu Clare gesagt?«

»Ich sagte ihr, dass es zu spät ist. Außerdem war mir klar, dass sie nur wegen meines finanziellen Erfolgs hier war. Sie hätte sich nicht extra ausziehen müssen, damit ich das durchschaue.«

Er tätschelte mir gutmütig den Arm. »Gut gemacht, Bax. Endlich hast du dir das Mädchen aus dem Kopf geschlagen.«

»Blöd nur, dass Veronica ebenfalls weg ist«, seufzte ich.

»Gib ihr ein bisschen Zeit. Vielleicht kriegt sie die Kurve ja noch.«

Veronicas Gesichtsausdruck, als sie ins Auto gestiegen war, hatte etwas anderes gesagt. Vielleicht hatte sie ja den Bundesstaat bereits verlassen und einen neuen Namen angenommen. Das war nach schmerzhaften Erfahrungen doch immer schon eine ihrer Überlebensstrategien gewesen: Sie verwandelte sich in jemanden, der den Schmerz nicht spüren musste.

»Vielleicht.« Vor dem Küchenfenster war die Welt mittlerweile wieder weiß.

»Äh … willst du vielleicht Alli mal anrufen«, sagte ich. »Einerseits solltest du vielleicht ohnehin nicht mehr fahren, andererseits sieht es nach einem verdammten Schneesturm aus.«

»Na ja«, antwortete Scott und öffnete noch eine Flasche. »Dann ist es ja gut, dass wir noch mehr Bier dahaben.«

»Du darfst mich nur nicht betrunken machen, um dann die Gunst der Stunde zu nutzen«, lachte ich.

»Mann, jetzt, wo ich weiß, was du für einen heftigen rechten Haken hast, werde ich schauen, dass ich dich nie wieder sauer mache.«

Kapitel 17

Veronica

Ich war Expertin darin, meine Habseligkeiten zu packen und weiterzuziehen, um mich dann in eine neue Person zu verwandeln. Zum Teufel, schließlich verdiente ich damit sogar meinen Lebensunterhalt.

Nachdem ich Baxter in seiner Wohnung mit seiner nackten Exverlobten auf dem Schoß vorgefunden hatte, wusste ich, dass es Zeit wurde, D. C. zu verlassen.

Ich warf endlos viele Klamotten in die Koffer auf meinem Bett und machte mir dabei nicht die Mühe, auch nur eines der zumeist teuren Stücke zusammenzufalten. Vor lauter Tränen verschwammen die blaugrünen und roten Stoffteile vor meinen Augen, bis sie wirkten wie ein benutzter Malkasten.

Diese verdammte Heulerei. Für jemanden, der sonst nie weinte, machte ich es in letzter Zeit ziemlich oft. Mit einem Chanel-Schal wischte ich mir über das Gesicht, dann warf ich ihn auf den Haufen im Koffer.

Kaum hatte ich mal meinen Schutzwall etwas aus den Augen und jemanden in mein Leben gelassen, war das hier passiert! Ich hätte es besser wissen sollen. Hätte mich schützen sollen. Ich hätte niemals mit zu Baxter in die Wohnung gehen sollen, nachdem ich ihn im Club wiedergetroffen hatte. Ich hätte ihn einfach ziehen lassen sollen. Und ich hätte mich ganz eindeutig niemals in ihn verlieben dürfen.

Taschen in allen Regenbogenfarben hingen im hinteren Teil des Schrankes, und ich zerrte sie von den Haken und schob sie zwischen meine Kleider. Da entdeckte ich ein weißes Stück Papier, das aus einer meiner weinroten Lieblings-Burberrys hervorragte. Ich hielt inne.

Dann zog ich den Umschlag heraus und sah hinein. Bax' Geld. Alle fünfzehn Riesen, frisch aus der Presse. Ich hatte behauptet, einen Teil davon für seine Anzüge und das Essen ausgegeben zu haben, aber das war eine Lüge gewesen. Insgeheim hatte ich doch befürchtet, bei diesem Auftrag ausnahmsweise doch einmal keinen Erfolg zu haben. Außerdem sah er damals so aus, als brauchte er mehr als nur eine teilweise Rückerstattung, um weiter seinen Lebensunterhalt bestreiten zu können. Also hatte ich vorsorglich nichts von seinem Geld ausgegeben. Außerdem war es ja nicht so, als hätte mein Bankkonto das nötig gehabt.

»Verdammt, Bax«, flüsterte ich mit erstickter Stimme, die gar nicht wie meine eigene klang. Das Geld gehörte jetzt mir, eindeutig. Ich hatte es verdient. Aber bei dem Gedanken, es auszugeben, verknotete sich mein Magen mehr als nach meinem Alkoholexzess an der Minibar der Screeching Monkeys.

Ich schob den Umschlag in die Tasche zurück und legte sie neben meinen Mantel.

Ich durchsuchte mein Loft, um sicherzugehen, dass ich auch kein Designerstück vergessen hatte. Durch meinen minimalistischen Lebensstil war es so viel leichter für mich, einfach zu packen und zu gehen. Noch nicht einmal die Möbel gehörten mir, denn ich hatte das Loft möbliert gemietet.

Allerdings waren da noch die Souvenirs auf dem Bücherregal. Ich hob die kleine Nachbildung des Lincoln Memorial hoch und legte sie in meine Handfläche. An dem Tag, an dem Bax sie für mich gekauft hatte, hatte ich mir zum ersten Mal eingestanden, dass ich Gefühle für ihn hatte, die weit entfernt waren von meiner ursprünglichen Genervtheit. Jetzt, da ich wusste, dass er schon damals über Frank Bescheid gewusst hatte, verstand ich auch, was er an jenem Tag wirklich für mich getan hatte, als er mich von einer Sehenswürdigkeit zur nächsten geschleift hatte. Er hatte mich von den traumatischen Erlebnissen ablenken wollen. Er hatte mir vor Augen führen wollen, dass ich den Tag trotzdem genießen konnte, und auf ihn waren so viele wunderbare Tage gefolgt.

Ich plumpste aufs Sofa. Der kleine Plastik-Lincoln bohrte sich in meine Hand, und ich schloss die Augen, als sich eine neue Welle von Tränen ankündigte. Meine Finger schlossen sich krampfhaft um das Souvenir in dem Versuch, es zu zerbrechen, aber dieses verdammte Billigteil war anscheinend aus besonders widerstandsfähigem Material. Als ich die Faust wieder öffnete, sah der sechzehnte Präsident unversehrt zu mir auf.

Ich warf das Teil in meinen kleinsten Koffer, straffte die Schultern und holte ein paar Mal tief Luft. Ich würde es schaffen. Ich würde Veronica Wilde ein für alle Mal auf Wiedersehen sagen. Sie hatte sowieso nichts, das ich brauchen konnte. Nur einen Koffer mit Klamotten und ein gebrochenes Herz. Ich würde es schaffen, eins von beidem hinter mir zu lassen.

Ich hievte mein Gepäck zur Wohnungstür und kehrte zurück, um meinen Mantel und die Tasche zu holen. Dann warf ich einen Blick aus dem Fenster.

»Oh verdammt.«

Mein Plan war gewesen, nach Hause zurückzukehren, zu packen, und dann so schnell wie möglich aus D.C. zu verschwinden. Aber der stetig fallende Schnee hatte sich anscheinend vorgenommen, diesen Plan zu durchkreuzen.

Ich lehnte die Stirn gegen das kühle Glas und beobachtete, wie der Schnee sich auf dem Fensterbrett sammelte.

Verdammt. Unter gar keinen Umständen konnte ich bei der Witterung Auto fahren. Zum Teufel, ein paar Straßen waren womöglich schon gesperrt. Die Welt vergaß ja meistens, wie man überhaupt Auto fuhr, sobald nur genug von dem weißen Zeug fiel. Stöhnend warf ich mich aufs Bett und versuchte, nicht daran zu denken, wie oft Bax mich genau hier aus viel schöneren Gründen zum Stöhnen gebracht hatte. Dann gewann das Bild von ihm und seiner nackten Exverlobten die Oberhand, und ihr Stöhnen übertönte mein eigenes.

Ich packte mein Kissen und schrie hinein, brüllte jedes Gefühl für Bax, jede Erinnerung an seine geschickten Finger und sein blondes Verlobten-Flittchen in die Gänsedaunen.

Baxter Linton war das letzte Stück von Veronica Wilde, das ich hinter mir lassen musste. Sobald es aufhörte zu schneien, würde ich diese Stadt verlassen.

Ich schloss die Augen und wartete.

* * *

Weiß, so weit das Auge reichte.

Als ich morgens aus dem Fenster sah, war es alles, was ich sah. Weiß. Verdammt. Noch mal. Überall.

Irgendwann am frühen Morgen hatte es zwar aufgehört,

aber allerdings erst nachdem der Schnee die Stadt unter einer dicken Decke vergraben hatte, die selbst in der blassen Sonne wie Diamanten funkelte. Ich wischte mit der Hand etwas Kondenswasser vom Fenster und legte sie dann aufs Glas, bis sie von der Kälte leicht taub war. D.C. sah aus wie eine Stadt aus dem Bilderbuch, überzuckert und glitzernd.

Und außerdem verdammt kalt.

Die Schneepflüge waren sicher schon unterwegs, also holte ich tief Luft, verabschiedete mich von meiner Wohnung, zog meinen Mantel über und griff nach meinen Koffern. Ich hatte meine Mailbox bereits gekündigt, konnte also das Handy ebenfalls hierlassen. Eine neue Stadt bedeutete auch ein neues Handy mit neuer Nummer. Nur so konnte man einen klaren Schnitt machen, und ich hatte es ja schon so oft durchgezogen, dass es fast Routine war.

Als ich auf die Straße trat, überlegte ich, wohin ich jetzt ziehen sollte. New York gehörte zu meinen Lieblingsstädten, und die Upper East Side würde mich sicher liebevoll in ihre Arme nehmen, aber auch dort war es bestimmt zurzeit bitterkalt und ohnehin immer voller hektisch herumeilender Menschen. Vielleicht sollte ich lieber nach Maui ziehen und eine Weile am Strand liegen, mir von der Sonne die Erinnerungen wegbrennen lassen. Aber zuerst einmal musste ich raus aus der Stadt. Mit mehr Abstand würde ich mich sicher auch mit einer Entscheidung leichter tun.

Ich stapelte die Koffer in den Kofferraum und fuhr langsam die Straße hinunter, und dabei warf ich im Rückspiegel noch einen Blick auf mein kleiner werdendes Haus. Ich schaltete das Radio ein und sang den Hit mit, der gerade gespielt wurde, ohne die Band zu kennen. Mein Kopf fühlte sich schon etwas leichter an und mein Rücken nicht mehr ganz so verkrampft.

Ich hatte bereits die Randgebiete der Innenstadt erreicht, als ich die schwarze Tasche unter dem Armaturenbrett auf der Beifahrerseite bemerkte.

»Verdammt. Wollt ihr mich jetzt *verarschen?*«

Bax' bescheuerte Sporttasche – ich hatte seit unserem Meeting mit Herberto immer noch seine Decke im Auto. Ich trommelte mit den Fingern aufs Lenkrad, während ich nervös darüber nachdachte, was ich jetzt machen sollte. Ich könnte sie ihm natürlich schicken, aber das verdammte Ding war ja mittlerweile fünf Millionen Dollar wert – da konnte ich es wohl kaum in eine Schachtel stopfen und auf das Beste hoffen.

Fluchend wendete ich, biss die Zähne aufeinander, weil die Straße vollkommen vereist war, und lenkte mein Auto in Richtung von Bax' Wohnung. Ich würde sie einfach vor seiner Tür deponieren. Oder vielleicht klingeln und weglaufen. Ich kam mir vor wie ein Teenager: Ich wollte dem Typ, den ich mal gemocht hatte, seine Multimillionendollar-Decke zurückgeben, indem ich sie wie einen Haufen Hundedreck vor seiner Tür liegen ließ. Na ja, zumindest was den Geruch anging, war der Vergleich beinahe angemessen.

Die Gebäude wurden kleiner und wirkten immer heruntergekommener, je näher ich Bax' Viertel kam. Ich sah mehrere Menschen, die in Lumpen und in Schlafsäcke gewickelt über dampfenden Bodengittern kauerten. Meine Hände umklammerten das Lenkrad fester. Toll, ich musste mir nicht nur überlegen, wie ich Bax seinen Prototyp zurückgab, ohne mit ihm reden zu müssen, ich musste auch noch durch den miesen Teil der Stadt fahren. Die Vorstellung, ihm die Decke doch als Päckchen zu schicken, gewann wieder mehr und mehr an Attraktivität.

Ein Obdachloser mit einer braunen Kappe rannte auf die Straße, schrie die vorüberfahrenden Autos an und schwenkte die Arme. Wieder biss ich die Zähne aufeinander. Er taumelte und wirkte so neben sich wie meine Mutter an den Abenden, wenn sie sich ihre verschiedenen Persönlichkeiten aus dem Kopf gesoffen hatte. Dann war sie unberechenbar und furchteinflößend gewesen, genau wie dieser Typ hier.

Ich verriegelte das Auto und gab Gas, um von dem Mann wegzukommen. Da fiel ihm die Kopfbedeckung herunter, und ich erblickte die kupferfarbenen Locken. Ich keuchte. Diese Haare kannte ich. Es war Connors Dad. Bax hatte mir erzählt, dass er Ian hieß. Als ich ihn kennengelernt hatte, war er mir weder verrückt noch betrunken vorgekommen. Er war einfach nur ein Dad, der sich um seinen Sohn sorgte. Oh, Verdammt. Sein Sohn. Wo zum Teufel war Connor?

Ich trat auf die Bremse, sprang aus dem Auto und schrie: »Ian?«

Der Wind peitschte mir ins Gesicht, und die schneidende Kälte trieb mir die Tränen in die Augen. Ich rieb die Handflächen aneinander.

»Oh, Gott sei Dank.« Connors Dad rannte zu mir herüber. Trotz seiner zahlreichen Kleidungsschichten zitterte er vor Kälte. »Sie sind B-B-Baxters Freundin, stimmt's? V-V-Veronica?«

»Ja.« Ich legte ihm die Hände auf die Schultern, damit er mich ansah. »Ian, wo ist Connor?«

»I-i-ich weiß n-n-nicht. Das da ist unser Auto.« Er deutete auf einen zerbeulten VW-Käfer. »Wir sind schlafen gegangen. Der Schnee hatte gerade eingesetzt. C-C-Connor liebt Schnee. E-Er ist sicher spielen gegangen, während ich schlief. A-A-aber er ist nicht zurückgekommen.«

»Haben Sie die Polizei angerufen?«

»H-hab kein Handy.«

Verdammt. Ich hatte auch keins mehr.

Ich biss mir auf die zitternde Unterlippe. »Okay, allzu weit kann er nicht gekommen sein. Ich helfe ihnen bei der Suche. Sie gehen nach Süden, ich nach Norden. Rufen Sie, wenn Sie ihn gefunden haben, und ich mache das Gleiche.«

»O-okay.«

Bevor ich mein Auto verließ, beschloss ich spontan, Bax' Tasche vom Beifahrersitz mitzunehmen. Ich sprintete so schnell es meine Absatzstiefel erlaubten die Straße entlang und rief Connors Namen. Innerhalb weniger Minuten brannten meine Wangen, und meine Finger waren taub. Doch die Bewegung regte zumindest meinen Blutkreislauf an, also zog ich nur die Hände in die Ärmel und suchte weiter.

Das leuchtende Gelb einer Schaukel, die in einem kleinen Park am Ende der Straße stand, fiel mir ins Auge. Als Kinder waren Danny und ich immer in den Park geflüchtet; er liebte die Wippe und die Rutsche so sehr. Wir hatten dann immer so getan, als sei es unser eigener Vergnügungspark. Eines Tages hatte ich sogar Eintrittskarten aus buntem Bastelpapier ausgeschnitten, und er hatte sie mir zurückgegeben, wenn er eines unserer »Fahrgeschäfte« hatte benutzen wollen.

»Connor!« Ich stürmte in den Park, schon heiser vom Schreien in der dünnen Luft. Der Pfad war noch nicht geräumt worden, und der dichte Schnee reichte fast bis zum

Rand meiner kniehohen Stiefel. Zum Spielplatz durchzudringen war, als wate man durch Schlamm – sehr kalten und gefrorenen Schlamm.

Mein Herz setzte beinahe einen Schlag aus, als ich ein kleines Bündel in Olivgrün in dem Verschlag über der Rutsche entdeckte. Das rote Haar leuchtete in der Sonne.

»Oh mein Gott! Connor!« Ich erhöhte mein Tempo. »Ian!«, rief ich über meine Schulter hinweg. »Ian! Im Park! Er ist hier!«

So schnell es im Schnee möglich war, ging ich zur Rutsche und betete dabei zu sämtlichen Göttern, die möglicherweise zuhörten. Noch ein totes Kind hätte ich einfach nicht verkraftet. Bitte, bitte, nicht noch einmal! Und Ian sollte einen solchen Verlust auch nicht durchleben müssen.

Die Leiter war von Schnee und Eis bedeckt, aber ich wischte es fort und kletterte hinauf, die Tasche immer noch über der Schulter. Connor lag in der Ecke des Verschlages, die Augen geschlossen, das Gesicht entsetzlich weiß. Ich griff nach seinem Handgelenk. Seine Haut war kälter als Eis, aber ich spürte seinen Puls. Nur ganz schwach, wie Connor selbst, aber er war da.

Ich murmelte beruhigend auf ihn ein, während ich ihm übers Haar strich, und rief zu Ian hinunter. »Er lebt. Aber er ist unterkühlt. Wir müssen ihn sofort ins Krankenhaus schaffen.«

Ich keuchte leicht vor Anstrengung, als ich Bax' Decke aus der Tasche zog und Connor hineinwickelte, bevor ich seinen kleinen Körper in die Arme nahm.

»Ian, können Sie ihn entgegennehmen?«

»J-ja, j-ja.«

Der kleine Junge wog kaum mehr als die Sporttasche.

Ich hob ihn über das Geländer der Rutsche, und Ian presste ihn an seine Brust, flüsterte Gebete und beschwor ihn, am Leben zu bleiben.

Wir kämpften uns über die eigenen Fußspuren unseren Weg zurück, und ich fluchte, weil der Schnee uns so langsam machte. Mit jeder Minute, die verging, schwanden Connors Überlebenschancen.

Als wir endlich im Auto waren, fuhr ich so schnell das Wetter es erlaubte, schlängelte mich durch Straßen, die noch nicht geräumt worden waren. Ian saß auf dem Rücksitz, Connor lag in seinem Schoß. Der Junge war noch immer nicht aufgewacht, aber ich hätte schwören können, dass seine Wangen jetzt etwas mehr Farbe hatten.

Wir fuhren vor der Notaufnahme vor, und ich parkte im Halteverbot – es war mir vollkommen egal, ob ich abgeschleppt wurde oder ein Knöllchen bekam. Ich rannte voraus, Ian hinterher, und stürzte mich förmlich auf die erste Krankenschwester, die ich sah. Sie legten Connor auf ein Bett, und wir rasten den Flur entlang. Die Ärztin fragte uns, wie wir ihn gefunden hätten und wie lange er unserer Einschätzung nach wohl draußen gewesen war, und ich erklärte die Sache mit der Decke.

»Bitte«, sagte ich, »bringen Sie Danny zurück.«

»Ich dachte, er hieße Connor«, antwortete die Ärztin und sah mich fragend an.

»Stimmt.« Ich schluckte den Schmerz hinunter, der sich im ganzen Körper auszubreiten drohte. »Bitte, helfen Sie Connor.«

»Wir werden unser Bestes tun.« Vor der Doppeltür trat sie uns in den Weg. »Sie müssen hier warten.«

Ian und ich mussten zusehen, wie die Türen sich hinter ihnen schlossen. Wortlos klammerten wir uns aneinander, beide verloren in unserer eigenen Sorge und unserer eigenen Trauer. Als ich das letzte Mal in diesem Krankenhaus gewesen war, war meine Mutter gestorben. Bei dem Gedanken, dass hier noch mehr Trauer auf mich wartete, blieb mir fast die Luft weg.

Nach ein paar Stunden, die uns wie Wochen vorkamen, kehrte die Ärztin zurück. Ian und ich hatten auf den Plastikstühlen jahrealte Zeitschriften durchgeblättert, ohne tatsächlich ein Wort in uns aufzunehmen, während wir versuchten, nicht über die schlimmstmöglichen Szenarien zu sprechen, die uns beiden in den Sinn kamen.

Beim Eintreten der Ärztin sprang Ian auf. »Wie geht es ihm?«

Das entspannte Lächeln der Ärztin war ein Segen – wie Whiskey und Schokolade und lange Spaziergänge am Strand. »Er wird wieder. Vielleicht verliert er ein oder zwei Zehen. Das können wir aber erst in den nächsten vierundzwanzig Stunden sagen. Die Hauptsache ist, er schwebt nicht mehr in akuter Lebensgefahr. Wir behalten ihn aber auf jeden Fall noch ein paar Tage hier, um sicherzugehen, dass die Krise abgewendet ist.«

»Oh, Gott sei Dank.« Ian umarmte mich stürmisch. Normalerweise wäre ich vor dem Geruch nach Schmutz und Schweiß zurückgewichen, aber ich erwiderte auch jetzt seine Umarmung und schluchzte vor Erleichterung in seinen durchlöcherten Schal.

»Darf ich Ihnen eine Frage stellen?« Die Ärztin hielt Bax' Decke in die Höhe. »Sie sagten, dass die hier Ihnen gehört?«

»Oh«, antwortete ich. »Das ist die Erfindung eines Freundes. Etwas anderes hatte ich nicht.«

»Die ist ziemlich brillant«, meinte sie. »Sie hat dem Jungen sicher das Leben gerettet. Wir könnten solche Decken im Krankenhaus gut gebrauchen. Gibt es noch mehr davon?«

Ich lachte, erst leise, dann so sehr, dass ich Seitenstiche bekam. Ich hielt mir den Bauch und beugte mich vor, von Lachkrämpfen geschüttelt. Ian und die Ärztin sahen mich an, als hätte ich den Verstand verloren.

Und vielleicht hatte ich das ja sogar.

Kapitel 18

Bax

Eine Woche nach dem Schneesturm brauchten wir im Obdachlosenheim immer noch jeden Mann. Die arktischen Temperaturen hatten die Stadt ebenso fest im Griff wie der blendend weiße Schnee, der immer wieder den Verkehr zum Erliegen brachte. Die Betten auf der zweiten Etage waren überfüllt, sodass wir die Menschen mittlerweile sogar auf dem Boden des Speisesaals übernachten ließen. Wahrscheinlich hatten wir mittlerweile mindestens zehn Feuerschutzbestimmungen verletzt, aber Rickie brachte es einfach nicht übers Herz, irgendjemanden abzuweisen.

Ich packte an, wo immer ich konnte, holte saubere Decken aus dem Waschkeller, machte oben die Betten oder stellte meine mageren Kochkünste in der unterbesetzten Küche unter Beweis. Ich hatte Ari mitgebracht, und wir hatten die letzten Tage im Büro im hinteren Bereich geschlafen – ich auf der zerfledderten Couch und Ari auf dem Boden neben mir. Rickie hatte nichts dagegen gehabt, dass ich ihn mitbrachte, und solange er hier war, hatte ich als sein Herrchen zumindest kein schlechtes Gewissen. Außerdem: Die Gäste liebten ihn. Nichts heitert einen Menschen so sehr auf wie der wedelnde Schwanz eines Golden Retrievers.

Obwohl ich erschöpft war und Rückenschmerzen von den unruhigen Nächten auf der Couch hatte, war ich dankbar für die Arbeit. Nicht nur, dass ich das Gefühl hatte, etwas Sinnvolles zu tun, es lenkte mich auch von der Tatsache ab, dass Veronica nicht auf die Textnachrichten reagiert hatte, mit denen ich mich bei ihr entschuldigt hatte. Und als ich schließlich eingeknickt war und sie angerufen hatte, hatte eine Roboterstimme mich davon in Kenntnis gesetzt, dass ihre Nummer nicht mehr erreichbar war.

Ich hievte eine Kiste Äpfel auf die Küchentheke. »Braucht ihr Jungs sonst noch was?«

Der Koch schüttelte energisch den Kopf und sah mich skeptisch an. Scheinbar hatte er noch nicht vergessen, wie ich neulich das Brot hatte anbrennen lassen. Na ja, er behauptete sogar, ich hätte es »in Brand gesteckt«. Aber hey, Brot aufzuwärmen war nun mal keine einfache Angelegenheit. Gerade noch sah es ganz unauffällig aus, und im nächsten Moment ging es auch schon in Flammen auf. Und dabei hatte ich doch nur kurz auf mein Handy geschaut, um zu sehen, ob Veronica angerufen hatte.

»Okay. Dann schaue ich mal, ob ich vorn helfen kann.«

Ich nahm mir das weggeworfene Ende einer Wurst für Ari und wanderte zum Ausgabebereich. Rickie hatte eine strenge »Keine Hunde beim Essen«-Regel, weshalb Ari in dem gelben U in der Ecke des Raumes lag – dicht genug an der Essensausgabe, um im Zweifel nach einem heruntergefallenen Leckerbissen schnappen zu können, aber weit genug weg, dass Rickie nichts dagegen einzuwenden hatte. Ich warf ihm das Stückchen Wurst zu, und er fing es gekonnt auf, bevor er sich wieder zu einem Nickerchen hinlegte.

»Bax«, sagte Rickie und gab Salat auf einen Teller, »du

bist jetzt schon seit fünf Tagen hier. Du siehst echt furchtbar aus.«

»Wow, danke vielmals, Rickie.«

»Glaub nicht, dass ich nicht dankbar für deine ganze Hilfe bin, aber du nützt mir nichts, wenn du hier zusammenbrichst.«

»Mir geht es gut.« Ich tauschte ihre mittlerweile leere Salatschüssel mit einer vollen aus der Küche aus. »Zu Hause hab ich sowieso nichts zu tun.«

»Was ist denn mit deinen Decken? Hast du nicht ein Unternehmen aufzubauen?«

»Herb und Catia sind bis Neujahr verreist. Im Augenblick habe ich nur Papierkram zu erledigen.«

Sie seufzte aus tiefster Seele – wie sie es normalerweise nur tat, wenn sie halbwüchsige Helfer vor dem Heim beim Rauchen erwischte – dann weiteten sich ihre Augen. »Na, da hol mich doch ...«

»Rickie? Was ist los?«

Sie stieß mich an, damit ich zur Tür sah. »Sieh doch selbst.«

Am Eingang stand ein Mann mit einer karierten Kappe in den Händen. Das Erste, was mir auffiel, war der gut geschnittene Anzug, den er trug. Veronica hatte mir damals einen ähnlichen gekauft, und da ich mich noch an das Preisschild erinnern konnte, war mir klar, dass jemand mit so teuren Klamotten eigentlich nicht in ein Obdachlosenheim gehörte.

»Wer ist das?«, fragte ich.

Rickie beugte sich zu mir hin. »Erkennst du ihn denn nicht? Sieh genauer hin.«

Der Mann schlurfte in den Raum, und ein kleiner Junge auf Krücken hüpfte hinter ihm her. Mein Mund war trocken wie die Wüste Gobi. »Sind … sind das Ian und Connor?«

Rickies Antwort wurde von dem freudigen Schrei des Jungen übertönt, den er bei meinem Anblick ausstieß.

»Baxter!«

Vater und Sohn bahnten sich den Weg durch die unzähligen Menschen im Speisesaal, und Ian nickte dabei jedem zu, den er kannte. Ich trat hinter der Theke hervor, als sie bei uns ankamen.

»Connor!« Ich zerzauste sein glänzendes – und offensichtlich frisch gewaschenes – Haar. Auch er trug keine Lumpen mehr. Obwohl er nicht ganz so elegant gekleidet war wie sein Vater, hatte er saubere Jeans und ein blaues Sweatshirt an, das unter einer schwarzen Steppjacke hervorsah. Ich musterte Ian von oben bis unten. »Wow, habt ihr beiden in der Lotterie gewonnen oder so was?«

»Nein.« Connor kicherte. Er hob den linken Fuß. »Aber mir haben sie zwei Zehen abgeschnitten. Ich habe jetzt nur noch acht! Cool, was? Die Kinder in der Schule werden ganz neidisch auf meine tollen Füße sein.«

»Was? Du … du hast Zehen verloren?« Ich war vollkommen verwirrt und fragte mich so langsam, ob ich mir das alles nur einbildete und eigentlich nur Schlaf brauchte, wie Rickie mir nahegelegt hatte.

»Er hätte mehr verloren als das«, meinte Ian, »wenn Veronica und Ihre Decke nicht gewesen wären.«

Als ihr Name fiel, musste ich mich an der Theke festhalten. »Veronica? Und woher wissen Sie von meiner Decke?«

Ian schilderte den Morgen nach dem Sturm, und wie Veronica Connor im Park gefunden und ihn auf dem Weg zur Notaufnahme mit meiner Decke warm gehalten hatte.

»Die Ärzte waren wirklich sehr beeindruckt von Ihrer

Erfindung«, meinte er. »Ich glaube, sie wollen welche fürs Krankenhaus kaufen.«

»Ich bin so froh, dass es dir gut geht«, sagte ich zu Connor. »Und ja, acht Zehen sind ziemlich cool. Aber das erklärt immer noch nicht eure Klamotten.«

»Ah.« Ian griff nach seinem Revers, und straffte sich. »Das haben wir ebenfalls Veronica zu verdanken. Sie ist mit einem Mann befreundet, der einen eleganten Herrenausstatter besitzt. Dort arbeite ich jetzt. Und den Anzug hier hat der Besitzer mir umsonst gegeben.« Er runzelte die Stirn. »Aus irgendeinem Grund nannte er sie dauernd Cassandra, aber immerhin hat er mich eingestellt, also will ich mich nicht beschweren.«

Wenn ich mich nicht weiter an der Metalltheke festgehalten hätte, wäre ich sicher umgekippt. »Das hat sie alles getan?«

»Nicht nur das, sie hat auch sämtliche Krankenhausrechnungen für Connor bezahlt. Dann hat sie mir geholfen, mir eine kleine Wohnung zu suchen, die wir uns von meinem neuen Gehalt leisten können. Kaum zu glauben, dass ein Mensch das alles innerhalb einer einzigen Woche hinbekommt, aber diese Frau hat ja jede Menge Verbindungen. Oh.« Er zog einen weißen Umschlag aus der Tasche und winkte Rickie herüber. »Sie wollte außerdem, dass ich euch das hier übergebe. Für das Obdachlosenheim. Fröhliche Weihnachten.«

Rickie nahm ihm den Umschlag ab und blätterte die grünen Geldscheine durch, die sich darin befanden. »Oh mein Gott«, flüsterte sie. »Das sind gut und gern fünfzehn Riesen.«

»Genau fünfzehntausend Dollar«, bestätigte Ian. »Sie hat mir gesagt, dass sie die für einen Job bekommen habe, der letztlich gar kein richtiges Geschäft war, und dass sie sich das Geld in ihren Augen entsprechend niemals wirklich verdient hat. Ich weiß nicht, was sie damit meint, aber sie wollte, dass ich es euch so sage.«

Mir blieb die Luft weg, als hätte man mir einen Tritt in den Magen versetzt. Das war alles zu viel. Veronica betrachtete mich also doch nicht als Auftraggeber, wie sie behauptet hatte. Und ihr lagen diese Menschen hier, das Heim, am Herzen. *Ich* lag ihr am Herzen. »Wo ist sie? Ist sie in ihrem Loft?«

»Angeblich wollte sie gerade die Stadt verlassen, als sie über uns stolperte, und sie wollte nur bleiben, bis Connor aus dem Krankenhaus entlassen wurde und wir uns in unserer neuen Wohnung eingerichtet hätten. Ich habe sie vor einer halben Stunde zum Abschied umarmt.

»Rickie«, sagte ich mit so atemloser Stimme, als hätte ich gerade einen Marathonlauf hinter mich gebracht. »Kann ich mir deinen Truck ausleihen?«

Sie kramte die Schlüssel aus ihrer Tasche und warf sie mir zu. »Bax, ich versuche jetzt schon seit Tagen, dich hier herauszubekommen. Wenn du den Wagen angeschmissen kriegst, dann gehört er dir.«

»Danke.« Ich legte Connor den Arm um die Schultern und zog ihn an mich, was mit seinen Krücken gar nicht so einfach war. »Ich freue mich so für euch beide. Und weißt du was, Connor, ich glaube, du und deine coolen Zehen könnten ein fantastisches Aushängeschild in der Werbekampagne für meine Decken werden. Was sagst du dazu?«

»Du meinst, dann werde ich berühmt?« Seine Augenbrauen verschwanden fast unter dem Haaransatz, so hoch zog er sie.

»Na ja, keine Ahnung, wie berühmt, aber irgendjemand

würde dich auf jeden Fall fotografieren, und du würdest anderen Menschen helfen, die in der gleichen Situation sind wie früher du und dein Dad.«

»Ja bitte!« Er wippte auf dem gesunden Fuß auf und ab. »Das heißt, wenn mein Dad es erlaubt.«

Ich sah Ian an, und der strahlte übers ganze Gesicht. »Wie käme ich denn dazu, Nein zu dem Mann zu sagen, der meinem Jungen sozusagen das Leben gerettet hat?«

»Wunderbar, na also. Und jetzt muss ich unbedingt Veronica finden, bevor sie die Stadt verlässt.«

»Viel Glück!«, sagte Connor. »Ich habe sie ja noch gebeten, nicht wegzugehen. Vielleicht hört sie ja auf dich.«

»Ich hoffe es, Kumpel. Ich hoffe es.«

Ich rannte den Flur entlang, mit Ari im Schlepptau, und hielt nur an, um mir meinen Mantel zu schnappen. Dann lief ich zur Hintertür des Heims hinaus auf Rickies Truck zu – ein traurig aussehender blauer Pick-up. Es war einmal ein Ford gewesen, aber das ›r‹ war vor ein paar Jahrhunderten schon heruntergefallen, also war es nur noch ein ›Fod‹.

Ich bildete mir ein, dass es im Innern fast kälter war als draußen, und als ich mich auf die Ledersitze setzte, hatte ich das Gefühl, auf einem Eisblock Platz genommen zu haben. Ari sprang hinter mir hinein und kletterte über meinen Schoß zum Beifahrersitz. Er pflanzte sein felliges Hinterteil auf das Leder und sah mich an, als wolle er sagen: *Worauf zum Teufel wartest du noch, Dummkopf?*

»Du hast recht, mein Freund. Fahren wir zu ihr.« Ich steckte den Schlüssel ins Zündschloss und dankte den Automobilgöttern, als der Truck hustend und prustend zum Leben erwachte.

Die Fahrt zu Veronicas Loft dauerte endlos. Zum einen weil ich auf den mit Schneeresten bedeckten Straßen nur langsam vorankam, und zum zweiten, weil der Truck mich immer wieder im Stich ließ und ich die Flüche und das Hupen der Fahrer hinter mir ignorieren musste, während ich immer wieder den Schlüssel im Zündschloss drehte, um das Vehikel wieder in Gang zu bringen.

Ari lief hinter mir her, als ich mit dem Aufzug in den zwanzigsten Stock von Veronicas Gebäude fuhr und den Flur hinunterrannte. Ich fluchte leise, als ich an ihrer Tür ankam. Sie war angelehnt, und Licht drang durch das dunkle Holz und den Türrahmen.

Kein gutes Zeichen.

»Veronica?« Ich drückte die Tür mit der Schulter auf, und Ari trottete wie selbstverständlich hinein, als gehöre die Wohnung ihm. Er stand in der Mitte des Raums, und er schnüffelte und winselte.

Ich rief erneut nach Veronica, spähte in die Zimmer, die genauso leer waren wie zu dem Zeitpunkt, als sie noch hier gewohnt hatte. Beim Anblick der leeren Ablage im Bad sank mir das Herz bis auf den Marmorboden. Keine Parfümflakons oder Lippenstifte auf dem Waschbeckenrand. Auch die leeren Schränke bestätigten meine Befürchtungen: Veronica war fort.

Als ich wieder ins Wohnzimmer zurückkehrte, hatte Ari es sich auf Veronicas alter Couch bequem gemacht und sich in einer Ecke zusammengerollt.

»Sorry, Kumpel. Sie ist nicht mehr da. Wir müssen wieder los.«

Ich schluckte schwer, als mir das Bücherregal ins Auge fiel. Die Souvenirs, die ich ihr in der Stadt gekauft hatte – sie hatte sie allesamt stehen lassen. Moment – alle außer einem. Eine kleine Lücke klaffte zwischen der Nachbildung des Weißen Hauses und der Minireproduktion der

Unabhängigkeitserklärung. Sie hatte das Lincoln Memorial also mitgenommen.

Eine feuchte Nase stupste meine Hand an. Ich tätschelte Ari den Kopf und überlegte. Veronica war alles andere als sentimental, aber sie stand auch vor einer großen Entscheidung. Es ging darum, wieder wegzulaufen und so weiterzumachen wie bisher, oder in D.C. zu bleiben und mit dem Leben hier klarzukommen. Ich wusste, wohin *ich* immer ging, wenn ich über gewisse Dinge und große Entscheidungen nachdenken musste.

Ari folgte mir aus der Wohnung und zu den Aufzügen. Ich hämmerte auf den Abwärtsknopf, schüttelte ungläubig den Kopf bei dem Gedanken, dass Veronica vielleicht doch noch in der Stadt war, vielleicht sogar an genau jenem Ort, der mir am meisten bedeutete. Möglicherweise jagte ich einem Geist in Chanel-Kleidern hinterher. Aber ich musste es zumindest versuchen.

In der eiskalten Witterung waren die meisten Menschen zu Hause geblieben, und deshalb fand ich auch schnell einen Parkplatz. Das einzige Geräusch auf meinem Weg die National Mall hinab war das Knirschen des Schnees unter meinen Stiefeln. Ich lief am Reflexionsbecken vorbei – das jetzt wie eine Eisbahn aussah – und dann die Stufen zum Lincoln Memorial hinauf.

Als ich den obersten Treppenabsatz erreichte, atmete ich weiße Wölkchen.

Veronica stand vor der großen Lincoln-Statue, das Gesicht zu ihr nach oben geneigt. Obwohl sie nicht in meine Richtung sah, erkannte ich sie sofort – das onyxfarbene Haar war ebenso unverkennbar wie ihre Kurven, die von dem figurbetonten roten Mantel bestens zur Geltung gebracht wurden. Sie wippte in ihren Absatzstiefeln auf und ab, um sich warm zu halten, und murmelte für mich unverständliche Worte vor sich hin.

Während ich noch verzweifelt überlegte, was ich bloß sagen könnte, um sie zum Bleiben zu bewegen, zwängte sich Ari durch meine Beine, flitzte hinüber und setzte sich Veronica zu Füßen.

»Ari?«, fragte sie und beugte sich vor, um ihm den Kopf zu tätscheln. »Bist du das? Aber dann …« Sie drehte sich um, und ihre Augen weiteten sich bei meinem Anblick.

»Hey«, sagte ich. »Schön, dich hier zu sehen.«

Sie blickte wieder zur Statue hoch, während Ari ihr die Hand leckte. »Du hast mir doch erzählt, dass du immer herkommst, wenn du dich überfordert fühlst, weil du hier besser nachdenken kannst.«

»Stimmt.« Ich trat neben sie. »Und worüber hast du nachgedacht?«

»Über alles. Über mich … dich … aber hauptsächlich über mich selbst. Ich bin ja so lange in die Haut anderer Personen geschlüpft, dass ich erst noch herausfinden muss, wer ich wirklich bin.«

Ich richtete den Blick starr auf die Statue, um zu vermeiden, ihr in die Augen zu blicken. »Und? Hast du etwas herausgefunden?«

»Ja. Ich weiß jetzt, dass ich Hunde und Kinder mag und gern ausschlafe.« Sie kraulte Ari hinter dem Ohr, woraufhin der Hund glücklich winselte. »Und ich hasse Rotwein, mag absolut nichts mit Kürbisgewürz und kapiere nun mal partout keine Footballregeln.«

Ich lachte. »Das ist nur fair.«

»Früher dachte ich, dass teure Klamotten mich wie eine Rüstung vor meiner Vergangenheit schützten, aber eigentlich halfen sie mir nur, so zu tun als ob. Sobald die Maske fiel, war ich immer noch dieses verängstigte Mädchen, das seine Mutter nie gekannt hat und seinen Bruder vermisste und unglaubliche Angst davor hatte, irgendjemanden an sich heranzulassen. Und dementsprechend alles Mögliche tat, um alle in sicherem Abstand zu halten.«

Ari umkreiste uns einmal und ließ sich dann genau zwischen uns nieder.

Veronica sah mich an. »Und ich habe noch etwas herausgefunden.«

»Ja? Und was?«

»Dass ich mich rettungslos in einen Mann verliebt habe, von dem ich niemals gedacht hätte, dass er der Mann meines Lebens sein könnte. Er ist gut aussehend, klug und liebenswürdig und dazu auch ziemlich gut im Bett. Er stellt sich so oft hinten an, dass er darüber oft vergisst, seine eigenen Bedürfnisse zu äußern. Und auch wenn er vielleicht nicht die ganze Welt ändern kann, wie er es sich eigentlich wünscht, so hat er doch auf jeden Fall *meine* Welt verändert, und dafür werde ich ihm mein Lebtag dankbar sein.«

»Scheint ein toller Kerl zu sein.«

»Das ist er.« Sie kam so nah an mich heran wie es der zwischen uns liegende Ari erlaubte. Dennoch gelang es uns, uns so weit vorzubeugen, dass wir uns mit der Stirn berührten. »Ich bin so froh, dass du mich gefunden hast.«

»Ich auch.« Unsere Lippen waren sich ganz nah, so sehr, dass ich ihren nach Kirschen duftenden Lippenbalsam riechen konnte. »Ich habe gesehen, dass das Lincoln Memorial nicht mehr bei den anderen Miniaturen auf deinem Regal stand, und da dachte ich einfach, vielleicht …« Ich legte die Hände auf ihre Schultern. »Du … du hast mein Geld dem Obdachlosenheim gespendet.«

»Bax, du warst niemals nur ein Kunde für mich. Ich wollte, dass du das weißt.«

»Das tue ich. Und du musst wissen, dass mit Clare niemals irgendetwas passiert wäre. Denn ich war doch zu diesem Zeitpunkt in jemand anders verliebt.«

»Ach ja?«

»Ja«, flüsterten meine Lippen an den ihren.

»Mit Panick ist auch nichts passiert. Ich war auch in jemand anders verliebt.«

»Das hast du schon erwähnt. Toller Typ.«

»Bax?«

»Hmhm?«

»Könntest du jetzt die Klappe halten und mich endlich küssen?«

Wärme durchflutete meinen Körper, sodass ich die Kälte gar nicht mehr spürte. »Mein Gott, ich liebe es, wenn du fordernd bist.«

Sie packte mich am Mantelkragen und küsste mich leidenschaftlich.

Ja, ich liebte es *wirklich*, wenn sie fordernd war.

* * *

Wir schafften es kaum bis in meine Wohnung, da hatte ich ihr schon die Kleider vom Leib gerissen. Ari versuchte, uns ins Schlafzimmer zu folgen, aber ich machte ihm kurzerhand die Tür vor der Nase zu und informierte ihn, wie wichtig es war, dass Herrchen und Frauchen Zeit allein verbrachten. Veronica lachte und griff nach meiner Hand, und der Anblick ihres nackten Körpers machte von da an wieder erst mal jeglichen klaren Gedanken unmöglich.

Ich küsste sie mit schmerzlichem und wildem Verlangen,

presste sie gegen die Tür, ließ meine Lippen ihren Hals hinunter und zu ihren Brüsten wandern. Sie stöhnte, als ich an ihr leckte und knabberte, dann zog sie mir das Sweatshirt über den Kopf und warf es auf den Boden. Meine Hose und die Boxershorts folgten sofort danach, und ich hielt nur kurz inne, um mir ein Kondom aus der Schreibtischschublade neben der Tür zu schnappen und es mir überzustreifen.

Ich hob sie hoch, und sie schlang mir die Beine um die Taille, sodass sie nur von meinen Armen und der Tür in ihrem Rücken gehalten wurde. Ich tauchte in sie, und unsere Körper kollidierten so leidenschaftlich, dass die Tür in den Angeln erzitterte.

Sie war warm und einladend, als ich in sie eindrang und mich wieder zurückzog, wieder und wieder. »Oh mein Gott, Veronica«, seufzte ich. »Ich will den Rest meines Lebens in dir verbringen.«

»Ich denke, das lässt sich arrangieren«, schnurrte sie an meinem Ohr.

Das Zimmer verwandelte sich in einen Nebel aus Hitze, Schweiß und Stöhnen, und ich verlor mich ganz und gar in ihr. In ihrem Duft, ihrer Stimme, ihrem Körper, sog all das in mich auf.

Danach brachen wir auf dem Bett zusammen, erschöpft und schweißbedeckt. Ich drehte mich auf die Seite und stützte den Kopf auf den Ellbogen, bewunderte ihren Anblick. Ich ließ meine Finger über ihren Bauch tanzen.

»Du hast doch gesagt, dass ich manchmal nicht klar sage, was ich will, weil ich mich zu sehr um die Angelegenheiten anderer kümmere, stimmt's?«

Sie schloss die Augen, während ich sie streichelte. »Ja.«

»Jetzt gerade weiß ich aber sehr genau, was ich will.«

»Ach ja?« Sie öffnete ein Auge.

»Dich, Veronica Wilde. Und ich werde für den gesamten, verdammten Rest meines Lebens um dich kämpfen.«

»Du weißt, dass mich das trotzdem nicht zu einem anderen Menschen macht, oder, Bax? Ich will keine Blumen oder Schokolade oder anderen Kitsch dieser Art. Und ich werde auch weiterhin Dinge tun oder sagen, die dich stocksauer machen. Du weißt ja, das macht meinen Charme aus.«

Ich legte die Hand auf ihre Brust. »Anders möchte ich es auch nicht haben.«

Kapitel 19

Veronica

Die Hochzeit war eine verschwenderische Angelegenheit mit Blumen, die jeden Winkel der Kirche schmückten, pinkfarbenen Schleifen, die die Bänke säumten und Glitzerkram, der einfach *überall* war. Im Grunde war es also all das, was ich mir für meine Hochzeit nie und nimmer gewünscht hätte.

Gott sei Dank war es nicht meine eigene.

Ich zog die Nase kraus beim Anblick der überwältigenden Blumenarrangements und rückte meine rote Perücke zurecht, bevor ich die Gästeschar nach meinem Date absuchte. Seine Textnachricht hatte ihn als blond beschrieben und verkündet, er würde eine violette Rose am Revers tragen. Mehr wusste ich von ihm nicht.

In der hinteren Reihe schlich ein Typ herum, auf den diese Beschreibung genau passte. Er sah sich in der Kirche um, als sei ihm klar, dass er nicht wirklich hierhergehörte. Genau genommen hatten wir hier beide nichts zu suchen, aber es war unser Job, uns hier einzuschleichen. So weit, so gut.

Ich strich mein silbernes, körperbetontes Kleid glatt, glitt in die Bank und presste mich an den Fremden. Er trug einen Anzug, der geradewegs aus der Calvin-Klein-Kollektion stammte, grau mit dunkleren Nadelstreifen, die im Licht silbrig schimmerten. Seine Augen waren hinter einer Pilotensonnenbrille verborgen, aber unter dem fast lächerlichen blonden Haarschopf sah er einigermaßen okay aus. Außerdem roch er nach Geld – sowohl sein Eau de Cologne als auch der Schnitt seines Anzugs schrien förmlich: Millionär.

Genau mein Typ.

»Hey.« Ich streckte die Hand aus und verzog meine karmesinroten Lippen zu einem koketten Schmollmund. »Jules Adams.«

Er umfing meine Finger mit seiner verschwitzten Hand. »Ferdinand Fluglemeister.«

»Wie bitte?« Ich zuckte zurück.

»Ferdinand …«

»Nein, ich habe Sie schon beim ersten Mal verstanden.« Ich ließ seine Hand los und nahm ihm die Sonnenbrille ab. Der Anblick seiner vertrauten grauen Augen schickte süße Schauer durch meinen Körper. »Bax, du bist wirklich vollkommen unbegabt.«

Seine Lippen zuckten auf jene Weise, die mich immer in den Wahnsinn trieb. »Hey, Moment mal, ich war doch ziemlich gut.«

»Mit einer blonden Perücke, die dermaßen Achtzigerjahre ist, als hättest du sie diesem Typen aus *California High School* geklaut, und einem Namen wie Ferdinand Fluglemeister?«

»Ich finde, dass ich super aussehe.« Bax fuhr sich durch die lächerliche Frisur. »Und immerhin bin ich reingekommen, oder? Ferdinand Fluglemeister kriegt das hin. Ich glaube, du schuldest mir zwanzig Mäuse.«

Ich seufzte, griff in meine Tasche und zog den Schein

heraus. »Okay, ich weiß, wann ich verloren habe.« Aber dann hielt ich inne und nahm den Schein wieder an mich. »Warte mal, du hast nicht etwa deinen richtigen Namen benutzt, um hier reinzukommen, oder?«

»Äh … na ja, vielleicht …?«

»Betrüger!« Ich versetzte ihm ein Schulterknuffen und verstaute das Geld wieder in meiner Tasche. »Es ging bei unserer Wette doch darum zu sehen, ob du so gut wie ich darin bist, wenn es darum geht, sich bei VIP-Events einzuschleichen.«

»Komm schon, V, keiner ist so gut wie du. In gar nichts.« Er fuhr mit der Hand meinen Oberschenkel auf und ab, und sofort prickelte es zwischen meinen Schenkeln.

»Stimmt. Aber trotzdem ist es Betrug, wenn du deinen guten Namen benutzt, um reinzukommen.«

Acht Monate waren seit dem Tag vergangen, an dem Bax mich am Memorial gefunden hatte. Seitdem hatte sein Leben sich drastisch verändert. Zunächst einmal kauften die Krankenhäuser vor Ort seine erste Produktionscharge an Decken. Dann folgten ein paar Arktiswissenschaftler ihrem Beispiel. Mehr und mehr Leute begannen, von seiner Erfindung Notiz zu nehmen. Der Bürgermeister bat um ein Treffen, um mit Bax zu besprechen, wie man die Obdachlosen damit versorgen konnte. Andere Städte aus der ganzen Welt riefen ebenfalls an.

Time und *People Magazine* veröffentlichten sein Foto. Sie kürten ihn zum jüngsten, erfolgreichsten Unternehmer des Jahres. Die Frauen fingen an, ihn anzubaggern, wo immer wir hinkamen, und ich verjagte sie mit ein paar scharfzüngigen Bemerkungen und der Drohung, ihnen einen meiner eleganten Schuhe an den Kopf zu werfen.

Wir reisten durchs ganze Land, bauten Produktionsstätten, trafen uns mit den Leitern von Obdachlosenheimen und städtischen Würdenträgern. Wir kamen mit der Produktion der Decken kaum nach. Wir hatten das Obdachlosenproblem immer noch nicht wirklich gelöst, aber wir hatten zumindest etwas verändert, und nur darauf kam es an.

Ich blieb Bax' Partnerin sowohl im Geschäft als auch im Leben. Wir zogen in mein Loft, und Bax und Ari verschwendeten keine Zeit und füllten die Regale und Möbelstücke mit allerlei Krimskrams und Hundehaaren. Die Wohnung hatte nie schöner ausgesehen.

Dann waren wir nach Los Angeles geflogen, um uns mit dem Gouverneur zu treffen, und während wir noch Pläne schmiedeten, erhielten wir eine Hochzeitseinladung, und die Hochzeit fand zufällig in der gleichen Stadt statt wie unser Meeting. Das Timing war also perfekt.

»Außerdem«, sagte Bax jetzt und hielt die pinkfarbene Einladung hoch, »stehen wir doch sowieso auf der Gästeliste.« Er zog sich die Perücke vom Kopf und fuhr sich mit den Fingern durch seine weichen Wellen.

»Ich weiß immer noch nicht wieso«, antwortete ich, folgte seinem Beispiel und schüttelte mein eigenes Haar aus. »Ich meine, ich bin mit dem Bräutigam zusammen gewesen und habe der Braut eine Zeit lang das Leben ziemlich zur Hölle gemacht.«

»Na ja, offensichtlich hat sie dir das verziehen.«

»Ich muss mich wohl von Herzen bei ihr entschuldigen.«

Er tätschelte mein Knie. »Vielleicht wartest du damit besser bis nach der Hochzeit.«

Der Organist ließ die Orgel brausen, und die gesamte Gästeschar erhob sich, bevor sie sich alle gleichzeitig nach hinten umdrehten wie Soldaten beim Drill.

Eine der Trauzeuginnen, eine propere junge Frau, die sich in ein pinkfarbenes Gewand gezwängt hatte, stolzierte den Mittelgang hinunter und warf einem Mann im Cowboyhut in der ersten Reihe einen Luftkuss zu, bevor sie sich vorn an den Altar stellte. Ich hatte die beiden schon einmal irgendwo gesehen, konnte mich aber beim besten Willen nicht mehr an ihre Namen erinnern.

Der zweite Trauzeuge war asiatischer Abstammung, und er hatte pinkfarbene Haarspitzen, die zum Kleid der ersten Trauzeugin passten. Zum Smoking trug er eine funkelnde silberne Krawatte. Er glitt förmlich durchs Kirchenschiff und blieb dann kurz stehen, um einem jungen Mann mit Igelfrisur in der ersten Reihe einen Kuss zu geben. Dann nahm er seinen Platz neben der fülligen jungen Frau ein.

Der Bräutigam trat durch eine Tür im vorderen Bereich, und sämtliche weiblichen Gäste stießen einen kollektiven Seufzer aus. Schon bald würde der Schwarm aller Frauen, Gavin Hartley, absolut nicht mehr zu haben sein.

Gavins Gesicht leuchtete auf, und ein Murmeln erhob sich aus der Menge. Ich folgte Gavins Blick und keuchte ebenfalls.

Elise strahlte vor Glück, während sie mit selbstbewussten Schritten den Gang entlangschritt. Ihr goldenes Haar war im Nacken zu einem Knoten zusammengefasst worden, über dem man einen Schleier befestigt hatte. Das Mieder ihres Kleides war eng anliegend mit herzförmigem Ausschnitt, und der Prinzessinnenrock war weit ausladend. Sie war dezent geschminkt: Pink- und Silbertöne betonten ihre blauen Augen und ihre vollen Lippen. Elise ließ Gavin keine Sekunde lang aus den Augen, als sie am Altar auf ihn traf. Der Kerl war schließlich schon unter normalen Umständen eine verdammte Augenweide, und im Smoking sah er absolut unwiderstehlich aus.

»Sollte ich eifersüchtig werden?«, flüsterte Bax mir zu. »Du starrst ihn die ganze Zeit an.«

»Er ist ein hübsches Kerlchen«, gab ich in ebenso leisem Ton zurück und hakte ihn unter. »Aber ich habe eine bessere Partie gefunden.«

Abgesehen von der Eingangsmusik war diese Hochzeit eine eher ruhige Angelegenheit. Die Braut und der Bräutigam schworen sich mittels Zeichensprache ewige Treue, und die restlichen Gäste durften alles andere nur anhand ihrer Körpersprache erraten. Ihr Kuss dauerte eine geschlagene Minute lang, und ein Großteil der Menge jubelte, aber ich hätte schwören können, dass eine Frau hinter mir schluchzte, weil Gavin jetzt endgültig vom Markt war.

Der Empfang fand in einem Ballsaal ein paar Straßen weiter statt, der ebenso extravagant dekoriert war wie die Kirche. Wir aßen viel zu viel von dem guten Essen, unterhielten uns mit berühmten Fremden und tranken Wein, bis uns die Köpfe schwirrten.

Als Bax mich schließlich auf die Tanzfläche und fest an sich zog, fühlte ich mich beschwingt und glückselig, was teils auf den Wein zurückzuführen war, teils aber auch auf die Tatsache, dass ich an seinen Körper passte, als sollte ich ein Leben lang dort bleiben.

»Sie lieben einander wirklich«, sagte Bax und blickte über meine Schulter hinweg Richtung Braut und Bräutigam.

»Das tun sie. Und ich freue mich für sie.« Ich legte meinen Kopf an seine Brust. »Du weißt schon, dass unsere Hochzeit ganz anders aussehen wird, oder?«

Bax umfasste meine linke Hand und musterte den

Diamantring an meinem Finger. »Ach ja? Du willst also keine Tauben in silbernen Zylindern?«

»Um Gottes willen, nein.« Ich lachte. »Obwohl ich mich immer noch frage, wie sie die Zylinder auf die Vögel bekommen haben.«

»Ich habe gehört, die ganze Idee war auf dem Mist des Trauzeugen gewachsen.«

»Erinnere mich daran, ihn bloß nicht anzurufen.«

Bax presste mich noch näher an sich, sodass kein Blatt Papier mehr zwischen uns passte. »Zur Kenntnis genommen.«

»Ladys and Gentlemen«, rief nun der DJ ins Mikrofon. »Bitte heißen Sie Mr und Mrs Hartley auf der Tanzfläche willkommen. Jetzt werden Brautstrauß und Strumpfband in die Menge geworfen.«

Wir verließen die hölzerne Tanzfläche, während die alleinstehenden Frauen sich kreischend darauf stürzten wie Vögel, die sich um Brotkrumen streiten.

»Du wirst dich wohl kaum um das Bouquet bemühen?«, fragte Bax.

Ich lehnte den Kopf an seine Schulter und beobachtete den Aufruhr. »Ich bin zufrieden mit dem, was ich habe.«

»Hey.« Er küsste mich auf den Scheitel. »Ich wollte dich die ganze Zeit schon fragen, ob du meinen Namen annehmen willst, wenn wir heiraten?«

Ich biss mir auf die Innenseite meiner Wange. Diese Frage war berechtigt. Schließlich hatte ich selbst schon häufig genug darüber nachgedacht, seit er mir vor einem Monat im Loft einen Heiratsantrag gemacht hatte.

»Nein«, antwortete ich gedehnt. »Zumindest wenn du nicht besonderen Wert darauf legst. Ich würde lieber bei meinem eigenen Namen bleiben. Ich habe lange dazu gebraucht, aber jetzt habe ich endlich das Gefühl, dass er mir gehört.«

Und so war es.

Mein Leben lang war ich vor der Vergangenheit davongelaufen, vor meinem Namen, vor mir selbst. Ich hatte fünfundzwanzig Jahre gebraucht, um endlich herauszufinden, wer ich war. Eine Tochter, eine Schwester, eine Verlobte. Eine starke Frau, die für sich selbst eintrat und für das kämpft, woran sie glaubt. Und ja, manchmal war ich gemein, und manchmal bekam ich Angst und kam mir schwach vor. Aber das alles machte mich aus, und ich hätte es gegen nichts in der Welt wieder eintauschen wollen.

Und zwar nicht einmal gegen ein nagelneues Paar limitierter Manolo Blahniks.

Danksagungen

Auf Fotos sieht man Autoren immer allein vor ihrem Computer sitzen und an ihrem Manuskript herumtippen. Aber in Wirklichkeit werden Bücher von zahlreichen Menschen geschaffen. Während die Autoren vielleicht diejenigen sind, die die Worte zu Papier bringen, ist es nur der Hilfe und Unterstützung der Menschen um sie herum zu verdanken, dass daraus eine runde Sache entsteht. Auch dieses Buch würde es ohne bestimmte Personen nicht geben. Vor einem Jahr war es gerade mal der Bruchteil einer Idee, ein paar Gedankenfetzen ohne roten Faden. Mein Dank gilt den Menschen, die mir halfen, diese Geschichte in etwas Greifbares zu verwandeln.

Zunächst danke ich meiner Agentin Kathleen Rushall. Das Wort *Agentin* beschreibt nicht im Entferntesten, was du für mich tust. Danke, dass du mit mir die einzelnen Handlungsstränge durchgesprochen hast, dass du dafür gesorgt hast, dass ich nicht den Verstand verlor, dass du mir zugehört und mich getröstet hast, wenn ich wieder mal einen Rückschlag erlebte. Ich habe riesiges Glück, mit dir arbeiten zu dürfen und ein Teil des #TeamKrush zu sein. Dankbarkeit ist nicht annähernd das richtige Wort für das, was ich empfinde.

Mein Dank gilt auch meiner tollen Lektorin, Elana Cohen. Ich bin so froh, dass sie das Potenzial in einer Geschichte sah, die aus der Perspektive des »Bösewichts«

erzählt wird. Deine Energie und dein klarer Blick sind unübertroffen. Danke, dass du mir und meinen Figuren eine Chance gegeben und mich in die Pocket-Star-Familie einbezogen hast. Es war eine wunderbare Erfahrung.

Und dann ist da noch meine talentierte Freundin und kritische Partnerin, Molly Lee. Ich kann kaum in Worte fassen, wie dankbar ich für dich bin. Danke, dass du dir für die Lektüre dieses Buches die Nächte um die Ohren geschlagen hast und es dann sogar noch einmal gelesen hast, nachdem es fertig war. Danke, dass du mich ermutigt hast, als ich das Gefühl hatte, ich würde es nie beenden. Und vor allem, danke, dass du mich als gute Freundin vor ein paar Jahren aus dem Pitch-Wars-Sumpf herausgeholt hast, indem du mir zur Seite standst. Aber ich bin nicht nur froh über dein tolles Feedback zu meinen eigenen Geschichten, sondern auch darüber, dass ich im Gegenzug auch deine fantastischen Geschichten lesen durfte. Du bist der Wahnsinn.

Danke an meine andere Freundin und Kritikerin, Rochelle Deans. Das Tempo, mit dem du meine Ergüsse liest (und gleichzeitig knapp und treffend kommentierst), erstaunt mich immer wieder. Ich bin dir ewig dankbar, nicht nur für deine Redaktion, sondern auch dafür, dass du an mich und meine Geschichten glaubst. Ich glaube umgekehrt genauso sehr an deine. Ich kann es kaum erwarten, eines deiner Bücher in Händen zu halten. Und glaub mir, das ist nur eine Frage der Zeit.

An dieser Stelle seien auch meine Beta-Leser erwähnt, die früher und heute dazu beitrugen, dass ich Ideen mit Leben füllte und lernte, an welchen Stellen meine Plots funktionieren – oder auch nicht. Tiani, Adriana, Kara, Andrew und Sheri. Euer Rat und Eure Ermutigung bedeuten die Welt für mich. Dank euch.

Auch meinen lieben Korrektoren von Pocket Star bin ich zu Dank verpflichtet. Christine Masters und Polly Watson, ihr habt dazu beigetragen, dass diese Geschichte funkelt wie ein Paar diamantenbesetzter Manolo Blahniks. Aus ganzem Herzen danke ich zudem allen anderen bei PS, die zur Entstehung dieses Buches beigetragen haben, von den Cover Designern bis hin zur PR-Abteilung. Ich bin so glücklich, dass ich Teil der Pocket-Star-Familie bin.

Am meisten liebe ich an meiner Tätigkeit als Autorin, die anderen Mitglieder der schreibenden Zunft kennenzulernen. Ohne die Unterstützung von ein paar fantastischen Gruppen wäre ich nicht so weit gekommen:

An meine Life Rafters: Amanda, Anise, Brenna, Colleen, Heather, Kelly, Kimberly, Stacey und Tara. Ladies, das waren für uns schon ziemlich heftige anderthalb Jahre. Ich glaube, ohne euch hätte ich sie nicht überstanden. Eure Unterstützung und euer Rat waren für mich von unschätzbarem Wert. Und nicht nur das. Jede Einzelne von euch ist an und für sich schon unglaublich talentiert, und ich kann mich glücklich schätzen, überhaupt Aufnahme bei euch gefunden zu haben. Ich teile mit euch von ganzem Herzen sämtliche Herz-Emojis und verrückten Einhörner, die es gibt.

Die Wenches: Diese Gruppe hat mehr als einmal dafür gesorgt, dass ich nicht aufgab. Ich bin euch allen so unendlich dankbar. Für eure Ratschläge, für die Umarmungen, wenn ich gerade welche brauchte, für euer Talent und für die heißen Fotos. Danke, dass ihr mich in eurer Mitte akzeptiert habt und dass ihr einfach anders seid. Ich liebe euch.

QT: Ohne euch wüsste ich nicht mal, wie man ein vernünftiges Exposé schreibt. Ich weiß, dass ich mich mittlerweile nicht mehr so häufig bei euch blicken lasse, aber ich denke immer noch an euch alle, und ich werde, sobald ich kann, wieder bei euch vorbeisehen. Ich kann es gar nicht erwarten, bis ihr alle eure Bücher in die Welt verkauft habt.

#TeamKrush: Unglaublich, dass ich tatsächlich Teil einer Gemeinschaft aus so vielen talentierten Autoren bin. Ich kneife mich täglich selbst. Ihr seid die liebsten, begabtesten Menschen, und ich kann es kaum erwarten, euch mal persönlich kennenzulernen. (Und dazu wird es kommen! :))

Und last but not least an all die Kritiker und Blogger da draußen: Danke, dass ihr über Autoren und ihre Bücher schreibt. Ich weiß es jedes Mal wieder aufs Neue zu schätzen, wenn ihr euch die Zeit nehmt, unsere Geschichten zu lesen und eure Kritiken zu schreiben (sogar, wenn Euch das Buch gar nicht gefällt). Ihr fördert uns und sorgt dafür, dass unsere Namen bekannt werden. Danke für alles, was ihr tut.

Neben der Unterstützung beim Schreiben braucht ein Autor auch Unterstützung im Leben, und ich habe das Glück, diese in Hülle und Fülle zu bekommen.

Deshalb danke ich meinem Ehemann, weil du mich erträgst, wenn ich wegen der Deadlines in Panik gerate, wenn ich mich über Figuren beklage, die plötzlich ein Eigenleben führen, und dir Vorträge über Plot-Ideen und Figurenzeichnungen halte. Danke, dass du mich bei diesem verrückten Projekt immer unterstützt hast, und dass du immer an mich geglaubt hast, so sehr, dass du sogar stundenlang in einem Coffeeshop mit mir gesessen hast, mir immer wieder etwas zu trinken gebracht und auf meinen Computer aufgepasst hast, wenn ich ins Bad musste.

Du bist der beste Ehemann, den eine Frau sich wünschen kann. Ich liebe dich.

Süßer kleiner Spike. Danke, dass du mir immer wieder ein Lächeln aufs Gesicht gezaubert hast, wenn ich es brauchte. Und danke, dass du das beste Kaninchen und der beste Begleiter warst, den man sich denken kann. Ohne dich ist jetzt ein kaninchenförmiges Loch in meinem Herzen. Ich werde dich ewig vermissen.

Danke auch an meine Familie und meine besten Freunde für eure Unterstützung, als das erste Buch publiziert wurde. Ihr seid zu den Launches gereist, habt das Buch auf Social Media beworben oder habt es auch einfach nur gelesen – das alles bedeutet mir mehr, als ich in Worte fassen kann. Ich liebe euch alle.

Und nun zu meinen Eltern.

Dad, ich kann dir kaum sagen, wie gerührt ich war, weil du mich immer wieder unterstützt hast. Weihnachtsgeschenke zu bekommen, die in mein eigenes Cover gewickelt waren. Zu hören, wie stolz du auf mich bist … dabei treten mir auch jetzt noch die Tränen in die Augen. Danke, weil du mir immer den Rücken gestärkt hast und für die großen und kleinen Dinge, die du für mich getan hast. Ich liebe dich.

Mom, du hast an mich geglaubt, seit ich dir mein erstes Gedicht vorlegte. Ich glaube, es handelte von einem Frosch, der überfahren wurde. Doch du hast es trotzdem an den Kühlschrank gehängt und es voller Stolz anderen Familienmitgliedern vorgelesen (was ich total peinlich fand). Du warst immer diejenige, die mir versicherte, dass das Schreiben meine Berufung ist. Und als ich mich davon entfernte, hast du mich ermahnt, mich wieder darauf zu besinnen. Und du hast recht behalten. Ich weiß nicht, wie ich dir für alles danken soll, was du für mich getan hast. Du bist meine Mom, aber auch meine beste Freundin. Ich liebe dich.

Und zum Schluss will ich euch danken, den Lesern. Danke, dass ihr mir eine Chance gegeben habt, dass ihr Veronica eine Chance gegeben habt. Danke für jede Kritik, jeden Tweet, jedes Like auf Facebook. Ich weiß jeden Einzelnen von euch zu schätzen. <3

Unsere Leseempfehlung

320 Seiten
Auch als E-Book erhältlich

Chelsea dachte, sie hätte den Mann ihres Lebens gefunden. Doch Elec verlässt sie für seine Jugendliebe, und Chelsea ist am Boden zerstört. Hat sie sich seine Gefühle nur eingebildet? Erst ihr Nachbar Damien lenkt sie von ihrem Kummer ab. Denn er ist unhöflich, und seine lauten Hunde rauben ihr den Schlaf. Sie kann ihn nicht ausstehen! Leider ist er sowohl ihr Vermieter als auch der schönste Mann, den sie je gesehen hat. Sie findet ihn unwiderstehlich ... Doch Damien geht aus einem guten Grund keine Beziehungen ein, und sein Geheimnis könnte Chelseas Herz erneut in tausend Teile brechen.